JPC
HK

中國經典原境界

顧隨◎講述
劉在昭◎筆記
顧之京　高獻紅◎整理

責任編輯　苗　龍　蘇健偉
封面設計　盧穎作
書　　名　中國經典原境界
著　　者　顧隨　講；劉在昭　筆記；顧之京　高獻紅　整理
出　　版　三聯書店（香港）有限公司
香港北角英皇道四九九號北角工業大廈二十樓
Joint Publishing (H.K.) Co., Ltd.
20/F., North Point Industrial Building,
499 King's Road, North Point, Hong Kong
香港發行　香港聯合書刊物流有限公司
香港新界大埔汀麗路三十六號三字樓
版　　次　二〇一八年九月香港第一版第一次印刷
規　　格　十六開（170 x 230 mm）四〇〇面
國際書號　ISBN 978-962-04-4253-7

Published in Hong Kong
本書原由北京大學出版社有限公司以書名《中國經典原境界》出版，
經由原出版者授權本公司在中國大陸以外地區出版發行本書。

開場白

教學者，如扶醉人，扶得東來又西倒。

孟子云：「勿忘，勿助長。」（《孟子・公孫丑上》）

不認真即忘，太認真（助長）便活不了。

中國文學、藝術、道德、哲學——最高之境界皆是玉潤珠圓。

珠之光，絕非鑽石之光，鑽石之光是暴發的光。玉之美，自古以來即為我國人所領略，《詩經》即以「玉人」言外表，以「溫其如玉」（〈秦風・小戎〉）表性情。美玉無瑕，「玉」最蘊藉，一如君子——「不用當風立，有麝自然香」[1]；「人不知而不慍，不亦君子乎」（《論語・學而》）。

中國有世界各國所無之唯一美德，即玉潤珠圓。此種美德唯在中國之文藝上、道德上才有，故中國文藝同思想是單純的。珠玉之美即是單純的。（印度之佛，複雜；到中國來後變成禪，則單純。中國人之衣服亦簡單。）中國文藝思想是單純的，是由複雜而成為單純，是由含蓄而成為蘊藉。

[1] 杜文瀾《古諺謠》卷五十：「有麝自然香，何必當風立。」

目錄

Contents

Contents

卷一

《詩經》

第一講　概說《詩經》

情操（personality），名詞（noun）。

情操（「操」，用為名詞，舊有去聲之讀），此中含有理智在內。「操」之謂何？便是要提得起、放得下、弄得轉、把得牢，聖人所說「發乎情止乎禮義」（〈毛詩序〉）。「操」又有一講法，就是操練、體操之「操」，乃是有範圍、有規則的活動。情操雖然說不得「發乎情止乎禮義」，也要「發而皆中節」（《中庸》一章）。情操完全不是縱情，「縱」是信馬由韁，「操」是六轡在手。總之，人是要感情與理智調和。

向來哲學家忒偏理智，文學家忒重了感情，很難得到調和。感情與理智調和，說雖如此說，然而若是做來，恐怕古聖先賢也不易得。吾輩格物致知所為何來？原是為的求做人的學問。學問雖可由知識中得到，卻萬萬並非學問就是知識。學問是自己真正的受用，無論舉止進退、一言一笑，都是見真正學問的地方。做人處世的學問也就是感情與理智的調和。

「詩三百篇」含義所在，也不外乎「情操」二字。

要瞭解《詩》，便不得不理會「情操」二字。《詩》者，就是最好的情操。也無怪吾國之詩教是溫柔敦厚，無論在「情操」二字消極方面的意義（操守），或積極方面的意義（操練），皆與此相合。所謂學問，淺言之，不會則學，不知則問。有學問的人其最高的境界就是吾人理想的最高人物，有胸襟、有見解、有氣度的人。梁任公[1]說英文gentleman不易譯，若「士君子」則庶近之矣，便「君子」二字即可。孔子不輕易許人為君子：

君子哉若人！（《論語．憲問》）

君子哉！蘧伯玉。（《論語．衛靈公》）[2]

君子之材，實在難得。「士君子」乃是完美而無瑕疵的，吾人雖不能到此地步，而可懸此高高的標的，高山仰止，景行行止，雖不能至，然心嚮往之，此則人高於動物者也。人對於此「境界」有所謂不滿，孔夫子尚且說：

五十以學《易》，可以無大過矣。（《論語．述而》）

此雖不是騰雲駕霧的仙、了脫生死的禪，而遠親不如近鄰，乃是真真正正的人，此正是平凡的偉大，然而正於吾人有益。五十學《易》，韋編三絕，至此正是細上加細，而止於「無大過」。

如有周公之才之美，使驕且吝，其餘不足觀也已。（《論語．泰伯》）

讀此真可知戒矣。然而，過分的謙虛與過分的驕傲同一的討厭。而夫子三謙亦令人佩服，五十學《易》，可知夫子尚不滿足其境界。所有古聖先賢未有不如此者。古亞歷山大（Alexander）[3]征服世界，至一荒野，四無人煙，坐一高山上曰：噫吁！何世界之如是小，而不足以令我征服也！但此非貪，而是要好，人所以有進益在此，所以為萬物之靈亦在此。

學問的最高標準是士君子。士君子就是溫柔敦厚（詩教），是「發而皆中節」。釋迦牟尼說現實、現世、現時是虛空的，但儒家則是求為現實、現世、現時的起碼的人。表現這種溫柔敦厚的、平凡的、偉大的詩，就是「三百篇」。而其後者，多才氣發皇，而所作較過，若曹氏父子[4]、鮑明遠[5]、李、杜、蘇、黃[6]；其次，所作不及者，便是平庸的一派，若白樂天[7]之流。樂天雖欲求溫柔敦厚而尚不及，但亦有為人不及處。吾國詩人中之最偉大者唯一陶淵明，他真是「士君子」，真是「溫柔敦厚」。這雖是老生常談，但往往有至理存焉，不可輕蔑。猶如禪宗故事所云：諸弟子將行，請大師一言，師曰：「諸惡莫作，諸善奉行。」弟

1 梁啟超（一八七三—一九二九）：字卓如、任甫，人稱任公，號飲冰子，廣東新會人，中國近代啟蒙思想家、學者。一生著述頗豐，刊為《飲冰室合集》。

2 孔子稱讚南宮适：「君子哉若人！尚德哉若人！」（《論語．憲問》）孔子稱讚宓子賤：「君子哉若人！」（《論語．公冶長》）此二位皆為孔子的學生。此外，孔子又以「君子」稱讚子產與蘧伯玉。孔子稱讚子產：「有君子之道四焉：其行己也恭，其事上也敬，其養民也惠，其使民也義。」（《論語．公冶長》）孔子稱讚蘧伯玉：「君子哉蘧伯玉。邦有道則仕，邦無道則可卷而懷之。」（《論語．衛靈公》）此二位為在位的官員。

3 亞歷山大（Alexander III of Macedon, BC356 - BC323）：古代馬其頓國王。即位後率軍征討四方，建立起地跨歐、非、亞三大洲的亞歷山大帝國。

4 曹氏父子：曹操及其兒子曹丕、曹植。

5 鮑照（四一四—四六六）：南朝劉宋詩人，字明遠，東海（今江蘇漣水北）人，與謝靈運、顏延之合稱「元嘉三大家」。

6 蘇，蘇東坡；黃，黃庭堅。黃庭堅（一〇四五—一一〇五）：宋朝文學家，字魯直，自號山谷道人，晚號涪翁，又稱豫章黃先生，洪州分寧（今江西修水）人。詩與蘇軾並稱「蘇黃」，江西詩派領袖。

7 白居易（七七二—八四六）：唐朝文學家，字樂天，號香山居士，原籍太原，生於新鄭（今屬河南），與元稹合稱「元白」。

「詩三百篇」含義所在，也不外乎「情操」二字。圖為南宋馬和之為《詩經 · 豳風 · 七月》作的插畫。

子大失所望，師曰：「三歲小兒道得，八十老翁行不得。」[8]吾人之好高騖遠、喜新立奇，乃是引吾人向上的，要好好保持、維護，但不可不加操持；否則，小則可害身家，大足以害天下。如王安石之行新法，宋室遂亡也矣。

走「發皇」一路往往過火，但有天才只寫出華麗的詩來是不難的，而走平凡之路寫溫柔敦厚的詩是難乎其難了，往往不能免俗。有才氣、有功力，寫華麗的詩不難，要寫溫柔敦厚的詩便難了。一個大材之人而嚅嚅不能出口，力舉千鈞的人蜺然若不勝衣，這是怎麼？才氣發皇是利用文字——書，但要使文字之美與性情之正打成一片。合乎這種條件的是詩，否則雖格律形式無差，但算不了詩。「三百篇」文字古，有障礙，而不能使吾人易於瞭解；唯陶詩較可。「月黑殺人地，風高放火天」[9]，美而不正；「君君，臣臣，父父，子子」（《論語・顏淵》），正而不美。宗教家與道家以為，吾人之感情如盜賊，如蛇蟲；古聖先賢都不如此想，不過以為感情如野馬，必須加以羈勒，不必排斥，感情也能助人為善。先哲有言：「飲食男女，人之大欲存焉；死亡貧苦，人之大惡存焉。」（《禮記・禮運》）情與慾固有關，人所不能否認。

以上所述是廣義的詩。

今所講「詩三百篇」向稱為「經」，「五四」以後人多不然。「經」者，常也，不變也，近於「真理」之意，不為時間和空間所限。老杜寫「天寶之亂」稱「詩史」，但讀其詩吾人生亂世固感動，而若生太平之世所感則不親切。蘇俄文豪高爾基（Gorky）[10]寫飢餓寫得最好，蓋彼在流浪生活中，確有飢餓之經驗也。常人寫餓不過到飢腸雷鳴而已，高爾基說餓得貓爪把抓腸內，此乃真實、親切的感覺，非境外人可辨，更是佔空間、佔時間的，故與後來人相隔膜。這就是變，就不能永久。「三百篇」則不然，「經」之一字，固亦不必反對。

今所言《詩》三百篇不過道其總數，此乃最合宜之名詞。子曰：

詩三百，一言以蔽之，曰：思無邪。（《論語・為政》）

此最扼要之言。此所謂「無邪」與宋朝理學家所說之「無邪」、「正」不同。宋儒所言是出乎人情的，乾巴巴的。古言：「人情所不能止者，聖人弗禁。」（楊惲〈報孫會宗書〉）「不能止」就是正嗎？未必是，也未必不是。道學家自命傳聖賢之道，其實完全不瞭解聖賢之道，完全是乾巴巴、死板板地談「性」、談「天」。所以說「無邪」是「正」，不如說是「直」，未有直而不誠者，直也就是誠。（直：真、誠，雙聲。）〈易傳〉云：

修辭立其誠。（〈文言〉）

以此講「思無邪」三字最切當。誠，雖不正，亦可感人。「月黑殺人地，風高放火天」，此極其不正矣，而不能說它不是詩。何則？誠也。「打油詩」，人雖極卑視之，但也要加以「詩」之名，蓋誠也，雖則

8 此故事當為禪宗鳥窠禪師事。《稽古略》卷三載：「元和間，白侍郎居易由中書舍人出刺杭州，聞師之道。因見師棲止巢上，乃問曰：『師住處甚險。』師曰：『太守危險尤甚。』曰：『弟子位鎮山河，何險之有？』師曰：『薪火相交，識性不停，得非險乎？』曰：『佛法大意如何？』師曰：『諸惡莫作，眾善奉行。』曰：『三歲孩兒也解恁麼道。』師曰：『三歲孩兒雖道得，八十翁行不得。』侍郎欽歎，數從問道。」

9 此二句蓋見於元朝囅然子《拊掌錄》，字句略有出入：「歐陽公與人行令，各作詩兩句，須犯徒以上罪者。一云：『持刀哄寡婦，下海劫人船。』一云：『月黑殺人夜，風高放火天。』」

10 高爾基（Alexei Maximovich Peshkov, 1868-1936. 以筆名 Maxim Gorky 聞名）：蘇聯文學奠基人，代表作有《童年》、《在人間》、《我的大學》等。

性有不正。夫子曰，「詩三百」「思無邪」，為其誠也。

釋迦牟尼說法之時，嘗曰：

> 真語者，實語者，如語者，不誑語者，不異語者。（《金剛經》）

「如」，真如之意，較「真」（truth）更為玄妙。其弟子拋棄身家愛慾往之學道，固已相信矣，何必又如此說，真是大慈大悲，真是苦口婆心。這裡可用釋迦之「真語」、「實語」、「如語」、「不誑語」、「不異語」說詩之「誠」、「思無邪」之「無所不包，無所不舉」[11]。釋迦又說：

> 中間永無諸委曲相。（《楞嚴經》）

此八字一氣說來，就是「真」。

《尚書·堯典》曰：「詩言志。」如詩人作詩，由「志」到作出「詩」，中間就是老杜所謂「意匠慘淡經營中」（〈丹青引贈曹將軍霸〉）：

「志」（詩意）——中間——→詩篇

（一）志——「人情所不能止者，聖人弗禁」；

（二）中間——「意匠慘淡經營中」（聲音、形象、格律要求其最合宜的）；

（三）詩篇——「筆落驚風雨，詩成泣鬼神」（杜甫〈寄李十二白二十韻〉）。

五代劉昭禹[12]曰：「五言如四十個賢人，著一字如屠沽（市井）不得。」（計有功《唐詩紀事》）豈止五言？凡詩皆如此。詩裡能換一個字，便是不完美的詩。一字，絕對，真如，是一非二，何況三四？「慘淡經營」之結果，第一義就是「**無委曲相**」。好詩所寫皆是第一義，與哲學之真理、宗教之經約文字的最高境界同。

讀詩也要「思無邪」，也要「無委曲相」。

孔子對於詩的論法，歸納起來又稱為「孔門詩法」。法，道也，不是指狹義的方法、法律之法，若平仄、叶韻之類，此乃指廣義的法。「無事無非法」，生活中舉止、思想、語言無在而非法。違了夫子「思無邪」，便非法。

邪——直 ＼ 真與直　　去邪存真（夫子論詩）
偽——真 ／ 音、形、義俱相近　　除偽顯真
非惡　是善　　（宗教教義哲學之學說）

然而，何以又說詩無所謂是非善惡？常所謂是非善惡究竟是否真的是非善惡？以世俗的是非善惡講來，只是傳統習慣（世法、世諦）的是非善惡，而非真的是非善惡。

「月黑殺人地，風高放火天」，是直，事雖邪而思無邪。在世法上講，不能承認；在詩法上講，可以承認。詩中的是非善惡與尋常的是非善惡不同。

11 朱熹《朱子語類》卷二三：「思無邪，卻凡事無所不包也。」

12 劉昭禹：五代十國時期詩人，字休明，桂陽（今湖南郴州）人，一說婺州（今浙江金華）人。長於五言，有詩集一卷。

魯迅先生說一軍閥下野後居於租界蒔花飲酒且學賦詩，頗下得一番工夫，模仿淵明文字、句法。而魯迅先生批曰：我覺得「不像」。蓋此是言不由衷，便是偽、是不真、是邪。以此而論，其詩絕不如「月黑殺人地，風高放火天」二句也。村中小酒肆中有對聯曰：

進門來三杯醉也，
起身去一步歪邪。

此雖不佳而頗有詩意，蓋紀實也。又有一聯曰：

劉伶問道何處好，
李白答曰此地佳。

此亦鄉村小酒肆對聯，還不如前者。下野軍閥的仿陶淵明詩還不如村中酒肆對聯這個味兒。故說詩的是非善惡不是世俗的。

文學與哲學與「道」的最高境界是一個。所謂「詩法」，就是佛法的「法」，是「道」。靜安先生曰：「境界有大小，不以是而分優劣。」（《人間詞話》）

「詩三百篇」既稱「經」，就是不祧之祖，而降至楚辭、賦、詩、詞、曲，則益卑矣。然而，以詩法論，便童謠、山歌亦可以與「經」並立。其實「詩三百篇」原亦古代之童謠、山歌也。《金剛經》云：

是法平等，無有高下。

只要「思無邪」就是「法」。佛法平等不是自由平等的平等，佛說之法皆是平等。佛先說小乘，後說大乘，由空說無，說有見空。天才低者使之信，天才高者使之解，無論如何說法，皆是平等。或謂佛雖說有大乘、小乘，其實佛說皆是大乘，皆可以是而成佛。「南無阿彌陀佛」[14]六字，最低之小乘，然而也能成佛。故佛說「大開方便之門」，門無大小，而入門則平等也，與靜安先生所謂「不以是而分優劣」一也。

今所言詩，只要是詩就是法。

孔夫子對於《詩》，有「思無邪」之總論，尚有分論。

子曰：「小子何莫學夫詩？詩可以興，可以觀，可以群，可以怨，邇之事父，遠之事君，多識於鳥獸草木之名。」（《論語·陽貨》）

這是總論中之分論，前所說是總論中之總論。

說得真好。無怪夫子說「學文」，真是學文。忠厚老實、溫厚和平、仁慈、忠孝、誠實，溢於言表。這真是好文章。每一國的文字有其特殊之長處，吾人說話、作文能夠表現出來便是大詩人。中國方字單音，少

---

13 王國維（一八七七—一九二七）：近代學者、詩人，字伯隅，一字靜安，浙江海寧人。《人間詞話》為其論詞名著。

14 《大阿彌陀經》：「佛言：『若起更被袈裟西向拜，當日所沒處，為阿彌陀佛作禮，以頭腦著地言：南無阿彌陀三耶三佛檀。』阿難言：「諾受教。」即起更被袈裟西向拜，當日所沒處，為彌陀佛作禮，以頭腦著地言：南無阿彌陀三耶三佛檀。」「阿彌陀佛」，梵語 Amitabha 音譯，意譯為無量壽佛或無量光佛，指西方極樂世界教主。「阿彌陀佛」後成為淨土宗持名念佛的佛號。「南無」，梵語 Namas 音譯，表示歸命、敬禮。淨土宗常將其冠於「阿彌陀佛」之前，用作持名念佛的敬稱。

彈性，而一部《論語》音調仰抑低昂，彈性極大，平和婉轉之極。夫子真不可及，孟子不能。

漢學重訓詁，宋學重義理，此本難分優劣。漢經秦「焚書」之後，書籍散亂亟待整理；及宋朝書籍大半整理就緒，而改重義理，亦自然之趨勢也。今講《詩經》，在文字上要打破文字障，故重義理而兼及訓詁，雖仍漢宋之學而皆有不同。

「詩可以興，可以觀，可以群，可以怨。」讀此段文章，「可以」兩字不可草草看過。

興：感發志氣。起、立，見外物而有觸。

生機暢旺之人最好。何以生機暢旺就是詩？「昔我往矣，楊柳依依。今我來思，雨雪霏霏」（《詩經·小雅·采薇》），讀之如旱苗遇雨，真可以興也。

觀：考察得失。（得失不能要，算盤不可太清，這非詩。）

不論飛、潛、動、植，世界上一切事皆要觀，不觀便不能寫詩。

「《詩》云：『鳶飛戾天，魚躍於淵。』言其上下察也。」（《中庸》十二章）察猶觀也，觀猶察也。鳶代表在上一切，魚代表在下一切，言此而不止於此，因小而大，由淺入深，皆是象徵，此二句是極大的象徵。「舉一隅不以三隅反，則不復也」（《論語·述而》），舉其一必得知其二。詩中描寫多舉其一以括之。

群：朱注[15]，「群，和而不流」。今所謂調和、和諧，即「無入而不自得」（《中庸》十四章）。人當高興之時，對於向所不喜之人、之物皆能和諧。「鳥獸不可與同群」（《論語·微子》），人與鳥獸心理、興趣不同，是牴觸，是不調和，如何能同群？以此言之，屈子「舉世皆濁我獨清，眾人皆醉我獨醒」（《楚辭·漁父》），人、事、物皆看不中，生活只是苦惱，反是自殺為愈也。賈誼[16]雖未自殺，但其夭折亦等於慢性的自殺。

「詩可以群」，何也？詩要誠，一部《中庸》所講的就是一個「誠」，凡忠、恕、仁、義，皆發自誠。

所謂「和而不流」，「流」，是無思想、無見解，順流而下。

怨：朱注，「怨，怨而不怒」。其實也不然，《詩》中亦有怒：

　　人而無儀，不死何為。（〈相鼠〉）

望文生義，添字注經，最為危險。最好以經講經，以《論語》注《論語》。

此二句，恨極之言，何嘗不怒？

唯「不遷怒」（《論語‧雍也》）也。

夫子承認怒，唯不許「遷怒」；許人怒，但要得其直。此世法與出世法之不同也。

　　基督：「人家打你的左臉，把右臉也給他。」（《聖經》）

　　釋迦：「無我相，無人相，無眾生相，無壽者相。」「節節肢解，不生嗔恨。」（《金剛經》）[17]

　　子曰：「以直報怨，以德報德。」（《論語‧憲問》）

15 朱注：朱熹所作《論語集注》。朱熹（一一三〇—一二〇〇）：南宋理學家、文學家，字元晦，徽州婺源（今江西婺源）人。

16 賈誼（公元前二〇〇—前一六八）：西漢初年政論家、文學家，洛陽（今屬河南）人，曾為長沙王太傅，故世稱賈太傅、賈長沙。《漢書‧藝文志》記載他的散文有五十八篇，收錄於《新書》中。

17 《金剛經》：「須菩提。如我昔為歌利王割截身體，我於爾時，無我相，無人相，無眾生相，無壽者相。何以故？我於往昔節節肢解時，若有我相、人相、眾生相、壽者相，應生嗔恨。」

基督「要愛你的仇人」，釋迦「一視同仁」，都是出世法，孔子是最高的世法。西諺曰：「以牙還牙，以眼還眼。」[18]孔子不曰「以怨報怨」，報有報答、報復之意。「以直報怨」是要得其平；「以牙還牙」，不是直。在基督、釋迦不承認「怨」；夫子卻不曾抹殺，承認「怒」與「哀」，怒與哀而怨生矣，而「怨」都是直。

「恕」、「怨」，在乎誠、在乎忠、在乎恕、在乎仁、在乎義，當然可以怒，可以怨。《論語》之用字最好，「可以興，可以觀，可以群，可以怨」，沉重、深厚、慈愛。讀此段文章，「可以」二字不可草草放過。

夫子之文，字面音調上同其美，而不專重此。

可以興，可以觀，可以群，可以怨　　自我—內
邇之事父，遠之事君　　為人—外
　　　　對，世法

「詩可以興，可以觀，可以群，可以怨」，此是小我，但要擴而充之——「邇之事父，遠之事君。」（釋迦不許人有我相。）「事父」、「事君」，代表一切向外之事，如交友、處世，餵貓、飼狗，皆在其中。事父、事君無不適得其宜。我本乎誠，本乎忠、恕、仁、義，則為人、處世皆無不可。（切不可死於句下。）

「多識於鳥獸草木之名。」朱子注：「其緒餘，又足以資多識。」（《論語集注》）夫子所講是身心性命之學，是道，是哲學思想（philosophy）。「多識於鳥獸草木之名」，何謂也？要者，「識」、「名」兩個字，識其名則感覺親切，能識其名則對於天地萬物特別有忠、恕、仁、義之感，如此才有慈悲、有愛，才

可以成為詩人。

> **民，吾胞也；物，吾與也。（張載〈西銘〉）**
>
> **天地萬物與我並生，類也。（《列子．說符》）**
>
> **仁者，愛人。[19]（《論語．顏淵》）**

孔子舉出「仁」，大無不包，細無不舉，乃為人之道也。民，我胞也；物，我與也。擴而充之，至於四海。仁，止於人而已，何必愛物？否！否！佛家戒殺生不得食肉，恐「斷大慈悲種子」。必須時時「長養」此「仁」，不得加以任何摧殘，勿以細小而忽之。凡在己為「患得」，在他為「不恕」者，皆成大害，切莫長養惡習，習與性成，摧殘善根。

孔子門下賢人七十有二，獨許顏淵[20]「三月不違仁」（《論語．雍也》）。（佛：慈悲；耶：愛；儒：仁。）此是何等工夫？夫子「造次必於是，顛沛必於是」（《論語．衛靈公》），念茲在茲。

為什麼學道的人看不起治學的人，治學的人看不起作詩的人？

蓋詩人見雞說雞，見狗說狗，不似學道、治學之專注一心；但治學時時可以放下，又不若學道者。

道——圓，是全體，大無不包，細無不舉；

18《舊約全書．申命記》：「以眼還眼，以牙還牙，以手還手，以腳還腳。」

19 此表述與原文有異。《論語．顏淵》：「樊遲問仁，子曰：『愛人。』」

20 顏淵（公元前五二一—前四八一）：名回，字子淵，春秋時期魯國人，「孔門十哲」之首，以德行著稱。

學——線，有系統，由淺入深，由低及高；

詩——點，散亂、零碎。

作詩，人或譏為玩物喪志，其實最高。前念既滅，後念往生；後念既生，前念已滅。吾人要念念相續，言語行動，行住坐臥，要不分前念、後念，而念念相續，方能與詩有分。這與學道、治學仍是一樣，也猶同「三月不違仁」。「多識於鳥獸草木之名」之意也在此，為的是念念相續，為的是長養慈悲種子。

「少年不足言，識道年已長。」（王摩詰〈謁璿上人〉）年長則精力不足，壽命有限，去日苦多，任重道遠，頗頗不易。孔子曰：「加我數年，五十以學《易》，可以無大過矣。」（《論語．述而》）識道何易？

詩便是道。試看夫子說詩，「興」、「觀」、「群」、「怨」、「事父」、「事君」、「多識於鳥獸草木之名」，豈非說的是為人之道？夫子看詩看得非常重大：重，含義甚深；大，包括甚廣。

《論語．季氏》載：

> **（孔子）嘗獨立，鯉趨而過庭，曰：「學詩乎？」對曰：「未也。」「不學詩，無以言。」鯉退而學詩。**

夫子兩句話，讀來又嚴肅、又仁慈、又懇切。「不學詩，無以言」，「無以」是感。

學，人生吸收最重要在「眼」。我國盲詩人愛羅先珂[21]四歲失目，他的詩代表北方的沉思玄想，讀了總覺得是瞎子說話。發揮方面最主要在「言」。言，無「義」不成，辭「氣」不同。常謂作詩要有韻，即有不盡之言。夫子說話也有韻。《世說新語》中之人物真有韻，頗有了不得的出色人物，王、謝[22]家中詩人不少。

孔子論詩還有：

子曰：「誦詩三百，授之以政，不達；使於四方，不能專對。雖多，亦奚以為？」（《論語・子路》）

子曰：「興於詩，立於禮，成於樂。」（《論語・泰伯》）

子謂伯魚曰：「汝為《周南》、《召南》矣乎？人而不為《周南》、《召南》，其猶正牆面而立也與？」（《論語・陽貨》）

以上，孔門詩法總論之部。

在宗教上信與解並行，且信重於解，只要信雖不解亦能入道，若解而不信則不可。釋迦弟子阿難[23]知識最多，而迦葉[24]先之得道。世尊拈花，迦葉微笑。[25]迦葉傳其法，迦葉死後方傳阿難。而儒家與宗教不同，

---

21 愛羅先珂（Vasili Yakovlevich Eroshenko, 1889-1952）：俄國詩人、童話作家、世界語專家。二十五歲離開俄國本土，先後在暹羅（今泰國）、緬甸、印度、日本等地漂泊。一九二二年受聘至北京大學教授世界語。

22 王、謝：東晉時期王導、謝安兩大家族。

23 阿難：又稱阿難陀，釋迦牟尼堂弟，釋迦牟尼十大弟子之一，博聞強識，有「多聞第一」之稱。

24 摩訶迦葉：佛陀十大弟子之一，最無執著之念，有「頭陀第一」、「上行第一」之稱。

25 《大梵天王問佛決疑經・拈華品》：「爾時如來，坐此寶座，受此蓮華，無說無言，但拈蓮華。入大會中，八萬四千人天時大眾，皆止默然。於時長老摩訶迦葉，見佛拈華示眾佛事，即今廓然，破顏微笑。佛即告言：『是也。我有正法眼藏、涅槃妙心、實相無相、微妙法門，不立文字，教外別傳，總持任持，凡夫成佛，第一義諦。今方付屬摩訶迦葉。』言已默然。」

只重解而不在信；且宗教是遠離政治，而儒家中則有其政治哲學。《大學》所謂「正心」、「誠意」、「修身」，宗教終止於此而已，是「在我」，是「內」；儒家還有「齊家」、「治國」、「平天下」，是「為人」，是「外」。宗教家做到前三項便算功行圓滿；而儒家則是以前三項為根本，擴而充之，恢而廣之，以求有益於政治，完全是世法，非出世法。

正心	誠意	修身	齊家	治國	平天下
預修、修養				政治	
心、我				宇宙、人類	

「齊家」是正心、誠意、修身的「實驗」，是治國、平天下的「試驗」。

夫子要人從自我的修養恢而廣之，以見於政治。吾人向以為詩人不必是政治家，愛詩者不見得喜好政治，何以夫子說通了「詩三百」，授之以政便達，何以見得？夫子說誑語嗎？否。是「真語者、實語者、如語者、不誑語者、不異語者」，豈能打誑語？魯迅先生譯鶴見祐輔[26]《思想‧山水‧人物》（鶴見祐輔思想清楚，文筆亦生動；魯迅先生譯書雖非生動，也還可讀），書中說第一次歐戰美國總統威爾遜（Wilson）[27]是十足的書獃子。美國總統先必為紐約省長，威爾遜為法學士，做波士頓大學校長，一躍而為紐約省長，再躍而為美國大總統。彼乃文人，又是詩人，又是書獃子，鶴見祐輔最讚仰之。一個純粹的政客太重實際，而文人成為政治家，彼有彼之理想，可以將政治改良提高，使國家成為更文明的國家，國民成為更有文化的國民。在近代，威爾遜實是美國總統史中最光明、最正大、最儒者氣象的一位。在大戰和約中，別人以為威爾遜的最大失敗蓋英、法二國的兩滑頭，只顧己方利益，不顧世界和平，是以威爾遜被騙了。然而，此正見其光榮也。威爾遜說，美國有什麼問題，何必與他商量、與你商量，我只以美國人的身份平心想該怎樣辦就怎樣辦。驟聽似乎太武斷、太主觀，但試察歷史政治舞台上的人，誰肯以國民的資格想想事當如何辦？果然，也不至於橫徵暴斂，不顧百姓死活了。

說起威爾遜，真是詩人、是文人、是書獃子，可也是理想的政治家——此即是夫子所謂「誦詩三百，授之以政，不達，亦奚以為」了。夫子曰：「吾道一以貫之。」曾子釋之曰：「忠恕而已矣。」（《論語．里仁》）說白便白，說黑便黑，那簡直是人格的破碎。然而「一以貫之」絕非容易也。只有老夫子說得起這句話。什麼（何）是一？怎麼樣（何以）貫？「造次必於是，顛沛必於是。」（《論語．衛靈公》）我就想我是一個美國人，應當怎麼去施，怎麼樣受。威爾遜說得實在好。

子貢曰：「貧而無諂，富而無驕，何如？」子曰：「可也。未若貧而樂，富而好禮者也。」子貢曰：「《詩》云：『如切如磋，如琢如磨。』其斯之謂與？」子曰：「賜也始可與言詩已矣。告諸往而知來者。」（《論語．學而》）

子夏問曰：「『巧笑倩兮，美目盼兮，素以為絢兮』，何謂也？」子曰：「繪事後素。」曰：「禮後乎？」子曰：「起予者商也。始可與言詩已矣。」（《論語．八佾》）

---

26 鶴見祐輔（Yusuke Tsurumi, 1885-1973）：日本作家、評論家，著有隨筆集《思想．山水．人物》。

27 威爾遜（Thomas Woodrow Wilson, 1856-1924）：美國第二十八任總統。威爾遜從政前曾執教多年，著有《國會政府》、《美國政治研究》、《論國家》等，故人稱「書生總統」。

「唐棣之華，偏其反而。豈不爾思，室是遠而。」子曰：「未之思也，夫何遠之有？」（《論語・子罕》）

以上三段，為夫子在《論語》中對於詩之某節某句之見解。

夫子說「詩可以興」，又說「興於詩」，特別注重「興」字。夫子所謂詩絕非死於句下的，而是活的，對於含義並不抹殺，卻也不是到含義為止。吾人讀詩只解字面固然不可，而要千載之下的人能體會千載而上之人的詩心。然而這也還不夠，必須要從此中有生發。天下萬事如果沒有生發早已經滅亡。前說「因緣」二字，種子是因，借扶助而發生，這就是生發，就是興。吾人讀了古人的詩，僅能瞭解古人的詩心又管什麼

說白便白，說黑便黑，那簡直是人格的破碎。然而「一以貫之」絕非容易，只有孔老夫子說得起這句話。圖為明朝仇英《孔子聖蹟圖》。

事？必須有生發，才得發揮而光大之。《鏡花緣》中打一個強盜，說要打得你冒出忠恕來。[28]禪宗大師說，從你自己胸襟中流出，遮天蓋地。[29]前之「冒」字，後之「流」字，皆是夫子所謂「興」的意思。可以說吾人的心幫助古人的作品有所生發，也可以說古人的作品幫助吾人的心有所生發。這就是互為因緣。

「貧而無諂，富而無驕」與「貧而樂，富而好禮」，其區別如何？前者猶如自我的羈勒，不使自己逾出範圍之外，這只是苦而不樂。（夫子在《論語》中則常常說到樂。）在羈勒中既不可懈弛，又禁不起誘惑。「不見可欲，使民心不亂」（《道德經》三章）；反之，既見可欲，其心必亂，這便談不到為學，這是喪失了自我。然而後者「貧而樂，富而好禮」卻是「自然成就」。夫子之「樂」、之「好」，較之子貢兩個「無」字如何？多麼有次第，絕不似子貢說得那麼勉強、不自然。這簡直就是詩。放翁說「文章終與道相妨」（〈遣興〉），不然也。

子貢由此而想到詩，又由詩想到此，所謂互為因緣也。牙雖白、玉雖潤，然經琢磨之後牙益顯白、玉益顯潤。（猶如蒼蠅觸窗紙而不得出，雖知光道之所在，尚隔一層窗紙。夫子之言猶如戳出窗紙振翼而出，立見光明矣。）夫子說「告諸往而知來者」，便是生發，便是興。

不瞭解古人是辜負古人，只瞭解古人是辜負自己，必要在瞭解之後還有一番生發。

首一段子貢與夫子的對話由他事興而至於詩，次一段子夏與夫子的對話由詩興而至於他事。

---

28 清朝李汝珍《鏡花緣》第五十一回，寫兩面國大盜欲納妾，其婦將他一頓好打，並訓斥一番：「你還只想置妾，哪裡有個忠恕之道！我不打你別的，我只打你『只知有己，不知有人』。把你打得驕傲全無，心裡冒出一個『忠恕』來，我才甘心！」

29 《碧巖錄》卷二記載巖頭禪師謂雪峰禪師語：「爾不見道。從門入者，不是家珍。須是自己胸中流出，蓋天蓋地。」

夫子所言「繪事後素」，《禮記》所謂「白受采」[30]也。本質潔，由人力才能至於美。「巧笑倩兮，美目盼兮，素以為絢兮」，「巧笑」、「美目」、「素」皆是素；「倩」、「盼」、「絢」是後天的，是「繪」；「禮後乎」，誠然哉！夫子所謂「起予者商也」之「起」者，猶興也。如此「始可與言詩」，此之謂詩也。

「詩無達詁」（董仲舒《春秋繁露．精華》），此中亦頗有至理存焉。作者何必然，讀者何必不然？雖然人同此心，心同此理，而對於相同之外物之接觸，個人所感受者有異。愈是好詩，愈是包羅萬象。「賦詩必此詩，定知非詩人」（蘇軾〈書鄢陵王主簿所畫折枝二首〉其一），必此詩——必然。唐詩之所以高於宋詩，便因為唐詩常常是無意的——意無窮——非必然的。

偉大之作品包羅萬象，仁者見仁，智者見智，深者見深，淺者見淺。魯迅先生文章雖好而人有極不喜之者，是猶未到此地步。雖然，無損乎先生文章之價值也。正如中國之京戲，「國自興亡誰管得，滿城爭說叫天兒」（狄楚青《燕京庚子俚詞》其七）。（近代梨園只有譚叫天[31]算得了不起的人物。）

唐詩與宋詩，宋詩意深（是有限度的）——有盡；唐詩無意——意無窮，所以唐詩易解而難講，宋詩雖難解卻比較容易講；猶之平面雖大亦易於觀看，圓體雖小必上下反覆始見全面也。

子貢之所謂「切」、「磋」、「琢」、「磨」，不僅指玉石之切、磋、琢、磨也。「巧笑倩兮，美目盼兮，素以為絢兮」，又何關乎禮義、繪事也？

雖然，作者何必然，讀者何必不然？一見圓之彼面，一見圓之此面，各是其所是而皆是。花月山水，人見之而有感，此花月山水之偉大也。各人所得非本來之花月山水，而各自為各自胸中之花月山水，皆非而亦皆是。禪家譬喻謂「盲人摸象」，觸象腿者說像似圓柱，觸象尾者說像似掃帚。[32]如說彼俱不是，不如說彼皆是，蓋各得其一體，並未離去也。

吾人談詩亦正如此，各見其所見，各是其所是，所謂「詩無達詁」也。要想窺見全圓、摸得全象，正非容易。是故，見其一體即為得矣，不必說一定是什麼。

> 說詩者不以文害辭，不以辭害志。以意逆志，是為得之。（《孟子．萬章上》）

> 吾善養吾浩然之氣。（《孟子．公孫丑上》）

對方[33]之無能或不誠，致使吾人不敢相信。然而自己看事不清、見理不明，反而疑人，也可說多疑生於糊塗。

「吾善養吾浩然之氣」，「氣」是最不可靠的，「氣」是什麼？

---

30 《禮記．禮器》：「甘受和，白受采，忠信之人，可以學禮。」

31 譚鑫培（一八四七—一九一七）：近代京劇演員，初習武生後改老生，有「伶界大王」之美譽。其父譚志道應工老旦，因聲狹音亢，得「叫天」之藝號，後人因稱譚鑫培為「小叫天」、「譚叫天」。

32 《義足經》：「過去久遠，是閻浮利地有王，名曰鏡面。時敕使者，令行我國界，無眼人悉將來至殿下。使者受敕即行，將諸無眼人到殿下，以白王。王敕大臣：『悉將是人去示其象。』臣即將到象廄，一一示之，令捉象，有捉足者、尾者、尾本者、腹者、脇者、背者、耳者、頭者、牙者、鼻者，悉示已，便將詣王所。王悉問：『汝曹審見象不？』對言：『我悉見。』王言：『何類？』中有得足者言：『明王，象如柱。』得尾者曰：『如掃帚。』得尾本者言：『如杖。』得腹者言：『如埵。』得脇者言：『如壁。』得背者言：『如高岸。』得耳者言：『如大箕。』得頭者言：『如臼。』得牙者言：『如角。』得鼻者言：『如索。』便復於王前共諍訟象，諦如我言。」

33 對方：或指作詩者。

孔夫子之言顛撲不破，孟夫子說話往往有疵隙。

以上兩小段文字乃孟子之說詩，余試解之。

「文」：

（一）篇章、成章。（文者，章也；章者，文也。《說文》[34]中彣、彰互訓。）

（二）文采。即以〈離騷〉為例，其洋洋大觀、奇情壯采是曰文采。

「辭」：

辭、詞通，意內而言外。楚辭中〈離騷〉最好，亦最難解，對於它的洋洋大觀、奇情壯采，令人蠱惑。「蠱惑」二字不好，charming（charm, n; charming, adj）好。《紅樓夢》中說誰是怪「得人意兒」[35]的，倒有點兒相近。「得人意兒」似乎言失於淺，「蠱惑」卻又求之過深。

文章有charming，往往容易愛而不知其惡。諺有之曰「人莫知其子之惡」（《大學》八章），又俗語曰「情人眼裡出西施」，此之謂也。西人也說兩性之愛是盲目的（love is blind）。其實，一切的愛皆是盲目的，到打破一切的愛，真的智慧才能出現。即如讀〈離騷〉，一被其洋洋大觀、奇情壯采所蠱惑，發生了愛，便無暇詳及其辭矣。

欣賞其文之charm，須快讀，可以用感情。欲詳其辭意須細讀，研究其組織與寫法必定要立住腳跟觀察。觀與體認、體會有關。既曰觀，就必須立定腳跟用理智觀察。

「不以辭害志」，「志」者，作者之志；「詩言志」，志者，心之所之也。[36]後來之人不但讀者以辭害志，作者也往往以辭害志，以致有句而無篇，有辭而無義。

「以意逆志」，「逆」，迎也、溯也、追也，千載之下的讀者，要去追求千載之上的作者之志。

「以意逆志，是為得之。」

　　之
志 ⇌ 詩
　　逆

孟子把詩看成了「必然」。

章實齋[37]《文史通義》詩教篇（章氏對史學頗有見解，文學則差），以為我國諸子出於詩，尤其以縱橫家為然。此說余以為不然。縱橫家不能說「思無邪」，只可說是詩之末流，絕非詩教正統（夫子所謂「言」，所謂「專對」）。

馬浮（一浮先生）[38]亦常論詩，甚高明。馬一浮先生佛經功夫甚深，而仍是儒家思想，其在四川辦一學院講學，所講純是詩教（余所講近詩義）：

> 「仁」是心之全德（易言之，亦曰德之總相），即此實理之顯現於發動處者，此理若隱，便同於木石。如人患痿痹，醫家謂之不仁。人至不識痛癢，毫無感覺，直如死人。故聖人始教以《詩》為

34 《說文》：《說文解字》的簡稱，東漢許慎著，中國第一部系統分析漢字字形、考究字源的著作。

35 《紅樓夢》第五十六回賈母對前來請安的甄府四個女人說賈寶玉：「就是大人溺愛的，也因為他一則生的得人意兒；二則為人禮數，竟比大人行出來的還周到，使人見了可愛可憐，背地裡所以才縱他一點子。」

36 〈毛詩序〉：「詩者，志之所之也。在心為志，發言為詩。」

37 章學誠（一七三八—一八〇一）：清朝史學家，字實齋，號少巖，會稽（今浙江紹興）人。提倡「六經皆史」，著有《文史通義》九卷。

38 馬浮（一八八三—一九六七）：字一浮，號湛翁，浙江紹興人。博通古今，也涉西學，然其畢生立足儒學，精研義理，且創辦並主持復性書院。梁漱溟譽其為「千年國粹，一代儒宗」。

先，詩以感為體，令人感發興起，必假言說。故一切言語之足以感人者，皆詩也。……詩人感物起興，言在此而意在彼。故貴乎神解，其味無窮。聖人說詩，皆是引申觸類，活鱍鱍也。其言之感人深者，固莫非詩也。天地感而萬物化生，仁之功也。聖人感人心而天下和平，詩之效也。（《復性書院講錄．論語大義一．詩教》）

魯迅先生說，說話時沒得說，只是沒說時不曾想。見理不明，故說話不清；發心不誠，故感人不動。

顯（仁　起動感生）⟷ 隱（不仁　心死）

仁　世界大同　道　人人可行

生之大德曰仁

夫子說詩，「興」、「觀」、「群」、「怨」、「事父」、「事君」、「多識於鳥獸草木之名」七項，不是並列的，而是相生的。再進一步，也可以說並列而相生，相生而並列。人只要「興」，就可以「群」、「怨」、「事父」、「事君」、「識鳥獸草木之名」；若是不「興」，便是「哀莫大於心死」（《莊子．田子方》）。只要不心死就要興，凡起住飲食無非興也。吾人觀乞者啼飢號寒，不禁惕然有動，此興也，詩也，人之思無邪也。若轉念他自他、我自我，彼之飢寒何與我？這便是思之邪，是心死矣。佛說：「心生種種法生，心滅種種法滅。」（《楞嚴經》）學佛、學道，動輒曰我心如槁木死灰，豈非心死邪？豈不是斷滅相？佛說：「於法不說斷滅相。」（《金剛經》）

馬先生之說，除「天地感而萬物化生，仁之功也」一句欠通，其餘皆合理。文雖非甚佳，說理文亦只好如此，說理文太美反而往往使人難得其真義所在，如陸士衡〈文賦〉[39]、劉彥和《文心雕龍》[40]，因文章之煊赫反而忘其義之所在。

言字者，言語之精；言語者，文字之粗。平常是如此，但言語之功效並不減於文字。蓋言語是有音色的，而文字則無之。禪家說法動曰親見，故阿難講經首曰「如是我聞」[41]，是既負責又懇切。言語有音波，亦所以傳音色，古詩無不入於歌，故詩是有音的。《漢志》記始皇焚書而《詩》傳於後，蓋人民諷誦，不獨在竹帛故也。馬先生故曰「必假言說」，而不說文字也。言語者，有生命的文字；文字者，是雅的語言。馬先生說言語之足以感人者皆詩，章實齋先生所說縱橫家者流，乃詩之流弊。

東坡有對曰：「三光日月星，四詩風雅頌。」[42]

39 陸機（二六一—三〇三）：西晉文學家，字士衡，吳郡華亭（今上海松江）人，與其弟陸雲合稱「二陸」。所著〈文賦〉為中國文學批評史上第一篇系統闡述創作論的文章。

40 劉勰（四六六？—五二一？）：南北朝梁文學理論家，字彥和，東莞莒（今山東莒縣）人。所著《文心雕龍》為中國文學批評史上第一部系統闡述文學理論的專著。

41 佛教傳說，釋迦牟尼入滅前叮囑其弟子，集結經文之首應冠以「如是我聞」。釋迦入滅後，阿難集結諸經，開卷皆置此四字。其後之佛經亦以此為開卷語。

42 此對之成，異說頗多，其一為楊彥齡，其一為東坡。北宋楊彥齡《楊公筆錄》：「世所謂獨腳令者，唯『三光日月星』，以拘於物數為最不易酬答者。元祐三年夏，余待試興國西經藏院，夜夢一客舉此為令，若欲相屈，余輒應聲答曰：『四詩風雅頌。』客遂慚服而去。」南宋岳珂《桯史》：「承平時，國家與遼歡盟，文禁甚寬，輅客者往來，率以談謔詩文相娛樂。元祐間，東坡嘗膺是選。遼使素聞其名，思以奇困之。其國舊有一對曰『三光日月星』，凡以數言者，必犯其上一字，於是遍國中無能屬者。首以請於坡。坡唯唯謂其介曰：『我能而君不能，亦非所以全大國之體。「四詩風雅頌」，天生對也，盍先以此復之。』介如言，方共歎愕。坡徐曰：『某亦有一對，曰「四德元亨利」。』使睢盱，欲起辨。坡曰：『而謂我忘其一耶？謹閟而舌，兩朝兄弟邦，卿為外臣，此固仁祖之廟諱也。』使出不意，大駭服。既又有所談，輒為坡逆奪，使自愧弗及。迄白溝，往返齚舌，不敢復言他。」

「四詩」：風、大雅、小雅、頌
雅

「四始」：〈關雎〉，風之始；
〈鹿鳴〉，小雅之始；
〈文王〉，大雅之始；
〈清廟〉，頌之始。

風，大體是民間文學，亦有居官者之作；雅，貴族文學；頌，廟堂文學。以有生氣、動人而言，風居首，雅次之，頌又次之。以典雅肅穆論，頌居首，雅次之，風又次之。

不知當初編輯《詩經》之人是否其先後次序含有等級之意，余以為雖然似乎有意，亦似無意，在有意、無意之間。

「六義」：風、雅、頌（以體分）；

賦、比、興（以作法分，頌中多賦，比、興最少）。

直陳其事，賦也；能近取譬，比也（比喻）；挹彼注茲，興也。（「注」字用得不好。）

前人講賦、比、興，往往將「興」講成「比」，毛、鄭[43]俱犯此病。毛、鄭傳詩雖說賦、比、興，是知其然而不知其所以然。《文心雕龍》有〈比興〉篇，然說比、興不甚明白。

興絕不是比。「雲想衣裳花想容」（李白〈清平調三首〉），詩人的聯想，比也。「關關雎鳩，在河之洲」，《毛詩》說「興也」，後來都講成興了，實則「關關雎鳩，在河之洲」與「窈窕淑女，君子好逑」絕無關係。

興是無意，比是有意，不一樣。既曰無意，則興與下二句無聯絡，既無聯絡何以寫在一起？此乃以興為引子，引起下兩句，猶如語錄說「話頭」（禪家說「話頭」，指有名的話，近似proof），借此引出一段話來。然「興」雖近似introductory、引子、話頭，但introductory尚與下面有聯絡，「興」則不當有聯絡。（宋朝的平話[44]如《五代史平話》，往往在一段開端有一片話頭與後來無關，這極近乎「興」。元曲中有「楔子」[45]，金聖歎說「以物出物」[46]）。此種作法最古為《詩》，《詩經》而後即不復見，但未滅亡，在兒歌童謠中至今尚保存此種形式（在外國似乎沒有）：

小白雞上柴火垜，沒娘的孩子怎麼過。（興也）

小板凳，朝前挪。爹喝酒，娘陪著。（興也）

43 毛指西漢《詩經》學者毛亨、毛萇，鄭指東漢經學家鄭玄。鄭玄（一二七—二〇〇）：東漢經學家，字康成，北海高密（今山東高密）人，著有《毛詩箋》、《三禮注》、《論語注》等。

44 吳小如〈釋「平話」〉認為，平話作為古代白話小說的一種形式，是與詩話、詞話相對言，純用口語，不加歌唱。一般講史話本只說不唱，有韻的讚語也只朗誦，故多稱之為「平話」。

45 楔子：元雜劇專有名詞，蓋指四折之外對劇情起交代作用或連接作用的短小開場戲或過場戲。

46 金聖歎（一六〇八—一六六一）：明末清初文學批評家，名采，字若采，明亡後改名人瑞，字聖歎，長洲（今江蘇蘇州）人。評點古書甚多，金批《水滸傳》，將原本引首與第一回合併，改稱「楔子」，且有語云：「楔子者，以物出物之謂也。」

興是無意，說不上好壞，不過是為湊韻，不使下面的話太突然。

《中庸》三十三章有言曰：

> 《詩》曰：「衣錦尚褧。」惡其文之著也。

褧（褧、絅通用）是一種輕紗，錦自內可以透出。中國所以尚珠玉而不喜鑽石也，皆是「衣錦尚褧」。所謂謙恭、客氣、面子，皆由此之流弊。客氣，不好意思，豈非不是「思無邪」了嗎？不然，人生就是矛盾的，在矛盾中產生了謙恭、客氣、面子、不好意思，而有「衣錦尚褧，惡其文之著」的情形。興就好比錦外之褧。又《莊子》曰：

> 筌者所以在魚，得魚而忘筌。（《莊子．外物》）

正好是興：筌非魚，筌所以得魚，得魚而忘筌。興，妙不可言也。

夫子說「詩可以興」，以興詩外之物。今余講「興」亦說「興者，起也」，此起詩之本身也。夫子說的「興」是功用，今所說「興」是作法。

興，獨以「三百篇」最多。後來之詩只有賦、比而無興，即〈離騷〉、「十九首」皆幾於無興矣。

詩之由來：

《禮記．王制》：

> 命大師陳詩，以觀民風。

鄭氏注[47]：「陳詩，謂采其詩而視之。」鄭氏注恐怕不對。陳者，列也，呈也。《漢書・食貨志》云：

> 孟春之月，行人振木鐸，徇於路以采詩，獻之太師。

古之詩不但是看的，也是聽的。「師」，有樂官的意思。如，晉師曠，瞽者，樂官，即稱師。又如，魯大師摯，大師，樂官首領，故稱大師。

《周禮・春官・宗伯》：

> 瞽矇……掌九德六詩之歌，以役大師。

胡適之[48]先生主張實驗哲學、懷疑態度、科學精神，頗推崇崔述東壁[49]。崔氏作有《讀風偶識》，其書卷二〈通論十三・國風〉有云：「周之諸侯千八百國，何以獨此九國有風可采？」其實這話也不能成立。采詩並非一古腦兒收起來，要選其美好有關民風者，所以只九國有風有什麼關係？

47 鄭氏注：指鄭玄之注。

48 胡適（一八九一——一九六二）：現代學者，新文化運動代表人物，字適之，安徽績溪人。師從美國哲學家杜威，服膺其實用主義理論。

49 崔述（一七四〇——一八一六）：清朝辨偽學者，字武承，號東壁，大名（今屬河北）人，有辨偽專著《考信錄》三十六卷。

果然都是大師陳詩、瞽矇掌歌詩嗎？也未必然。蓋天下有所謂有心人、好事者。（不是庸人自擾，反是聰明才智之士擾得厲害，也就是不安分的人。）有心人似乎較好事者為好。歌謠不必在文字，祖先傳之兒孫，甲地傳之乙地，故人類不滅絕，歌謠便不滅亡。雖然，但可以因時而變化，新的起來便替了舊的。有心人將此種歌謠蒐集筆錄之乃成為書。凡詩篇、《雅歌》及「詩三百篇」，皆是也。如此較上古口授更可傳之久永了。無名氏作品之流傳，大抵是有心、好事之人蒐集，這是他個人的嗜好，不比後世邀名利之徒。此種有心人、好事者與社會之變化頗有關係，這樣人生才有意義，才不是死水。諺語曰，流水不腐。此話甚好。人生是要有活動的，雖然彼亦一是非，此亦一是非，未必現在就比古代文明。

孔子刪詩：

此說在史書記載中尋不出確實的證據來。首記刪詩者是《史記》，《漢志》雖未肯定孔子刪詩，也還不脫《史記》影響。

《史記・孔子世家》：

> 古者詩三千餘篇，及至孔子，去其重，取可施於禮義，上採契、后稷，中述殷、周之盛，至幽、厲之缺，始於衽席。……三百五篇，孔子皆絃歌之。

《漢書・藝文志》：

> 孔子純取周詩，上採殷，下取魯，凡三百五篇。

殷 ← （周） → 魯

〈藝文志〉下文還是受《史記》影響，還是經孔子的整理而成了三百零五篇，但孔子自己沒有提到，所以孔穎達[50]說：不然，不然，孔子不曾刪詩。孔穎達云：「書、傳所引之詩見在者多，亡逸者少，則孔子所錄不容十分去九。司馬遷言古詩三千餘篇，未可信也。」（《毛詩正義・詩譜序》）荀子、墨子亦嘗言「詩三百」，不獨孔夫子說「詩三百」，可知非孔子刪後才稱《詩》是「三百篇」。《史記》靠不住。

〈詩序〉[51]：〈大序〉、〈小序〉。

舊傳是子夏所作，韓愈[52]疑是漢儒所偽托。（有人說漢朝尊崇儒術，其損害書籍甚於秦始皇之焚書。經有今、古文之分，古文多是漢人偽造，以偽亂真，為害甚大。）

《後漢書・衛宏（敬仲）[53]傳》：

九江謝曼卿善《毛詩》，乃為其訓。宏從曼卿受學，作〈毛詩序〉，善得風雅之旨，於今傳於世。

試看〈詩序〉之穿鑿附會，死於句下，絕非孔門高弟子夏所為。

50 孔穎達（五七四—六四八）：唐朝經學家，字沖遠，冀州衡水（今河北衡水）人，奉唐太宗之命編訂《五經正義》。

51 〈詩序〉：為漢人解詩之作，有〈大序〉、〈小序〉之分。《毛詩》各篇前均有一段闡述該詩作者或介紹時代背景的文字，稱為〈小序〉；首篇〈關雎〉〈小序〉之後有一概論《詩經》藝術特徵、內容、分類、表現方法與社會功用等問題的長文，稱為〈詩大序〉，又稱〈毛詩序〉。〈詩大序〉總結了先秦儒家詩論，為古代文論中的一篇重要文獻。

52 韓愈（七六八—八二四）：唐朝文學家，字退之，河陽（今河南孟州）人。自言郡望昌黎（今屬河北），後世多稱韓昌黎。與柳宗元共同倡導古文運動，推動文體、文風改革。

53 衛宏（生卒年不詳）：東漢學者、經學家，字敬仲，東海（今山東郯城）人。

孔門詩法重在興，由「貧而無諂，富而無驕」說到「如切如磋，如琢如磨」。兼士[54]先生說不要騰空，騰空是「即此物、非此物」。

苦水為之解，即禪宗所謂「即此物，離此物」。孔子從「巧笑倩兮，美目盼兮，素以為絢兮」，說到「繪事後素」，豈非「即此物，離此物」？適之先生說，中國從周秦諸子以後到有禪宗以前，沒有一個有思想的。[55]這話也還有道理，其中漢朝一個王充[56]算是有思想的，也不過如是而已，不過他還老實，還不太臆說。漢儒的訓詁尚有其價值，不過也未免沾滯，未免死於句下。及其釋經，則十九穿鑿附會。

適之先生說，中國從周秦諸國到有禪宗以前，沒有一個有思想的。圖為明朝丁雲鵬《六祖圖》。

何謂「〈大序〉」、「〈小序〉」？宋程大昌[57]《考古編》曰：

凡《詩》發序兩語如「關雎，后妃之德也」，世人之謂〈小序〉者，古序也。兩語以外續而申之，世謂〈大序〉者，宏語也。

又曰：

若使宏序先毛而有，則序文之下，毛公亦應時有訓釋。今唯鄭氏有之，而毛無一語，故知宏序必出毛後也。

程氏此說甚明其所謂「〈大序〉」之為何（宋人主張大半如是）。雖說「〈小序〉」非子夏所作，卻也未說定。總之，在漢以前就有，也未必一定非子夏所作。說是衛宏作也未說全是衛宏所作，不敢完全推翻

54 沈兼士（一八八七—一九四七）：語言文字學家，名賢，以字行，吳興（今浙江湖州）人。他時任輔仁大學文學院院長，為顧隨之師，其所言「不要騰空」諸語，或為口頭交流之語。

55 胡適〈王充的《論衡》〉一文指出：「我們看漢代的歷史，從漢武帝提倡種種道士迷信以後，直到哀帝、平帝、王莽的時候，簡直是一個災異符瑞的迷信時代。……漢代是一個騙子時代。那二百多年之中，也不知造出了多少荒唐的神話，也不知造出了多少荒謬的假書。我們讀的古代史，自開闢至周朝，其中也不知道有多少部份是漢代一班騙子假造出來的。」

56 王充（二七—九六？）：東漢思想家，字仲任，會稽上虞（今屬浙江）人。所著《論衡》，為具有樸素唯物主義思想的哲學著作。

57 程大昌（一一二三—一一九五）：南宋學者、經學家，字泰之，徽州休寧（今屬安徽）人。有《詩論》一卷、《考古編》十卷、《演繁露》十六卷等著述。

〈詩序〉。《毛詩鄭箋》，《毛詩》當西漢末王莽初年有之，衛宏說是子夏作，《鄭箋》便也以為是子夏作，漢儒注詩者甚多，但傳者只《毛詩鄭箋》。然程氏終以為「〈小序〉」（即所謂「古序」）雖不出於子夏，要是漢以前之作，其意蓋以「小雅」中〈南陔〉、〈白華〉、〈華黍〉、〈崇丘〉、〈由儀〉六篇之詩雖亡，而「〈小序〉」仍存，必古序也。以宏生詩亡之後，既未見詩，亦無由偽托其序耳。其實愈是沒有詩，愈好作偽序，死無對證，說皆由我。余絕對不承認。〈詩序〉必是低能的漢人所作。

詩傳：傳，去聲。

《春秋經》有左氏、公羊、穀梁三傳。傳（zhuàn）者，傳（chuán）也（傳於後世）。傳（zhuàn）者，說明也，經簡而傳繁，固然之理耳。《春秋三傳》是說明其事。如《春秋經》「鄭伯克段於鄢」，《傳》一一釋之，孰為「鄭伯」，孰為「段」，為何「克」，如何於「鄢」。〈詩序〉則不然。《詩》非史，不能說事實，而是傳其義理。至漢而後，《詩》有傳。西漢作傳者，有三家，《史記·儒林列傳》謂：

> 言《詩》於魯則申培公，於齊則轅固生，於燕則韓太傅（嬰）。

《漢書·藝文志》云：

> 魯申公為《詩》訓故，而齊轅固、燕韓生皆為之傳。或取《春秋》，採雜說，咸非其本義。與不得已，魯最為近之。三家皆列於學官。

班固[58]對於《詩》定下過大功夫，漢儒說《詩》，班固較明白。要著眼在「不得已」幾字，詩人作詩皆要知其有不得已者也。班固所謂「本義」與「不得已」，即孟子所言「志」，余常說之「詩心」。

本義
不得已 } 志　詩心

有關《毛傳》，《漢書．藝文志》云：

> **又有毛公之學，自謂子夏所傳，而河間獻王好之，未得立。**

可見班固並不承認毛公之學傳於子夏。由「自謂」二字，可知班固下字頗有分寸，不似太史公之主觀、之以文為史，雖然不是完全不顧事實，卻每為行文之便歪曲了事實，固則比較慎重。

《毛詩》列於學官，在西漢之季。陳奐[59]《詩毛氏傳疏》云：

> **平帝末，得立學官，遂遭新禍。**

《毛詩》大盛於東漢之季。《後漢書》：「馬融[60]作《毛詩傳》，鄭玄作《毛詩箋》。」（《毛傳》、《鄭箋》）

---

58 班固（三二—九二）：東漢史學家、文學家，字孟堅，扶風安陵（今陝西咸陽）人。所著除《漢書》外，尚有〈兩都賦〉、〈幽通賦〉、《白虎通義》等。

59 陳奐（一七八六—一八六三）：清朝經學家，字碩甫，號師竹，江蘇長洲（今蘇州）人。陳奐於《毛詩》用力最勤，有《詩毛氏傳疏》、《毛詩說》、《毛詩九穀考》、《毛詩傳義類》、《鄭氏箋考徵》等著述。

60 馬融（七九—一六六）：東漢經學家，字季長，扶風茂陵（今陝西興平）人。世稱「通儒」，盧植、鄭玄均出其門下。

齊、魯、韓三家之衰亡：齊亡於漢，魯亡於（曹）魏，韓亡於隋唐（《韓詩》尚傳《韓詩外傳》，既曰「外傳」，當有「內傳」，「外傳」以事為主，不以詩為主）。自是而後，說詩者乃唯知《毛詩》之學。至宋，歐陽修作《詩本義》，始攻毛、鄭。朱子作《詩集傳》，既不信〈小序〉，亦不以毛、鄭為指歸也。朱子之前，無敢不遵〈小序〉者，皆累於聖門之說。

中國兩千年被毛、鄭弄得烏煙瘴氣，到朱子才微放光明。但人每拘於「詩經」二字，便不敢越一步，講成了死的。《詩經》本是詩的不祧之祖，既治詩不可不講究。余讀《詩》與歷來經師看法不同，看是看的「詩」，不是「經」。因為以《詩》為經，所以歐、朱雖不信〈小序〉，但到《周南》打不破王化，說〈關雎〉打不破后妃之德，仍然不成。我們今日要完全拋開了「經」，專就「詩」來看，就是孟子說的「以意逆志」。

孔子說《詩》有不同兩處說「興」，又說「告諸往而知來者」。漢儒之說《詩》真是孟子所謂「固哉，高叟之為詩也」（《孟子·告子下》），「固」是與「興」正對的。孔子之所謂「興」，漢儒直未夢見哉！孔夫子又非孟子之客觀，不以文害辭，不以辭害意，而是「即此物，離此物」，「即此詩，非此詩」。孔夫子既非主觀，又非客觀，而是鳥瞰（bird's view）。因為跳出其外，才能看到此物之氣象（精神）——誠於中形於外，此之謂氣象。（靜安先生在《人間詞話》上說到。[61]）

某書說相隨心轉[62]，的確如此。英國王爾德（Wilde）[63] *The Picture of Dorian Gray* 講，一美男子杜蓮·格萊（Dorian Gray）努力要保自己不老，果得駐顏術。二十餘歲時，有人為其畫一像，極逼似，藏於密室。後曾殺人放火，偶至密室，見像，陡覺面貌變老，極兇惡，怒而刃像之胸，而此princely charming之美男子亦死。第二日，人見一老人刃胸而死，見其遺像始知即杜蓮·格萊。

凡作精美之詩者必是小器人（narrow minded），如孟襄陽[64]、柳子厚[65]，詩雖精美，但是小器。要瞭解氣象，整個的，只有鳥瞰才可。孔夫子看法真高，詩心，氣象。漢儒訓詁，名物愈細，氣象愈遠。

「三百篇」之好，因其作詩並非欲博得詩人之招牌，其作詩之用意如班氏所云之有「其本義」及「不得已」，此孔子所謂「思無邪」。後之詩人都被「風流」害盡。「風流」本當與「蘊藉」（蘊藉，又作醞藉）連在一起，然後人抹殺「蘊藉」，一味「風流」。

程子[66]解釋「思無邪」最好。程子云：

> **思無邪者，誠也。**

《中庸》：「不誠無物。」「三百篇」最是實，後來之詩人皆不實，不實則偽。既有偽人，必有偽詩。偽者也，貌似而實非，雖調平仄、用韻而無真感情。劉彥和《文心雕龍·情采》篇曰，古來人作文是「為

---

61 王國維《人間詞話》：「余今則曰：氣象者，詩人歷史感之客觀化也。詩詞而勝在氣象，唯擔荷歷史者為能。」

62 《無常經》：「世事無相，相由心生。可見之物，實為非物；可感之事，實為非事。物事皆空，實為心瘴。」

63 王爾德（Oscar Wilde, 1854-1900）：英國唯美主義作家。*The Picture of Dorian Gray* 為其第一部小說，主人公杜蓮·格萊（Dorian Gray），今譯為道林·格雷。

64 孟浩然（六八九—七四〇）：唐朝文學家，以字行，襄州襄陽（今湖北襄陽）人，世稱「孟襄陽」。盛唐山水田園詩代表作家。

65 柳宗元（七七三—八一九）：唐朝文學家，字子厚，河東（今山西永濟）人，世稱「柳河東」。

66 程頤（一〇三三—一一〇七），北宋理學家。字正叔，洛陽伊川（今河南洛陽伊川）人。與其兄程顥合稱「二程」。

情而造文」，後人作文是「為文而造情」。為文而造情，豈得稱之曰真實？無班氏所云之詩人之「本義」與「不得已」。所以班、劉之言不一，而其意相通。後來詩人多酬酢之作，而「三百篇」絕無此種情形，「三百篇」中除四五篇有作者可考外，皆不悉作者姓名。

古代之詩，非是寫於紙上，而是唱在口裡。《漢書．藝文志》曰：「諷誦不獨在竹帛。」既是眾口流傳，所以不能一成而不變（或有改動）。上一代流傳至下一代，遇有天才之詩人必多更動，愈流傳至後世，其作品愈美、愈完善，此就時間而言也。並且，就地方而言，由甲地流傳至乙地，亦有天才詩人之修正及更改。「詩三百篇」即是由此而成。俗語云「一人不及二人智」，後之天才詩人雖有好詩，而不足與《詩經》比者，即以此故也。（尤其是《詩經》中之「國風」，各地之風情。民謠正好是「風」。風者，流動，由此至彼，民間之風俗也。）以上乃是「詩三百篇」可貴之一也。

每人之詩皆具其獨有之風格（個性），不相混淆。「三百篇」則不然，無個性，因其時間、空間之流傳，由多人修正而成。故曰：「三百篇」中若謂一篇代表一人，不若謂其代表一時代、一區域、一民族，因其中每一篇可代表集團。集團者，通力合作也。

「詩三百篇」雖好，但有文字障。若要得其意，賞其美，須先打破文字障。

第二講　說《周南》

「周南」，「南」，有二說。

一說：南，地名，南是南國也。王先謙[1]《詩三家義集疏》：「魯說曰：『古之周南，即今之洛陽。』又曰：『自陝以東，皆周南之地也。』」馬瑞辰[2]〈周南召南考〉：「周、召分陝，以今陝州之陝原為斷，周公主陝東，召公主陝西。乃詩不繫以陝東、陝西，而各繫以『南』者，『南』蓋商世諸侯之國名也。《水經・江水注》引〈韓詩序〉曰：『二南，其地在南郡、南陽之間，是《韓詩》以二南為國名矣。』」

二說：南，樂名。宋程大昌《考古編》以南為樂名，取證於《詩經・小雅・鐘鼓》篇之「以雅以南」。

二說似不能並存，然若以南樂出於二南，則二說皆可成立，歸而為一，如二黃（二簧）出二黃[3]之間者。

1 王先謙（一八四二——一九一七）：清末學者、經學家，字益吾，晚號葵園，湖南長沙人，著有《詩三家義集疏》二十八卷。

2 馬瑞辰（一七八二——一八五三）：清朝學者、經學家，字元伯，安徽桐城人，著有《毛詩傳箋通釋》三十二卷。

3 二黃：戲曲聲腔名，因起源於湖北黃岡、黃陂，故名。又寫作「二簧」。清初，由徽班進京傳入北京，成為京劇主要聲腔。

篇一　關雎

關關雎鳩，在河之洲。窈窕淑女，君子好逑。
參差荇菜，左右流之。窈窕淑女，寤寐求之。
求之不得，寤寐思服。悠哉游哉，輾轉反側。
參差荇菜，左右采之。窈窕淑女，琴瑟友之。
參差荇菜，左右芼之。窈窕淑女，鐘鼓樂之。

〈關雎〉三章，首章四句，後二章八句。《毛詩》以為五章，章四句，非也。

〈關雎〉字義：

首章：「關關雎鳩」，「關關」，一作「唁唁」，象其聲也。「在河之洲」，「洲」，一作「州」，原為，後重為三，上下像流水，中間像陸地，故曰「水中可居」（許慎《說文解字》）。「洲」係後來之字。（洲、燃、曝，皆後來之字，原作州、然、暴。）「關關」，是諧聲，「州」字是象形。「窈窕淑女」，「窈窕」，《晉書・皇后傳》注作「苗條」，此非德性之美，只是言形體之美，如「子慕予兮善窈窕」（屈原《九歌・山鬼》），非《毛傳》幽閒（「閒」、「嫻」通用）之謂也。中國字有本義，有反訓。如「亂臣十人」（《尚書・泰誓》），「亂」，治也，言有能治亂。「君子好逑」，「逑」，一作「仇」。《左傳》：「嘉耦曰妃，怨耦曰仇。」「妃」，音配，配也、合也；「耦」，偶（couple）也。「怨耦曰仇」，是「仇」之本義。此處「好逑」是反訓。

「關關雎鳩，在河之洲」，興（introductory）也。上下無關之為興，因彼及此之謂比。王雎[4]雌雄有別，人何以知以雎比人？豈非比而為興？故此實只是興，湊韻而已。二章：「參差荇菜」，「參差」，不齊也，雙聲字。杜詩〈曲江對雨〉「水荇牽風翠帶長」（荇，水上之荇自水中直長到水面，玉泉山[5]有之）。「左右流之」，「流」，《爾雅・釋言》[6]：「流，求也。」非也，就是流，不必作求解。「參差荇菜，左右流之」，句好。或曰「左右流之」言侍妾，非也。仍是興，與下無關。

「求之不得，寤寐思服」，「服」，《毛傳》：「思之也。」「思服」之「思」為語助詞（助動詞）。（何不說「思」是動詞，「服」是語助詞？）念茲在茲，念念不忘。

三章：「琴瑟友之」，「琴瑟」，樂器；「鐘鼓樂之」，既曰樂，取其和。

樂者和音，琴瑟，古雅之樂，尤和諧。

「左右芼之」，「芼」，一作「覒」。《毛傳》「擇之」，朱注謂烹，今俗有「用開水芼一芼」之說，但「左右芼之」則不通。故「芼」者，「斟酌取之」之意，亦非採後更擇之，而當採時斟酌取之也。（詩詞中「挑菜」，俗稱打野菜之意。）「窈窕淑女，鐘鼓樂之」，樂以宣情，故悲哀之時樂不能和，心情濃烈之時不能以喜樂宣出，故以「鐘鼓樂之」也。古人之言，井然有次。

---

4 王雎：鳥名，即雎鳩。

5 玉泉山：位於北京海澱區西山山麓、頤和園西側，因山泉「水清而碧，澄潔似玉」，故以「玉泉」名山。

6 《爾雅》：我國第一部解釋詞義的專著，也是第一部按義類編纂的詞典。《爾雅》最早著錄於《漢書・藝文志》，未載作者姓名，在西漢時期整理成書。

余以為此篇乃虛擬之辭（假設也）。或謂此係詠結婚者，故喜聯常用。余以為不然，此相思之辭。「寤寐思服」，「輾轉反側」，寫實也。「琴瑟友之」，「鐘鼓樂之」，言得淑女之後必如是也。

〈關雎〉詩旨：

（一）孔子說：「〈關雎〉樂而不淫，哀而不傷。」（《論語・八佾》）

（二）〈詩序〉說：「〈關雎〉，后妃之德也……樂得淑女，以配君子；憂在進賢，不淫其色。哀窈窕，思賢才，而無傷善之心焉。」

（三）魯說：畢公所作，以刺康王。[7]康王一朝晏起，夫人不鳴璜，宮門不擊柝，〈關雎〉之人，見幾而作。

（四）韓說：今時大人內傾於色，賢人見其萌，故詠〈關雎〉，說淑女，正容儀，以刺時。

（五）朱子說：周子文王有聖德，又得淑女以為之配，宮中之人於其始至，見其有幽閒、貞靜之德，故作是詩。

（六）清方玉潤[8]說：此詩蓋周邑之詠初昏（婚）者，故以為房中樂，用之鄉人，用之邦國，而無不宜焉。然非文王、大姒之德之盛，有以化民成俗，使之成歸於正，則民間歌謠亦何從得此中正和平之音也邪？

除了第一條外，皆如雲霧。

蓋六朝、唐、宋而後，有思想者皆遁而之禪，故無人打破此種學說。《宗門武庫》[9]載：王安石問某公，何以孔孟之學韓愈以後遂絕？

公曰：儒門淡薄，收拾不住，皆入佛門中來。[10]漢以後有文學天才者多專於治詩文，有思想（研究哲學）者多逃於禪，故經師無大思想家。

（實則經學大部份仍是文學、哲學之相合。）

漢儒說「〈關雎〉，后妃之德也」，真是一陣大霧，鬧得昏天暗地。后妃，文王之妃也。《周南》十一篇說到女性，〈詩序〉都說是后妃、「王化」、「上以風化下」之謂也，《周南》是王化之始。余曰：「既曰王化，當以文王為主，何以先說后妃，置文王於何地？」孔子並未嘗說君子為文王，淑女為太姒（后妃）。孔子極崇拜文王，若是，安有不說之理？可知君子、淑女並非專指，而為代名（通稱），不必指其名以實之。〈詩序〉又說：「樂得淑女，以配君子；憂在進賢，不淫其色。哀窈窕，思賢才，而無傷善之心焉。」簡直是在降霧。淫，溺也，酒淫、書淫，過甚之意。淫與色連用，〈詩序〉誤之始也，生生把字給講壞了。

孔子謂「〈關雎〉樂而不淫」，「琴瑟友之」、「鐘鼓樂之」，即最大樂。淫，乃過也、過甚之意。〈詩序〉講作「不淫其色」，太不對。魯、韓二家不傳，似覺有憾；今就其傳者觀之，並不及毛高。韓說蓋亦將淫連於色，故曰「內傾於色」。淫之言色，蓋出於《小爾雅》[11]（此書亦漢儒所作）：「男女不以禮交

7 畢公：文王十五子，名高，封於畢地，故稱畢公。康王：周成王之子，名釗。

8 方玉潤（一八一一—一八八三）：清朝學者、經學家，字友石，號鴻蒙子，雲南保寧（今雲南廣南）人，著有《詩經原始》十八卷。

9 《宗門武庫》：由大慧宗杲言說、弟子道謙纂輯的禪宗古德言行錄。

10 《宗門武庫》：「王荊公一日問張文定公（張方平）曰：『孔子去世百年，生孟子亞聖，後絕無人，何也？』文定公曰：『豈無人？亦有過孔孟者。』公曰：『誰？』文定曰：『江西馬大師、坦然禪師、汾陽無業禪師、雪峰、巖頭、丹霞、雲門。』荊公聞舉意，不甚解，乃問曰：『何謂也？』文定曰：『儒門淡薄，收拾不住，皆歸釋氏焉。』」

11 《小爾雅》：增廣《爾雅》之作，原本已亡佚不傳。

謂之淫。」（〈廣義〉）大錯，大錯。〈關雎〉一詩，本係文隨字順，很明白的事，讓漢儒弄糊塗了。「悠哉游哉，輾轉反側」二句，其哀可知。而〈詩序〉曰「哀窈窕」，哀雖可訓為「思」，但夫子所謂「哀而不傷」，若哀訓為思，則「思而不傷」作何解？故又曰「無傷善之心焉」。是作〈詩序〉者亦知孔子之說，卻添字注經。「傷」，亦太過之意，故曰「哀而不傷」。

〈詩序〉絕非子夏之作。「〈關雎〉樂而不淫，哀而不傷」，老夫子已先言之矣，何嘗說「后妃之德」？子夏聖門高弟，若如此說，豈非該打？〈詩序〉作者大抵是衛宏，絕非子夏。〈詩序〉最亂。欲講《詩經》，首先宜打倒〈詩序〉。

所謂「鬼」者，即是傳統糊塗思想之打不破的。孟子說：「盡信書，不如無書。」（《孟子・盡心下》）故佛說露出「自性圓明」（《圓覺經》）。圓者不缺，明者不昏，人之所以為萬物之靈者在此，故得配天、地為「三才」。鬼附體則自性失，成狂妄。最大的鬼是「傳」（遺傳：先天；傳統習慣：後天）。

後人不敢反對漢儒，宋儒雖革命亦不敢完全推翻舊論。宋儒較有腦子，不取毛、鄭，但仍不敢說是民間之作，擺不脫「后妃之德」，大霧仍未撤去，天地仍未開朗。朱子雖不贊成〈詩序〉，而仍指淑女、君子為后妃、文王。清方玉潤也仍說是文王、太姒。比較起來，還是宋儒朱、程尚有明白話。情操是要求其中和，「喜怒哀樂之未發，謂之中；發而皆中節，謂之和」（《中庸》一章）。朱子之說似乎比〈詩序〉好，但也不通。太姒之來與宮中之人何關？清方玉潤雖不信漢、宋之說，而腦中有鬼，打不破傳統思想。彼以為詠初昏，雖不對而尚近似；言文王、太姒之德，則全是鬼話矣。

漢儒、宋儒、清儒說經之大病，皆在求之過深、失之彌遠，即孟子所謂「道在邇而求諸遠」（《孟子・離婁上》），而不明白「道不遠人」（《中庸》十三章）的道理。「飲食男女，人之大欲存焉」（《禮記・

禮運》），即「道不遠人」，即淺入深。桌子最平常，而無一日可離，此即其偉大；本為實用，便無秘密，若再深求之，則不免穿鑿附會。

> 人而不為《周南》、《召南》，其猶正牆面而立也與？（《論語・陽貨》）

「為」，治也。「正牆面而立」有二意：一是行不通，一是無所見。

歷來講《周南》最大的錯誤就是將其中說到女性皆歸之后妃，凡說到男性皆歸之文王。這錯誤之始，恐即在毛公。《周南》是「風」，彼把「風」講壞了。

「上以風化下，下以風刺上」（〈詩序〉），蓋取「君子之德，風；小人之德，草」（《論語・顏淵》）。「君子」有二義：一指居上位，一指有德行。此處是第一義。此處本可通，但說「下以風刺上」，風刺是風刺過失，而風中亦有讚美功德者，當作何解？豈非不通？

雖然，余亦不敢自謂是賢於古人也。尼采（Nietzsche）[12]說過：「我怎麼這麼聰明啊！」（《瞧！這個人》）尼采極聰明，作有*Thus Spake Zarathustra*（Thus Spake，如此說、如是說），反耶教最甚，是怪物。他可以如此說，余則絕不肯。

---

12 尼采（Friedrich Wilhelm Nietzsche, 1844-1900）：德國哲學家，現代西方哲學的開創者，提出重估一切價值，提倡「超人」哲學，強調權力意志。著有《悲劇的誕生》、《查拉圖斯特拉如是說》、《論道德的譜系》等著作。

篇二　葛覃

葛之覃兮，施於中谷，維葉萋萋。
黃鳥于飛，集於灌木，其鳴喈喈。
葛之覃兮，施於中谷，維葉莫莫。
是刈是濩，為絺為綌，服之無斁。
言告師氏，言告言歸。
薄污我私，薄澣我衣。
害澣害否，歸寧父母。

〈葛覃〉三章，章六句。

後來之詩，韻相連。此〈葛覃〉中韻有間斷者，如首章「施於中谷」、「集於灌木」，「谷」、「木」，叶；而「維葉萋萋」、「黃鳥于飛」、「其鳴喈喈」，「萋」、「飛」、「喈」，又叶，頗似西洋詩。

首章：「葛之覃兮」，「覃」，《毛傳》：「延也。」按：延，引蔓之意。「施」，《毛傳》：「移也。」按：「施」，即「迤」字，迤邐（逦）之「迤」。延、引、迤，雙聲。「施於中谷」，「中谷」，即谷中，猶中路、中逵即路中、逵中。

此章須注意語詞。

〈葛覃〉三章，〈詩序〉說「〈葛覃〉，后妃之本」。采葛紡織，此家家皆有、遍地都是之情形，何以見得是后妃？圖為清朝康濤《葛覃圖》（局部）。

語詞、語助詞，或曰助詞，無義，僅是字音長短、輕重的區別，如也、邪、乎、於、哉、只、且。

語詞有三種：

其一，用於句首。「唯十有三年春，大會於孟津」（《尚書・泰誓》）之「唯」字；「粵若稽古帝堯」（《尚書・堯典》）之「粵若」；「維葉萋萋」之「維」字。又如「夫」字。

其二，用於句中。「葛之覃兮」、「施於（preposition, to）中谷」、「黃鳥于飛」之「之」字、「於」字、「于」字。

其三，用於句末。如「兮」、「耳」、「哉」。

語詞之使用，乃中國古文與西文及現代文皆不同者。今天語體文則只剩了句末的語詞。中國方字單音，極不易有彈性，所以能有彈性者，俱在語詞用得得當。西文不止一音，故容易有彈性。「桌」，絕不如table好，「這是桌」就不如「這是張桌子」。

此詩首章若去掉語詞：

> 葛覃，施中谷，葉萋萋。
> 黃鳥飛，集灌木，鳴喈喈。

那還成詩？詩要有彈性，去掉其彈性便不成詩。

詩到漢以後，已經與前不同。最古的詩是「三百篇」，其次有楚辭：

> 帝高陽之苗裔兮，朕皇考曰伯庸。
> 攝提貞於孟陬兮，惟庚寅吾以降。（〈離騷〉）

試改為《詩經》語法：

高陽苗裔，皇考伯庸。
攝提孟陬，庚寅吾降。

將楚辭上的助詞去掉以後，便完全失去了詩的美，這等於去掉了它的靈魂。可以說，助詞是增加美文之「美」的。但是，楚辭助詞用得最多，楚辭比「三百篇」還美嗎？也未必。助詞用得太多，有縹緲之概，故可說：

楚辭　如雲——有變化
「三百篇」　如花——有字形

如此說豈非「三百篇」不如楚辭？不然。蓋好花是渾的，白不止於白，紅不止於紅，不似「像生花」[13]，白即白，紅即紅。真的蓮花雖紅，而不止於紅，紅是從裡面透出來而其中包含許多東西，像生花絕不成。

楚辭　「縹緲如雲」→ 變化
《詩經》　「貞靜如花」→ 正也　貞靜

13 像生花：仿真花之一種。

魯迅《彷徨》題辭用〈離騷〉中四句：

吾令羲和弭節兮，望崦嵫而勿迫。

路曼曼其修遠兮，吾將上下而求索。

「曼」，通「慢」，長也。曼、延，疊韻。此四句，若改為四言不好辦，改為五言則甚易：

羲和令弭節，崦嵫望勿迫。

曼曼路修遠，上下吾求索。

不是改得好，原來就好。（《古詩十九首》中無此佳句。）但如此改法即不說失了屈子的精神，也是失了屈子的風格。屈子本借助語詞，故能縹緲無形，如雲如煙。

詩之首章，《毛傳》：「興也。」余意不然。興應該是毫無聯絡的，此處非也。「葛之覃兮」一章，非興，賦也。看二章「為絺為綌，服之無斁」，可知矣。

二章：「維葉莫莫」，「莫莫」，《毛傳》：「成就之貌。」《廣雅・釋訓》14：「莫莫，茂也。」按：莫與「漠」通，有廣大之義。《漢書・揚雄傳》「紛紛莫莫」，「莫莫」或作「緬緬」，聲之轉也。（莫、漠、寞，皆有廣大之義。）如：「漠漠水田飛白鷺，陰陰夏木囀黃鸝」（王維〈積雨輞川莊作〉）之「漠漠」、「緬想遙古」之「緬」，皆廣遠之義。魯迅先生《彷徨》集中〈示眾〉一篇寫道：「寂靜更見其深遠了。」「深遠」便是寞、漠漠、無邊。字之形、音、義是一個，如：黑，模糊；白，清楚。楚辭〈招隱士〉「春草生兮萋萋」，「萋萋」，有新鮮之義。「漠漠」，其音亦廣遠。即模糊之

「模」，亦有廣遠之義。

前章「萋萋」是始生，此章「莫莫」是已茂，有次第。

三章：「言告師氏，言告言歸」，「言」，《毛傳》：「我也。」非是。《爾雅・釋詁》：「言，間也。」馬瑞辰《毛詩傳箋通釋》：「間，謂間廁字句之中，猶今人言語助也。」陳奐《詩毛氏傳疏》：「言字在句首者謂發聲（inter[15]），在句中者為語助（aux，adv）也。」陳奐處處尊毛，唯在此處不然。《毛傳》最好以意為主，怎麼合適怎麼講，其所謂合適，多半要不得。聰明差的人憑直覺最靠不住。余以為「言」與詩中之「以」用、「於」在[16]義同。〈卷耳〉「維以不永懷」之「以」字，無義，即「不永懷」。此「以」字與言、於、維，一義。此字在一紐[17]（影），一、ㄨ、ㄩ[18]三種聲皆通，「維不永懷」、「於不永懷」、「言不永懷」，皆通。

《詩傳》，齊、魯、韓不傳，檢其零編斷簡，較之《毛詩》猶劣。蓋毛之《傳》亦似有公道者。《白虎通[19]・嫁娶篇》：「婦人所以有師氏何？學事人之道也。《詩》曰：言告師氏，言告言歸。」

---

14 《廣雅》：仿《爾雅》體例編纂的訓詁之書，三國時魏人張揖所著。

15 Inter：為英文單詞 interjection（歎詞）之縮略語；其後二詞：aux.，為英文單詞 auxiliary（助詞）之縮略語；adv.，為英文單詞 adverbial（副詞）的縮略語。

16 此處之小字「用」、「在」，當為解釋「以」、「於」的介詞意義。

17 聲紐：又稱紐、音紐，音韻學術語，聲母的別稱。漢語聲紐之最早標目為音韻學上傳統的「三十六字母」，即三十六紐的代表字。

18 一、ㄨ、ㄩ：注音符號，對應漢語拼音中韻母「i、u、ü」。

19 《白虎通》：即《白虎通義》，又稱《白虎通德論》，為今文經學集大成之作，東漢班固等編撰。

（漢人思想不清楚，訓詁亦令人不敢相信，只是一部《論衡》還可看。）此詩為女子在嫁前於母家所作。在嫁前才有師氏，嫁後便無需師。

「言告言歸」，「歸」，猶「之子于歸」（《詩經・周南・桃夭》）之「歸」。

「薄污我私」，《後漢書》引作「薄言振之」，「薄」，注曰：「辭也。」「污」，《毛傳》：「煩也。」《鄭箋》：「煩，煩撋之。」梁阮孝緒[20]《字略》：「煩撋，猶捼抄也。」按：捼，俗作挼。《說文》「捼」字下，徐氏[21]注曰：「今俗作挼，非。」又按：「《字略》所謂捼抄，當即今俗字揉搓也。揉、捼，韻通。」（《說文解字注箋》）「私」，內衣；「衣」，外衣。

「歸寧父母」，在「寧」字下，《說文》引作「以妟父母」，蓋言出嫁後使父母放心，非探視父母之意也。

〈葛覃〉詩旨：

〈詩序〉曰：

〈葛覃〉，后妃之本也。

「本」字殊費解，或釋為本性，或釋為務本，皆牽強。姚際恆[22]以為此「本」字「甚鶻突」[23]（「鶻突」，俗作糊塗），是也。朱子以為所自作，亦武斷。王先謙《詩三家義集疏》云：「魯說：葛覃，恐失其時。」則此詩又女子未嫁時作也。

訓詁、名物不能不通，蓋古今異也。故先釋字句而後言詩旨。

太史公在〈屈原列傳〉中也說過：「國風好色而不淫，小雅怨誹而不怒。」也未說是說的后妃、文王。

「國風」，本民間歌謠，何與文王、后妃？朱子不用〈詩序〉很有見地，而作《集傳》仍然是用〈詩序〉，朱子言「〈小序〉亦不可盡棄」，可見仍然是用〈小序〉。鬼氣未除，可說是陽違陰奉。

採葛紡織，此家家皆有、遍地都是之情形，何以見得是后妃？若是，則凡女子皆后妃矣。齊、魯、韓三家早於〈詩序〉、《毛詩》，還未必如此鶻突，其可取處即不說文王、后妃。王先謙《詩三家義集疏》無高明見解，特將所佚三家詩蒐輯於此，尚可靠。

前說即皆不是，尚有二問題：其一，已嫁自夫家歸寧父母邪？抑或未嫁時寧父母邪？其二，或女性自作？或他人代作？問題在於第三章「師氏」。不過「歸寧」歷來皆誤作嫁後用，余主張未嫁作，但已嫁也講得通。

20 阮孝緒（四七九—五三六）：南朝梁目錄學家，字士宗，陳留尉氏（今河南尉氏）人。著有《文字集略》一卷（或言六卷）。

21 徐灝（一八一〇—一八七九）：清朝學者，字子遠，號靈洲，廣東番禺人，著有《說文解字注箋》十四卷。

22 姚際恆（一六四七—一七一五）：清朝學者，字立方，又字善夫，號首源，安徽休寧人，精於經學，著有《九經通論》約一百七十卷。

23 《九經通論》之《詩經通論》評論〈葛覃〉曰：「〈小序〉謂『后妃之本』，此『本』字甚鶻突。故〈大序〉以為『在父母家』，此誤循『本』字為說也。按《詩》曰『歸寧』，豈得謂其在父母家乎？陳少南又循〈大序〉『在父母家』以為『本在父母家』，尤可哂。孔氏以『本』為『后妃之本性』，李迂仲以『本』為『務本』，紛然摹擬，皆〈小序〉下字鶻突之故也。《集傳》不用其說，良是。然又謂『〈小序〉以為后妃之本，庶幾近之』，不可解。」

篇三　卷耳

采采卷耳，不盈頃筐。嗟我懷人，寘彼周行。
陟彼崔嵬，我馬虺隤。我姑酌彼金罍，維以不永懷。
陟彼高岡，我馬玄黃。我姑酌彼兕觥，維以不永傷。
陟彼砠矣，我馬瘏矣，我僕痡矣，云何吁矣。

〈卷耳〉四章，章四句。

余初讀此詩即受感動，但字句皆通，含義並不通，不能有比古人較好的解釋；瞭解深，講得不清。

〈卷耳〉字義：

首章：「采采卷耳」，「采采」，盛之貌，如〈秦風‧蒹葭〉之「蒹葭采采」。《毛傳》：「事采之也。」朱注：「非一采也。」「事采」恐怕也是「非一采」之意。事，事事。二動詞連用，文字中常見，如：我說說、你聽聽，說說、聽聽，同一「說」、一「聽」也。

「不盈頃筐」，「頃」，古「傾」字，傾斜之意，淺也。「筐」，古只作「匡」。「頃筐」，淺筐也。

「寘彼周行」，「周行」，大道。（「道」有二義：一道路之道，一道義之道。總之，道，人所由也。）如《小雅‧大東》「行彼周行」、〈唐風‧杕杜〉「生於道周」。詩中往往將字顛倒，置形容詞（adj）於名詞（n）之後。如：中路，路中也；中林，林中也；道周，周道、周行也。以《詩》證《詩》，「周行」，各處皆可作大道講。《毛詩》、《鄭箋》非也。

二章：「我馬虺隤」，「虺」，一作瘣；「隤」，一作頹。作「瘣頹」好，一見便知有病態。「我姑酌彼金罍，維以不永懷」，六字句、五字句，打破了四字規則，此中有彈性。整齊字句，表達心氣和平時之情感；字句參差者，表現感情之衝動（太白七古最能表現）。心氣和平時，脈搏勻緩；感情衝動時，脈搏急而不勻。言為心聲，信然！任其自然，字句參差便有彈性。

采耳之時，「酌彼金罍」，喝酒已怪；「我馬虺隤」，騎馬將馬累病了，奇而又奇。二章言「不永懷」，三章言「不永傷」，「懷」尚含蓄，「傷」乃放聲矣，音好。二章「我馬虺隤」，「瘣頹」，神氣壞；三章「我馬玄黃」，「玄黃」，皮毛不光澤；四章「我馬瘏矣」，「瘏」，真不成了。末句「云何吁矣」，「吁」，一作盱，張目遠望。《小雅・彼何人斯》「云何其盱」即是「云何吁矣」，可證「吁」當作盱。

詩真好，斷章取義，句句皆通；合而言之，句句皆障。董仲舒說「詩無達詁」，恐亦此意。余之說，首章自言，次章、三章、四章代言。

〈卷耳〉詩旨：

（一）《左傳》說：「《詩》云：嗟我懷人，寘彼周行。能官人也。王及公、侯、伯、子、男、甸、采、衛、大夫，各居其列，所謂周行也。」杜預[24]注：「周，遍也。詩人嗟歎，言我思得賢人，置之遍於列位。」（此說講不通。）

（二）《荀子・解蔽》說：「傾筐，易滿也；卷耳，易得也，然而不可以貳周行。故曰：心枝則無知，傾則不精，貳則疑惑。」（傾，反覆；貳，不專。）

---

24 杜預（二二二—二八五）：西晉經學家，字元凱，京兆杜陵（今陝西西安）人。著有《春秋左氏經傳集解》、《春秋釋例》等。

（三）《淮南子》[25]說：「《詩》云：采采卷耳，不盈傾筐，嗟我懷人，寘彼周行。以言慕遠世也。」高誘[26]注：「言我思古君子官賢人，置之列位也。誠古之賢人各得其行列，故曰慕遠也。」

（四）〈詩序〉說：「〈卷耳〉，后妃之志也。又當輔佐君子，求賢審官，知臣下之勤勞。內有進賢之志，而無險詖私謁之心，朝夕思念，至於憂勤也。」

（五）歐陽修《詩本義》說：「后妃以卷耳之不盈，而知求賢之難得。因物托意，諷其君子。」

（六）朱熹《詩集傳》說：「后妃以君子不在而思念之，故賦此詩。」按：朱子以第二章以下皆為后妃自謂。明楊用修[27]駁之，謂：「『陟彼崔嵬』下三章，以為託言，亦有病。婦人思夫，而卻陟岡、飲酒（此豈女子所為）、攜僕、望砠。雖曰言之，亦傷於大義矣。」（《升庵詩話》）

（七）楊用修《升庵詩話》說：「原詩人之旨，以后妃思文王之行役而云也。『陟岡』者，文王陟之也。『馬玄黃』者，文王之馬也。『僕痡』者，文王之僕也。『金罍』、『兕觥』者，冀文王酌以消憂也。蓋身在閨門，而思在道途。」

（八）崔述《讀風偶識》說：「此六『我』字，仍當指行人而言，但非我其臣，乃我其夫耳。我其臣，則不可；我其夫，則可尊之也、親之也。」

前三說雖欠善，然而乃引詩以成己之義，猶可說也。〈詩序〉之說，乃大刺謬[28]。古之女子與男子界限極嚴，何以后妃能求賢審官？

若是，則文王是做什麼的？歐陽修雖不信〈詩序〉，也落在其圈套中，脫不開后妃、文王。朱子說「以君子不在而思念之，故賦此詩」，大概對。

篇四　樛木

南有樛木，葛藟纍之。樂只君子，福履綏之。

南有樛木，葛藟荒之。樂只君子，福履將之。

南有樛木，葛藟縈之。樂只君子，福履成之。

〈樛木〉三章，章四句。

首章：「南有樛木」，「南」，國名。「樛木」，本或作朻木。《毛傳》：「木下曲曰樛。」按：「右文」[29]例，凡從「翏」及「丩」之字，皆多半有曲意。如：綢繆、謬誤、紛糾。

「葛藟纍之」，「藟」，本或作虆。按：「虆」今省作纍，猶「雧」省作集也。纍，猶繫也。

「樂只君子」，「只」，助詞，猶哉也。

25《淮南子》：又名《淮南鴻烈》、《劉安子》，西漢初年淮南王劉安主持撰寫，故而得名。是書為戰國至漢初黃老之學理論體系的代表作。

26 高誘：東漢學者，涿郡（今河北涿州）人，受學於盧植，有《戰國策注》、《淮南子注》、《呂氏春秋注》等著述。

27 楊慎（一四八八—一五五九）：明朝文學家、學者，字用修，號升庵，四川新都（今四川成都）人。著述甚豐，有《升庵詩話》評詩論文。

28 刺謬：衝突、違背之意。

29 右文：亦稱右文說，訓詁學學說的一種，主張從聲符推求字義。該學說認為：聲符相同的一組形聲字具有共同意義，這一意義由聲符賦予，義符只決定該字所表示的一般事類範圍。因聲符大多居於字之右側，故稱此學說為右文說。

「福履綏之」，「履」，陳奐曰：「其字作履，其意為祿，同部假借。」（《詩毛氏傳疏》）二章：「葛藟荒之」，「荒」，《爾雅・釋言》「蒙」、「荒」同訓「奄」。按：「奄」與「掩」、「罨」古通，故「荒」有「罨」意。陶詩：「灌木荒余宅」（〈飲酒二十首〉其十五），是此「荒」字之義也。

「福履將之」，「將」，《說文》：「將，扶也。」將，牂之假也。凡「將」在《詩》中，訓作「扶助」，皆當作「牂」。將，《說文》訓「帥」。（牂、扶、將、帥，後來混用。）

此前的〈關雎〉、〈葛覃〉、〈卷耳〉三篇皆詠女子，此篇〈樛木〉則詠男子。

詩中每有各章句法相同，唯換一二字者，此一二字蓋皆有義者，多是自小而大、自淺而深、由低而高、由簡而繁。本篇：

葛藟累之　荒之　縈之
福履綏之　將之　成之

此是何等手段——技術！只調換一字半字，而面目絕乎不同，極有次第。蓋古人識字多，認字認得清，用得恰當。至於今之白話詩，則尚差得遠，用字甚狹。

篇五　螽斯

螽斯羽，詵詵兮。宜爾子孫，振振兮。

螽斯羽，薨薨兮。宜爾子孫，繩繩兮。

螽斯羽，揖揖兮。宜爾子孫，蟄蟄兮。

〈螽斯〉三章，章四句。

「螽斯」，舊注多謂是草蟲名。按：「螽」是名，「斯」是語辭，不應混為一名。又或訓「斯」為分裂，猶謬。詩中如「弁彼鸒斯」（《小雅・小弁》）、「菀彼柳斯」（《小雅・菀柳》）、「彼何人斯」（《小雅・何人斯》），「斯」皆語助也。余疑「斯」猶「子」，桌子、椅子、槓子，「子」，語詞。「子」、「斯」皆齒音。「斧以斯之」（〈陳風・墓門〉），《毛詩》確是訓分裂，但此處不然。

「詵詵兮」，「詵詵」，諸家皆從《毛傳》訓眾多。「薨薨」、「揖揖」，亦皆訓多。非也。若是如此，「螽斯」可矣，何必要「羽」？余謂「詵詵」、「薨薨」、「揖揖」，皆羽聲。詵、薨、揖，皆因聲取義，所謂「形聲字」也，如口語之丁零噹啷、劈里啪啦，無一定之字。唐詩「澹澹長江水，悠悠遠客情」（韋承慶〈南行別弟〉）之「澹澹」、「悠悠」，元曲中之「赤律律」、「花剌剌」、「忽魯魯」……此種形聲字能增加文字之美與生動。

《毛傳》說本篇是讚美德行。「德行」字好。夫婦之道，人倫之始。先說男性、女性之美，而後即說其子孫之旺盛，此moral nature，看似極俗，實則天經地義，人類之無滅絕以此。

篇六　桃夭

桃之夭夭，灼灼其華。之子于歸，宜其室家。
桃之夭夭，有蕡其實。之子于歸，宜其家室。
桃之夭夭，其葉蓁蓁。之子于歸，宜其家人。

〈桃夭〉三章，章四句。

「桃之夭夭」，「夭夭」，《毛傳》：「夭夭，其少壯也。」按，夭夭，只是少好之意。（夭亡、夭折，夭，少之義。）《說文》引作「枖枖」，又作「媄媄」。馬瑞辰以「枖」為本字，而以「夭」為假借，恐非，「夭」當是本字。

「夭夭」既為少好，後人以《詩》用以屬桃，遂加木旁耳。（卓、桌、棹，喬、橋，皆後加旁。）「夭夭」，說「少壯」，不如從朱注是「少好」，夭有美好之意。（《論語・述而》：「子之燕居，申申如也，夭夭如也。」此「夭夭如也」之「夭」，講作和。）

桃有薄命花之名，豈為其花不長而顏色嬌艷邪？並非如此。蓋桃花既老，很少花果，桃三杏四梨五年，桃三年即花，年愈少花果益盛，五六年最盛，俟其既老不花，無用，便做薪樵，曰薄命花言壽命短也。詩人不但博物——「多識於鳥獸草木之名」，而且格物——通乎物之情理。若我輩遊山見小草，雖見其形而不知即吾人常讀之某字，此連博物也不夠。詩人不但識其名，而且瞭解其生活情形。詩人是與天地日月同心的，天無不覆，地無不載，日月無不照臨，故詩人博物且格物。〈桃夭〉即是如此，詩人不但知其形、識其名，且能知其性情、品格、生活狀況。

杜甫〈絕句〉有云：

> 江碧鳥逾白，山青花欲然。

「花欲然」即「灼灼其華」。「然」，通「燃」，灼灼之意。紅色有燃燒之象，「灼灼」，光明，有光必有熱。桃花的精力是開花才茂盛。「夭夭」乃少好之意，少好的反面是老醜，故此句「桃之夭夭，灼灼其華」，外表是言桃花之紅，內含之義是指少壯之精力足，故開花盛艷，「灼灼其華」必是「夭夭」之桃。

不但創作要有文心，即欣賞也要文心。說話要十二分的負責。

凡用字要徹底地瞭解字義，否則言不由衷（衷，中也），此種作品是無生命的。比利時梅特林克[30]之六幕劇《青鳥》中說指頭是糖做的，折了又長。這是他的幻想，但這還是由事實而來的。糖又長出——木折仍能長。必要博物、格物，方才能有創作，方才有幻想。所謂抄襲、因襲、模仿，皆非創作。「桃之夭夭，灼灼其華」，必是詩人親切的感覺。

近體詩講平仄、講格律，優美的音韻固可由平仄、音律而成，但平仄、格律不一定音韻好。詞調相同，稼軒詞，高唱入雲，風雷俱出；夢窗[31]詞則瘖啞，故不能一定信格律。至於古詩，詩不限句，句不限字。「桃之夭夭，灼灼其華」，不但響亮而且鮮明，音節好。鮮明，常說鮮明是顏色，而詩歌令人讀之，一聞其

30 梅特林克（Maurice Polydore Marie Bernard Maeterlinck, 1862-1949）：比利時象徵派戲劇代表作家。《青鳥》（*L'Oiseau bleu*）為其代表作，講述樵夫的兒子蒂蒂爾和女兒米蒂爾兄妹二人尋找青鳥的故事。

31 吳文英（一二〇〇？—一二六〇）：南宋末詞人，字君特，號夢窗，又號覺翁，四明鄞縣（今浙江寧波）人。有詞集《夢窗甲乙丙丁稿》。

聲，如見其形，即是鮮明。要緊的是鮮明；但若不求鮮明獨求響亮，便「左」。左矣，不得其中道。對其物有清楚的認識，有親切的體會，故能鮮明且響亮。對物瞭解不清楚的，不要用。

「有蕡其實」，「蕡」，《毛傳》：「實貌。」馬瑞辰以為「頒」之假借。頒，《說文》訓大首，又與「墳」通，墳亦大也。頒、般、墳，輕重有不同。

「桃之夭夭」三章，說得頗有層次。

桃：一華，二實，三葉。此中有深淺層次：華好；沒華，實好；沒實，葉好；沒葉，樹還好——真是詩人。

之子：（一）室家、（二）家室、（三）家人。「桃之夭夭」是比興「之子于歸」，「灼灼其華」、「有蕡其實」、「其葉蓁蓁」是依次言之，「宜其室家」、「宜其家室」、「宜其家人」是反覆言之。西洋人管初生嬰兒叫new comer、stranger。新婦到夫家，也恰可說是new comer、stranger。若宜便好，不宜便糟。「宜」最要緊，故再三反覆言之。

篇七　兔罝

肅肅兔罝，椓之丁丁。赳赳武夫，公侯干城。

肅肅兔罝，施於中逵。赳赳武夫，公侯好仇。

肅肅兔罝，施於中林。赳赳武夫，公侯腹心。

〈兔罝〉三章，章四句。

〈兔罝〉字義：

首章：「肅肅兔罝」，「肅肅」，《毛傳》：「敬也。」《鄭箋》：「鄙賤之事，猶能恭敬。」非也。〈豳風・七月〉：「九月肅霜」，《毛傳》訓「肅」為「縮」，馬瑞辰遂釋「肅肅」為「縮縮」，且曰：「縮縮為兔罝結繩之狀。」按：肅即嚴肅之肅，不必作「縮」解。

「桃之夭夭，灼灼其華」、「有蕡其實」、「其葉蓁蓁」，為是說得美。

「肅肅兔罝」，「兔罝」，乃兔網，是物，不是指事，也非指人，肅即嚴肅意。罝兔「肅」做甚？非新整之網，捕不了也。

「赳赳武夫」，「赳赳」，通本作「糾糾」，「糾」字誤。《詩》中讚美之人無論男女皆是健壯的，不是病態的，如說男子「顏如渥丹」（〈秦風・終南〉）、「赳赳武夫」，說女子「碩人其頎」（〈衛風・碩人〉）、「頎大且卷」（〈陳風・澤陂〉）。

「公侯干城」，「公侯」，代表國家；「干城」，《毛傳》「干，扞也」，或作捍，衛也。若說「干」是「扞」，文法不足。朱子《詩集傳》：「干，盾也。」朱意為長。

次章：「施於中逵」，「施」，音尸，不必音移，布也、張也。

「公侯好仇」，「好仇」，毛無傳。《鄭箋》云：「敵國有來侵伐者，可使和好之。」此說甚迂迴而難通。敵國來侵，自當抵禦，顧可以和為賢邪？朱子《詩集傳》訓「仇」為「逑」，得之。蓋逑、仇皆為好匹，猶言同志、同心云爾。

〈兔罝〉詩旨：

〈詩序〉謂〈兔罝〉為「后妃之化也」，謬甚。后妃，女子，位中宮，其化乃能及於罝兔之人邪？（豈有此理，真是神了啦！）

總之，此篇所詠之主人翁是男子，是罝兔者。或男子作，詠其友；或女子作，詠其夫、其友。癡人前不得說夢。毛、鄭一般人簡直不懂什麼叫詩。

「三百篇」是詩的不祧之祖。〈兔罝〉首章四句：

肅肅兔罝，椓之丁丁。赳赳武夫，公侯干城。

字字響亮。

隨車翻縞帶，逐馬散銀杯。（韓退之〈詠雪贈張籍〉）

但覺衾裯如潑水，不知庭院已堆鹽。（蘇東坡〈雪後書北台壁二首〉其一）

退之兩句雖然笨，但念起來有勁，比東坡兩句還好一點兒。東坡兩句則似散文，不像詩，念不著。東坡「但覺衾裯如潑水，不知庭院已堆鹽」兩句，並非不是、不真、不深，苦於不好，奈何？《詩經・小雅・采薇》之「雨雪霏霏」，看字形便好。不是霰，不是霧，非雪不成。（「三百篇」只可以說是「運會」。現代社會沒有一個大詩人，因為不是詩的時代。）杜甫〈對雪〉云：

亂雲低薄暮，急雪舞回風。

此二句真橫，有勁而生動。（「亂雲低薄暮」較「急雪舞回風」更有勁。）他人苦於力量不足，老杜則有餘。退之「隨車翻縞帶，逐馬散銀杯」，微有此意，但有力而無韻，有力所以工於錘煉，而無老杜之生動。

名詞（具體）　形容詞　動詞（動作）　副詞

詞類之產生，乃先有名詞，而後有形容詞，而後有動詞，而後有副詞。老杜四個形容詞（亂、薄、急、回），兩個動詞（低、舞），用得真好。「急雪舞回風」之「急」字、「舞」字、「回」字出於「雨雪霏霏」。（老杜〈曲江對雨〉「水荇牽風翠帶長」之「牽」字、之「長」字，由〈關雎〉「參差荇菜，左右流之」之「流」出。）詩也如花，當含苞半開時甚好，但老杜是全放。老杜真橫！

詩到後來愈巧愈薄，事倍而功不半。《紅樓夢》香菱與黛玉學詩，舉放翁「古硯微凹聚墨多」（〈書室明暖終日婆娑其間倦則扶杖至小園戲作長句〉），此種斷不可學。《紅樓夢》作者的詩雖不高明，但是感覺靈敏，有天才，所以說的是。放翁的詩和東坡兩句一類，不可學。寫詩也莫太想得深，以至於能入而不能出。

退之「盤馬彎弓惜不發」（〈雉帶箭〉），雖笨，但有勁。一發必中，中必動，動必死。若一箭把鳥打死，便沒意思。唐人詩「萬木無聲待雨來」，又「山雨欲來風滿樓」（許渾〈咸陽城東樓〉），哪句好？第一句實在比第二句好，雨真下來，就沒意思了。

有人說砍頭是頭落地後尚有感覺，最痛苦。那誰也沒試驗過，不過想當然耳，到那時就完了。最苦的是從宣佈死刑到入刑場。舊俄安特列夫[32]的《七個被絞死的人》，七個人其中五個青年志士、一個殺人兇手、

32 安特列夫（Leonid Nikolaievich Andreyev, 1871-1919）：今譯為安德列耶夫，俄國作家，其作品風格獨特，代表作為《紅笑》、《七個被絞死的人》。

一個江洋大盜，在被絞死之前，有的不在乎，有的心中怕極。簡直是心理的分析，純文藝。

篇八　漢廣

南有喬木，不可休思。漢有遊女，不可求思。
漢之廣矣，不可泳思。江之永矣，不可方思。
翹翹錯薪，言刈其楚。之子于歸，言秣其馬。
漢之廣矣，不可泳思。江之永矣，不可方思。
翹翹錯薪，言刈其蔞。之子于歸。言秣其駒。
漢之廣矣，不可泳思。江之永矣，不可方思。

好詩！

不是蕩氣迴腸。「亂雲低薄暮，急雪舞回風」（杜甫〈對雪〉），三杯好酒下肚，便折騰起來，後人做到便算不錯。「十九首」有許多如此，如「服食求神仙」（〈驅車上東門〉33）。「三百篇」則不然，這真是溫柔敦厚，能代表中國民族的美德。

昔我往矣，楊柳依依。今我來思，雨雪霏霏。（《詩經・小雅・采薇》）

步出城東門，遙望江南路。

昨日風雪中，故人從此去。（漢代古詩）

說雪，第一是「詩三百篇」，其次便是這首古詩。「三百篇」是主觀的，說自己；此古詩是客觀的，說的是別人，但也仍然是表現自己的情緒。打開四言、五言的界限，「三百篇」也未必高於漢人的古詩。若老杜的「亂雲低薄暮，急雪舞回風」，只能說他有感，不能說他有情。至末兩句：

數州消息斷，愁坐正書空。

他言情倒不能說不真，但說兄弟手足之情總該厚於朋友，而這詩讓人讀來卻遠不及漢人之「昨日風雪中，故人從此去」感人深，此即老杜之失敗。他說雪沒有自己，說自己的情感又忘了雪，所以不成。漢人兩句詩，雪中有情，情中有雪，雖只兩句卻包括淨盡。

文學絕不能專以描寫為能事，若只求描寫之工而不參入自己，不有自己的情感，便好也只是照相而已，算不得好詩。極力描寫，不留餘地與讀者去想，豈非把讀者都看成低能了嗎？「急雪舞回風」，把雪形容盡致；「隨車翻縞帶，逐馬散銀杯」，更刻畫得厲害，卻更無餘味。「三百篇」之描寫便只「依依」與「霏霏」矣。古詩只說「風雪」，更不說是怎樣的風雪，卻讓我們慢慢去想，東坡的「但覺衾裯如潑水，不知庭院已堆鹽」，雖寫得情景逼真，卻沒些子「韻」，再好也是匠藝。看那四句古詩，多有韻。

〈漢廣〉便是好在「韻」：

33 〈驅車上東門〉全詩如下：驅車上東門，遙望郭北墓。白楊何蕭蕭，松柏夾廣路。下有陳死人，杳杳即長暮。潛寐黃泉下，千載永不寤。浩浩陰陽移，年命如朝露。人生忽如寄，壽無金石固。萬歲更相送，聖賢莫能度。服食求神仙，多為藥所誤。不如飲美酒，被服紈與素。

漢之廣矣，不可泳思。江之永矣，不可方思。

一唱三歎，仍是心平氣和，出神入化。不能講。

文學是生活的鏡子，這面鏡子可以永遠保留給人們。

技術愈巧，韻味愈薄。古人雖笨，韻卻厚。韻，該怎麼培養？俗話「熟能生巧」，而韻卻不成，僅練習也出不來，只有涵養。

沒人不喜歡捧，文人尤其好戴高帽子。魯迅先生多聰明也犯此病。罵就對罵，拚就對拚，任他眼光多銳利，心思多周密，有人一捧就不免忘乎所以了。魯迅先生有篇文章說，我知道自己是一匹牛，張家說耕一片地我就耕地，李家要我給他拉磨我就給他拉磨，只有宰了剝皮吃肉我不幹。明知我是公牛，若有人要我去充牛乳製廠的廣告，我也答應。

有所謂「韻小人」，實在有意思，卻不易得。韻小人就好比甘口鼠[34]，牠咬人而使人舒服，所以無論哪種動物都能被牠咬死，一動不動地讓牠咬。蕭長華[35]真是韻小人，唱《蔣幹盜書》絕妙，《鴻鸞禧》[36]的金松扮來絕妙；王長林[37]便不成，毛手毛腳，只能做楊香武、朱光祖[38]之流，唱蔣幹便不似。蔣幹是書生，非韻不可。

〈漢廣〉：「南有喬木，不可休思。」「休思」，《毛詩》作「休息」，《韓詩外傳》所引作「休思」。王先謙謂當據《毛詩》改，非也。或謂「息」與下「不可求思」之「思」字為雙聲叶韻。大謬。凡詩無以雙聲為韻者。馬瑞辰講名物訓詁甚好，此處卻錯了。無論古今中外之詩，皆無以雙聲叶韻者。既曰韻，當然以韻為主，哪有以聲叶韻的道理？「思」，語詞也，「不可求思」即「不可求」。明是不可求，《毛傳》講成了不求。

「不可求思」云者，猶〈關雎〉所謂「求之不得」之意，非〈詩序〉所謂之「無思犯禮」及《毛傳》之「無求思者」也。蓋不可乃逑，實不含訓誡即禁止之義。

「漢有遊女」，「遊女」，猶「遊子」之「遊」，無家之意。此「家」字是孟子「女子生而願為之有家」（《孟子・滕文公下》）之「家」。遊女，未嫁者也。

詩是有音韻美。但「漢之廣矣，不可泳思。江之永矣，不可方思」，「廣」、「泳」、「方」古韻叶，現在念來叶不了。然而韻雖不叶，音調也甚好。

「江之永矣，不可方思。」「方」，《毛傳》：「泭也。」《爾雅・釋言》：「舫，泭也。」又：「方，併船也。」按：泭，一作桴。《論語・公冶長》：「道不行，乘桴浮於海。」桴，俗作筏。載貨多用筏，木板集成，雖然不舒服，卻不易翻。

方——比——近——排

排，併船也。「比」較「方」有勁。「不可方思」，說有筏也過不去。

34 廿口鼠：鼷鼠，鼠類最小者，咬人及鳥獸至死而不覺痛，故又稱廿口鼠。

35 蕭長華（一八七八—一九六七）：京劇丑角演員，號和莊，藝名寶銘。

36《鴻鸞禧》：京劇劇目，故事取自《古今小說・金玉奴棒打薄情郎》，演繹金玉奴與窮書生莫稽結為夫婦，助之赴考。莫稽高中後攜眷赴任，途中將出身微賤的金玉奴推入江中，又逐走岳父金松。金玉奴為巡撫林潤所救，認為義女，最終與莫稽破鏡重圓。

37 王長林（一八五七—一九三一）：京劇丑角演員。

38 楊香武：京劇劇目《九龍杯》中人物，丑角。朱光祖：京劇劇目《連環套》中人物，丑角。

「經」者，常也，不變（always time、time for ever）。如老杜的〈北征〉、〈詠懷五百字〉、〈三吏〉、〈三別〉，有四字評語曰「驚心動魄」，震古鑠今，真是前無古人，後無來者。然吾人看來仍有不滿人意者，即有「時代性」。人美杜詩曰「詩史」，其壞處也在此。唐人看來真有切膚之痛，但今人看來如雲裡看廝殺，又如隔岸觀火，沒有切膚之痛。莎士比亞（Shakespeare）之《馬克白》、《亨利第四》[39]，雖也是寫歷史的，但其較老杜成功，真是偉大，蓋其不專注在事實。歷史唯求事實之真也，文學卻不唯事實的真，乃是永久的人性。雖無此事而絕有此情，絕有此理。永久的人性之價值絕不在事實之真之下。此永久者（always time、time for ever），即放之四海而皆準，推之萬古而不變。莎士比亞注意永久的人性，故較老杜為高也。老杜病在寫史太多。

男女戀愛而生愛情，結果成功是結合，不能結合便是失敗。古今中外寫戀愛成功和失敗的不知有多少，然而無一篇似〈關雎〉這麼好、這麼老實，「琴瑟友之」、「鐘鼓樂之」。

近人常說結婚是愛的墳墓。此話不然，真是一言誤盡蒼生。彼等以為結婚是愛的最高潮，也不然。余之主張（理想）：

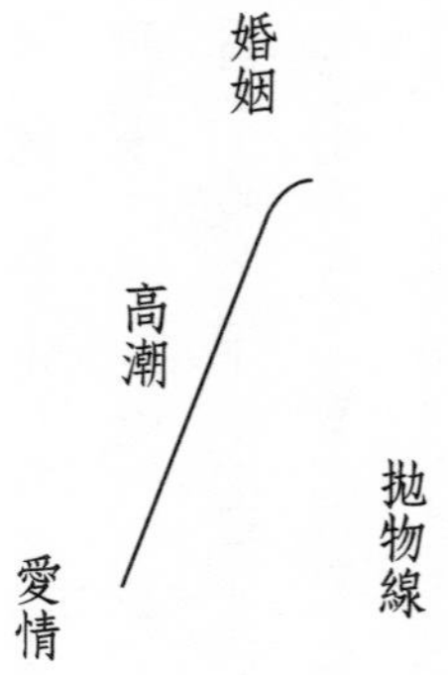

結婚是愛的新萌芽，也許不再繼長增高，也許不再生枝幹，但只一日不死，便會結出好的果實來。故〈桃夭〉之「其葉蓁蓁」是真好。

愛，不只男女之愛，耶穌基督說天地若沒有愛，便沒有天地；人類若沒有愛，便沒有人類。天沒有愛，不能有日月；地沒有愛，不能有水土。最高的愛便是良心的愛與親子的愛。

老子云：「信言不美，美言不信。」（《道德經》八十一章）〈漢廣〉是戀愛的失敗，一切都完了，「不可求思」，多簡單，多有勁。後來人詩「池花對影落，沙鳥帶聲飛」（清朝陳恭尹[40]詩句），越漂亮，越沒勁。

余講書，曾舉「素詩」（naked poet），此二字甚好。千古素詩詩人只有陶淵明，王、孟、韋、柳[41]各得其一體。「鉛黛所以飾容」（劉彥和《文心雕龍·情采》），言其常也；素詩者「卻嫌脂粉污顏色，淡掃蛾眉朝至尊」（張祜〈集靈台二首〉其二）。陶詩「豈無一時好，不久當如何」（〈擬古詩〉其七），上兩句「皎皎雲間月，灼灼葉中華」，「葉中華」三字，余背成了「葉底花」，覺得不對。蓋陶公絕不如是，若後人必是「葉底花」。

「卻從疏路抵秋柯，懶向生人道姓名」，余友人劉次簫詞句。劉氏二十年前青島詩社[42]中人，此為其詠

39 《馬克白》、《亨利第四》：《亨利第四》今譯為《亨利四世》。《馬克白》敘寫曾經屢建奇勳的馬克白由英雄變為暴君的故事；《亨利四世》敘寫亨利四世及其諸王子們，與反叛諸侯貴族進行殊死鬥爭的故事。

40 陳恭尹（一六三一—一七〇〇）：清朝詩人，字元孝，初號半峰，晚號獨漉子，廣東順德人，與屈大均、梁佩蘭並稱「嶺南三大家」。有《獨漉堂集》。

41 王，王維；孟，孟浩然；韋，韋應物；柳，柳宗元。

42 一九二五—一九二七年間，顧隨任教青島膠澳中學，與友人劉次簫相處。時青島市中學同仁結有青島詩社。

紅葉。史達祖[43]「小葉兩三，低傍橫枝偷綠」，巧則巧矣，真非大方之家。劉氏此人學史邦卿極佳，「美言不信」，怎麼那麼小器。陶翁絕不如此，嫌它污顏色。劉氏學梅溪而幾過之，試看其寫紅葉之「卻從疏路抵秋柯」，幾個字多鮮亮；梅溪〈雙雙燕・詠燕〉「翠尾分開紅影」，一點兒也不清楚。劉氏則清楚，有力量，不愧山東男兒，然而終落小器。（滑與澀一樣是病，也無力量。）此時代關係，雖有賢者不能自免，此亦南宋終究不如北宋之因。即稼軒大刀闊斧，所向無前，而有的也弄巧。稼軒雖是山東男兒，是大兵，別人

陶淵明是素詩之聖。圖為明朝張鵬《淵明醉歸圖》。

看他毛躁，其實其細處別人來不了。

陶公是素詩之聖。〈漢廣〉不是素詩，比素詩還要高，無以名之，強名為「經」。經者，常也，永久的不變。〈關雎〉、〈桃夭〉是寫戀愛的成功，此篇是寫失敗。「之子于歸」，「于歸」的是他家，真是全軍覆沒，失敗到底。古今中外寫戀愛失敗的要倍於寫成功的。戀愛失敗的常態是「頹喪」，積極的便會自殺，此雖為不應當的，但總難免。或者流於「嫉妒」（憤恨），這也是人之常情，在所難免。戀愛有兩面，不是成功便是失敗，若是頹喪、嫉妒，皆是「無明」。看〈漢廣〉多大方，溫柔敦厚，能欣賞，否則便不能寫這一唱三歎的句子。不頹喪又不嫉妒，寫的是永久的人性。不是素詩，「大而化之之謂聖」（《孟子・盡心下》）。

「只知詩到蘇黃盡，滄海橫流卻是誰。」（元遺山〈論詩三十首〉其二十二）蘇、黃不是好到不能再好，是新到不能再新。「滄海橫流」是說蘇、黃而後詩法大壞；「卻是誰」？是蘇、黃。余以為東坡還夠不上，他還與後人開條路走；山谷之功固不可泯，然而為害亦大。

古之「三百篇」、楚辭虛字多，如「漢之廣矣，不可泳思」，故飛動；到漢人實字便多，故凝練，而不飛動，不能動盪搖曳，沒有彈性。黃山谷的詩凝練整齊而不飛動，不能動盪搖曳，沒有彈性。這雖不是完全破壞了文字的美，但至少是畸形的發展。所以說詩法大壞。

魯迅先生不贊成中國字，因為它死板，無彈性。余初以為然，後來覺得中國文字也能飛動，也能使有彈性。

43 史達祖：南宋後期詞人，字邦卿，號梅溪，汴州（今河南開封）人。以詠物見長，著有《梅溪詞》。

林琴南[44]文章實在不高，凝練未做到，彈性一絲也沒有。只凝練而無彈性猶俗所謂「乾渣窯」，必須凝練、飛動，二者兼到。

篇九　汝墳

遵彼汝墳，伐其條枚。未見君子，惄如調飢。
遵彼汝墳，伐其條肄。既見君子，不我遐棄。
魴魚赬尾，王室如燬。雖則如燬，父母孔邇。

〈汝墳〉三章，章四句。

〈汝墳〉字義：

首章：「遵彼汝墳」，「墳」，《毛傳》：「大防也。」「防」，即堤。「惄如調飢」，「惄」，《說文》：「憂也。」《韓詩》作「愵」，《說文》：「愵，憂貌。」《方言》：「愵，憂也。」《毛傳》：「惄，飢意也。」非是。「調」，《韓詩》及《說文》二徐本[45]只作「朝」。《毛傳》：「調，朝也。」《鄭箋》：「如朝飢之思食。」皆以「朝」為本字，「調」為假借字。

詩總不外乎情理，即是人情物理。所謂格物，通情理之謂。詩人是必須格物。「五四」時代，有個作白話文的說棒子麵一根根往嘴裡送，此是不格物。魯迅說，你所瞭解不清楚的字你不要用。是極。〈汝墳〉之「惄如調飢」，朝飢最難受，此格物，故合情理。

二章：「伐其條肄」，「肄」，習也，有重意，斬了又長，故曰肄。

三章：「魴魚赬尾」，《毛傳》說魚勞則尾巴赤，此是不格物，魴魚尾根本是紅的。（黃河鯉紅尾甚美觀，此即赬尾之意。）

「王室如燬」，「燬」，《韓詩》及《說文》所引俱作「𤈦」，《爾雅・釋言》：「燬，火也。」《說文》：「火，𤈦也。」「王室如燬」，當時紂王無道，天下大亂，民不安生，故王室猶火之不可居也。舊說「王室」指紂王，「父母」指文王，此說固非無理，但把詩的美都失了，不如講作「父母孔邇」、「王室如燬」也不能去的好。

「詩三百」，齊、魯、韓並不講作是盛周之詩，而說的是衰周，講成盛周是自《毛傳》始。其實不一定是盛周。

〈汝墳〉詩旨：

（一）〈詩序〉：「〈汝墳〉，道化行也。」

（二）《韓詩外傳》曰：「賢士欲成其名，二親不待，家貧親老，不擇官而仕。詩曰：『雖則如燬，父母孔邇。』」

按：二說皆非是，所云「父母孔邇」者，猶孔子之去魯遲遲其行，孟子所謂「去父母國之道」[46]耳。

44 林紓（一八五二—一九二四）：近代文學家、翻譯家，字琴南，號畏廬，別署冷紅生等，福建閩縣（今福州）人。

45 二徐本：南唐徐鉉（九一七—九九二）、徐鍇（九二〇—九七四）兄弟，人稱「二徐」，又稱「大徐」、「小徐」。二人皆精於小學，皆校訂《說文解字》，經徐鉉校訂的本子人稱「大徐本」，經徐鍇校訂的本子人稱「小徐本」，合稱「二徐本」。

46 《孟子・盡心下》：「孔子之去魯，曰：『遲遲吾行也。』去父母國之道也。去齊，接淅而行，去他國之道也。」

篇十　麟之趾

麟之趾，振振公子，于嗟麟兮。
麟之定，振振公姓，于嗟麟兮。
麟之角，振振公族，于嗟麟兮。

〈麟之趾〉三章，章三句。

〈麟之趾〉字義：

首章：「振振公子」，「振振」，已見前〈螽斯〉篇。

二章：「麟之定」，「定」，一作「頲」，定、題、顛、頂，一聲之轉也。「振振公姓」，「公姓」，《禮記》鄭注：「子姓，子之所生。」蓋子兼言男子；而姓，亦兼語孫與外孫也。

三章所言「于嗟麟兮」，英文比不了。Alas[47]，講不得。〈麟之趾〉，真好。

《周南》餘論

事物　智慧

事物→經驗→思想→智慧

「天地與我並生，而萬物與我為一。」（《莊子·齊物論》）

致知在「格物」。

智慧與聰明不同，wise man，最好翻「智人」。

智慧中有哲理，而哲理中非純智慧。智慧如鐵中之鋼。思想、感情皆有流弊，唯智慧永遠是對的。與其說《傳道書》[48]是一部哲理書，不如視之為智慧寶庫。莊子哲理尚多於智慧，至於老子之「水善利萬物而不爭」（《道德經》八章），真大智慧。

古人之書是教我們如何去活、如何活完了去死。蘇洵論管仲有言曰：

吾觀史鰌，以不能進蘧伯玉而退彌子瑕，故有身後之諫。蕭何且死，舉曹參以自代。大臣之用心，固宜如此也。夫國以一人興，以一人亡。賢者不悲其身之死，而憂其國之衰，故必復有賢者，而後可以死。彼管仲者，何以死哉！（〈管仲論〉）

47 Alas：英文感歎詞。

48《傳道書》：《舊約全書·詩歌智慧書》之第四卷為《傳道書》，為佈道之文。

「彼管仲者，何以死哉！」齊亂固已種，管仲死，無人能治，死時不能得人以委，不但對不起桓公，也對不起自己的心。（此亦有莊子「薪盡火傳」[49]之意，薪盡而火不熄。）不論釋迦雙林之死[50]、耶穌十字架之死、孔子曳杖而歌之死[51]、曾子易簀之死[52]，其死時必為坦然的。而孫中山死時淚如雨下，其心中必有「何以死哉」之問號。《紅樓夢》賈太君含笑而死，大概是有以死。

適來，夫子時也；適去，夫子順也。（《莊子．養生主》）

「適來」之「適」，言其生；「適去」之「適」，言其死。「順」字下得好，真是智慧，也可視為哲理。哲學有時是混沌，智慧是透明的火焰，感情是「無明」。孔子曰：

未知生，焉知死。（《論語．先進》）

並非不去研究，並非推托，而是極肯定、明白的回答。因一個人必先知何為生，始知何為死；必先知壞，然後知好。蘇格拉底曰：

當你生存時，且去思量那死。

希臘之哲語與孔子「未知生，焉知死」之言，貌似相違而實相成。思索過死之後，始能更好地生活，故想死非求死，乃是求生。

慷慨捐生易，從容就義難。人莫不貪生而惡死。魯迅翻譯文中有一人以餅乾故殺退敵人，其結果固偉大，而動機並不高明。平常人只考察效果，並不考察動機；一個哲人不但要考察結果，且要考察動機。死是生的結果，人雖貪生而惡死，但絕不能免死而長生，故一切哲人皆教人如何生。耶教哲人看到永生（死而不死），釋迦牟尼看到涅槃（死而非死），儒家所謂「正命」。孟子所謂「正命」，即《論語》中一「命」字：

> **死生有命，富貴在天。**（《論語・顏淵》）

命是「天命」，須「畏天命」（《論語・季氏》）。「天生德於予，桓魋其如予何」（《論語・述而》），天生你是怎樣的人，你便發展成怎樣的人。孔子所謂「天」與耶穌所謂「天」不同，一是哲學的，一是宗教的。

---

49 《莊子・養生主》：「指窮於為薪，火傳也，不知其盡也。」

50 《涅槃經》記載：釋迦牟尼在拘尸那城桫欏雙樹之間入滅，其時桫欏雙樹慘然變白，猶如白鶴，枝葉花果皮幹，皆悉爆裂墮落，漸漸枯悴。此稱為「雙林入滅」。

51 《禮記・檀弓上》：「孔子蚤作，負手曳杖，消搖於門，歌曰：『泰山其頹乎？梁木其壞乎？哲人其萎乎？』既歌而入，當戶而坐。子貢聞之，曰：『泰山其頹，則吾將安仰？梁木其壞、哲人其萎，則吾將安放？夫子殆將病也。』遂趨而入。夫子曰：『賜，爾來何遲也？夏后氏殯於東階之上，則猶在阼也；殷人殯於兩楹之間，則與賓主夾之也；周人殯於西階之上，則猶賓之也。而丘也，殷人也，予疇昔之夜，夢坐奠於兩楹之間。夫明王不興，而天下其孰能宗予？予殆將死也。』蓋寢疾七日而沒。」

52 《禮記・檀弓上》：「曾子寢疾，病，樂正子春坐於床下，曾元、曾申坐於足，童子隅坐而執燭。童子曰：『華而睆，大夫之簀與？』子春曰：『止。』曾子聞之，瞿然曰：『呼！』曰：『華而睆，大夫之簀與？』曾子曰：『然。斯季孫之賜也，我未之能易也。元，起易簀。』曾元曰：『夫子之病革矣，不可以變。幸而至於旦，請敬易之。』曾子曰：『爾之愛我也不如彼。君子之愛人也以德，細人之愛人也以姑息。吾何求哉？吾得正而斃焉，斯已矣！』舉扶而易之，反席未安而沒。」

天何言哉？四時成焉，百物生焉。天何言哉？（《論語・陽貨》）

孔子所謂「天」，指大自然。莊子亦愛說天，其「得全於天」（《莊子・達生》），「天」亦指大自然，與孔子同，與耶教不同。

詩人中唯陶氏智慧，且曾用一番思索，乃儒家精神。

中國文藝是簡單而又神秘。然所謂簡單非淺薄，所謂神秘非艱深。中國文學對「神秘」二字是「日用而不知」（《易傳・繫辭》），而又非「習矣而不察焉」（《孟子・盡心上》）——「習矣而不察」是根本不明白。中國字難寫，中國文學難學，蓋亦因其神秘性。吾人所追求者為刀之刃、錐之穎，略差即非。

①艱深→②晦澀→③曖昧→④鶻突

兩個字組成的名詞，這四個詞一個比一個難看。鶻突，寫成「糊塗」便不成，此即文字的神秘。漢魏六朝的人還知使用文字的神秘，以後的人多不注意。

仿佛：　清楚　　仿佛　髣髴：　模糊

「楊柳依依」、「雨雪霏霏」，絕不淺薄，清清楚楚，絕不曖昧，絕不鶻突，簡單而神秘。

中國上古文學可分為兩大派：

一是黃河流域的「詩三百篇」。

一是長江流域的〈離騷〉（說楚辭不如說是〈離騷〉）。

〈離騷〉是南方的產物，偏於熱帶，幻想較發達，神秘性較豐富，上面至於九天，下面至於九淵，真是

「上窮碧落下黃泉」（白居易〈長恨歌〉）。

「詩三百篇」中何以無「楚風」？但看「楚狂接輿」之歌、「鳳兮」之歌[53]、「滄浪」之歌[54]，實是楚風。余心揣情度理，楚國絕不會無詩，既有詩，何以不在「三百篇」中？豈為孔子所刪也？絕非如此。孔子刪詩根本亦不能成立。只可假定為太師采風之時因楚國路遠，故未采入楚風。或者楚居南方，文化發達較晚，結集之時不收入其詩。加之楚地語言、文字亦多與內地不同，如：羌——況此「羌」字只楚辭中用為語詞（introductory），「三百篇」中不用，故有歧視之心。且叶韻亦不同，讀時覺得不順。（有暇可將《詩經》與楚辭二者之體制、用韻、內容、思想、用字比較研究。）

「三百篇」並非無神秘，但楚辭更富神秘性，而有時是曖昧，是鶻突。

中國人一般多是模模糊糊，一模糊絕不會有出息，但有認真的、不模糊的，多半是死心眼兒，沾沾自喜、自命不凡。所以，我們要養成德性，養成認真的習慣、寬大的胸襟。寬大者——採眾長，非好好先生。一個人若自是、自滿，便如蠶作繭自縛，絕不會有長進，即老夫子所謂「今女畫」（《論語・雍也》）[55]。寬大則反之，如蜂採花，不分彼此，一視同仁，蒐集眾長釀成新蜜，不只採牡丹花、芍藥花，便是棗花、槐花也兼取之。

53　「楚狂接輿」之歌即「鳳兮」之歌。《論語・微子》：「楚狂接輿歌而過孔子曰：『鳳兮鳳兮，何德之衰？往者不可諫，來者猶可追。已而已而，今之從政者殆而。』」

54　「滄浪」之歌見於《楚辭・漁夫》：「滄浪之水清兮，可以濯吾纓。滄浪之水濁兮，可以濯吾足。」

55　「今女畫」：女，通「汝」，你；畫者，畫地自限。事見《論語・雍也》：「冉求曰：『非不說子之道，力不足也。』子曰：『力不足者，中道而廢，今女畫。』」

做學問不墨守師說，但絕非背叛師說，老夫子所謂「而亦何常師之有」（《論語・子張》），否則必不能有大成就。宋、元、明三朝的理學家門戶之見太深，爭執甚烈，此時感情的認真，可謂入主出奴，甚無謂也。

楚辭，尤其是〈離騷〉，近於西洋文學。余直覺地感到，中國文學中多不能翻為西文，但〈離騷〉可以，其艱深晦澀處頗與西洋文學相近。蘇曼殊[56]之《英漢三昧集》，前面的題詞是用法文翻譯的〈離騷〉四句：

日月忽其不淹兮，春與秋其代序。
唯草木之零落兮，恐美人之遲暮。

中國文學中錘煉的，西文最難翻譯；但彈性的、悠揚的，可以翻。非是word by word（一字一字的），乃是能傳神，如《遊園》[57]之無佈景勝於有佈景，一個姿態表現一種景，可謂「情景兩暢，內外如一」（家六吉[58]語）；又如《打漁殺家》[59]之「江水滔滔往東流」，唱起來如見。

《周南》最能代表中國文字的簡單而神秘。〈離騷〉的作者屈原是一個會說謊的人。用說謊而自求利益是罪惡，而用說謊以娛樂人、利人、教訓人則是一種藝術。所謂藝術家皆是欺騙人的，而其中有道德的教訓，如《伊索寓言》、《莊子》、《佛說百喻經》（近人翻印改書名為《癡花鬘》，如北新書局一九二六年刊印本）。〈離騷〉是個人作品，「三百篇」是多人作品，一為專集，一為總集；一為特殊的，一為普通的；一為個性的，一為大眾的。若謂屈原為有天才之偉大的說謊者，則「三百篇」為忠厚長者的老實話。若問何者為易？則二者俱難做到好處。

每人都免不了說謊，此說謊不見得是罪惡的說謊，而是為用說謊卸去我們的責任。因為我們都是平常人，懦弱到無力為善，且亦無力為惡。像屈原這樣偉大的說謊者既不易得，而老實話之成為詩者亦少。我們是書生，多少有些布爾喬亞的習氣，好面子，絕不會說謊欺騙。要我們如忠厚長者說老實話，不難；但要老實話篇篇是文學、句句是詩，卻不易得。「三百篇」的好處即在此，與〈離騷〉的最大分別也在此。

日月忽其不淹兮，春與秋其代序。

↓

日月不淹，春秋代序。

楚辭去了助詞，便是「三百篇」。搖曳是楚辭的特色。春天的柳條又青又嫩，微風一吹便是搖曳。自《左氏傳》而後，沒有能及其搖曳的散文；屈騷而後，沒有能及其搖曳的韻文。蓋漢魏六朝而後的文學多取平實一路，因走此路者多，行彼路者少；彼路即荒蕪，而獨餘此路為大道。

56 蘇曼殊（一八八四—一九一八）：清末民初作家、畫家、翻譯家，原名戩，字子谷，法號曼殊，廣東香山（今中山）人。

57 《遊園》：通名《遊園驚夢》，昆劇劇目，出自明朝湯顯祖的傳奇《牡丹亭》，敘杜麗娘春遊後花園，夢中與柳夢梅相會的故事。

58 家六吉：顧隨四弟顧謙，字六吉，輔仁大學美術系畢業，後任教於濟南，死在「文革」中。

59 《打漁殺家》：京劇劇目，敘蕭恩父女打漁為生，受惡霸欺壓起而抗爭的故事。「江水滔滔往東流」乃蕭恩上場時所唱之詞。

「西漢文章兩司馬[60]」，而除司馬遷一人之外，漢朝可謂無人。漢人仿騷，純是假古董。王逸[61]、東方朔[62]等之文簡直是低能作品，只好以「笨伯」奉贈。彼等作品，真傳下來，實不可解！即宋玉[63]之〈九辯〉已失師法（師承）。蓋此非有法可傳者，其幻想乃只屈原的天才。且看〈離騷〉中的漂亮句子：

> 陟升皇之赫戲兮，忽臨睨夫舊鄉。
> 僕夫悲余馬懷兮，蜷局顧而不行。

這就是屈原的說謊本領。什麼是創造？創造即是說謊。沒有說謊的本領不要談創造。這種說謊的天才創造力，父不能傳諸子，兄不能傳諸弟（且不說「三百篇」）。

文學作品是要表現熱烈的感情，但熱烈的感情也足以毀滅文字。子夭母哭，感情則熱烈矣，不過呼天搶地而已矣，沒有什麼悼子詩。在中國文學中沒有如〈離騷〉以那樣熱烈的感情、豐富的幻想而作成的那麼優美的文學作品。宋玉沒有那樣熱烈的感情、豐富的幻想，所得只是欣賞一面的、現實一面的。既曰欣賞，便非熱烈；既曰現實，便非幻想。

穿中國衣服、戴西洋帽子、穿皮鞋可以，而戴中國小帽、穿中國布鞋、著西服則不可。中國男女皆著長衣，依理皆當騎無梁腳踏車，而男子騎女車則人笑之。中國人論「三綱」、「五常」也如此。只因為你也說、他也說，便是對的，並不求它個道理，此乃世俗所謂理智。

這種理智只是傳統的，在文學上、科學上、哲學上，皆無價值。漢人仿騷作品雖出宋玉一途，但連欣賞和現實也沒有，所剩的只是這種毫無味道的世俗的理智。社會的中堅分子多是這般頭腦。

中國韻文上古分為兩派：

一是南方的——搖曳，此路已閉塞。

一是北方的——平實，已失「三百篇」溫柔敦厚、和平中正之美。

宋玉即是屈原弟子，已失其老師的作風。蓋天才與修養是無法可傳的，自己愈努力、愈發展，愈不能傳人。

說老實話目去較易，而寫成詩、且寫成好詩，則很難。

《周南》中的〈漢廣〉，真老實，而真好。

60 兩司馬：司馬遷與司馬相如。司馬相如（公元前一七九？—前一一八）：西漢辭賦家，字長卿，蜀郡成都（今四川成都）人，代表作〈子虛賦〉、〈上林賦〉。

61 王逸（八九？—一五八）：東漢文學家，字叔師，南郡宜城（今屬湖北）人，長於辭賦，著有《楚辭章句》。

62 東方朔（公元前一六一？—前九三）：西漢辭賦家，字曼倩，代表作為〈答客難〉、〈非有先生論〉。

63 宋玉：戰國末期楚國文學家，代表作〈九辯〉、〈高唐賦〉、〈神女賦〉、〈對楚王問〉等。

第三講　說《召南》

舊說：武王既有天下，周公封魯，召公封燕，而俱不就國。後周、召分陝而治。陝以東，周公治之，凡詩之采於其地者曰周南；陝以西，召公治之，凡詩之采於其地者曰召南云。或曰：南，國名也。南，在鎬京之南，江漢之間。

篇一　鵲巢

維鵲有巢，維鳩居之。之子于歸，百兩御之。
維鵲有巢，維鳩方之。之子于歸，百兩將之。
維鵲有巢，維鳩盈之。之子于歸，百兩成之。

〈鵲巢〉三章，章四句。
〈鵲巢〉詩旨：

〈詩序〉曰：「夫人之德也。」按：〈詩序〉於《周南》之詩多謂后妃，於《召南》之詩則多謂為夫人。或謂后妃與夫人實一人而二名：以文王言之，則太姒為后妃；以諸侯言之，則太姒為夫人也。黃晦聞（節）[1]曰：「分繫諸周、召者，以所採之地不以人也。」又曰：「皆以文王風化為義，不以周召風化為義。」（《詩旨纂辭》）夫既以文王風化為義，則后妃、夫人當為一人矣。（太姒係專指，夫人乃泛指。）然上所云云姑演舊說之義云耳，吾人說詩不必依據之。

〈鵲巢〉，民間歌謠之詠新婚者。

詩人所歌詠者或為特殊現象，或為普通現象，前者如老杜之詠「天寶之亂」，後者如各代之詩人常詠之桃紅柳綠。（只要地球不毀滅，永有此現象；只要有詩人，永有此種詩。）〈鵲巢〉所詠是特殊的呢，抑或普通的呢？

〈鵲巢〉字義：

首章：「維鵲有巢，維鳩居之」，「鳩」，家鳩即鴿。日人謂軍中之鴿為軍鴿。（家鳩即鴿，家鳧即鴨。「家」俗或音兼。《西遊記》寫豬八戒見了劉太公家的鹿，行者說是這餵養家了的罷。）鴿子不會搭窩，燕子巢做得極精。鵲有巢，都為鳩居嗎？鴿子是和平的，「維鵲有巢，維鳩居之」，想來非普遍的，詩人蓋寫特殊之現象，而後人誤解為「鵲有巢，鳩必居之」。詩人的詩雖不能盡繩以科學，然既寫大自然的現象，當然要合科學。若鵲築巢，鳩必居之，則鳩必是猛凶之禽，而鳩最和平。

次章：「維鵲有巢，維鳩方之」，「方」，《說文》：「併船也。」此云「方之」，當是「併居」之意。毛云：「有之也。」失之。

「百兩將之」，「將」，取，古寫作寽，上象手爪之形，下至寸脈。今山東人娶媳婦即說「將媳子」。

「百兩將之」之「將」字釋義，正是所謂「禮失而求諸野」[2]。愈是窮鄉僻壤、風化不開，愈是不易受外方影響，故反而易保留古代風俗語言。《兒女英雄傳》[3]，乃旗人作純北京話，今已有不能解者。

篇二　采蘩

于以采蘩，於沼於沚。于以用之，公侯之事。
于以采蘩，於澗之中。于以用之，公侯之宮。
被之僮僮，夙夜在公。被之祁祁，薄言還歸。

〈采蘩〉三章，章四句。

〈采蘩〉詩旨：

〈詩序〉曰：「夫人不失職也。夫人可以奉祭祀，則不失職。」《毛傳》：「公侯夫人執蘩菜以助祭。」《鄭箋》：「執蘩菜（以助祭）者，以豆薦蘩菹。」宋陸佃（農師）[4]曰：「蒿青而高，蘩白而繁

1 黃節（一八七三—一九三五）：近代詩人、詩論家，原名晦聞，字玉昆，號純熙，廣東順德人，曾任教於北京大學，著有《詩旨纂辭》、《變雅》、《漢魏樂府風箋》等。

2 《漢書・藝文志・諸子略序》：「仲尼有言：『禮失而求諸野。』」

3 《兒女英雄傳》：清朝滿族文學家文康所著長篇小說。是書以地道北京話書寫，具有獨特的藝術魅力。

4 陸佃（一〇四二—一一〇二）：宋朝學者，字農師，號陶山，越州山陰（今浙江紹興）人，精於禮家名數之說。著有《埤雅》、《禮象》、《春秋後傳》等。

〈采蘩〉中「于以采蘩」，《鄭箋》說「于以，猶言往以也」，與《詩經 · 豳風 · 七月》「曰為改歲」中的「曰為」相同。圖為明朝文徵明《豳風圖軸》。

（像茵陳）。……今覆蠶種尚用蒿。」（《埤雅》）故陸氏謂〈采蘩〉為親蠶事之詩。

家庭制度未定之前是女性中心（今有民族一妻多夫，尚存上古女性中心的痕跡），蓋家事衣食皆女子親其事。後來進為遊獵牧畜之社會，則男子權職漸重。作此詩之時，當已是男性中心，何以尚用女子助祭？（「禮失而求諸野」，今鄉間祭祀均男子主之。）由一處的成言俗語可以覘其風尚，如「根生土長」，蓋可知以往之尚保守矣。

〈采蘩〉字義：

前二章：「于以采蘩」，「于以」，《鄭箋》云：「于以，猶言往以也。」按：「于以」（here is, here are）為句首語助詞，所謂引詞也。與《尚書・堯典》「粵若稽古」之「粵若」、《詩經・豳風・七月》「曰為改歲」之「曰為」同。

前二章語句相似，第三章忽改變；且前二章中不換韻，第三章兩句換韻。

三章：「被之僮僮」，「被」，《毛傳》：「首飾也。」《鄭箋》引《禮記》云：「主婦髲鬄。」《詩經・鄘風・君子偕老》篇：「不屑髢也。」《鄭箋》曰：「髢，髲也。」按：髲、被同，髢、鬄同。被、髲，義髮也（猶義子、義齒，本非己有者也），亦作益髮，余之鄉中稱為頭被。（語言隨風俗改變，今既無此風，人亦不復知此語言。）

「夙夜在公」，「夙夜」，《毛傳》：「夙，早也。」按：夙夜即早之意，猶云黎明也。

「被之僮僮」、「被之祁祁」，「僮僮」，《毛傳》：「竦敬也。」「祁祁」，《毛傳》：「舒遲也。」按：兩詞皆以聲表意，聲形（adj）詞也。僮字本無「竦敬」之意，祁字本無「舒遲」之意，但「僮僮」、「祁祁」，念起來真好。他能用適當的文字來表現其意象，這就是他的成功，這就是美的作品。

無論創作、欣賞，瞭解「意象」是很要緊的。意象是創作以前之動機的重要一部份，創作以後便成了它的內容。我們不會畫，所以玩倒汽車很平常；到要你畫時，反而覺得模糊了。因為汽車在我們腦子裡只是意，而不成其為意象。若是畫家便不然，他腦子裡清清楚楚地擺著一個汽車，他畫便是用線條把腦子裡的汽車表現出來。

因為他有清楚的、完全的意象。文學則非是用線條輪廓，而是用文字與辭句表現出來。

（一）意象

（二）文字詞句——表現

（三）作品——完成

意象要清楚，不然寫出來的作品便是模糊影像，不真切。意象當然很重要，但無適合、恰當的文字詞句表現之，仍是不成。文字要恰當，詞句要合適，否則即便意象清楚，也只是幼稚拙劣的作品。雖說一個人太咬文嚼字，很妨礙他的創作能力。因其一面作一面批評（斟酌修改），氣勢便受影響，故其作品不能氣勢蓬勃（磅礴）。但現代作家太不注意文字的使用，意象根本不清楚，文字再不恰當，則其作品當然是殘缺的、模糊的。「意象」二字似乎比「意識形態」四字還清楚。意識形態（ideology），或譯為意特次羅基，還不如說「意態」。由意再清楚，乃成態。

吾人讀詩，要從聲音中找出作者的意象來。「被之僮僮」，起來；「被之祁祁」，低落。倘尋其意象，則前如日之出海，後如日之落山。

要參詩禪，便參這四句「被之僮僮，夙夜在公。被之祁祁，薄言還歸」。這真的是美的作品，特別是聲音，寫得蓬勃。我們欣賞，要追求作者的「意象」。

一篇作品的內涵（內含，content），就如河裡的水一樣。河裡的水竭力攻擊堤岸，堤岸又竭力地約束水。河水淺了，當然不打堤岸，沒有決堤的危險，但這樣的水無水利，不能行船，不能灌田；若是水勢太猛，氾濫成災，更是不能交通，不能灌溉。現在的作家不是太弱、太空虛，就是氾濫而無歸。「被之僮僮」、「被之祁祁」，他的意象是水，他的文字是堤岸，水極力拍打堤岸，堤岸極力約束水，由此便生出了「力」。

孔夫子說：

七十而從心所欲不逾矩。（《論語．為政》）

水之拍打堤岸，堤岸之約束水，即所謂「從心所欲不逾矩」。若單說到了七十，快死的人了，倚老賣老，誰還不能原諒，根本也不想、也不欲了，如此還向上做什麼？待死而已。可老夫子是什麼人物？他永遠是向上的！這是情操，操練得成熟，操守才堅固，這不是誇口。（普希金[Pushkin][5]見壁上蒼蠅，喚僕人拿槍，一槍便將蒼蠅打入壁上——這是操練得熟。）寫出「被之僮僮」、「被之祁祁」，這不只是天才，還有操練。操練得多，自能出之。當然瞎貓也可以碰上死老鼠，守株也可以待兔，但是太靠不住。

5 普希金（一七九九—一八三七）：俄國浪漫主義文學主要代表，俄國現實主義文學奠基人，被譽為「俄國文學之父」、「俄國詩歌的太陽」。著有《葉甫根尼．奧涅金》、《漁夫與金魚的故事》等。

篇三　草蟲

喓喓草蟲，趯趯阜螽。
未見君子，憂心忡忡。
亦既見止，亦既覯止，我心則降。
陟彼南山，言采其蕨。
未見君子，憂心惙惙。
亦既見止，亦既覯止，我心則說。
陟彼南山，言采其薇。
未見君子，我心傷悲。
亦既見止，亦既覯止，我心則夷。

〈草蟲〉三章，章七句。

〈草蟲〉字義：

首章：「喓喓草蟲」，「喓喓」，聲音，無義。「喓」，作要音，以狀聲故加「口」。疑是造字，在〈草蟲〉之前恐未必有此字，如後來之「嘩啦」一詞亦隨手造字。「草蟲」，蚱蜢之屬。「趯趯阜螽」，「趯趯」，《毛傳》：「躍也。」按：「趯」即躍字，如《詩》曰「躍躍毚兔」（《小雅・節南山・巧言》）。

「憂心忡忡」，「忡忡」，《毛傳》：「猶沖沖也。」《廣韻》[6]：「⿰忄蟲⿰忄蟲，憂也。忡，⿰忄蟲之省。」

次章：「憂心惙惙」，「惙惙」，《毛傳》：「憂也。」按：惙、忡雙聲，故義亦同。

「言采其蕨」，「蕨」，不知究為何狀。宋人詩有「蕨芽初長小兒拳」（黃庭堅〈絕句〉）句（這詩人可謂有感覺），「小兒拳」之意有三：

（一）拳曲，（二）白，（三）嫩。

三章之中均有「亦既見止，亦既覯止」之句，「止」，同只，《毛傳》：「詞也。」如《詩》曰「樂只君子，福履綏之」（《周南・樛木》）。「止」為句尾語助詞，又「狂童之狂也且」（《詩經・鄭風・褰裳》）之「且」、「天實為之，謂之何哉」（《詩經・邶風・北門》）之「哉」，皆句尾語助詞。「于以」、「曰為」、「粵若」、「維」，皆句首語助詞。若句首語助詞曰「引詞」，則句尾語助詞應是「止辭」、「終辭」。語助詞，可由聲而得義。

「于」、「曰」、「維」、「若」，句首語助詞，讀其音可覺其「引長」之義；「只」、「止」、「且」、「哉」，句尾語助詞，音一出便被舌擋回去切斷，其音有「阻」義；今所用之「止辭」——「哇」、「呀」、「了」，沒有此種阻斷之發音。「亦既覯止」，「覯」，《毛傳》：「遇也。」覯，雖可作遇解，但此處不合。若然，「亦既見止」當在此句之後，絕不會先見後遇。《鄭箋》：「覯，已婚也。」則覯即婚媾之「媾」。此說為得（雖《鄭箋》多不如《毛傳》，但此處余以《鄭箋》為長）。

---

6 《廣韻》：北宋初年陳彭年、邱雍等人對陸法言《切韻》進行修訂，並更名為《大宋重修廣韻》，簡稱《廣韻》。

「亦既見止，亦既覯止」之後，首章云「我心則降」。「降」，《毛傳》：「下也。」對「憂心忡忡」之「忡忡」而言。「忡忡」，「忡」通沖——有動意。古詩「腸中車輪轉」（《漢樂府・悲歌》），恰是「忡忡」之意。「忡忡」如是之熱烈，「降」如是其和平。詩人用兩個字「忡忡」、「則降」，便形容盡了婚前與婚後的心情。古今中外的作品說此，能超過「未見君子，憂心忡忡」、「亦既覯止，我心則降」這兩句嗎？「則降」、「則說」、「則夷」，「說」，《毛傳》：「服也。」「夷」，《毛傳》：「平也。」無論何種興趣，不能永在興奮情形，故「則降」、「則說」、「則夷」。

〈草蟲〉三章，字句甚彷彿，但換一個字便不同。如上言各章末句「我心則降」、「我心則說」、「我心則夷」之「降」、「說」、「夷」，真能用恰當的字表現其意象。

〈草蟲〉詩旨：

〈詩序〉：「〈草蟲〉，大夫妻能以禮自防也。」按：作序者揣詩之意不能歸之夫人，故曰大夫妻耳；且詩中亦並無禮防之意也。郝懿行[7]《詩問》：「兩年事爾。君子行役當春夏間，涉秋未歸。故感蟲鳴而思之。至來年春夏猶未歸，故復有後二章。」說為得之。

《毛傳》曰：「卿大夫之妻，待禮而行，隨從君子。」所謂「行」，疑指嫁娶，猶《詩經》云「女子有行」（〈鄘風・蝃蝀〉）之「行」。故《鄭箋》云：「男女嘉時，以禮相求呼。」二氏之說，〈序〉之所由出也。至歐陽修及朱熹遂皆以為大夫行役，其妻思之而詠此詩矣。

篇四　采蘋

于以采蘋，南澗之濱。于以采藻，于彼行潦。
于以盛之，維筐及筥。于以湘之，維錡及釜。
于以奠之，宗室牖下。誰其尸之，有齊季女。

〈采蘋〉三章，章四句。

〈采蘋〉字義：

首章：「于彼行潦」，「潦」，雨水，無根水。

次章：「于以湘之」，「湘」，黃晦聞先生曰：「《韓詩》作鬺，即《說文》之䰞字，煮也。」「維錡及釜」，《毛傳》：「有足曰錡，無足曰釜。」《釋文》[8]：「錡，三足釜也。」疑「錡」有奇義，故曰「三足」。

三章：「誰其尸之」，「尸」，《毛傳》：「主。」主祭之義。按：祭無女子為主之禮，而此篇曰「有齊季女」，故方玉潤以為是女子出嫁告廟之詩也。「有齊季女」，「有」，詞也，語詞也，非「有無」之「有」。「齊」，《毛傳》：「敬。」《玉篇》[9]「齊」字下引《詩》「有齊季女」。《說文》：「齊，材

---

7 郝懿行（一七五七—一八二五）：清朝學者，字恂九，號蘭皋，山東棲霞人。著有《爾雅義疏》、《山海經箋疏》等。

8 《釋文》：即唐朝陸德明《經典釋文》，為解釋儒家經典文字音義之書。

9 《玉篇》：古代一部按漢字形體分部編排之字書，為中國第一部楷書字典，南北朝・梁・顧野王所著。

也。」《廣雅》、《廣韻》皆訓「好」。余以為從《廣雅》《廣韻》較好。「季女」，少女也。

篇五　甘棠

蔽芾甘棠，勿翦勿伐，召伯所茇。
蔽芾甘棠，勿翦勿敗，召伯所憩。
蔽芾甘棠，勿翦勿拜，召伯所說。

〈甘棠〉三章，章三句。

《毛傳》：「美召伯也。」

「蔽芾甘棠」，因樹思人，此所說是永久的、普遍的人性，詩人的心無分古今中外。

「召伯所茇」，「茇」，《說文》：「草根。」又：「废，舍也。」引《詩》「召伯所废。」（「舍」本名詞，可以遮陰者曰「舍」。）茇，白字，通假。

「召伯所憩」，「憩」，《毛傳》：「息也。」按：《說文》無憩字。「愒」字下注「息也」。又《詩經・小雅》「不尚愒焉」（〈魚藻之什・菀柳〉）、《大雅》「汔可小愒」（〈生民之什・民勞〉），《毛傳》皆訓「息」。是「愒」為本字，「憩」為或體。

「勿翦勿拜」，「拜」，《鄭箋》謂拜言拔也，《廣韻》引作「扒」。

篇六　行露

厭浥行露，豈不夙夜，謂行多露。

誰謂雀無角，何以穿我屋。誰謂女無家，何以速我獄。

雖速我獄，室家不足。

誰謂鼠無牙，何以穿我墉。誰謂女無家，何以速我訟。

雖速我訟，亦不女從。

〈行露〉三章，首章三句，餘二章六句。

〈行露〉字義：

首章：「厭浥」，《毛傳》：「濕意也。」此亦聲形字。余鄉音「濕」曰「□□[10]」，或即此意。「豈不夙夜」，「夙夜」，只「夙」義。中國常有用二字而實取一義者，如是非、利害、長短。「夙夜」亦然。

「謂行多露」，「謂」，通畏。馬瑞辰說：「凡詩上言『豈不』、『豈敢』者，下句多言『畏』。」（《毛詩傳箋通釋》）如〈王風・大車〉：「豈不爾思，畏子不奔。」

二章：「誰謂雀無角，何以穿我屋」，人謂為興也。興也，不知興什麼，當是比。但凡是所謂比，應

10 劉在昭筆記此處原標有注音符號，今無法辨認，或為 qīlin 二音。

是無論在形象或意義上有聯絡才是，此處則毫無聯絡。想古人當時必有一番道理。「誰謂女無家，何以速我獄」，「女」，讀本音，後「女」讀汝。方玉潤想必講不通，又不敢推翻古人的作品，乃曰：「貧士卻婚以遠嫌也。」（《詩經原始》）

〈行露〉詩旨：

〈詩序〉：「強暴之男，不能侵陵貞女也。」《韓詩外傳》：「夫行露之人許嫁矣，然而未往也。見一物不具，一禮不備，守節貞理，守死不往。」《列女傳》：「召南申女者，申人之女也。既許嫁於酆，夫家禮不備而欲迎之。……遂不肯往。夫家訟之於理，致之於獄。女終以一物不具，一禮不備，守節持義，必死不往。」至清方玉潤乃曰：「貧士卻婚以遠嫌也。」（《詩經原始》）而後世文言小說則每以「行露」代奔女，以「雀角鼠牙」代表二人興訟。

篇七　羔羊

羔羊之皮，素絲五紽。退食自公，委蛇委蛇。

羔羊之革，素絲五緎。委蛇委蛇，自公退食。

羔羊之縫，素絲五總。委蛇委蛇，退食自公。

〈羔羊〉三章，章四句，亦三章字句甚彷彿者。

〈羔羊〉字義：

三章之首句：「羔羊之皮」、「羔羊之革」、「羔羊之縫」。「革」，《毛傳》：「革猶皮也。」非是，皮帶毛，革無毛（毛已磨光）。「縫」，革已裂開見縫。

三章之次句：「素絲五紽」、「素絲五緎」、「素絲五總」。「紽」，《毛傳》：「數也。」不通。「紽」，《釋文》作「它」，別本又作「佗」。馬瑞辰謂：「『紽』即古『他』字。他者，彼之稱也，此之別也。由此及彼，則其數為二。」若然，則「紽」猶今言二合線矣。「緎」、「總」，吳均[11]所作《西京雜記》[12]（假托班固作，四庫叢刊有影印本）謂：「五絲為䌰，倍䌰為升，倍升為緎，倍緎為紀，倍紀為緵。」馬瑞辰謂「總」即「緵」之轉也。

首章之後二句：「退食自公，委蛇委蛇[13]」。「退食自公」，《鄭箋》：「退食，謂減膳也。自，從也；從於公，謂正直順於事也。」馬瑞辰曰：「『退食自公』謂自公食而退。」（《毛詩傳箋通釋》）此較朱熹《詩集傳》以退食為「退朝而食於家」之說為善。板起面孔講《詩經》，於詩的尊嚴未必增加，於詩之美則必然減少。

「委蛇委蛇」，「委蛇」，傳曰：「行可從跡也。」《箋》曰：「委曲（從容）自得之貌。」〈鄘風・君子偕老〉篇有「委委佗佗，如山如河」之語，《傳》曰：「委委者，行可委曲縱跡也。佗佗者，德平易

---

11 吳均（四六九—五二〇）：南朝時梁文學家，字叔庠，吳興故鄣（今浙江安吉）人，詩文自成一家，尤擅書信，有〈與施從事書〉、〈與宋元思書〉、〈與顧章書〉等。

12 《西京雜記》：舊本題晉葛洪撰。吳均一說，始於唐朝段成式《酉陽雜俎・語資篇》。

13 蛇：音yí。

也。」按：此之「委佗」即〈羔羊〉之「委蛇」，聲形詞也。〈君子偕老〉之「委委佗佗，如山如河」二句，真好！寫其美，不寫其面貌、衣服、形象，而寫其動作，不動如泰山，動如河水——是活人。真好！後世詩人掏空了心，巧雖巧，但不好，外不得物象，內不得意象。

「委它」，疊韻，委可作「倭」，它可作「佗」，「倭佗」疊韻，「委蛇」疊韻。

A＝委　B＝蛇

AB—委蛇

ABAB—委蛇委蛇

AABB—委委蛇蛇

首章「退食自公，委蛇委蛇」、次章「委蛇委蛇，自公退食」、三章「委蛇委蛇，退食自公」，略變句法，真巧，真漂亮，寫得淋漓盡致。

〈羔羊〉詩旨：

〈詩序〉謂：「在位皆節儉正直，德如羔羊也。」何以見「節儉正直」？不可解。《毛傳》曰：「〈羔羊〉，〈鵲巢〉之功致也。召南之國，化文王之政，在位皆節儉正直，德如羔羊也。〈鵲巢〉之君，積行累功，以致此〈羔羊〉之化，在位卿大夫競相切化，皆如此〈羔羊〉之人。」〈詩序〉既不可通，則毋寧從《毛傳》。

篇八　殷其雷

殷其雷，在南山之陽。何斯違斯，莫敢或遑。
振振君子，歸哉歸哉。
殷其雷，在南山之側。何斯違斯，莫敢遑息。
振振君子，歸哉歸哉。
殷其雷，在南山之下。何斯違斯，莫或遑處。
振振君子，歸哉歸哉。

〈殷其雷〉，三章，章六句。

「殷其雷，在南山之陽」，「南山」，當然在作者的南邊，「在南山之陽」，是說雷在南山之南，此時還遠。「在南山之側」，在其側，是正要從山邊轉過來。「在南山之下」，在其下，是已轉到山之北了。《鄭箋》云：「雷以喻號令。於南山之陽，又喻其在外也。召南大夫以王命施號令於四方，猶雷殷殷然發聲於山之陽。」此說實有損詩美。

「何斯違斯」，「斯」，《毛傳》：「此。」訓解可通。其實二「斯」字皆作語詞即可。

「莫敢或遑」，「或」，《小爾雅》、《廣雅》並云：「或，有也。」按：此「有」字乃「有時」之有，語詞也，與「有無」之有為動詞者不同。（語詞在前者可稱「引詞」，引詞有為引一字者，有為引句者，如：「有國」、「有人」，引字也；「粵若稽古」、「曰為改歲」，引句也。）「時或」，時也，有時也（時與或有關；不時，常）。「遑」，休息；「或遑」，間或的休息也。

此篇每章末二句不用〈羔羊〉倒字法，三章皆是「振振君子，歸哉歸哉」。

佛經說「萬法歸一」，萬法完成而有真美善。然未歸一之前仍是萬法，如入海之前，江、淮、河、漢，各自存在。怎樣做法要用你自己心的天平去衡量。何以〈羔羊〉句法變化好，因是「委蛇委蛇」，這樣變化正表現其心理之「舒徐」。若「振振君子，歸哉歸哉」，作者心理是「迫切」的，顧不得玩花樣。此正所謂「文無定法，文成而法立」。

篇九　摽有梅

摽有梅，其實七兮。求我庶士，迨其吉兮。
摽有梅，其實三兮。求我庶士，迨其今兮。
摽有梅，頃筐塈之。求我庶士，迨其謂之。

〈摽有梅〉三章，章四句。

〈摽有梅〉字義：

「摽有梅」，「摽」，《毛傳》：「落也。」趙岐[14]《孟子章句》引《詩》曰「禯有梅。」《說文》：「𠬪，物落，上下相付也。讀若《詩》『摽有梅』。」段[15]注以《毛詩》「摽」字為「𠬪」之假借。

「頃筐塈之」，「塈」，《毛傳》：「取也。」《玉篇》引《詩》曰「頃筐概之」。「迨其謂之」，「謂」，毛無傳，惟曰：「禮未備則不待禮會而行之。」

段懋堂曰：「毛意『謂』即『會』也」。《爾雅・釋詁》：「謂，勤也。」郭[16]注引《詩》「迨其謂之」。黃晦聞先生曰：「言勤求也。」（《詩旨纂辭》）〈摽有梅〉詩旨：

〈詩序〉言此詩乃「男女及時也」，殊牽強，以情理度之不合。「求我庶士」，「士」，自我也。而此篇卻又不講作求賢，是民歌，是戀歌。

余以為當是男子作。若曰是女子自作則似不合，若曰是男子託言則未免無聊。

篇十　小星

嘒彼小星，三五在東。肅肅宵征，夙夜在公。寔命不同。

嘒彼小星，維參與昴。肅肅宵征，抱衾與裯。寔命不猶。

〈小星〉二章，章五句。

14 趙岐（一〇八？—二〇一）：東漢經學家，初名嘉，字邠卿、台卿，京兆長陵（今陝西咸陽）人。著有《孟子章句》。

15 段：段玉裁。段玉裁（一七三五—一八一五）：清朝學者，字若膺，號懋堂，江蘇金壇人，師事戴震，研究文字、訓詁、音韻之學。著作有《說文解字注》、《六書音均表》、《毛詩故訓傳定本》等。

16 郭：郭璞。郭璞（二七六—三二四）：東晉學者、訓詁學家，字景純，河東聞喜（今屬山西）人。著有《爾雅注》。

〈小星〉字義：

「嘒彼小星」，「嘒」，《傳》曰：「微貌。」《廣韻》「暳」下曰：「〈小星〉詩亦作『暳』。」《玉篇》「暳」下注：「眾星貌。」《說文》於「嘒」下只注「小聲」，如言蟬聲嘒嘒、鸞聲嘒嘒。《詩》中〈雲漢〉篇有「有嘒其星」句（《大雅‧蕩之什》），《傳》曰：「嘒，眾星貌。」然則嘒當是「暳」之假，其義為明。

「三五在東」，「三五」，《毛傳》訓為星名。不必如此講。

「抱衾與裯」，「裯」，《毛傳》：「襌被也。」襌與袓有關，「襌被」蓋貼身之被。兼士先生有文考之。襌通「剗」字。剗，光脚穿鞋曰「剗穿」。又元曲中馬不用鞍而乘之曰「剗馬」（或寫「栈馬」）。又如後主[17]詞「剗襪步香階」（〈菩薩蠻〉）中「剗襪」乃但穿襪不著鞋。又如內衣古稱「襌衣」，見《禮記》，又作「襢」。又《漢書》「但馬」即「剗馬」也。「但」有「徒」之意、「光」之意；又如「旦」，有「不隔」之意，又轉為「誠」意，如「坦」字。

〈小星〉詩旨：

〈詩序〉曰：「惠及下也。」又曰：「夫人無妒忌之行，惠及賤妾，進御於君，知其命有貴賤，能盡其心矣。」《韓詩外傳》曰：「任重道遠者，不擇地而息；家貧親老者，不擇官而仕。故君子矯褐趨時，當務為急。傳云：不逢時而仕，任事而敦其慮，為之使而不入其謀，貧焉故也。《詩》曰：『夙夜在公，實命不同。』」其後明朝章俊卿[18]作《詩經原體》，遂直以為小臣行役之詩，蓋依韓說而不依〈詩序〉也。

〈小星〉二章，章五句，兩章末句言「寔命不同」、「寔命不猶」。

《論語》有云：

不知命，無以為君子也。（〈堯曰〉）

什麼是「命」？遺傳造成的你的性格，環境造成的你的生活，這就是你的命。人無論如何不能不承認這個「命」，便以此安身立命也好。

吾輩知識階層除了物質的需要，還要有生活的工具——有一把能通開生活中各種門戶的鑰匙。若不能如此，簡直還不及苦力幸福；因為苦力生活簡單，衣食飽暖一切便都能解決。有知識的則否。痛苦、煩惱、悲哀，只能減少生活的興趣、生活的力量，使人感覺生活是一種壓迫。雖然知道生活是一種義務而非權利，但這樣便難活下去。果能「安之若命」（《莊子・人間世》），則雖遇艱難亦能安然肩負，能鼓起生活的興趣與力量。任命，消極地說可以，積極說也可以，不知這樣解釋能得夫子原意否？

《論語》說：

子罕言利與命與仁。（〈子罕〉，「仁」字大無不包、細無不舉。）

夫子深知說道德要小心，不然則生惡劣影響。夫子所謂「命」便猶佛家所謂因緣，是科學的非玄學的，是理智的非迷信的。常所謂在劫難逃，都認為是玄的，那相去甚遠；若當作迷信，則去之彌遠。人能知命則能「潔身自好」，再則更能「樂天進取」。讀書人皆當潔身自好，這是消極的；樂天進取，

17 李煜（九三七—九七八）：南唐後主，初名從嘉，字重光，號鍾隱，史稱李後主。李煜精書畫，通音律，以詞成就最高，被譽為「詞中之帝」。

18 章俊卿：疑是章潢。章潢（一五二七—一六〇八）：明朝學者，字本清，南昌（今屬江西）人。著有《詩經原體》、《書經原始》等。

則是積極的。有人著圍棋，曰「勝固欣然，敗亦可喜」（蘇軾〈觀棋〉），這便是樂天進取。夫子「可以仕則仕，可以止則止」（《孟子‧公孫丑上》），「可以」二字有力量。

〈詩序〉所言「惠及下也」四字考語，胡說白道。《韓詩外傳》講得好，無論對否，他想的是。假如此詩中意思可算為思想的話，則此思想影響中國人甚大。魯迅先生以為中國五千年歷史可分二時期：一為暫時做穩了奴隸的時期，一為欲做奴隸卻不得的時期。（《墳‧燈下漫步》）中國歷史除最早一頁可稱光榮外——逐有苗離黃河流域（有苗之後，有殷之鬼方、周初之玁狁、周中葉之犬戎、秦至六朝唐之胡），其後漸不能敵。中國人愛和平，故敵不住外來力量，此精神一直遺傳。即以「三百篇」言之，只見溫柔敦厚，無熱烈感情。此確是悲慘、是失敗，然非恥辱，是光明的。因「三百篇」所表現乃最富於人性、人味的生活。獸＋神＝人。（此雖曰神，與佛教等宗教無關。）中國人無獸性、神性，只剩下人性。

研究民族性，最好看其歷史及詩。

人皆以中國為玄，其實中國最重實際，如西洋人之為宗教犧牲者甚少，即衣、食、住三項小節，亦以中國最舒服，故中國人已失掉獸性，同時也失去神性，謂之為愛和平可，謂之為沒出息亦可。

中國人不但沒熱烈精神，甚至連傷感意味都沒有。中國人是安分安命，於是認苦非苦而視為當然。實際生活有缺陷（憾），然後發生不滿，而結果趨於安命。此「安」即中國之愛和平、溫柔敦厚、有人味，甘為奴隸或為奴隸而不得的原因。

篇十一　江有汜

江有汜，之子歸，不我以。不我以，其後也悔。
江有渚，之子歸，不我與。不我與，其後也處。
江有沱，之子歸，不我過。不我過，其嘯也歌。

〈江有汜〉三章，章五句。

此首詩，真好！

「三百篇」四言句多，而此篇多為三言，每章末一句雖為四字：「其後也悔」、「其後也處」、「其嘯也歌」，而「也」字為音節，如今唱二簧之墊字。三字句較四字句急促，故其結果當為緊張；而此首雖為三言，然音調並不急促，並不緊張。此其表現技術之高者一。

又：後一句原亦可但為三字：「其後悔」、「其後處」、「其嘯歌」，而加一「也」字，加得好。若用新式標點，當為：

其後也——悔
其後也——處
其嘯也——歌

如老譚《賣馬》[19]所唱「提起了此馬」後聲音拉長，表示其心中對馬之愛。此其表現技術之高者──虛字傳神。

又：三章中分別重「不我以」、「不我與」、「不我過」為二句。何以重？重得好。「不我以」、「不我與」至第三章「不我過」：不和我回去，不與我同走，連看我都不看。所重二句，一句結上，一句啟下。如辛稼軒之〈採桑子〉：

少年不識愁滋味，愛上層樓。愛上層樓，為賦新詞強說愁。

稼軒此一首即用「三百篇」此章句法。稼軒真是英雄，拔山扛鼎，詞亦排山倒海。而其內中究有中國傳統精神，結果亦是「而今識盡愁滋味，欲說還休。欲說還休，卻道天涼好個秋」，純剩人性。

「其後也悔」，是說「之子」，並非說「我」，因為你跟我不好，所以你將來不會好。「其後也處」，「處」，《毛傳》：「止也。」如處節、居處。「其後也處」，彼此不相干涉，此意尚通。《鄭箋》言「悔過自止」，真是添字注經。中國之君子「明於禮義而暗於知人心」（《莊子・田子方》）[20]；注詩者亦然，明於禮義而暗於知詩心。悔當是希望其悔，故最後以歌自慰。「其嘯也歌」，不熱烈亦不感傷，不好講而真好。

〈江有汜〉與前首之〈小星〉不能說他無憂，但不是傷感，不是悲哀。高叟謂〈小弁〉為小人之詩，因其怨也。孟子譏其「固」[21]，然而高叟亦確有其見處。看〈小星〉、〈江有汜〉，絕不愉快，但幾乎看不出一點怨來。因知命，則安心，則能排憂樂、了死生、齊物我（魯迅先生或者要罵這是奴隸的道德），但余總承認這是一種美德。在此時期、此時代，這種道德也許是不相宜，猶如在強盜群裡講仁義、說道德。但曰其不識時務、不知進退則可，謂其非道德則不可。當然也許是無用的。如果只以有用與否而決定之，則吾無言矣。《周南》、《召南》不誇大，所以中正和平。若其他國風則不然，其傷感與悲哀的色彩是濃厚的、是鮮明的（其中正和平確不及「二南」）。此「二南」之所以不可及。

篇十二　野有死麕

野有死麕，白茅包之。有女懷春，吉士誘之。
林有樸樕，野有死鹿。白茅純束，有女如玉。
舒而脫脫兮，無感我帨兮，無使尨也吠。

〈野有死麕〉三章，一、二章四句，三章三句。

〈野有死麕〉字義：

次章：「白茅純束」，「純束」，《毛傳》：「猶包之也。」《鄭箋》：「純讀如屯。」按：純、屯古

19 《賣馬》：又名《天堂縣》、《當鐧賣馬》，譚鑫培代表劇目。敘秦瓊解配軍至潞州天堂縣投文，困居客店。店主索房飯錢，秦瓊忍痛欲賣黃驃馬，遇單雄信借馬而去。秦瓊再欲賣鐧，遇王伯當、謝映登資助，並代索回文。

20 《莊子．田子方》：「溫伯雪子曰：『吾聞中國之君子，明乎禮義而陋於知人心，吾不欲見也。』」

21 《孟子．告子下》：「公孫丑問曰：『高子曰：〈小弁〉，小人之詩也。』孟子曰：『何以言之？』曰：『怨。』曰：『固哉！高叟之為詩也。』」高子，高叟，齊人。

通。《史記・蘇秦列傳》「錦繡千純」，《索隱》[22]引《國策》高[23]注：「音屯，屯束也。」

三章：「舒而脫脫兮」，「而」與「如」、「然」在形容詞或副詞中意同；若不通用，只是習慣的緣故，意義上並無不通。It is custom, no reason. 蠢如、安如即蠢然、安然。而、如，「舒而」即舒然。「脫脫」，形容舒，亦舒意。

〈野有死麕〉首章仍是〈關雎〉句法，前二句為興。次章前三句相連，只餘「有女如玉」一句。末章忽換了一個人，換了一種口氣，變平常之四言句法用「兮」、「也」，故音調也變了：

舒而脫脫兮，無感我帨兮，無使尨也吠。

音調舒徐，好。若改為四字句也可以，「舒而脫脫，無感我帨，無使尨吠」，但詩的美都失去了。

〈野有死麕〉詩旨：

〈詩序〉曰：「惡無禮也。天下大亂，強暴相陵，遂成淫風。被文王之化，雖當亂世，猶惡無禮也。」此說甚牽強。吾人自詩中看不出無禮。方玉潤《詩經原始》謂：「此必是高人逸士，抱璞懷貞，不肯出而用世。」此屬穿鑿。詳詩之意，首二章當是男子之歌詞，而三章則女子所答也。

〈野有死麕〉首章「有女懷春，吉士誘之」是其主題。講詩者以為這是壞事，我們雖非贊同，但承認人情中本有此事。

篇十三　何彼襛矣

何彼襛矣，唐棣之華。曷不肅雝，王姬之車。
何彼襛矣，華如桃李。平王之孫，齊侯之子。
其釣維何，維絲伊緡。齊侯之子，平王之孫。

〈何彼襛矣〉三章，章四句。前二句一事，後二句一事，仍是〈關雎〉句法。

首章：「何彼襛矣」，「襛」，或作「穠」。《說文》：「穠，衣厚貌。」《韓詩》作「茙」。《說文》無「茙」字，「茸」下曰「草茸茸貌」。如此，則「襛」當是「茙」之假。

「曷不肅雍」，即「肅雍」也。「曷不」即「何不」，加重語氣，如京劇「想起了當年事好不慘然」（《四郎探母》楊四郎）、「叫孤王想前後好不傷悲」（獻帝），「好不慘然」、「好慘然」，「慘然」也；「好不傷悲」、「好傷悲」，「傷悲」也。「肅雍」，「肅」，莊嚴，敬也；「雍」，雍容，和也。不用一字形容而用二字，有道理。這二字相反而又相成，好。

「王姬之車」，《禮儀疏》：「齊侯嫁女，以其母王姬始嫁之車遠送之。」（編按：此為《儀禮疏》引鄭玄《箴膏肓》語）是也。「王姬」，即公主。

次章：「平王之孫，齊侯之子」，《毛傳》：「平，正也。武王女，文王孫，適齊侯之子。」馬瑞辰

22《史記索隱》：唐朝司馬貞撰，共三十卷。
23 高：東漢高誘。

曰：「詩中凡疊句言某之某著，皆指一人言。」又曰：「平王之孫乃平王之外孫。」（《毛詩傳箋通釋》）《毛傳》有成見，以為《周南》、《召南》皆是文王時作，故必將平王講成文王，他三家俱不如此。馬瑞辰講得好。

篇十四　騶虞

彼茁者葭，壹發五豝，于嗟乎騶虞。

彼茁者蓬，壹發五豵，于嗟乎騶虞。

〈騶虞〉二章，章三句。

〈騶虞〉字義：

「壹發五豝」，「發」，《毛傳》：「虞人翼五豝，以待公之發。」按：「發」，當是縱意，虞人發縱五豝以待公之獵耳。「于嗟乎騶虞」，「騶虞」，《毛傳》：「義獸也。白虎黑文，不食生物。」三家詩皆以為天子掌鳥獸之官。

〈騶虞〉兩章皆用「于嗟乎騶虞」作結，還是好——「于嗟乎騶虞」！

第四講　說「邶鄘衛」

《漢書・地理志》：「河內本殷之舊都，周既滅殷，分其畿內為三國，《詩・風》邶、鄘、衛國是也。邶，以封紂子武庚；鄘，管叔尹（尹，古君字）之；衛，蔡叔尹之：以監殷民，謂之三監。故〈書序〉曰：武王崩，三監畔。周公誅之，盡以其地封弟康叔，號曰孟侯，以夾輔周室；遷邶、庸之民於洛邑。故邶、庸、衛三國之詩相與同風。」

篇一　邶風・柏舟

汎彼柏舟，亦汎其流。耿耿不寐，如有隱憂。
微我無酒，以敖以遊。
我心匪鑒，不可以茹。亦有兄弟，不可以據。
薄言往愬，逢彼之怒。

我心匪石，不可轉也。我心匪席，不可卷也。
威儀棣棣，不可選也。
憂心悄悄，慍於群小。覯閔既多，受侮不少。
靜言思之，寤辟有摽。
日居月諸，胡迭而微。心之憂矣，如匪澣衣。
靜言思之，不能奮飛。

〈柏舟〉五章，章六句。

〈詩序〉曰：「〈柏舟〉，言仁而不遇也。衛頃公之時，仁人不遇，小人在側。」《毛傳》說同，皆講得通。

〈柏舟〉字義：

日首章：「汎彼柏舟」，「汎」，《說文》：「浮貌。」又：「泛，浮也。」段玉裁云：「上汎謂汎，下汎當作泛。」（《說文解字注》）故「汎」，形容詞（adj），浮的樣子；「泛」，動詞（v）。「耿耿不寐」，「耿耿」，《毛傳》：「猶儆儆也。」《廣雅》：「耿耿，警警，不安也。」楚辭「夜耿耿而不寐」（《楚辭・遠遊》），王逸注引《詩》曰：「『耿耿不寐』，耿一作炯。」（《楚辭章句》）「如有隱憂」，「如」，馬瑞辰謂「如」、「而」古通用，「如有」即「而有」之意。「以敖以遊」，「以」，且也。

次章：「我心匪鑑」，「鑑」，鏡子。「不可以茹」，「茹」，《毛傳》：「度也。」按：此「度」字即《詩》「他人有心，予忖度之」（《小雅・節南山之什・巧言》）之度。

三章：「我心匪石」、「我心匪席」，石，堅；席，平。「不可轉也」、「不可卷也」，「也」字用得好。「不可選也」，「選」，《毛傳》：「數也。」朱穆〈絕交論〉[1]引詩作「算」。《說文》：「算，數也。」選，或是算之假。

四章：「憂心悄悄」，憂生又不能不活。「愠於群小」，被動語態（passive voice）。「寤辟有摽」，「寤辟」之「寤」，大概是語詞，如寤言、寤歌、寤辟。「摽」，形容□[2]貌。「寤辟有摽」，這大概是當時的白話。

五章：「胡迭而微」，「迭」，《廣雅》：「迭，代也。」《韓詩》作「臷」，注：「常也。」與「迭」之訓「代」者不同。

〈柏舟〉很好：一說是作得好，一說是很明顯地可以看出其與「二南」不同。

詩首章「汎彼柏舟，亦汎其流」，不管其有意、無意，這就是詩人自己為命運所支配，猶之柏舟泛流，寫得沉痛但是多麼安閒；次章言「我心匪鑑」，鏡子能照見影子然無感情，但我不是鏡子自不能不動感情，「我心匪鑑，不可以茹」，亦沉痛，但寫來安詳；詩第三章言「我心匪石，不可轉也。我心匪席，不可卷也」，感情到了拋物線的最高點；至詩之末四句「心之憂矣，如匪澣衣。靜言思之，不能奮飛」，真忍受不得。然忍受不得的情感，經詩人一寫出來，讀之就能忍受了。詩中也有急的地方，但是沒有叫囂、急迫。中國俗話說有見面之誼，彼此便要有面子、不好意思。這如不是美德，也只是中國人的傳統。詩人把世俗的事

1 朱穆（一〇〇—一六三）：字公叔，南陽郡宛（今河南南陽）人，東漢桓帝時任侍御史，以文章名世。朱穆有感時俗澆薄，曾著〈絕交論〉倡導交往以公。

2 按：原筆記「容」字下缺一字。

美化了，已經是奇跡（miracle）；再把迫切的事寫得這麼安閒，又是奇跡；然而安詳的文字又可以把迫切的心情表現出來，這又是奇跡。「邶」、「鄘」、「衛」中之詩尤其如此。（只〈邶風・綠衣〉較差。）後人作詩唯恐不深刻，要能這麼好，真是深入淺出，此乃「二南」所無之作風。夫子曰：

> **人而不為《周南》、《召南》，其猶正牆面而立也與？（《論語・陽貨》）**

《周南》、《召南》確是中正和平之音，但也有點偏。但言者不得其實，聽者不饜於耳。吾人喜歡小說、戲曲，都是如此。說話誇大惹人厭，但在文學上誇大是許可的，而且可算一種美德。如小泉八雲（Patrick Lafcadio Hearn）[3]說，中古時代歐洲女子之喜用麝香，用得不多不少是好的。《周南》、《召南》也有誇大處，然而甚少。〈柏舟〉用得甚恰當，所以好。這真是中正和平，絕無半點兒矯揉造作。

古人是用活的語言寫其自己心裡的感覺，故寫出來是活潑潑的。現在我們寫詩是利用古書，用古人用了的字，若果能寫出一點自己的意思，尚可以；恐怕連這點意思還是古人的。寫得不說他不好，只是不像現代人寫的。

〈柏舟〉真好。細看詩人的情感也同我們一樣，但我們不能把它作成詩，作成詩亦不能那麼美。詩人即是把他的情感和想說的美化了。殘忍的、鄙俗的，我們不能見，但是詩人不是不寫。（張士誠[4]之弟令倪雲林[5]為之作畫，雲林不聽，張令人打之，倪不語。人問之，倪曰：開口便俗。[6]真好。）

如殺人的事、老年父母哭其子女，或者是殘忍的、鄙俗的事，雖然多半的詩人不敢寫；而如杜工部他也寫，寫出詩來不但硬，而且使我們能忍受、使我們能欣賞。大詩人真能奪造化之功。而如：

夜黑殺人地，風高放火天。

又如險語：

八十老翁攀枯枝，井上轆轤臥嬰兒，盲人騎瞎馬，夜半臨深池。7

雖非詩，也近於詩。若此等事是吾人不忍見的，但是詩人胸有錘爐、筆奪造化，把不美的事美化了。李義山的思想沒什麼，但是他的詩沒人看著不美，就是他能把事物美化了。「八十老翁，盲人瞎馬」，這雖是六朝人的詩，但似是自老杜所出，有力量，他能以力量征服人。古詩是和平中正的，從不以力量征服人，所以說老杜在中國詩的傳統上是變調。

〈柏舟〉以安詳的文字表現迫切的心情，好雖好，然太傷感。憂能傷人，怎麼能活？詩人抱了這種心

---

3 小泉八雲（一八五〇—一九〇四）：原名拉夫卡迪奧・赫恩（Patrick Lafcadio Hearn），英國人，後歸化日本，從妻姓，曰小泉八雲。著有《日本：一個解釋的嘗試》、《文學的解釋》、《西洋文藝論集》等。

4 張士誠（一三二一—一三六七）：元末明初農民起義軍領袖、地方割據勢力之一，字確卿，泰州白駒場（今江蘇大豐）人。

5 倪瓚（一三〇一—一三七四）：元朝畫家，初名珽，字泰宇，後改字元鎮，號雲林，江蘇無錫人。

6 明朝顧元慶《雲林遺事》記載：「元處士倪雲林先生知天下將亂，一日棄田宅去，孤舟蓑笠載竹床茶灶，飄遙五湖三泖間，多居琳宮梵宇，人望之，若古仙異人。張士誠招之不往。其弟士信致幣及絹百匹，冀得一畫，雲林裂其絹而立返其幣。一日，士信偕諸文士湖遊，聞異香縷縷出自菰蘆中，搜得雲林，箠之。幾死，終不開口。一時文士在士信左右者力救得免。人問曰：『何以無一言。』曰：『開口便俗。』」

7 劉義慶《世說新語・排調》：「桓南郡與殷荊州語次，因共作了語……次復作危語。桓曰：『矛頭淅米劍頭炊。』殷曰：『百歲老翁攀枯枝。』顧曰：『井上轆轤臥嬰兒。』殷有一參軍在坐，云：『盲人騎瞎馬，夜半臨深池。』」

情，固然可以寫很好的詩，但是這樣怎麼能活？非像屈原投水自殺不可。余性急躁，不宜講「三百篇」，猶楊小樓[8]不肯唱《獨木關》[9]。

篇二　邶風．綠衣

綠兮衣兮，綠衣黃裡。心之憂矣，曷維其已。
綠兮衣兮，綠衣黃裳。心之憂矣，曷維其亡。
綠兮絲兮，女所治兮。我思古人，俾無訧兮。
絺兮綌兮，淒其以風。我思古人，實獲我心。

〈綠衣〉四章，章四句。

〈綠衣〉字義：

首章：「心之憂矣，曷維其已」，《毛傳》「曷維其已」解作「何時可止」。《毛傳》講得不能說錯，但是還有什麼味？

三章：「綠兮絲兮，女所治兮」，「絲」，當猶前之「衣」，絲織品。「女」，《毛傳》：女，讀如字；《鄭箋》：女，讀汝。從鄭說。「治兮」猶言「作」也。今我看「綠兮衣兮，綠衣黃裡」、「綠兮衣兮，綠衣黃裳」，觸物思人；「綠兮絲兮，女所治兮」，想此衣為女所治。

「我思古人」，「古人」，《鄭箋》：「古人謂制禮者。」殊牽強！真真「明於禮義而暗於知人心」（《莊子・田子方》）！〈邶風・日月〉篇：「逝不古處。」《毛傳》：「古，故也。」馬瑞辰曰：「古者，故之渻假。」

古、故 通。

古，對今而言；

故，對新而言。

「古」「故」通，然則「古人」云者，猶言「故人」耳。若古人即故人，則又別有新解。古人——故人，一義指舊相識，又一義指逝者（故去、作故）。今二義皆可通，余則側重後一義。因既痛逝者，行自念也。

「俾無訧兮」，「無訧」，不相負（反背）——彼此沒有對不起的事。

四章：「絺兮綌兮」，真好，益證前章。「淒其以風」，「淒其」猶言淒然、淒如。「淒其以風」，蓋夏日著夏布不覺怎樣，到秋風一起，著夏布便禁不起，故換「綠衣」，因而益思故人。（「綠兮衣兮」、「絺兮綌兮」，何以前文與後句聯不上？綠衣非夏日著，絺綌必夏日著。）本來想穿絺綌，實不得已，一穿

8 楊小樓（一八七八—一九三八）：京劇演員，工武生，武技動作靈活，似慢實快，姿態優美，有「武生宗師」之美譽。

9 《獨木關》：京劇劇目，敘寫唐薛仁貴從軍，隸張士貴部下，屈抑難伸。張士貴兵次獨木關，為敵將安殿寶所困。薛仁貴扶病出戰，刺死安殿寶。

綠衣便又想起，故「心之憂矣」、「曷維其已」、「曷維其亡」。「我思古人，實獲我心」，「實獲我心」四字，鐵證如山，安能得比「獲我心」更好的字？萬事萬物之為什麼好？皆因「獲我心」。

〈綠衣〉，傷感之聖矣乎！

傷感與悲哀不同。傷感是暫時的刺激；悲哀是永久的，且有深淺厚薄之分。〈綠衣〉純寫傷感，但是真好。雖然只傷感是不成的，但是人如果不像小孩子那樣天真，又不瞭解一點悲哀，則其人不足與言、不足與共矣。〈柏舟〉與〈綠衣〉雖是傷感的，已甚近於悲哀。

〈綠衣〉句子短，字甚平常，而感人如是之深。較之〈離騷〉上天入地、光怪陸離，嫌其太費事。抒情詩最要緊是句法簡單、字面平常，這是最好的。如老杜：

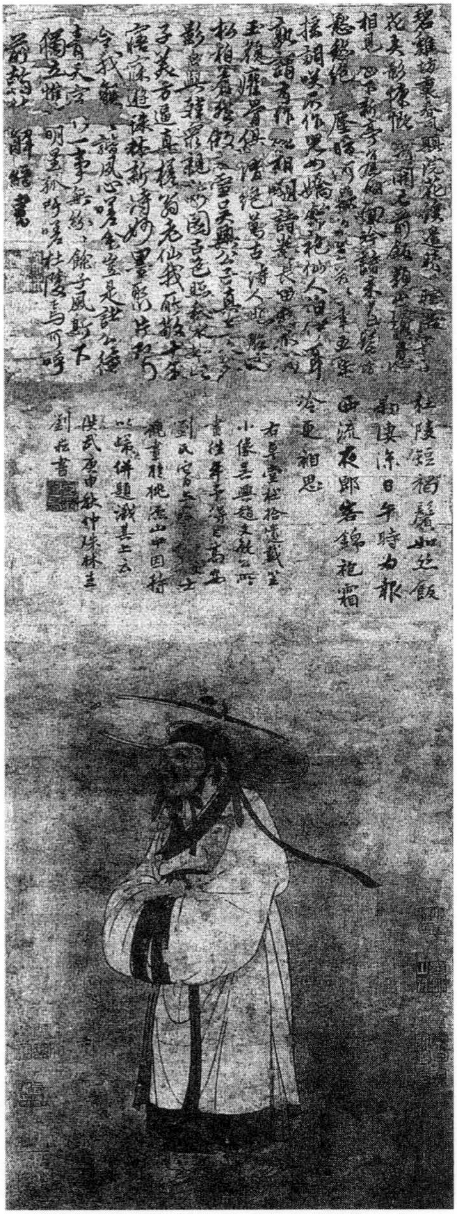

抒情詩最要緊是句法簡單、字面平常，這是最好的。如杜甫的〈月夜〉等，一點都「不隔」。圖為佚名《杜甫像》。

有弟皆分散，無家問死生。（〈月夜憶舍弟〉）

遙憐小兒女，未解憶長安。（〈月夜〉）

如此詩句，一點「不隔」。若句法艱深、字面晦澀，結果便成了「隔」。如山谷、後山[10]之作，並非無感情、不真，乃是字句害了他的作品。彼等與老杜爭勝一字一句之間，自以為是成功，卻不知正是文字破壞了作品的完美。

古諺云：

絢爛之後歸於平淡。（絢爛，文采、光彩）

這話說得並不好。英國亦有諺語云：

The highest art is to conceal art.（conceal，遮蔽）

這說得費力。中國常說「自然而然」，試譯作：

To be as it should be.

海棠是嬌麗，牡丹是堂皇富貴，是大自然的作品，是 to be as it should be。我們覺得就該如此，沒別的辦法。藝術當然比人工高得多，然而也還是人創造的。看〈綠衣〉「綠兮衣兮，綠衣黃裳」，真是寫得好，

10 陳師道（一〇五三—一一〇二）：字履常，一字無己，號後山居士，彭城（今江蘇徐州）人，「蘇門六君子」之一，江西詩派重要作家，有「閉門覓句陳無己」之稱。

讀了覺得就應當那麼寫，不能有別的辦法。大詩人創作就猶如上帝創造天地，飛潛動植，各適其適。〈綠衣〉，多舒服，自然而然，各適其適。「綠兮衣兮，綠衣黃裳」，兩句話傳了這麼久，而且現在這樣有意義、這樣新鮮，這代表中國傳統的民族性。這讓我們不能不有阿Q的驕傲，雖然中國失敗也在這裡。

〈綠衣〉詩旨：

〈詩序〉：「衛莊姜傷己也。妾上僭，夫人失位而作是詩也。」《鄭箋》：「莊姜，莊公夫人，齊女，姓姜氏。妾上僭者，謂公子州吁之母，母嬖而州吁驕。」此說不通。黃晦聞先生說：「詩言絺綌，當暑所服，而以當寒風，孰知我心之苦者，唯有古人耳。言古人則絕望於其夫可知。」此說亦難通。若說不滿意其夫，真是「豈有此理」！絕望於其夫可也，用古人之謂何？從毛鄭到黃晦聞先生，雖各有理由，皆難通。

細繹此詩，當是悼亡之作。「綠兮衣兮，女所治兮」，當然是追念女性。

靜安先生在《人間詞話》中說創作者有兩種動機與心情：（一）憂生，（二）憂世。前者小我，後者普遍，而其為憂也則一。

多半詩人是憂生，只有少數的偉大詩人是憂世。故說中國的詩缺乏偉大，除非在說個人時也同時是普遍的。但不要藐視憂生的人，他瞭解悲哀和痛苦；故雖然只是憂生，也能作出很好的詩來。人若要是混沌的、麻木的，不要說做事，連做人的資格也沒有。這種人除非是白癡，即如阿Q也不是完全混沌、麻木的，不然他何以會進城、會造反、餓了到廟裡偷東西，他也有悲哀、痛苦。憂生的詩人能把自己的悲哀、痛苦寫得那樣深刻，能不說他是詩人嗎？而且偉大的憂世的詩人也還是從憂生做起，因為他瞭解自己的痛苦、悲哀，才會瞭解世人的痛苦、悲哀。雖則似乎二者有大小優劣之分，實是同一出發點。看「邶」、「鄘」、「衛」開頭之〈柏舟〉、〈綠衣〉即憂生的人，但此就其動機言之。而今日讀其詩猶與之發生心的共鳴，雖是只說他自己的悲哀，但能令人受感動，故可說沒有真的憂生的詩不是憂世的。而憂世的出發點亦即是憂生，後來擴大了、生長了，不然不會有那樣動人、那麼好的憂世的詩。

篇三　邶風・燕燕

燕燕于飛，差池其羽。之子于歸，遠送於野。
瞻望弗及，泣涕如雨。
燕燕于飛，頡之頏之。之子于歸，遠於將之。
瞻望弗及，佇立以泣。
燕燕于飛，下上其音。之子于歸，遠送於南。
瞻望弗及，實勞我心。
仲氏任只，其心塞淵。終溫且惠，淑慎其身。
先君之思，以勖寡人。

〈燕燕〉四章，章六句。

〈燕燕〉詩旨：

〈詩序〉：「〈燕燕〉，衛莊姜送歸妾也。」《列女傳・母儀》篇：「衛姑定姜者，衛定公之夫人，公子之母也。公子既娶而死，其婦無子。畢三年之喪，定姜歸其婦，自送之，至於野。恩愛哀思，悲心感慟，立而望之，揮泣垂涕，乃賦詩。」

〈燕燕〉字義：

首章：「燕燕于飛」，「燕燕」，《毛傳》：「鳦也。」看下「頡之頏之」，似非一個。中國好將一字重說。「差池其羽」，「差池」，猶言低昂上下，與「頡之頏之」相似。

詩人最要能支配本國的語言文字。現在的文字是古人遺留的，語言則是活的；恐怕在「三百篇」時語言較文字重要，因為他們用的活的語言，所以生命飽滿。我們不成。西人說，要做自然的兒子，不要做自然的孫子。何謂也？——直接寫自己的感覺，不要寫人家感覺之後所寫的。杜詩寫燕子：

輕燕受風斜。（〈春歸〉）

言其羽之美，非燕子不如此。別的鳥飛時保持平衡，斜了不好看。

次章：「頡之頏之」，「頡頏」，《毛傳》：「飛而上曰頡，飛而下曰頏。」段玉裁曰：「當作『飛而下曰頡，飛而上曰頏』。」（《說文解字注》）《文選・甘泉賦》「魚頡而鳥䀏。」李善[11]注：「頡䀏，猶頡頏也。」「頡之頏之」，就其飛狀言；「上下其音」，就其鳴聲言。恰！二「之」字，與「之子」、「將之」之「之」皆不同，此「之」是語氣的完成。

「遠於將之」，「將」，有「同」義，今相將猶結伴。（山東人說「拿過來」是「將過來」。）「遠於將之」，不忍分離。「佇立以泣」，較「泣涕如雨」更深，泣涕如雨是暫時的事。「佇立以泣」，《毛詩》講得好，「久立也」；「以」猶「且」、「而」、「與」，皆並且（and）之義。

第二章比首章更深厚。

三章：首章言「遠送於野」，郊外；次章言「遠於將之」，遠了；至此言「遠送於南」，更遠的一個地方。首章言「泣涕如雨」、次章言「佇立以泣」，這是感情的難過；至此言「實勞我心」，這是心靈的損傷，「勞」字好。

心靈的壓迫、負擔，永遠放不下，不能休息，真是勞，真是「實」。

後人說「實」總覺其不實，古人的句子多沉著，如拋石落井，「撲通」、「撲通」都落在我們心上。

四章：「仲氏任只」，「任」，《毛傳》：「大。」按：王，像人大腹，即後「妊」。王，當作任，故任訓大。《鄭箋》：「任者，以恩相親信也。」鄭氏根本不懂。「其心塞淵」，「塞」，《毛傳》：「瘞。」「淵」，《毛傳》：「深也。」講不通。馬瑞辰曰：「『塞』，當作𡨄，實也。《毛傳》『瘞』乃『𡨄』之誤。」「仲氏任只，其心塞淵」，余意「仲氏」乃詩人（次或指姊或妹），「任」是大。「任」與「塞淵」相貫，因為「任只」，所以「塞淵」。

「任只」是概念，「塞淵」是說明；「終溫且惠」，是描寫。「溫」、「惠」（gentle、kind）。《鄭箋》：「溫，謂顏色和也。」凡《詩》中「終……且……」，「終」皆訓「既」，猶「both…and…」。

文學與科學不同，但其章次步驟的分明是與科學相同。在層次分明、步驟嚴謹處上看，這不是軟性的，一點兒糊塗不得。瞧此第四章「淑慎其身」，總結以上二句而言，這真是中國的理想人物，也可以說是標準的人格。這種人哪裡去找？「高山仰止，景行行止」（《詩經・小雅・車舝》），雖不能至，然心嚮往之。

11 李善：唐朝人，淹貫古今，人稱「書簏」，著有《文選注》。

後來都將詩與人打成兩截。中國說「詩教」，也不是教作詩，是使做好人。我雖不識一個字，也要堂堂地做個人！不會詩、不識字，都不要緊，難道不能溫柔敦厚嗎？「淑慎其身」，「身」，士君子立身行己之身，持身之身，整個的人格，精神的、抽象的，非指血肉之身言。「淑慎其身」，多麼溫柔敦厚，無淑不慎，無慎不淑，無怪乎詩人之「勞心」也。至此詩人猶嫌不足，再云「先君之思，以勖寡人」，味長。其人好是好，然好你的，與我何干；猶柳樹雖好看，與我何干？然只顧自己是自了漢，故云：「先君之思，以勖寡人。」「先君」，故去之父；「寡人」，詩人自己；「勖」，勉也。此必同胞姊妹送同胞姊妹。「先君之思」仍是由「任」、「塞淵」、「溫惠」、「淑慎」而來的，由此以上的「瞻望」、哭泣，便不是空虛的了。同胞姊妹有如是可敬的人物，送之非哭不可。後人寫銷魂、寫斷腸，總覺得是誇大、是空虛。

〈燕燕〉一詩，前三章說的是一事，第四章忽然調子變了、章法變了，如此使我在感情上受更大的刺激，意義上有更深的瞭解。第四章是說明，但不是死板的，而是含了許多情感的。

篇四　邶風·日月

日居月諸，照臨下土。乃如之人兮，逝不古處。
胡能有定，寧不我顧。
日居月諸，下土是冒。乃如之人兮，逝不相好。

胡能有定，寧不我報。
日居月諸，出自東方。乃如之人兮，德音無良。
胡能有定，俾也可忘。
日居月諸，東方自出。父兮母兮，畜我不卒。
胡能有定，報我不述。

〈日月〉四章，章六句。

首章「逝不古處」，「逝」，《毛傳》：「逮也。」按：逝在句首，詩中每做語詞用。如〈魏風・碩鼠〉篇之「逝將去汝」、《大雅・桑柔》篇之「逝不以濯」，皆語詞也。《毛傳》、《鄭箋》講法太不科學，重出疊見之字前後應有關聯，彼等不管，以意為之。

篇五　邶風・終風

終風且暴，顧我則笑。謔浪笑敖，中心是悼。
終風且霾，惠然肯來。莫往莫來，悠悠我思。
終風且曀，不日有曀。寤言不寐，願言則嚏。
曀曀其陰，虺虺其雷。寤言不寐，願言則懷。

〈終風〉四章，章四句。

〈終風〉字義：

首章：首句「終風且暴」，凡詩中「終……且……」，終猶既，終、既皆有了意。終、既、已三字意同。「終風」，《韓詩》：「西風也。」非是。

「終風且暴」，曰興也。別處興文二句，如「關關雎鳩，在河之洲」（《周南‧關雎》）；此處一句，來得突兀。次句「顧我則笑」，文法亦不完全。誰笑？沒有句主。笑，或者溫和的笑，或者禮貌的笑，或者從心裡生出的親愛的笑。（禮貌的笑，猶西洋之meaning，雖不及溫和的笑、親愛的笑那麼有意義，然而是必要的，表示彼此無隔閡。）

今「顧我則笑」的「笑」非溫和、親愛的笑，是冷笑、惡意的笑。人寧願聽呵罵，遭凶暴，而不願見冷笑、惡意的笑。下句「謔浪笑敖」（敖，同傲、遨，肆也），「笑」本好字，放在這裡多難看。這真令人傷心。故四句「中心是悼」。凡詩中用「中心」者，皆寫得極真實。「悼」字好，「傷」字太鮮明。悼，沉甸甸的如石頭壓在心上，「哀」字、「傷」字皆不成。

次章：「終風且霾」，「霾」，雨土也。（可知地在北方。）「惠然肯來」，「肯來」之肯，問語，肯猶之敢（豈敢）。「莫往莫來」，往，自我之彼；來，自彼向我。（南方人往、來二字每分不清。）「悠悠我思」，無論空間、時間皆不能斷。

三章：「不日有曀」，「有」，《鄭箋》：「有，又也。」有、右、又，一也。「寤言不寐，願言則嚏」，「寤言」、「願言」，「願」，思也，《鄭箋》以為思、想之意。「言」，王引之以為語詞；馬瑞辰謂並當為言語之言；《毛傳》訓我。馬說不及王說，不好講；《毛傳》更不好講。「嚏」，《毛傳》：「跲也。」「跲」，《說文》與「躓」互訓。王肅[12]曰：「疐，劫不行也。」《說文》：「人欲去，以力脅止曰劫。」「跲」、「疐」，皆有止意。「願言則嚏」，想起來就算了，沒有希望了；前之「是悼」，還有望。

四章：「願言則懷」，《毛傳》：「懷，傷也。」李善訓「願」為思，猶言思之心傷耳。《鄭箋》：「懷，安也。女思我心如是，我則安也。」說與毛異。毛說無論對否尚能自圓其說，鄭氏簡直連自圓其說都不能。「寤言不寐，願言則懷」，平行句，應是一個主詞，否則應當舉明何以首句是第一身、次句（subj）[13]是第二身。《爾雅》：「懷，止也。」《論語》「老者安之，少者懷之」（〈公冶長〉），「懷」與「安」對舉，亦有止義。「願言則懷」，詩句之意或亦猶「亦已焉哉」之義耳。「亦已焉哉」，中國的中庸之道，不徹底，然而也正是人情。如人死不能不悲哀，悲哀就別忘，可是不久就忘了。

〈終風〉詩旨：

〈詩序〉說〈終風〉是莊姜傷己也。總之，乃女子為夫所棄也。

寫愉快的或悲哀的心情，皆容易寫出好的詩來，唯寫沉重的這種感情不易寫成好詩。因為詩人作詩時是放下了重擔、解脫了束縛的。人尚在心的負擔、精神的束縛中作出詩來，是什麼樣？其詩之音節絕不會「舒以長」，也不會「哀以思」（化國之日舒以長，亡國之音哀以思），很容易成了呼號。老杜是了不得的詩人，然而其詩有時不像詩，顯得嘈雜，看起來不及義山——是舒以長、哀以思——以往內在沉重的負擔下、結實的束縛中，喘都喘不過氣來，如何寫詩？

這篇真是多麼重的負擔，在此種沉重的壓迫之下，當然是要呼號嘈雜，然而這詩仍然是「舒以長、哀

12 王肅（一九五—二五六）：三國時期魏經學家，字子雍，東海（今山東郯城）人。曾遍注群經，編撰《孔子家語》等書。

13 Subj：英文，subject 的縮寫。

以思」。除了溫柔敦厚，還能讚美什麼？在愉快時溫柔敦厚不算什麼；在精神受了重壓之下，氣都喘不出，而還能如此溫柔敦厚，真比不了。

篇六　邶風·擊鼓

擊鼓其鏜，踴躍用兵。土國城漕，我獨南行。
從孫子仲，平陳與宋。不我以歸，憂心有忡。
爰居爰處，爰喪其馬。于以求之，於林之下。
死生契闊，與子成說。執子之手，與子偕老。
于嗟闊兮，不我活兮。于嗟洵兮，不我信兮。

〈擊鼓〉五章，章四句。

此詩五章五樣，不似他篇句法、字句之相似。因為在抒情的作品中，每章句法易於相似。無論煩惱、失望、悲哀、歡喜，所抒之情只此一個，故反覆詠之，如「終風且暴……終風且霾……終風且曀」。若是敘事，則必有一事情或一故事，故事是進展的、變化的（發生、經過、結尾），既如此，當然句法、字法便不能相似。

自此篇以下，記事作品乃多。

首章：「擊鼓其鏜」，「其」，等於so：（一）代名詞，如「彼其之子」；（二）指示詞，如「其人、其物」，今人不用「其」而用「該」，該人、該物、該時、該地，不好；（三）副詞。「擊鼓其鏜」，敲鼓敲得那麼響。「擊鼓其鏜，踴躍用兵」，首二句不是歡喜，至少也應是激昂。

「土國城漕」，「土」，動詞（v）；「國」，狀語（adv）。「土國城漕」，在國中做土工或在漕中做城，當然不止一個人。「我獨南行」，一「獨」字，便是不高興。

次章：「從孫子仲」，將名。「平陳與宋」，陳宋不和，衛從孫子仲率兵武裝調停。《春秋》：「宋人及楚人平。」「平」亦和意，然用「平」不用「和」。春秋時兩國打仗用「戰」、「伐」、「克」等字，用字有分寸。《左氏傳》不太追究老夫子的意思，只把事鋪張起來作文章；公、穀[14]追究老夫子的意思，追究為什麼用某字，有時也覺瑣碎。「不我以歸」，不以我歸也，受事之賓語（obj）常在動詞（v）前。本是出「征」，結果變成「戍」（駐防），想來陳宋雖和，而仍以兵監視之。「憂心有忡」，《毛傳》：「猶言憂心忡忡。」「有」，語詞。

三章：「爰居爰處」，「爰」，《鄭箋》：「於也。」於，于也，語詞。如「于以采蘩」（《召南・采蘩》）、「燕燕于飛」（〈邶風・燕燕〉）。鄭以爰為前詞，非是。「爰居爰處」，猶曰居曰處。「爰喪其馬」，「于以求之，於林之下」。詩人，特別是大詩人，在悲哀的心情之下，往往寫出很幽默的句子來。馬是兵的性命，看得很重；現在懶散著，馬都丟了，可見精神恍惚迷離。好玩兒！

魏王肅曰：「爰居」以下三章，衛人從軍者與其室家訣別之辭。

---

14 公、穀：指傳《春秋》的公羊高與穀梁赤。公羊高，戰國時期齊國人，穀梁赤，戰國時期魯國人，相傳二人師從子夏治《春秋》。

按：此說非是，當從方玉潤說，作戍卒思歸之詞。王說第四、五章尚可，第三章講不通。若只看下二章，王說亦有理；但前三章一氣下來，下二章忽然變了，講不來。最好合起來：戍卒思歸，想起與其家訣別之辭。

第四章最好用新式標點：

「死生契闊。」與子成說。執子之手：「與子偕老。」

如此，敘事活現，清楚。十六個字真精神。「成說」，即〈離騷〉「初既與余成言兮」之成言（說定了）；訣別之辭是「死生契闊」，「與子偕老」之情形是「與子成說」、「執子之手」。然而下一章不是了。

五章：「不我活兮」，《毛傳》：「不與我生活也。」馬瑞辰以為「活」當讀如「曷其有佸」（〈王風・君子于役〉）之「佸」。「佸」，《毛傳》：「會也。」「不我信兮」，「信」，《鄭箋》如字講；《毛傳》訓極；馬瑞辰以為信、申、伸一也，故可訓極，猶言「曷其有極」（〈王風・君子于役〉）也。

「于嗟闊兮，不我活兮。于嗟洵兮，不我信兮。」蓋前雖如是說，今未必果如願。此章如言「遠了恐怕你不相信，那我必始終無變」。

好詩太多，美不勝收，不得不割愛。「邶風」中〈凱風〉篇略、〈雄雉〉篇略、〈匏有苦葉〉篇略。

篇七　邶風・谷風

習習谷風，以陰以雨。黽勉同心，不宜有怒。
采葑采菲，無以下體。德音莫違，及爾同死。
行道遲遲，中心有違。不遠伊邇，薄送我畿。
誰謂荼苦，其甘如薺。宴爾新昏，如兄如弟。
涇以渭濁，湜湜其沚。宴爾新昏，不我屑以。
毋逝我梁，毋發我笱。我躬不閱，遑恤我後。
就其深矣，方之舟之。就其淺矣，泳之游之。
何有何亡，黽勉求之。凡民有喪，匍匐救之。
不我能慉，反以我為讎。既阻我德，賈用不售。
昔育恐育鞫，及爾顛覆。既生既育，比予於毒。
我有旨蓄，亦以禦冬。宴爾新昏，以我禦窮。
有洸有潰，既詒我肄。不念昔者，伊余來塈。

以詩史言之，必是先有抒情，之後乃有敘事，再次方是說理（思想），此乃詩在歷史上發展之程序。「三百篇」大半是抒情詩，夾雜著一部份敘事，說理極少。但是敘事、說理也雜有抒情的成份，才不至成為歷史故事和說理的論文。

〈谷風〉六章，章八句。

〈谷風〉詩旨：

〈詩序〉曰：「〈谷風〉，刺夫婦失道也。」

道者，路也。孟子云：「夫道若大路然。」（《孟子・告子下》）

道 — 生活

路 — 動

只要動，就得有路；只要生活，就要有道。道有大小、高下、深淺之別，然而絕不能沒有。不是有無的問題，只要有人活著便離不開道，無論在物質上、精神上。怎樣生活，那就是你的道；若是沒有道，便是破碎的生活、不能自立的生活。西洋人譯「道」為truth，不合適，不好譯，容易翻成哲學的、宗教的，不是中國的道——普遍的。

日本有書道、茶道，很好。「由是而之焉之謂道」（韓愈〈原道〉）。〔韓退之先講「博愛之謂仁，行而宜之之謂義」，再講「由是而之焉之謂道」。因為韓退之是儒家思想，先抬出仁義的金字招牌。其實，老、莊說道不與仁義相干。孟子言「盡信書不如無書」（《孟子・盡心下》），我們文人這般書獃子，太信紙片子，只做紙上功夫。沒有實際生活的訓練不成，我們應當吃苦，也不妨碰釘子。〕

道，只要行得通就成。然道不可傳人；道而可傳人，莫不傳其子。長輩對於晚輩往往不教他怎樣做，只等做得不合適便罵。

世間沒有「早知道」，我輩凡夫憑了經驗懂得一點，也只能自己應用在生活上，不能教給別人。如使筷

中國的隱士與外國的不同，不是為靈魂的得救，只是不願做主人，也不願做奴隸，所以有許多人情味。如林和靖，梅妻鶴子，其實他是很悲哀的。圖為宋朝馬遠《梅妻鶴子》。

子，雖古人云「教以右手」（《禮記・內則》），然實不能教，但沒有不會的。

人生是神秘的，特別是男女兩性。看社會史、風俗史，男女總立在敵對的地位。就說自由平等，也許是理想的烏托邦。要平等，必須互相瞭解、互相尊重，一個人果然能瞭解他自己嗎？很難。一個男子又怎樣瞭解一個女子，一個女子又怎樣瞭解一個男子？古哲說「自勝者強」、「自知者明」（《道德經》三十三章），說「克己」、說「三省」，這還怎麼說到瞭解？又怎麼能互相尊重？哪又有道？「夫道若大路然」，路在哪兒？只要是兩個人，無論夫婦、朋友，沒有平等，永遠一個是主人、一個是奴隸，至少一個支配、一個被支配。（中國的隱士與外國不同，不是為靈魂的得救，只是不願做主人，也不願做奴隸，所以有許多人情味。如林和靖[15]，梅妻鶴子，其實他是很悲哀的。）男女兩性，不是東風壓倒西風，就是西風壓倒東風。「唯女子與小人為難養也」（《論語・陽貨》），聖人對女子還取敵視態度。

嚴格的批評，可以成哲學家、道學家，拉長面孔，擺起架子，可敬。（老子有時拉長面孔；孟子好使氣；聖人又高不可攀；莊子人情味厚，有風趣，天才高，又不可怕，做朋友真好。）然欣賞的詩人，光明可愛，「勝固欣然，敗亦可喜」（蘇軾〈觀棋〉）。（又有玩世不恭之犬儒（Cynic）[16]，臉上帶著譏笑。）哲學家就是要批評，詩人是欣賞。（Cynic，玩世的，要諷刺。）

〈詩序〉言〈谷風〉「刺夫婦失道也」，真是明於禮義暗於知人心。只有《詩經》比較瞭解女性的痛苦。「金風未動蟬先覺，暗送無常死不知。」（洪楩《清平山堂話本・曹伯明錯勘贓記》）詩人是預言者，因為他是先覺。

〈谷風〉字義：

首章：開端「習習谷風，以陰以雨」，「習習」疊韻，「以、陰、雨」三個雙聲，「習習」與「以」

音節調和。詩人不想批評、不想諷刺，只是欣賞玩味，所以在夫妻決裂感情斷絕之後，仍能寫出這樣平和的詩句。

「黽勉同心」，「黽勉」，《釋文》：「猶勉勉也。」亦作僶俛。「采葑采菲」，「葑」、「菲」，《鄭箋》：「此二菜者，蔓菁與葍之類也。」《說文》：「葑，須從也。」馬瑞辰曰：「菘，即須從之合聲，為今之白菜。菲，《毛傳》：『芴也。』芴，即葍也（蘆菔）。」

次章：「行道遲遲，中心有違」，好，音節好，形容情感很確切。先說「行道遲遲」，後說「中心有違」，前句是果，後句是因，想見詩人一面走一面想。

「不遠伊邇」，即說「不遠」，又說「伊邇」，著重也。

「誰謂荼苦」，「荼」，《毛傳》：「苦菜也。」或作「苦」，詩「采苦采苦」（〈唐風・采苓〉）。今所謂藘蕒菜。（《廣雅》：「蕒，藘也。」）看古人詩很平常，後人想空了心也想不出來，不是遠視，就是近視。古人寫得好的就在眼前。

「如兄如弟」，兄弟者，姊妹也，如「彌子之妻與子路之妻，兄弟也」（《孟子・萬章上》）。「宴爾新昏，如兄如弟」，言彼新婦而汝錯愛，由不識結合而猶故人也。夫婦由未識而結合而能相好，甚可怪。愛情是盲目的，一點兒不差，不然說不到（love）愛。西人說有一人妻子缺一目，而彼甚愛之，曰：「吾不覺

15 林逋（九六七—一〇二八）：北宋初年隱士，字君復，謚號和靖先生，錢塘（今浙江杭州）人。林逋種梅養鶴，一生未娶，人稱「梅妻鶴子」。

16 犬儒學派（Cynic）：古希臘四大哲學學派之一，代表人物有創始人安提斯泰尼（Antisthenes）、第歐根尼（Diogenes）。該學派反對柏拉圖「理念論」，要求擺脫世俗利益，強調禁慾主義，克己自制，追求自然。後期走向憤世嫉俗，玩世不恭。

其少一目，只覺人多一目。」「誰謂荼苦，其甘如薺」，亦此意。

講《毛詩》，真如孔子修《春秋》不敢質一詞、季札觀樂[17]不敢論他樂。

寫詩，雖然寫偉大的敘事詩，最好是寫瑣事而有遠致，如〈孔雀東南飛〉、〈木蘭辭〉（「將軍百戰死，壯士十年歸」）。老杜尚有此本領，如其寫〈北征〉、〈自京赴奉先縣詠懷五百字〉。

此〈谷風〉一篇真是寫瑣事而有遠致。

三章：「涇以渭濁，湜湜其沚」，涇水濁，《漢書・溝洫志》：「涇水一石，其泥數斗。」「以」，使。「湜湜」，徹底清。「沚」，止也。

「不我屑以」，即不屑以我。「以」，「之子歸，不我以」之「以」，同也。

「毋逝我梁，毋發我笱」，「梁」，《毛傳》：「魚梁。」即今所謂碼頭、棧橋。「水落魚梁淺，天寒夢澤深」（〈與諸子登峴山〉），孟浩然用「魚梁」，即碼頭。

此章一義我顧不了東西，一義其夫絕不會恤其所留之物。

至第四章主人公表己之功，突然而來。

敘事詩不要只給人事實，要給人印象，故需要一點兒技術，要有天外奇峰，特別是寫長篇的大文章要有此本領。白樂天〈長恨歌〉乏此本領，只能按部就班地說，不敢亂腳步，故非第一流偉大作品。好的長篇敘事詩要前說、後說、橫說、豎說甚至亂說，然而層次井然，讀之才能特別受感動。如說書，淨利王[18]說書不成，要能驚心動魄如柳敬亭[19]才算會說。然敘事詩往往過於平板，雖〈長恨歌〉未能免此。

而老杜寫詩尚有此「天外奇峰」之本領。如老杜〈北征〉敘家事，再涉及國事，以小我做根基，以時勢為目的，但不止於此。中有寫道路、寫山果：

菊垂今秋花，石戴古車轍。
青雲動高興，幽事亦可悅。
山果多瑣細，羅生雜橡栗。
或紅如丹砂，或黑如點漆。

此數句「題外描寫」，真能增加詩意。而當寫到國事：

不聞夏殷衰，中自誅妹妲。
周漢獲再興，宣光果明哲。
桓桓陳將軍，仗鉞奮忠烈。
微爾人盡非，於今國猶活。

簡直不是詩。老杜寫道路、寫山果，風行水流，乃因詩人偉大的心，至少是寬容的心、餘裕的心。無論多麼憤慨、悲哀、煩惱，絕不能狹小，狹小的心絕不能成為一個成功的詩人，特別是偉大的詩人。

17《左傳・襄公二十九年》：「吳公子札來聘。……請觀於周樂。」
18 淨利王：指語言平淡的人。
19 柳敬亭（一五八七—一六七〇）：明末評話藝術家，原姓曹名永昌，後變姓柳，改名逢春，號敬亭。因面多麻子，人稱「柳麻子」。明朝張岱《陶庵夢憶・柳敬亭說書》曰：「余聽其說景陽岡武松打虎白文……其描寫刻畫，微入毫髮；然又找截乾淨，並不嘮叨。哱夬聲如巨鐘，說至筋節處，叱吒叫喊，洶洶崩屋。武松到店沽酒，店內無人，驀地一吼，店中空缸空甓皆甕甕有聲。閒中著色，細微至此。」黃宗羲〈柳敬亭傳〉引莫後光之語評柳敬亭之說書：「子言未發而哀樂具乎其前，使人之性情不能自主，蓋進乎技矣！」

當感情盛時，可以憤怒、傷感，但不能浮躁，一浮躁便把詩情驅除淨，絕寫不出詩。寫詩，非有餘裕不可；如此，方能風行水流。（周作人《散文鈔》中有〈莫須有先生傳序〉一文，中講文章、風、水講得好，風沒有不吹的，水沒有不流的。[20]〈莫須有先生傳〉是廢名[21]所作。）

然老杜〈北征〉這點兒手段，尚非所論於〈谷風〉。蓋老杜只是寫實的描寫，不是象徵，手段不高不低。

〈谷風〉「就其深矣」一章，突來之筆，真好。

「何有何亡，黽勉求之」，鄭說：亡求其有，有求其多。不必這樣講。「何有何亡」就是「何亡」，如「患得患失」只是個患失、「惹是非」只是惹非。

「凡民有喪，匍匐救之」，「喪」，凡有不幸皆曰喪。「匍匐」，奔走慌忙之貌。《詩問》：「瑞玉曰：『匍匐救鄭喪，恐非婦人事。』余曰：『喻言之。』」（瑞玉，郝懿行妻，有問則郝答之，故曰《詩問》。）豈止此為喻言，前之「毋逝我梁，毋發我笱」，以及「就其深矣，方之舟之」、「就其淺矣，泳之游之」，皆喻言耳。（備舟尚可，游泳當時恐尚無有。）主人公不但助其夫，且凡民有喪，皆救之。有此偉大之同情心、有此真誠熱烈，豈有對其夫不好之理？此乃象徵，真是偉大。

以文體而論，此章就特別。其實無此章，前後文亦接得上，所以說是「天外奇峰」。在文章中有一段「沒有也成，非有不可」的，這就是詩，是文學。不吃飯不成，沒茶、沒菸、沒糖、沒點心滿可以，然而非有不可。人要沒有這個，憑什麼是人？憑什麼是萬物之靈？無論精神、物質、具體的、象徵的，都要有「沒有也成，非有不可」的東西，大而至於文明、藝術，皆如此也。不然，和禽獸有什麼區別！這不是思想，不是意識，只是感覺。詩人特別富於此種感覺，「如飢思食，如渴思飲」（明朝溫純〈與李次溪制府〉）。別人看著「沒有也成」，而詩人看著「非有不可」。若不如此，及早莫談學問，正如俗說「不是那個芯兒，不鑽那個木頭」。再看王羲之[22]的字，下邊心字都大，如垂紳正笏、盤膝打坐。若只說字，其實不大也是字呵！若講寫字，便非如此不可，「不大也成，非大不可」！

〈谷風〉第四章正是「沒有也成，非有不可」。

英國 Geroge Moose，居法多年，歸國後幾乎都忘了英語，又重新用功。他批評英國人物很嚴厲，像魯迅先生。他說某人寫作「有個字沒說出來」，也就是我們常說「搔不著癢處」之意。

詩第五章「不我能慉」，「慉」，《毛傳》：「養也。」非。「慉」同「畜」，好也。《孟子》：「畜君者，好君也。」（〈梁惠王下〉）《說文》「慉」下引作「能不我慉」，似更好。「能」，乃也、而也。（反，而意。能、乃、而，三字一聲之轉。）

「昔育恐育鞫」，「昔」，自來注釋有二義：一謂生計，謂養生也，二謂生育、謂養子也，前說較長。「育恐育鞫」，有好多講法。《鄭箋》說：「育乃生育子女之育；鞫，窮也。」恐怕不是此意。《詩問》曰：「昔者相與謀生計，恐生計窮。」郝懿行講得好，只是句子笨。

此一章寫實之中尚有其體例，還是象徵。

20 周作人〈莫須有先生傳序〉：「能作好文章的人他也愛惜所有的意思、文字、聲音、故典，他不肯草率地使用它們，他隨時隨處加以愛撫，好像是水遇見可飄蕩的水草要使他飄蕩幾下，風遇見能叫號的竅穴要使他叫號幾聲，可是他仍然若無其事地流過去吹過去，繼續他向著海以及空氣稀薄處去的行程。」

21 廢名（一九〇一——一九六七）：原名馮文炳，湖北黃梅人，現代具有田園風格的鄉土抒情作家。

22 王羲之（三〇三——三六一）：東晉書法家，字逸少，琅琊臨沂（今屬山東）人，有「書聖」之稱。曾為會稽內史，領右軍將軍，人稱「王會稽」、「王右軍」。

六章：「我有旨蓄」，「蓄」，有藏意，疑是醃菜、乾菜之屬。「有洸有潰」，「洸」，武也；「潰」，盛也。

「伊余來塈」，「伊」，語詞；又，誰也。「予」，我。「來」，王先謙曰：「是也。」來是「是」，卻不是是非之「是」（right），也不是是否之「是」（to be），乃是 to。在動詞前面的符號，本身並無義，與「式微」之「式」通，如「是則是效」（《小雅・鹿鳴》）。全《詩》「來」字多與「是」同義。「塈」，《毛傳》：「息也。」馬瑞辰謂為「慇」之假借，慇，大篆之「愛」字。「伊余來塈」，維予是愛（句式同「維君馬首是瞻」）。《鄭箋》云：「君子忘舊，不念往昔年稚我始來之時安息我。」鄭氏講不通。

此一章有「伊余來塈」，又有「有洸有潰」，既如此，才更痛苦。

篇八　邶風・式微

式微式微，胡不歸。微君之故，胡為乎中露。
式微式微，胡不歸。微君之躬，胡為乎泥中。

〈式微〉二章，章四句。

「式微」，「微」，非微君之「微」，乃衰也，有生活困難意。詩的主人公飄零潦倒，生活困苦。

「胡為乎中露」，「中露」，《毛傳》：「衛邑。」似穿鑿，想當然耳。《列女傳》作「中路」。《詩》中「中林」即「林中」、「中道」即「道中」，此處「中露」即「露中」。前章用「露中」與後章「泥中」相對也好（露天地，無遮蔽也）。「泥中」講作衛邑，也不必。從《毛詩》本文「中露」、「泥中」，恰當。

〈詩序〉言：「黎國為狄人所破，黎侯出居於衛，其臣勸之歸，而作〈式微〉。」豈有此理？不通！歸到哪裡去？

詩有言中之物、物外之言。胡適之主張要「言中有物」。[23]然物或有是非、大小、深淺、善惡之分，但既有言就有物。我們不治哲學，這倒還可放鬆，要緊的是「物外之言」。大詩人說出來的，正是我們所想而卻說不出的，而且能說得好——那即是「物外之言」，是文采、文章之「文」。

最初的文學作品疑是傷感的文字，但漸漸進步就不限於此。若一詩人作品全是傷感，可以說是浮淺，因為傷感是人人共有的情感。

一詩人固不能自外於人情，卻又不可甘居於常人之列。有些怪詩人之不偉大，即以他自外於人情。世界一切都是矛盾的，文學告訴我們美醜，我們的理想是美、是真，而社會是醜、是偽。一個大詩人、大藝術家就是從矛盾得到調和，在真偽、美醜之間得到調和。人若沒有傷感，不是白癡，就是聖人。「至人無夢、愚人無夢」，莊子常以「大人」與「嬰兒」並言，蓋其得於天之全德一也。「太上無情，太下不及情，情之所鍾，正在我輩。」（劉義慶《世說新語》記王戎語）因為我輩是平常人，所以傷感也多。一個大詩人不甘居於庸人之列，故不僅寫傷感。

23 胡適〈建設的文學革命論〉：「不作言之無物的文字。」

篇九　邶風・旄丘

旄丘之葛兮，何誕之節兮。叔兮伯兮，何多日也。
何其處也，必有與也。何其久也，必有以也。
狐裘蒙戎，匪車不東。叔兮伯兮，靡所與同。
瑣兮尾兮，流離之子。叔兮伯兮，褎如充耳。

〈旄丘〉四章，章四句。

〈旄丘〉一首真是寫得登峰造極，「至矣，盡矣，蔑以加矣」（嚴羽《滄浪詩話・詩辯》）。好就是好在物外之言，是「文」，文采、文章之「文」。此一首雖是傷感的詩，但寫得極好——音好、物外之言。〈旄丘〉真有彈性，多波動。江西派真是罪魁禍首，把詩之「韌」——音之長短、詩之「波」——音之上下都鑿沒了，把字都鑿死了。

余有詩云：

一盞臨軒已斷腸，尋花誰是最癲狂。
年年抱得淒涼感，獨去荒原看海棠。（〈春夏之交得長句數章統名雜詩云爾〉其三）24

有友人說，余此小詩極好——音好。〈旄丘〉字義：

首章：「何誕之節兮」，「誕」，《毛傳》：「闊也。」〈葛覃〉之「葛」，《毛傳》：「延也。」延、闊俱有長義，是「誕」有「延」也。

次章：「必有與也」、「必有以也」，《詩正義》曰：「言『與』言『以』者，互文。」按：「與」之為言「同」，「以」之為言「因」，恐非互文。（〈江有汜〉「不我以，不我與」者，是互文。但這裡不作互文講更好。）

三章：「狐裘蒙戎」，「蒙戎」，《毛傳》：「以言亂也。」按：只是狐裘之貌，不必有亂意。《左傳》作「尨茸」，有「狐裘尨茸，一國三公」之句。「狐裘蒙戎，匪車不東。叔兮伯兮，靡所與同」，是說詩人自己，抑是「叔兮伯兮」呢？余意以為是詩人說我不是沒有衣服、沒有車子，只是沒有同伴。

四章：「瑣兮尾兮」，「瑣」、「尾」，《毛傳》：「少好之貌。」《說文》：「尾，微也。」瑣、微俱有小義。「流離之子」，「流離」，小鳥，極小，疑是指此。傳說此鳥結巢用人髮如搖床，甚巧。「流離之子」，更小了。「褎如充耳」，「褎」，《說文》：「俗作袖。」「褎如」，猶言褎然，《毛傳》訓盛服。「瑣尾」（poor）；「褎如」（rich），對舉。「充耳」，或者是「瑱」。瑱，填也，耳塞。《毛傳》：「盛飾也。」《鄭箋》：「人之耳聾，恆多笑而已。」毛、鄭都可通，意思差不了什麼，從毛似更好。

〈旄丘〉寫得真是小可憐兒。可憐的詩人、無能的詩人、傷感的詩人，但在傷感中得到最大成功，即因為有弦外之音。

24 〈春夏之交得長句數章統名雜詩云爾〉其三（一九四四）：見《顧隨全集》卷一，石家莊：河北教育出版社，二〇一三年，第四五四頁。

〈旄丘〉詩旨：

〈詩序〉說此篇與〈式微〉意同，〈式微〉憂黎侯，〈旄丘〉責衛伯不助黎侯返國，余意不然。《詩經》中凡言「叔」、「伯」，俱讚美男子之稱，如「叔於田，巷無居人」（〈鄭風・叔於田〉）、「自伯之東，首如飛蓬」（〈衛風・伯兮〉），故〈詩序〉所言此點可疑。無論是朋友、是男女，此詩人是怯懦的，而對方頗有拋棄之嫌。

篇十　邶風・簡兮

簡兮簡兮，方將萬舞。日之方中，在前上處。
碩人俁俁，公庭萬舞。有力如虎，執轡如組。
左手執籥，右手秉翟。赫如渥赭，公言錫爵。
山有榛，隰有苓。云誰之思，西方美人。
彼美人兮，西方之人兮。

〈簡兮〉四章，前三章四句，末一章六句。

此首前面音節短促，字句錘煉，結尾之末章太好。

前三章寫舞者：次章先以「有力如虎，執轡如組」句寫舞者，言其雄壯。真是虎虎有聲氣，音好，有物外之言。至第三章又以「左手執籥、右手秉翟」句寫舞者，言其儒雅。「右手秉翟」，「秉」，，手執禾；「翟」，所執以舞者。人的腦子固然要緊，手也要緊，人之所以為萬物之靈，也因為他有手。何以上帝為人造了兩隻手，就是要他做些什麼。若無所支持、無所作為，手最不好安放。長袖善舞是女子，此處是男子，故「左手執籥」、「右手秉翟」。至三章末句，始由以上五句擠出此一句，也可以說是從第一章便趕此一句——「公言錫爵」。「錫爵」，賜酒也。因為他是那樣的人，故其君愛之。

末一章言美人：「西方美人」之「美人」，「三百篇」、楚辭兼之兩性而言，不限女性。

〈簡兮〉前三章字句非常錘煉，此一章一唱三歎；前三章都是凝重的，此一章至「云誰之思，西方美人」也還如此，末二句「彼美人兮，西方之人兮」亦並非縹緲，只好說是忽地悠揚起來了。

天下最美的是雲，最難解釋的也是雲。雲，太美了。中國人愛點香，是否因它給我們一個美的啟發？日光在楊葉上跳舞，不是看的日光，也不單是看楊葉，是看的另外的東西。這才是詩人的眼，這樣活著才有意思。雲，便是能給我們啟發，托爾斯太（Tolstoy）[25]《藝術論》因許多詩人讚美雲而大怒，真是老小孩。他笨，不懂得雲的美，也不知人家懂得。

禪宗的話：「聖諦亦不為」（青原行思語）[26]、「丈夫自有衝天志，不向如來行處行」（真淨克文

---

25 托爾斯太（Lev Nikolayevich Tolstoy, 1828-1910）：今譯為托爾斯泰，俄國偉大的批判現實主義作家，著有長篇小說《戰爭與和平》、《安娜・卡列尼娜》、《復活》，批評著作《藝術論》等。

26 青原行思（六七三—七四〇）：法號行思（一說慈應），唐朝禪宗高僧，六祖惠能之法嗣。因住於吉州青原山淨居寺，世稱青原行思。《五燈會元》卷五記載：「（行思禪師）聞曹溪法席，乃往參禮。問曰：『當何所務，即不落階級？』祖曰：『汝曾作甚麼來？』師曰：『聖諦亦不為。』祖曰：『落何階級？』師曰：『聖諦尚不為，何階級之有！』祖深器之。」佛法有世諦、聖諦之別，世諦指世俗之理事，聖諦指聖者所見之真理。

語）[27]，如此才能成為創作。

一個偉大的作家是不能影響後人的，因為別人沒他那樣的才稟，哪能學得來呢？能影響後世者是因為它好學。陶淵明從當時人顏延之[28]為之作誄、昭明太子[29]為之作序起，已是推崇備至。唐宋元明以下，莫不眾口一詞地推美，但哪個受了影響？白樂天、蘇東坡學得像什麼？王、孟、韋、柳不過寫些清幽之境，有些恬淡之情，貌似。

因為陶的生活態度太好，真是「大而化之之謂聖」（《孟子・盡心下》）。他才是真正的詩聖。淵明對人生、生活的態度好，不過他的時代和我們不同。詩人要說真話；我們生在虛偽的年代，不能說真話，這簡直就把作詩人的機會齊根截斷了。環境不許可，雖有天才也難為力。

有人說現在理智發達、科學發達，故詩不能發達。不然也。此真是「又從而為之辭」（《孟子・公孫丑下》）矣！「辭」，遁辭、曲辭。今所謂「理智發達、科學發達」，是這裡的「辭」，「從而為之辭」的「辭」。人能自省，真要大膽，所以真需要知、仁、勇。我們想說的話有多少不是「遁辭」、「曲辭」！淵明很理智，他有他的經驗與觀察，他簡直是有智慧，比理智好得多。（老杜有時糊塗，太白浪漫。）理智絕不妨害詩。

古代生活簡單，不需要許多虛偽的應酬，所以人一說出就是那樣。雖然簡單，但是真實，故雋永、耐咀嚼。後來的詩人只淵明能少存此意。〈簡兮〉篇至「云誰之思，西方美人」，話已說完了，但還要說「彼美人兮，西方之人兮」。此後九字即前八字，這不是冷飯化粥嗎？

但是，不然。它絕不薄。因為他真實而雋永，因他本有此情，故有韻味。今日所謂「味」，即漁洋[30]之所謂神韻之「韻」。「味」，就是誠於中形於外，心裡本沒有就不會有味。老譚唱戲有味，因為他唱《賣馬》就是秦瓊，因他誠，故唱得有味。詩人之情未盡，需要再說，故說了真實、雋永，大有《莊子》所謂「送君者自崖而返，而君自此遠矣」（〈山木〉）之境界。

篇十一　鄘風·君子偕老

君子偕老，副笄六珈。委委佗佗，如山如河。

象服是宜。子之不淑，云如之何。

玼兮玼兮，其之翟也。鬒髮如雲，不屑髢也。

玉之瑱也，象之揥也。揚且之晳也。

---

27 真淨克文（一〇二五—一一〇二）：北宋臨濟宗黃龍派高僧，法號克文，死後賜號「真淨」，後人習稱「真淨克文」。《古尊宿語錄》記載：「（真淨克文）良久乃喝云：『昔日大覺世尊，起道樹詣鹿苑，為五比丘轉四諦法輪，惟憍陳如最初悟道。貧道今日向新豐洞裡，只轉個拄杖子。』遂拈拄杖向禪床左畔云：『還有最初悟道底麼？』良久云：『可謂丈夫自有衝天志，不向如來行處行。』喝一喝下座。」

28 顏延之（三八四—四五六）：南朝宋文學家，字延年，琅琊臨沂（今屬山東）人。與謝靈運並稱「顏謝」，著有〈陶徵士誄並序〉。

29 蕭統（五〇一—五三一）：字德施，小字維摩，南蘭陵（今江蘇常州西北）人，梁武帝蕭衍長子，謚號昭明，故後世又稱「昭明太子」。編纂有《文選》、《陶淵明集》。

30 王士禛（一六三四—一七一一）：清朝詩人、詩論家，字貽上，號阮亭，別號漁洋山人，山東新城（今桓台縣）人，論詩主「神韻」。

胡然而天也，胡然而帝也。

瑳兮瑳兮，其之展也。蒙彼縐絺，是紲袢也。

子之清揚，揚且之顏也，展如之人兮，邦之媛也。

好詩太多，不得不割愛。「鄘風」之〈柏舟〉篇略，〈牆有茨〉篇略。

〈君子偕老〉三章，首章七句，次章九句，三章八句。

〈君子偕老〉詩旨：

《毛詩・大序》謂「風」為「上以風化下，下以風刺上」。「風」，講壞了；「諷」，失了上古的忠厚和平。

〈君子偕老〉與「衛風」第一篇〈淇奧〉合看，可知上古的男性美和女性美，分言之為男女兩性，統言之為人。

〈君子偕老〉一詩裡的女性寫得有點貴族性，別的詩雖也描寫到，但無此詳細。古代的神話故事，多寫英雄美人，即寫常人也有他不平常處，如同鳳凰之於飛鳥、麒麟之於走獸、聖人之於人。因他精神上有特出之點，故他是貴族性的。故事中寫帝王、后妃、官吏、英雄，都是貴族性的；神，也還是貴族性的。真正平等有沒有？成問題。人為什麼崇拜貴族？因為人有向上的心，人的理想的人格是那樣。人沒的崇拜了，便創造出一個來，故希臘的神甚多，佛教的佛甚多，創造出許多來。人是要如此，才活得有勁。天下傷心事甚多，但莫甚於父母對於其子女失望，因為活得沒勁了。鄉下人自己用土和顏色做了神像，然後磕頭禮拜。

知此而後讀此詩。

〈君子偕老〉字義：

首章：「副笄六珈」，「副」，自有一份，又來一份，故曰副。「笄」，《毛傳》：「衡，笄也。」「衡」，橫；「笄」，簪。「珈」，玉屬首飾。鄭玄作箋時，已不知什麼是「副笄六珈」。余意「副」乃髮網之類，以橫簪別住。「副笄六珈」，從頭上寫起。盛妝從頭上表示出來，故先寫頭。

「委委佗佗，如山如河」，寫得真美，自然，毫不勉強。「委委佗佗」，即委佗委佗。「如山如河」，山凝重，河流動，坐如山，行動如河。

自然的山河最真實不過，後來的詩寫得假，故不美，只有討厭。最自然、最真實，故最美。且此二句所寫是官，身份恰當。

「子之不淑」，此句不懂。黃晦聞曰：古淑同叔（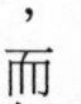），而叔又同弔（），故誤為「淑」，實當為「弔」（《小雅·節南山》有「昊天不弔」之句）——「子之不弔」。此是悼亡之詩。如是「不淑」（不好），則是諷刺。而若是諷刺，不該寫得這樣美、這樣好。此詩前以「委委佗佗，如山如河」二句讚美人物，那還近於客觀描寫，乃就外表觀察對象之風格；而此後則更以「胡然而天也，胡然而帝也」二語說出「如天如帝」之讚美，此二句乃是主觀，詩人心中生出的印象。以如此之風格丰神，如何能是諷刺？只好用晦聞先生說。

余不甚同意晦聞先生「不淑」作「不弔」解，但無更好講法。總之作悼亡詩較作諷刺為善，故以黃先生之說為長。

次章：「玼兮玼兮」之「玼」，《毛傳》：「鮮盛貌。」三章「瑳兮瑳兮」之「瑳」，無傳，是玼、瑳同義也。又〈邶風‧新台〉詩「新台有玼」，「玼」，《毛傳》：「鮮明貌。」亦顯文。

「其之翟也」，句中「其」與「之」二字作一義用。又〈王風‧揚之水〉有「彼其之子」之句，句中「之」字之於「子」，為語詞或指示「子」；指示詞「之」、「其」義同，如其人與之人、其物與之物；故「彼」、「其」、「之」三字一義，「彼其之子」即「之子」。出以四字，因語氣之故。

「玉之瑱也」，「瑱」，《毛傳》：「塞耳也。」瑱之為言填也。「象之揥也」，「揥」，揥，《毛傳》：「所以摘髮也。」揥、摘，形、音、義皆相近也。余疑摘髮即搔頭。

「揚且之皙也」，「揚」，《毛傳》：「揚，眉上廣。」馬瑞辰釋為美，於義較長。「且」，語詞，與「哉」為一聲之轉。

「胡然而天也，胡然而帝也」，「而」、「如」古通，皆可作像或語詞用，如「泣涕連如（而）」。「天」，古語謂：莫之為而為者，莫之致而致，天也。[31]晉悼公[32]云：「孤始願不及此。雖及此，豈非天乎！」（《左傳‧成公十八年》）莊子則認為：得於天者全也。中國稱「天」與宗教稱天不同，其微妙不可測，故曰天；其尊嚴不可犯，故曰帝。「胡然而天也，胡然而帝也」二句，其美如雲，寫人物如天如帝之風神，宜於與「君子偕老」。

三章：「其之展也」，「展」，《周禮》鄭注：「展衣，白衣也。」展、襢通，又或作禪，《爾雅‧釋名》：「襢，坦也。」展、襢、坦、袒、徒，五字義近。展，誠（坦白）；亶，誠。展、亶本一字，亶其然乎？

「是紲袢也」，「紲袢」，《毛傳》：「當暑袢延之服也。」《說文》引詩作「褻袢」。郝懿行謂袢是半衣。總上三章所言之服：「象服」，禮服之總名；「翟」、「展」、「紲袢」，禮服之各名。

末句「邦之媛也」，「媛」，美女。

篇十二　鄘風・相鼠

相鼠有皮，人而無儀。人而無儀，不死何為。
相鼠有齒，人而無止。人而無止，不死何俟。
相鼠有體，人而無禮。人而無禮，胡不遄死。

〈相鼠〉三章，章四句。

〈詩序〉：「〈相鼠〉，刺無禮也。」《白虎通・諫諍》篇以為「妻諫夫之詩」。既曰「諫」，與責不同，此篇簡直是罵，而夫妻感情尚未決裂。

〈相鼠〉首章：「相鼠有皮」，「相」，平聲，有二義：視、互。《毛傳》：「相視也。」「相鼠」，禮鼠也，即拱鼠，後腿能坐，前腿拱抱，余家鄉稱之「大眼賊」。杜詩有「野鼠拱亂穴」（〈北征〉）之句。「人而無止」，「止」，《鄭箋》：「容止。」好。

〈相鼠〉三章重句重得好：首章末句言「何為」；次章末句言「何俟」，「何俟」較「何為」更重；至

31《孟子・萬章上》：「莫之為而為者，天也；莫之致而致者，命也。」
32 晉悼公（公元前五八六—前五五八）：春秋中期晉國傑出君主，姬姓，晉氏，名周，又稱周子、孫周。

第三章「胡不遄死」更重。（稼軒〈採桑子〉[33]中間故重，恐偷此。後人仿之。）

這篇似真有恨了，恨之極，切齒道出。《詩經》寫恨，只此一篇，還看不見報復，雖不像西洋熱烈，已超出哀怨。

篇十三　衛風・淇奧

瞻彼淇奧，綠竹猗猗。有匪君子，如切如瑳，如琢如磨。
瑟兮僩兮，赫兮咺兮。有匪君子，終不可諼兮。
瞻彼淇奧，綠竹青青。有匪君子，充耳琇瑩，會弁如星。
瑟兮僩兮，赫兮咺兮。有匪君子，終不可諼兮。
瞻彼淇奧，綠竹如簀。有匪君子，如金如錫，如圭如璧。
寬兮綽兮，猗重較兮。善戲謔兮，不為虐兮。

〈淇奧〉三章，章九句。

〈君子偕老〉所寫是理想的、標準的女性——美女；

〈淇奧〉所寫乃理想的、標準的男性——君子。

中國「三百篇」、〈離騷〉所謂美人，不僅是beautiful，兼內外靈肉而言，內外如一乃靈肉調和的美，兼指容貌德性。

梁任公以為「君子」兩字乃中國特有。君子之美有多方面，文字猶嫌不足以形容之。古人之說堯之德曰：「蕩蕩乎，民無能名焉。」（《論語・泰伯》）說孔夫子曰：「博學而無所成名。」（《論語・子罕》）此即無恰當之文字可以名之。

〈淇奧〉字義：

三章之首二句：「瞻彼淇奧，綠竹猗猗」、「瞻彼淇奧，綠竹青青」、「瞻彼淇奧，綠竹如簀」，興也，亦比也。外國人不瞭解竹石之美，中國以竹象徵男性之美。（花與竹與柳皆可以比。）竹可表現德性美，其所給予人的是堅貞、沉靜；然「沉靜」二字尚太淺，有「學問」、「道德」、「思想」、「感情」的人多是沉靜的。故品格高尚的人多喜歡竹子，以其為美德之象徵。（象徵與譬喻不同。）

首章下言「有匪君子」，「匪」，《韓詩》作「邲」，《廣韻》：「邲，好貌。」《一切經音義》[34]引詩作「斐」，《論語》「斐然成章」（〈公冶長〉），皆「美好」之意。三章之第三句皆為「有匪君子」，「匪」作「斐」，《說文》：「斐，分別文也。」文采分明，自是表現於外；然品格乃誠於中形於外。

中國詩籠統總合，西洋是清楚分別，中國流弊是模糊不清。而吾國祖先如「三百篇」所寫，真清楚，感覺銳敏，分析、觀察清楚。

「如切如瑳」，「瑳」，治牙曰「瑳」，今作「磋」。《說文》有「瑳」無「磋」。磋與玼、泚同，

33 〈採桑子〉：即〈醜奴兒〉。稼軒〈採桑子〉當指〈醜奴兒・書博山道中壁〉一首。

34 《一切經音義》：唐朝貞元、元和間釋慧琳所撰，凡《開元錄》入藏之經典兩千餘部，皆為之注釋。

鮮明也，可作adj又可作adv，故以瑳為adj、以磋為adv，實皆瑳也。「如琢如磨」，「磨」，治石曰磨。

切、瑳、琢、磨是治骨、治牙、治玉、治石，骨、牙、玉、石此四物皆堅，故曰德行堅定。不分男女，皆當如此。

「瑟兮僩兮」，「瑟」，《毛傳》：「矜莊也。」《白虎通．禮樂論》：「瑟者，嗇者，閉也。」嗇、閉，有謹慎、恭敬之意，即矜莊。「僩」，《毛傳》：「寬大也。」〈邶風．簡兮〉篇，「簡」，大也。「僩」、「簡」通。太矜莊則小，故又曰宏大。「赫兮咺兮」，「咺」，《毛傳》：「威儀容止宣著也。」《韓詩》作「宣」，《說文》「愃」下引詩「赫兮愃兮」。「瑟」、「僩」、「赫」、「咺」以寫君子之美，一字不足用四字形容之。前數句所寫偏於含蓄，故此曰「赫咺」。含蓄既多，必能表現於外。

「終不可諼兮」，「諼」，忘也。並不曾想不忘，是想忘都忘不了。「終不可諼兮」，此首章、次章之末一句將詩人心中徘徊動盪之思皆寫出，真好。

次章：「綠竹青青」，「青青」，菁菁，茂盛。「充耳琇瑩」，玉之瑱也。「會弁如星」，「會」，有總結之意，《說文》引詩作「鬠」，《毛傳》：「所以會髮。」黃晦聞先生謂「會」即〈君子偕老〉之「揥」。恐非。會，會髮，「束髮冠」，其音即表義；「揥」，摘髮、「搔頭」。彼為美女此為君子，男女有別，首飾亦自不同；且會髮與摘髮不容混也。

三章：「綠竹如簀」，「簀」，《毛傳》：「積也。」亦茂義。後之「如金如錫，如圭如璧」，圭方璧圓，皆不自作，乃經人工琢磨而後成了圓璧方圭，人以言天才既高又有修養。對於「如金如錫，如圭如璧」的人，高尚如神，人固然可以敬而畏之，卻非親之愛之，太嚴肅。

「猗重較兮」，「較」，舊注是車；「重較」，《毛傳》：「卿士之車。」大謬。仍是大意。陳玉澍

《毛詩異文箋》以為卿士之車是後人所妄加，「重較」只是宏大之義。《左氏傳》：「夫子覺其者。」杜預注：「覺，較然正直。」按：「不為虐兮」之下，《毛傳》亦有「寬緩弘大」之語，「寬緩」是釋前「寬兮綽兮」，而「弘大」則釋「猗重較兮」也。「猗」，或作「綺」，大謬。「猗」是讚美之詞，如「猗歟休哉」，故與「重較」聯，猶言「美哉其重較也」。

為詩，短言之不足長言之，長言之不足詠歎之，方能情韻悠長。情韻與性靈、機趣不同。性靈與機趣是短暫的——是外物與我們接觸的一剎那，是捕鼠機似的一觸即發，而且稍縱即逝。後來詩人多是如此，只仗了哏、巧、新鮮。古人是有「情韻」，一唱三歎，悠長的，愈舊而彌新，其味愈玩味而彌長。這種情韻終朝每日盤桓在作者的心頭，並不曾想不忘，是想忘都忘不了，此即所謂醞釀、涵養。就好比釀米為酒，故其情韻悠長，感人之力量亦至深；但絕非刺激，卻如飲醇酒。

詩云「終不可諼兮」，君子在詩人心中盤桓已久，自然忘不了。東坡云「作詩火急追亡逋，清景一失後難摹」（〈臘日遊孤山訪惠勤惠思二僧〉），就此便知他非大詩人。余平生見過幾次好山川，雖不能寫其清景，而十餘年後思之仍然如在目前，因為它是「終不可諼兮」。

「三百篇」、《楚辭》不能在當時描寫，因為在當時也許太偉大、太沉重了，「不識廬山真面目，只緣身在此山中」（蘇軾〈題西林壁〉），要在腦中盤桓、醞釀過一個時期。與朋友寫信容易，若作篇詩文賦父母的恩情卻作不來，因它太沉重、太偉大，顧此失彼，掛一漏萬。若作之，緊不得、慢不得，慌不得、忙不得，要使之在心中徘徊、盤桓。

35 陳玉澍（一八五三—一九〇六）：近代文學家、學者，原名玉樹，字惕庵，鹽城上岡人。著有《爾雅釋例》、《毛詩異文箋》。

「詩三百篇」是窖藏多年的好酒，醇乎其醇。（老杜的詩有時都是壞酒。）中國的醇酒，並非西洋的酒精，中國常所謂酒曰「陳紹」、曰「女貞」（最好的紹酒），極醇厚。一個民族的文明如何，看他造的酒味道如何即可。舌端、喉頭、胃囊及至發散到全身四肢是什麼味道，只有自己感覺去。詩和酒，都要自己to taste，方覺其醇厚、悠長，真真一唱三歎。

〈考槃〉、〈碩人〉二篇略去。

篇十四　衛風·氓

氓之蚩蚩，抱布貿絲。匪來貿絲，來即我謀。
送子涉淇，至於頓丘。匪我愆期，子無良媒。
將子無怒，秋以為期。
乘彼垝垣，以望復關。不見復關，泣涕漣漣。
既見復關，載笑載言。爾卜爾筮，體無咎言。
以爾車來，以我賄遷。
桑之未落，其葉沃若。于嗟鳩兮，無食桑葚。
于嗟女兮，無與士耽。士之耽兮，猶可說也。

女之耽兮，不可說也。
桑之落矣，其黃而隕。自我徂爾，三歲食貧。
淇水湯湯，漸車帷裳。女也不爽，士貳其行。
士也罔極，二三其德。
三歲為婦，靡室勞矣。夙興夜寐，靡有朝矣。
言既遂矣，至於暴矣。兄弟不知，咥其笑矣。
靜言思之，躬自悼矣。
及爾偕老，老使我怨。淇則有岸，隰則有泮。
總角之宴，言笑晏晏。信誓旦旦，不思其反。
反是不思，亦已焉哉。

〈氓〉六章，章十句。

〈氓〉與〈谷風〉相似。

人與人之間（不但兩性）既不易瞭解，即不會有感情，不會有平等，彼此之間只是鬥爭，一個主人、一個奴隸。

此詩為彼女性自作，抑一男性詩人代作呢？若果男性所作，則誠偉大矣。「無我」很難作，客觀的代言體最「無我」，以他人的思想感情為思想感情，以他人的心為心，以他人的言語為言語。敘事體詩不能好，即是不能如此。

無我

我→小我→自私

詩的發源由於「我」。障礙也由於有「我」。「有我」是抒情詩的源泉，但寫客觀性的敘事詩難。中國詩人的使酒罵座、目中無人、不通人情也為此，其好是真，不好是支離破碎、魯莽滅裂。〔文人、才子、名士、無賴，「名士十年無賴賊」（舒鐵雲〈金谷園〉），品斯下矣。〕「無我」二字的意義其中至少有一部份是犧牲、同情，這是台階。王漁洋說「神韻」固好，但半天起朱樓，沒台階。中國詩人最沒有犧牲、同情，抒情詩人都犯此病。代言體的敘事詩，非有同情不可。要把「我」字放在一邊，要「通情」，才能同情，不同情哪有犧牲？不犧牲哪能無我？

此篇若是女子作，則道其自己的悲哀痛苦，亦道盡千古大多女子的悲哀痛苦，故是偉大的女詩人。若男性代作，便更偉大，他「通情」、「無我」。

女子生活失敗，其結果是悲哀、是痛苦，不能忍受，但沒有憤怒。

憤怒是中國民族性所缺乏的。中國古聖先賢溫柔敦厚的詩教、老莊哲學、印度哲學，都教我們逆來順受。當然，「詩三百篇」的時代尚無老莊哲學、印度哲學，但詩教已是溫柔敦厚，故中國詩文中無「恨」，只是「怨」。〈谷風〉和〈氓〉只是哀怨，沒有憤怒。「非人」不好，「超人」好，這種感情是超人的，真是偉大。

〈氓〉字義：

首章：「氓之蚩蚩」，「蚩蚩」，《毛傳》：「敦厚、老實之意。」這是心理的描寫，這是通人情、知人心的詩人寫的。男女朋友相悅，要緊的是老實可靠、不貳心、不變心，「蚩蚩」也就是最好了。這樣第一個印象就寫出來了。

二章：「以望復關」，「復關」，《毛傳》：「君子所近也。」非是。王先謙《詩三家義集疏》：「婦人所期之男子，居在復關，故望之。」君子何所自來？是也。（陳奐為毛辯，殊無理。）「體無咎言」，卜筮之結果，吉兆也。

三章：「桑之未落」，「桑」，《毛傳》：「女功之所起。」此章以桑作譬喻。為什麼用桑作譬？因對它最熟悉，印象最確切。後來詩人只求美，說花說柳，而古人只要表現真。「桑之未落，其葉沃若」與下一章「桑之落矣，其黃而隕」，《毛詩正義》曰：「女取桑落與未落，以興己色之盛衰。」「色之盛衰」，應是說兩人感情之盛衰。「沃若」之「若」，用在形容字後之語尾，通「然」、「如」（〈邶風・旄丘〉「褎如充耳」）。「其葉沃若」，真是柔桑，綠得發烏，亮得發光。「于嗟女兮，無與士耽。士之耽兮，猶可說也。女之耽兮，不可說也。」——千古之恨。男性專制，被征服者無自由。為什麼彼輕此重？傳統習慣，習慣成自然，無理由。此數句哀怨到了沉痛，恐怕男詩人作不出。

第三章，題外文章。這真是神韻、神來之筆。要緊地方說不要緊的話，不要緊的話成為最要緊的文章，突起奇峰。這是「斷」。〈長恨歌〉能「連」，而不能「斷」。

四章：自來說經者皆以「淇水湯湯、漸車帷裳」二句為賦實，「以我賄遷」，時水正漲。但余以為不然。前已言「自我徂爾，三歲食貧」，故此二句乃象徵：水如故，人情已改。（人事無殊，舉目有山河之異。[36]）「二三其德」，此與「蚩蚩」之單純最相反。人心最不可靠，極極端。

---

36 劉義慶《世說新語・言語》：「過江諸人，每至美日，輒相邀新亭，藉卉飲宴。周侯中坐而歎曰：『風景不殊，正自有山河之異』！皆相視流淚。」

五章：〈氓〉之此章可與〈谷風〉之第四、五章參看。以敘事論，則〈谷風〉比較詳盡；以抒情論，則〈氓〉較為哀傷。

「靡有朝矣」，《鄭箋》說是已非一日。

「言既遂矣」，猶〈谷風〉之「既生既育」；「至於暴矣」，猶〈谷風〉之「比予於毒」。

「兄弟不知，咥其笑矣」，在「靜言思之，躬自悼矣」之前，可見別人之譏笑比自己的痛苦更難忍受。

「兄弟不知，咥其笑矣。靜言思之，躬自悼矣」，四句說盡了弱者的悲哀。人在悲哀、痛苦中最需要別人的幫助和同情；而若不然，只得到了別人的冷漠和譏笑，則在悲哀和痛苦之上又加上了悲哀、痛苦。尤其是弱者，更容易感受到這種悲痛，忍受不了這種悲痛。

六章：「總角之宴，言笑晏晏」，「宴」，安；「晏」，遲。宴、晏古通。陳奐謂「宴」當讀為「宴爾新婚」之「宴」，宴者，安也。宴，又通「燕居」之「燕」（宴會、燕會、讌會），「總角之宴」或即安居之意。「言笑晏晏」，「晏晏」，《毛傳》：「和柔也。」「信誓旦旦」，「信誓」，《毛傳》、《鄭箋》講成一個，余分講。「信」，信物；「誓」，誓言。「旦旦」，誠也。古曰：「信誓之誠，有如皎日。」（旦、展、亶，皆舌頭音，意同。）

「不思其反」、「反是不思」，二句不好，穿鑿。黃晦聞先生曰：「思，句中語助也；其，亦句中語助。『不思其反』，言『不反』也。」又曰：「當時信誓曾矢言不反，今是不反乎？」此說太勉強。

恨，陽剛，積極；怨，陰柔，消極。中國所謂怨恨，恐怕是有怨而無恨。若〈谷風〉、〈氓〉，恐怕「怨」都少，而是「哀」；怨尚可及於他人，哀只限於自身。恨較怨更進一步，最積極。恨，報復。《舊約全書》所謂「以牙還牙，以眼還眼」，即報復。「恨小非君子，無毒不丈夫」（《水滸傳》第一百三回），與西洋的報復同。在西洋可以看出復仇的文學來，中國不然。在中國通俗小說中尚可見報復之事，但一到知識階層成為士大夫，就「量小非君子」了。太史公有言曰：「怨毒之於人，甚矣哉！」（《史記・伍子胥列傳》）太史公頗有恨意，其作〈項羽本紀〉、〈平原君列傳〉、〈魏公子列傳〉、〈魯仲連王列傳〉、〈遊俠列傳〉，皆有怨毒在內。

詩，在文學中是最上層，詩教是溫柔敦厚，教人忠厚和平。

第五講　說《小雅》

覺、悟，應當分開說。覺——感覺，悟——反省。

悟與不悟是學道與學文的分水嶺，詩人不悟。如老杜：

許身一何愚，竊比稷與契。

致君堯舜上，再使風俗淳。（〈奉贈韋丞丈二十二韻〉）

老杜即是不悟之人，反省不足。

篇一　節南山之什・正月

正月繁霜，我心憂傷。民之訛言，亦孔之將。

念我獨兮，憂心京京。哀我小心，癙憂以癢。

父母生我，胡俾我瘉。不自我先，不自我後。

好言自口，莠言自口。憂心愈愈，是以有侮。

憂心惸惸，念我無祿。民之無辜，並其臣僕。
哀我人斯，於何從祿。瞻烏爰止，於誰之屋。
瞻彼中林，侯薪侯蒸。民今方殆，視天夢夢。
既克有定，靡人弗勝。有皇上帝，伊誰云憎。
謂山蓋卑，為岡為陵。民之訛言，寧莫之懲。
召彼故老，訊之占夢。具曰予聖，誰知烏之雌雄。
謂天蓋高，不敢不局。謂地蓋厚，不敢不蹐。
維號斯言，有倫有脊。哀今之人，胡為虺蜴。
瞻彼阪田，有菀其特。天之扤我，如不我克。
彼求我則，如不我得。執我仇仇，亦不我力。
心之憂矣，如或結之。今茲之正，胡然厲矣。
燎之方揚，寧或滅之。赫赫宗周，褒姒滅之。
終其永懷，又窘陰雨。其車既載，乃棄爾輔。
載輸爾載，將伯助予。
無棄爾輔，員於爾輻。屢顧爾僕，不輸爾載。
終逾絕險，曾是不意。
魚在於沼，亦匪克樂。潛雖伏矣，亦孔之炤。

憂心慘慘，念國之為虐。

彼有旨酒，又有嘉餚。洽比其鄰，昏姻孔云。

念我獨兮，憂心慇慇。

佌佌彼有屋，蔌蔌方有穀。民今之無祿，夭夭是椓。

哿矣富人，哀此惸獨。

〈正月〉十三章，八章章八句，五章章六句。

〈正月〉之第六章：「謂天蓋高，不敢不局。謂地蓋厚，不敢不蹐」、「哀今之人，胡為虺蜴」（虺蜴，公共厭物），此乃詩人之感覺，感覺銳敏。

人生在世不能一刻離開宇宙、脫離人類。嚴格地說，自食其力根本做不到，是要靠著互助，以有易無而生活。互助，是人類的美德。即令上高山入深林看破紅塵遁入空門衣食自給，也脫不出人類、宇宙。而詩人非要說「謂天蓋高，不敢不局。謂地蓋厚，不敢不蹐」、「哀今之人，胡為虺蜴」，豈不是自苦？這樣生活，不是享受，而是受罪。在世上，詩人是最無能的，是人生的失敗者，其所以憤慨是乞丐的「哀號」。這種是生活失敗的「呼號」、苦痛的「呻吟」。

〈正月〉之末三章：

第十一章：「魚在於沼，亦匪克樂。潛雖伏矣，亦孔之炤。憂心慘慘，念國之為虐。」所謂「安生」，「安」有平安、完全之意。而文言成了白話，意思就淺了。「國之為虐」，「虐」，迫害。詩人常常是最大「迫害狂」，以為人人都同他過不去。

第十二章：「彼有旨酒，又有嘉餚。洽比其鄰，昏姻孔云。念我獨兮，憂心慇慇。」「洽」，《左傳》作「協」。叶、協古通，訓和、合。馬瑞辰謂：「合、協，古音同（二字皆曉母）。」（《毛詩傳箋通釋》）「比」，連也。「云」，《毛傳》：「旋也。」陳奐〈詩毛氏傳疏〉：「《說文》：『云，象回轉之形。』旋即回轉之義。」《詩》中「旋」、「還」皆通，如「言旋言歸」（〈鴻雁之什・黃鳥〉）。「旋」即還，還，往還。）

此一章中，「洽比其鄰」，言朋友；「昏姻孔云」，言親戚往還；唯「念我獨兮，憂心慇慇」，小可憐，可以原諒他，但不是好。

〈正月〉末三章，真乃千古窮詩之祖。詩人一來就說窮，發財的人作詩說說富貴，豈不好？窮人說富固然不到家，富人說窮也不會好。但中國詩人成了傳統——一作詩就說窮。〈正月〉，寫窮寫得到家。

文章作得愈長，愈無法收拾。該看《史記》中之「太史公曰」[1]，說得真好。看起來似乎稀鬆平常，然而真不容易，要學！寫短詩可以靠感興（inspiration），長篇的需要慘澹經營，起合轉折，結尤難。〈正月〉之第十三章，看怎樣結。

〈正月〉第十三章：「佌佌彼有屋，蔌蔌方有穀。民今之無祿，天夭是椓。哿矣富人，哀此惸獨。」「佌佌」，《毛傳》：「小也。」「蔌蔌」，《毛傳》：「陋也。」（陋，淺薄無知之人。）歷來訓詁皆尊此解。余以為：「佌佌」、「蔌蔌」，僅也，狀屋與穀，非言人也。「方有穀」，《後漢書・蔡邕傳》注引詩作「速速方穀」。馬瑞辰謂上之「佌佌彼有屋」與下之「民今之無祿」相對成文，「蔌蔌方穀」與「夭夭是椓」相對成文（《毛詩傳箋通釋》）。詞、曲中此名隔句對。「夭夭」，《毛詩》作「枖枖」，王先謙《詩三家義集疏》曰：「魯詩作『夭夭』。」「夭夭是椓」，《毛傳》：「君夭之，在位椓之。」

說「在位」，哪裡出來的？不通，想當然耳。「桃之夭夭」（《周南・桃夭》）、「棘心夭夭」（〈邶風・凱風〉），「夭」，訓少好、訓盛，引申作「少壯」解。「椓」，破。「夭夭是椓」，少壯之人皆被毀滅、摧殘。

「哿矣富人」，「哿」，《毛傳》：「可。」《孟子》趙岐注：「哿，可也。」與毛同。「哀此惸獨」，「惸」，《孟子》作「煢」，趙注：「煢，孤也。」「惸獨」，窮老之人，承「夭夭是椓」而來。歐陽修《詩本義》曰：「國君既不能恤矣，彼富人尚可哀此惸獨而恤之也。」此亦可備一說。

長詩文要波瀾起伏，東坡率意，山谷才短，皆不成。波瀾起伏愈厲害，收煞愈難。〈正月〉一首，起，寫一己之心情、見解；結，寫國家、社會之情狀。此篇結是收，但又擴大了。善於結者，收中有放。

篇二　節南山之什・十月之交

十月之交，朔日辛卯。日有食之，亦孔之醜。
彼月而微，此日而微。今此下民，亦孔之哀。
日月告凶，不用其行。四國無政，不用其良。
彼月而食，則維其常。此日而食，於何不臧。

1 太史公曰：《史記》中司馬遷評價歷史人物與事件的標誌語。

爗爗震電，不寧不令。百川沸騰，山塚崒崩。
高岸為谷，深谷為陵。哀今之人，胡憯莫懲。
皇父卿士，番維司徒。家伯維宰，仲允膳夫。
棸子內史，蹶維趣馬。楀維師氏，艷妻煽方處。
抑此皇父，豈曰不時。胡為我作，不即我謀。
徹我牆屋，田卒汙萊。曰予不戕，禮則然矣。
皇父孔聖，作都於向。擇三有事，亶侯多藏。
不憖遺一老，俾守我王。擇有車馬，以居徂向。
黽勉從事，不敢告勞。無罪無辜，讒口囂囂。
下民之孽，匪降自天。噂沓背憎，職競由人。
悠悠我里，亦孔之痗。四方有羨，我獨居憂。
民莫不逸，我獨不敢休。天命不徹，我不敢傚我友自逸。

〈十月之交〉八章，章八句。

中國詩的傳統就是窮，就是悲哀，就是傷感。傷感如傷風，最富傳染性。其實「大雅」、「小雅」中也有很好的寫愉快的詩。詩寫驚悸的少。

首章：「十月之交，朔日辛卯。日有食之，亦孔之醜。」我們心上還有傳統，生理還有遺傳。日食對於我們引起的雖非畏懼，亦是驚悸。

寫荒涼易歸於衰颯，寫荒涼而能有力表現出壯美者，唯有曹操。圖為傅抱石《觀滄海》。

此首詩中，詩人表現最好的是第三章。此第三章寫驚悸：

爗爗震電，不寧不令。百川沸騰，山塚崒崩。
高岸為谷，深谷為陵。哀今之人，胡憯莫懲。

「爗」與曄、曅，同義，字形也有關。「崒」，《鄭箋》云：「崔嵬（巍）也。」又云：「山頂崔嵬者崩，君道壞也。」漢人的詩心、詩情都讓書壓癟了。「崒」者，碎也。「崒」亦作卒。清儒馬瑞辰謂：「卒，碎之謂。」（《毛詩傳箋通釋》）

曹孟德的詩出於「變雅」，在「三百篇」以後異軍突起。魏武帝〈步出夏門行〉：

東臨碣石，以觀滄海。水何澹澹，山島竦峙。
樹木叢生，百草豐茂。秋風蕭瑟，洪波湧起。
日月之行，若出其中。星漢燦爛，若出其裡。（〈觀滄海〉）

寫荒涼易歸於衰颯，寫荒涼而能有力表現出壯美者，唯有孟德。京劇舞台上，黃三[2]號稱「活曹操」，唱《華容道》[3]滿口「君侯饒命」，而橫勁不減、氣概不減。杜工部有一部份是得力於孟德詩，如：

浮雲連陣沒，秋草遍山長。
聞說真龍種，仍殘老驌驦。
哀鳴思戰鬥，迥立向蒼蒼。（〈秦州雜詩二十首〉其五）

黃季剛[4]先生說，後來人的修辭能力高於前人，但未必佳於前人。一部「三百篇」其共同色彩是篤厚，孟德是峭厲。「向上一路，千聖不傳」（圓悟克勤禪師語）[5]。

余今所說皆是「第一義」[6]（《大集經》）。

〈十月之交〉是圓的，孟德詩不圓。東方美以圓為最。愉快、傷感，甚至衰颯，晚唐人皆能寫得圓美。恐怖的詩頗難寫得圓美，恐怖而寫得圓美者，唯此〈十月之交〉第三章。恐怖一般不能寫得圓美，但詩人能，因為他是非常人。宗教中這樣說：「唯佛能知。」「唯有上帝知道。」我們說：有些事，唯詩人能知。杜甫詩：

子規夜啼山竹裂，王母晝下雲旗翻。（〈玄都壇歌寄元逸人〉）

「山竹裂」、「雲旗翻」，詩人的聯想。聯想，有↓有；幻想，有↓無。其實凡說得出來的就有。龜

---

2 黃潤甫（一八四五？—一九一六）：因行三，人稱「黃三」，清末京劇淨角，工架子花臉，因演連台本戲《三國誌》而獲「活曹操」之美譽。

3 《華容道》：京劇劇目，敘曹操兵敗赤壁，狼狽北逃華容道。曹探知華容道為蜀將關羽把守，且知關羽重於信義，乃苦苦哀求。關羽果為所動，義釋曹操。

4 黃侃（一八八六—一九三五）：音韻訓詁學家，字季剛，晚年自署量守居士，湖北蘄春人。著有《說文略說》、《文心雕龍札記》等。曾任教於北京大學。

5 圓悟禪師（一〇六三—一一三五）：宋朝臨濟宗楊岐派代表人物，字無著，法名克勤。高宗賜號「圓悟」，世稱「圓悟克勤」。《碧巖錄》卷二：「垂示云：殺人刀、活人劍，乃上古之風規，亦今時之樞要。若論殺也，不傷一毫；若論活也，喪身失命。所以道：向上一路，千聖不傳，學者勞形，如猿捉影。」

6 《大集經》：「甚深之理不可說，第一義諦無聲字。」第一義，佛教用語，指無上甚深、徹底圓滿的妙理。

毛、兔角，龜、兔有；毛、角亦有，極舊的東西，聯得好，就新鮮。

世紀末（fin de siècle）[7]。〈十月之交〉因日食而覺凶兆，此詩人之直覺，世紀末之感覺。如余之友人寫母親的死：

> 守著在爆裂的蠟燭，似是永遠的黑夜。

亦是直覺的。人稱魯迅是中國的契柯夫（A. Chekhov）[8]，他罵人時都是詩，但Chekhov無論何時其作品中皆有溫情。魯迅先生不然，其作品中沒有溫情。〈吶喊〉不能代表魯迅先生的作風，可以代表的是〈彷徨〉，如〈在酒樓上〉，真是砍頭扛枷，死不饒人，一涼到底。

因為他是在壓迫中活起來的，所以有此作風，不但無溫情，而且是冷酷。但他能寫成詩。〈傷逝〉一篇，最冷酷，最詩味。〈朝花夕拾〉比〈野草〉更富於人情味，因乃幼年的回憶。

我們研究詩人的心理，就看他的感覺和記憶。詩人都是感覺最銳敏而記憶最生動的，其記憶不是記賬似的、死板的記憶，是生動的、活起來的。詩人之所以痛苦最大，亦在其感覺銳敏、記憶生動。

篇三　節南山之什・小弁

弁彼鸒斯，歸飛提提。民莫不穀，我獨於罹。
何辜於天，我罪伊何。心之憂矣，云如之何。

踧踧周道，鞫為茂草。我心憂傷，惄焉如擣。
假寐永歎，維憂用老。心之憂矣，疢如疾首。
維桑與梓，必恭敬止。靡瞻匪父，靡依匪母。
不屬於毛，不離於裡。天之生我，我辰安在。
菀彼柳斯，鳴蜩嘒嘒，有漼者淵，萑葦淠淠。
譬彼舟流，不知所屆。心之憂矣，不遑假寐。
鹿斯之奔，維足伎伎。雉之朝雊，尚求其雌。
譬彼壞木，疾用無枝。心之憂矣，寧莫之知。
相彼投兔，尚或先之。行有死人，尚或墐之。
君子秉心，維其忍之。心之憂矣，涕既隕之。
君子信讒，如或醻之。君子不惠，不舒究之。
伐木掎矣，析薪杝矣。捨彼有罪，予之佗矣。
莫高匪山，莫浚匪泉。君子無易由言，耳屬於垣。
無逝我梁，無發我笱。我躬不閱，遑恤我後。

7 Fin de siècle：法文，意譯為「世紀末」。

8 契柯夫（一八六〇—一九〇四）：今譯為契訶夫，俄國批判現實主義作家、短篇小說大師，代表作品有《變色龍》、《套中人》等。

〈小弁〉八章，章八句。

〈小弁〉詩旨：

（一）孟子說

公孫丑問曰：「高子曰：〈小弁〉，小人之詩也。」

孟子曰：「何以言之？」

曰：「怨。」

曰：「固哉，高叟之為詩也！有人於此，越人關弓而射之，則己談笑而道之；無他，疏之也。其兄關弓而射之，則己垂涕泣而道之；無他，戚之也。小弁之怨，親親也。親親，仁也。固矣夫，高叟之為詩也！」

曰：「〈凱風〉何以不怨？」

曰：「〈凱風〉親之過小者也；〈小弁〉親之過大者也。親之過大而不怨，是愈疏也；親之過小而怨，是不可磯也。愈疏，不孝也；不可磯，亦不孝也。孔子曰：『舜其至孝矣，五十而慕。』」

（《孟子．告子下》）

（二）趙岐說

《孟子》趙岐注：「〈小弁〉，《小雅》之篇，伯奇之詩也。怨者，怨親之過，故謂之小人。」伯奇，尹吉甫之子。周宣王時人，賢大夫。伯奇作《履霜操》，吉甫射殺後妻。

（三）詩序說

〈毛詩序〉：「〈小弁〉，刺幽王也，大子之傅作焉。」

（四）朱子說

朱熹《詩集傳》：「幽王娶於申，生太子宜臼，後得褒姒而惑之，生子伯服，信其讒，黜申後，逐宜臼。而宜臼作此詩以自怨也。序以為太子之傅述太子之情以為是詩，不知其何所據也。」

〈小弁〉，不必怨親，此只是亂世詩人的悲哀，而〈凱風〉之悲哀小。

〈小弁〉字義：

「弁」，《毛傳》：「樂也。」《說文》：「昪，喜樂也。」

首章：「弁彼鸒斯」，「鸒斯」之「斯」，同「螽斯」、「鹿斯」、「柳斯」之「斯」。

次章：「踧踧周道」，本應是車馬喧闐，而卻是「鞫為茂草」（鞫，窮也，荒涼）。「我心憂傷，惄焉如擣」，「擣」，《韓詩》作「疛」（疛，病也）。「假寐永歎，維憂用老」，「假」，《韓詩》作「寤」。「用」，以（而）也。

詩人孤獨、寂寞。太白有詩云：「君平既棄世，世亦棄君平。」（〈古風〉其十三）人棄世乃為世棄，愈棄世，愈世棄；愈世棄，愈棄世。

屈原曰：

> 哀吾生之無樂兮，幽獨處乎山中。（〈九章・涉江〉）

民初魯迅先生在教育部做僉事[9]，一句話不說，回到會館抄古碑。這真是精神上的活埋，悲哀。蘇軾云：

> **萬人如海一身藏。（〈病中聞子由得告不赴商州三首〉之一）**

屈原行吟澤畔，被髮佯狂，「哀吾生之無樂兮，幽獨處乎山中」，打掉了門牙往肚子裡咽，打折了胳膊袖子裡裝。而「萬人如海一身藏」，是自喜。這藏與不藏做甚？比不了「哀吾生之無樂兮，幽獨處乎山中」。淵明「結廬在人境，而無車馬喧。問君何能爾，心遠地自偏」（〈飲酒二十首〉其五），是自得，「哀吾生之無樂兮，幽獨處乎山中」又比不了。淵明所說乃見道之言。《論語》言：

> **一簞食，一瓢飲，人不堪其憂，回也不改其樂。（〈雍也〉）**

此是哲人之見道，與詩人不同。自得與自喜不同。淵明是詩人而見道，是樂不是喜。老杜「豈有文章驚海內，漫勞車馬駐江干」（〈賓至〉）與元好問[10]「空令姓字喧時輩，不救飢寒趨路傍」（〈再到新衛〉），二者亦不同。

人的情感無論哪一種都能向上或向下，可以昇華也可以墮落，可以成高興的事也可以成醜惡的事。七情六慾，引起反抗而後能改革。中國只是到世棄、棄世而已，這樣與己無益、與世無用。西方頗多與社會挑戰者，這樣世界才能有進步，魯迅先生即有此精神。中國有見道的、自得的陶淵明，卻少有挑戰精神，總以為帝王既惹不起，販夫走卒又犯不上。魯迅先生不管這些，貓子、狗子也饒不過。

〈小弁〉第三章：「維桑與梓，必恭敬止」二句，《毛傳》：「父之所樹，己尚不敢不恭敬。」桑梓，父母之邦。馬瑞辰《毛詩傳箋通釋》引《舊五代史》曰：「桑以養生，梓以送死。」《孟子》曰：「五畝之

宅，樹之以桑。」（〈梁惠王上〉）

「靡瞻匪父，靡依匪母。不屬於毛，不離於裡」四句，《毛傳》：「毛在外陽，以言父；裡在內陰，以言母。」陳奐《詩毛氏傳疏》曰：「靡，無。匪，非。」今靡、莫雙聲，無、微雙聲，故靡、莫、微皆通轉。陳氏又曰：

「非父則無所瞻視，非母則無所附離。父者，屬於毛，非父則不得附屬矣。母者，屬於裡，非母則無所附離矣。」朱子《詩集傳》曰：「言桑梓父母所樹，尚且必加恭敬；況父母至尊至親，宜莫不瞻依也。」馬瑞辰曰：「〈甘棠〉，美召伯，思其人，因愛其樹也。〈桑梓〉，懷父母，睹其樹因思其人也。故上言『必恭敬止』，下即繼以『靡瞻匪父，靡依匪母』也。思其人而不見，處處彷彿遇之。」舜食則見堯於羹、臥則見堯於牆，實在沒有堯；[11]「靡瞻匪父，靡依匪母」，實在因為沒有父母。

「不屬於毛，不離於裡」，「離」，有時作「黏附」講。《毛詩》作「罹」，唐石經[12]作「離」。朱子《詩集傳》從唐石經。「不屬於毛，不離於裡」，孤立，出世。第三章末句「天之生我，我辰安在」，令人心死。中國詩古來表現即如此。

---

9 僉事：民國時期各部所設職官，薦任，分掌各廳、司事務，常兼任科長，地位則略高於科長。

10 元好問（一一九〇—一二五七）：金末元初文學家、批評家，字裕之，號遺山，世稱遺山先生，太原秀容（今山西忻州）人。仿杜甫〈戲為六絕句〉體例作有〈論詩三十首〉。

11 范曄《後漢書・李固傳》：「昔堯殂之後，舜仰慕三年，坐則見堯於牆，食則睹堯於羹。」

12 唐石經：即開成石經。開成石經以楷書刻《易》、《書》、《詩》、三禮等十二經，始刻於唐文宗大和七年（八三三），成於開成二年（八八七）。

詩人對人生有幾種態度：

（一）自由。學道可得自由。煩惱由何而來？由牽扯而來。如能割斷一切牽扯，即斷煩惱，可得解脫，故曰「寸絲不掛」（《楞嚴經》）13、「萬仞峰頭獨足立」（天衣懷偈語）14。

（二）強有力。世界上最強的人即是最孤立的人。個人奮鬥，西方詩人常有此種表現。奮鬥，挑戰，「舉世而非之而不加沮」（《莊子・內篇・逍遙遊》），此乃入世。屈原的傷感勝過其奮鬥的色彩，與其說是奮鬥的詩人，不如說是傷感的詩人。魯迅先生的挑戰也是由傷感而來。反常為貴。（而反常亦可為妖，西洋味。）

（三）蛻化。「結廬在人境，而無車馬喧」（陶淵明〈飲酒二十首〉其五），即是。此既非挑戰，亦非奮鬥，也不是出世，最人情味。然恐怕這樣一般人以為苦惱勝過歡喜。「富貴非所願，帝鄉不可期」（陶淵明〈歸去來兮辭〉），出世、入世打成一片，真詩味。

（四）寂寞。詩人欣賞他自己的寂寞。如：「終日昏昏醉夢間，忽聞春盡將登山。因過竹院逢僧話，又得浮生半日閒。」（唐李涉〈題鶴林寺僧舍〉）這是自喜。「結廬在人境，而無車馬喧」，此為自得。「無車馬喧」，不是自己找的；而「得半日閒」，他這樣得找，要「過竹院」、「逢僧話」。此為假詩人。

（五）悲傷。前幾種都有點造作，唯此種最人情味。如：「知我如此，不如無生」（《小雅・魚藻之什・苕之華》）、「我生之初，尚無為。我生之後，逢此百罹。尚寐無吪」（〈王風・兔爰〉），真是人情味。沒父母的小孩，臉上最寂寞，這是人情。此種雖最有人情味，卻不振作、沒出息，中國古來就如此。

人須「群」。最能繁殖的動物是最合群的動物，如蜂、如蟻；最強的一定是最不合群的，如獅、如虎。

有人說將來最大的動物是騾馬。

獅、虎、象雖然大，牠不合群，終於要被淘汰。現在狼都少了，況獅、虎？詩「可以群」（《論語・陽貨》）[15]。

〈邶風・柏舟〉言：

> **汎彼柏舟，亦汎其流。耿耿不寐，如有隱憂。**

真是詩。悲傷無邊無岸，正是〈小弁〉第四章所言「有漼者淵，萑葦淠淠。譬彼舟流，不知所屆」。後來人作詩怕俗、怕弱，這就是意識的了。「後台意識」（Arrière Pensée）[16]。古人的詩沒有 Arrière Pensée，想說什麼就說什麼，然說出來並不俗、不弱，因為它「真」。

〈小弁〉第五章：「鹿斯之奔，維足伎伎」，「伎伎」，《毛傳》：「舒貌。」《釋文》：「本亦作『跂』。」《淮南子》高誘注：「跂跂，行貌。」按：伎伎，即跂跂，只是鹿奔貌，不必依《毛傳》訓「舒」。（舒、徐雙聲，字義亦相通。）朱子為之說曰：「宜疾而舒，留其群也。」（留，遲、待。）「雉

---

13 《楞嚴經》：「寸絲不掛，竿木隨身。」

14 天衣懷禪師（九九三—一〇六四）：名義懷，宋朝雲門宗禪師，因卓錫越州天衣山，人稱「天衣義懷」。《五燈會元》卷十六載天衣義懷事：「尋為水頭，因汲水折擔，忽悟，作投機偈曰：『一二三四五六七，萬仞峰頭獨足立。驪龍頷下奪明珠，一言勘破維摩詰。』」

15 《論語・陽貨》：「子曰：『小子何莫學夫詩。詩，可以興，可以觀，可以群，可以怨。邇之事父，遠之事君，多識於鳥獸草木之名。』」

16 Arrière：法文，意譯為後面的；Pensée：法文，意譯為思想。

之朝雊，尚求其雌」，鹿合群，雉求侶。

「譬彼壞木，疾用無枝」，「用」，以、因。（因此，以是、用是。）

庾信[17]〈枯樹賦〉「此樹婆娑，生意盡矣」正是「譬彼壞木，疾用無枝」。宋陳去非詩云：「枯木無枝不受寒。」（〈十月〉）詩人和哲人，反省是一樣的，而結果不一：詩人反省是欣賞自己、暴露自己的缺點；哲人反省是發現、矯正自己的缺點。賈寶玉以白楊樹自比，人異其不自重，寶玉云，不知愧的人才去比松柏呢。[18]這是詩人味。

篇四　節南山之什·巷伯

萋兮斐兮，成是貝錦。彼譖人者，亦已大甚。
哆兮侈兮，成是南箕。彼譖人者，誰適與謀。
緝緝翩翩，謀欲譖人。慎爾言也，謂爾不信。
捷捷幡幡，謀欲譖言。豈不爾受，既其女遷。
驕人好好，勞人草草。蒼天蒼天，視彼驕人，矜此勞人。
彼譖人者，誰適與謀。取彼譖人，投畀豺虎。
豺虎不食，投畀有北。有北不受，投畀有昊。

楊園之道，猗於畝丘。寺人孟子，作為此詩。

凡百君子，敬而聽之。

〈巷伯〉七章，四章四句，一章五句，一章八句，一章六句。

《小雅》中，〈節南山之什．巷伯〉寫亂世最多。

詩人怎樣生活呢？詩人在亂世中生活，取何態度？孔夫子說：

邦無道，危行言遜。（《論語．憲問》，「孫」是本字）

「三百篇」說：

不敢暴虎，不敢馮河。人知其一，莫知其他。

17 庾信（五一三—五八一）：字子山，南陽新野（今屬河南）人，南朝梁詩人庾肩吾之子，南北朝文學集大成者。庾信一生以公元五五四年出使西魏並從此流寓北方為標誌，分為前後兩期。因其官至驃騎大將軍、開府儀同三司，故稱「庾開府」。

18 《紅樓夢》第五十一回寶玉評王太醫藥方時說：「這才是女孩兒們的藥，雖然疏散，也不可太過。舊年我病了，卻是傷寒內裡飲食停滯，他瞧了，還說我禁不起麻黃、石膏、枳實等狼虎藥。我和你們一比，我就如那野墳圈子裡長的幾十年的一棵老楊樹，你們就如秋天芸兒進我的那才開的白海棠，連我禁不起的藥，你們如何禁得起。」麝月等笑道：「野墳裡只有楊樹不成？難道就沒有松柏？我最嫌的是楊樹，那麼大笨樹，葉子只一點子，沒一絲風，他也是亂響。你偏比他，也太下流了。」寶玉笑道：「松柏不敢比。連孔子都說：『歲寒，然後知松柏之後凋也。』可知這兩件東西高雅，不怕羞臊的才拿他混比呢。」

戰戰兢兢，如臨深淵，如履薄冰。（《小雅．節南山之什．小旻》）

溫溫恭人，如集於木。

惴惴小心，如臨於谷。

戰戰兢兢，如履薄冰。（《小雅．節南山之什．小宛》）

中國詩人放縱，但也是在可能範圍中放縱。中國詩人還沒有到挺身與社會挑戰，而多是站在雲端裡看廝殺、上了高山看虎鬥、隔岸觀火或者隔山罵知縣，多是明哲保身，罵黑街。罵黑街的詩人沒什麼了不起，無非痛快痛快，出口怨氣；亦如下淚是悲哀的發洩，哭過後反而得到安慰、獲得平靜。西方詩人認真，幹上沒完。（易卜生[19]看報時其實是看著鏡子裡的人。）

和平是國民性。中庸之道也是從國民性中來，非憑空而出。孔聖人、釋迦牟尼、耶穌基督也不是天上掉下來的。我們只看見樹上結了個極大的果實，而沒見那樹上生枝、出葉、開花。此是漸，非偶。

詩人如何處身於亂世？

其一，持躬——在己，約束（不使過火）。

人是矛盾的，在矛盾中找到調和就是詩人；在矛盾中找不到調和，學道將成矣。

詩人在亂世永遠是如此。一失足成千古恨，再回首已百年身。

科學告訴我們，沒有投胎轉世，再回頭已沒有了。我們從火中煉出來就是鋼，煉不出來就化灰了。「如集於木」、「如臨於谷」，也還可以；唯「如履薄冰」真是連據點也沒有了，小心也不成了。如果是識時勢的英雄，可以撥亂而反正、轉危而為安。亂世才正是英雄出頭之日，還有能趁火打劫、渾水撈魚的人也好。

我們的詩人真可憐，上而不是英雄，下而不是趁火打劫的光棍，不要說他不肯，他也不能，壓根兒無此本領。所以只是暴露其無能而已，可憐可愛。

「詩人無能，但可愛。」（《可愛的人》，契柯夫作、周豈明[20]譯）拿不是當理說、使酒罵座，此是詩人優越感，許他不許別人。人的許多缺點有時讓人覺得可愛，如小孩子說話不清楚，使人覺得可愛。〈小宛〉之末章一、三、五句「溫溫恭人」、「惴惴小心」、「戰戰兢兢」，是寫實；二、四、六句「如集於木」、「如臨於谷」、「如履薄冰」，是形容。「溫溫恭人」，士君子（gentleman）。「溫溫恭人」與「如集於木」二句接到一塊兒，像什麼？若是小孩子上樹不算什麼，「溫溫恭人」在尊貴場合很好，但是把他蹲在樹上就完了。

其二，處世——對人。

其實「如履薄冰」，亦即其處世。

〈巷伯〉之第五章云：

> **驕人好好，勞人草草。蒼天蒼天，視彼驕人，矜此勞人。**

「好好」，《毛傳》：「喜也。」（喜，悅也。）「草草」，《毛傳》：「勞心也。」按：「草草」，一作「慅慅」，「草」乃假借字，當作「慅」。「憂心悄悄」（〈邶風・柏舟〉），亦當是「慅

---

19 易卜生（Henrik Johan Ibsen, 1828-1906）：挪威戲劇家、詩人，歐洲現代戲劇的奠基人之一，被譽為「現代戲劇之父」，代表作品有《社會支柱》、《玩偶之家》、《人民公敵》、《群鬼》、《培爾・金特》等。

20 周豈明：即周作人，豈明為其筆名。

懆」。詩人還不是「集木」、「臨谷」、「履冰」，但還有不如是的時候，他是勞心，無時無刻不如是。「驕人好好，勞人草草」之後，詩人呼「蒼天蒼天」。自己沒辦法，呼蒼天，敬天、畏天、尊天。此一章五句，話說得有分寸，不是放縱的，是約束的。

凡藝術都是有約束、有限制的。到革新時，革掉舊的約束，新的又來了，此文學史上的公式。「天下大勢，分久必合，合久必分」（《三國演義》第一回），是不錯。無論是破壞、是闊大，總有個新的範圍。藝術是恰好，如打網球，出線不成，不過網不成，讓人接著也不成，在此諸端下球打得正是地方，這就是藝術，一毫也不能差。《孟子・萬章下》有云：

由射於百步之外也，其至，爾力也；其中，非爾力也。（由，猶。）

「其中非爾力」也，這就是藝術，是限制。「驕人好好，勞人草草」數句，說得有分寸，真是「其中非爾力也」。

〈巷伯〉至第六章言：

彼譖人者，誰適與謀。取彼譖人，投畀豺虎。豺虎不食，投畀有北。有北不受，投畀有昊。

這是詛咒。中國文學缺乏恨（hate，hatred）。恨是憎惡、厭惡，進而詛咒；平常說「恨」只是悲哀，如「商女不知亡國恨」（杜牧〈泊秦淮〉）。凡對於舊的，若沒有「恨」，則改革便不會徹底，恨它不死。中國詩中無此表現。中國文學經過六朝太柔美了，缺乏壯美。〈巷伯〉之「彼譖人者，誰適與謀」八句是詛咒。《封神榜》中趙公明下山，姜太公扎草人拜他[21]——此即詛，恨他不死。真陰狠。其實，有本領出來打呀，鬼鬼祟祟做甚！

21《封神演義》第四十八回「陸壓獻計射公明」，寫陸壓獻計曰：「往岐山立一營，營內築一台。扎一草人，人身上書『趙公明』三字，頭上一盞燈，足下一盞燈。自步罡斗，書符結印焚化，一日三次拜禮，至二十一日之時，貧道自來午時助你，公明自然絕也。」姜子牙依計而行，以釘頭七箭書射殺趙公明。

卷二

《文選》

第六講　課前閒敘

現在抗戰勝利了，人們「舉欣欣然有喜色」（《孟子・梁惠王下》），然須記「生於憂患，死於安樂」（《孟子・告子下》）。

北平淪陷時期的一九四一年，余印行詞集《霰集詞》（「霰集」與「羡季」諧音，「苦水」是「顧隨」之諧音）。《詩經》有句云：「相彼雨雪，先集維霰。」（《小雅・頍弁》）（「相彼雨雪」之「相」，或當是「視」字。）《易經》有句「履霜，堅冰至」（〈坤〉）與《詩經》二句意同。余當日因漢口被日軍佔領，懼有他變，因名詞集曰「霰集」，意即取《詩經》也。

集中有〈臨江仙〉[1]詞云：

千古六朝文物，大江日夜東流。秣陵城畔又深秋。雲迷高下樹，雨打去來舟。

「雲迷高下樹」，無光明；「雨打去來舟」，落花流水。此南京被日軍侵佔後之作。又有〈江神子〉[2]

1 〈臨江仙〉（一九三七）：原作見《顧隨全集》卷一，石家莊：河北教育出版社二〇一三年，第一五〇頁。

2 〈江神子〉（一九三八）：同上書，第一五一頁。

詞云：

渡過湘江行更遠，千里路，萬重山。

此亦是感慨之詞。集中〈灼灼花〉[3]有句：

縱相逢已是鬢星星，莫相逢無計。

此余最得意之語。此二句前有「南望中原，青山一髮，江湖滿地」三短句，乃是借思念南下之友，自敘故土收復無望之慨。〈臨江仙〉[4]之「伊人知好在，留命待滄桑」，同是渴望收復失地之意；而〈虞美人〉[5]中「飛花飛絮撲樓台。又是一年春盡、未歸來」，亦是對收復淪陷區失地的渴望。余之詞，抗戰以來，希圖國家好，中國打回來，收復淪陷區，但幾乎絕望，且恐己年之不待。

陸放翁之〈示兒〉云：

死去元知萬事空，所悲不見九州同。
王師北定中原日，家祭無忘告乃翁。

此是放翁好詩中之一首，寫得真悲哀！（余近日有〈病中口占四絕句〉[6]，第二首有「病骨支床敵秋雨，先生親見九州同」句。）此詩個個字皆響。「所」，或作「但」，響。「九州」，中國代名詞。

陸游死時年八十餘，是詩人中最長壽者（中國詩人不是自殺便是被殺，很少活長的），六十年萬首詩。陸游不但寫詩，且寫文、做官、做事……可見其精力充足之極。

豪氣，少年人皆有豪氣。但只恃豪氣不可靠，精力可恃，豪氣不可恃。放翁詩有豪氣，然此首詩不以豪氣論，乃精力。

放翁之詩有時太恃豪氣，如：

> **早歲那知世事艱，中原北望氣如山。**（〈書憤〉）
>
> **老子猶堪絕大漠，諸君何至泣新亭。**（絕，斷也。）（〈夜泊水村〉）

此種詩往好處說是豪氣，往壞處說則是書生大言。此固非完全要不得之詩，然此種豪氣不可恃。不過，放翁豪氣可佩服，有真氣。

其〈示兒〉詩尚有豪氣，故言其有精力。

中國歷史上之南渡有三：一晉（「五胡」亂華）、二宋、三明（曇花一現而已），三次南渡都未能北歸。此次抗日戰爭南渡卻回來了，打破以往之紀錄。（《正報》第一期有俞平伯[7]〈南渡歸來以後〉。）我們受過未曾受過的苦痛，但也見到了中國歷史上未有的光榮，故如孟子所言之「舉欣欣然有喜色」。「愛國」二字，因說得太多，現在說得都不愛說、聽得也不愛聽了，因為說得都煩了膩了。一切口號、

---

3 〈灼灼花〉（一九三八）：同上書，第一五二頁。

4 〈臨江仙〉（一九三九）：同上書，第一五四頁。

5 〈虞美人〉（一九三八）：同上。

6 〈病中口占四絕句〉（一九四五）：同上書，第四六二頁。

7 俞平伯（一九〇〇—一九九〇）：現代詩人、散文家，原名俞銘衡，字平伯，浙江德清人，精研中國古典文學。

主義，若不能日新，苟日新，又日新[8]，總是那麼一套，此並非過時，而是不新鮮了。

厭故喜新，人之常情，此是人之短處，然也是沒有辦法之事。如人生有死，是人之悲哀，亦是無法。人生有許多無可奈何之事，如人之喜新及人生必死是也。對此缺陷無法補救，應將短處發展成為長處，將此缺陷彌補起來。如人在一生的短短幾十年中，好好地活著，做一有用之人即是彌補。必死是不能校正，唯有彌補一途。

再如自私。無一人不自私。（去想一種高深之道理，做一件平常之事，皆自私。如冬日脫己袍與人，此種事極易做，然己必凍死，人不肯做，此即自私。）自私亦可發展成長處。一個大學問家想出極高深之道理，也是自私，此種自私是由短處發展成長處。小兒著新鞋，必高興，再與之換舊鞋，就不肯，此已厭故喜新了。但人若無厭故喜新之心理，則人類之文化不會發生，個人的學問也不會長進。

愛國亦是自私的。如德國，拚命摧殘別國之文化，毀壞他國之建築，而愛其自己之國，此亦自私。此種自私之範圍較大。世界未到天下為公、世界大同之時，愛國仍然是一種口號。如果世界大同，則只需愛人不需愛國，愛國口號就不存在。

愛國應從何愛起？若是別人所教之愛，則非真正之愛。如小兒之愛其父母兄姊，並無人給其講道理，此種愛是天性。（說壞一點兒，則是傳統之習慣，是由依賴性養成的。此說未免近於冷嘲。冷嘲[cynic]。）愛國是後天的，是人為的。天性是自然而然的，人為是勉強的，勉強久之，習慣成自然，愛國也成了天性。愛國之情緒（愛國之思想）的養成與發生，必得努力發現本國之可愛（此如機器，催動機器非用熱不可），尤其要緊的是視我國比任何國都可愛（但不要成為狂妄）。因為如此我們可以真的愛，是從心裡生出的愛。愛國，愛國須努力發現自己國家之可愛，愛國之情緒始可熱烈濃厚，而且持久；否則，空口說愛國，是從別人處聽來的，或是從書上看來的，不能持久。納粹民族是狂妄的，只愛自己，摧毀別國。日本入侵，中國節節敗退。有人說：「中國不亡是無天理。」（胡適〈自信與反省〉）[9] 說此種話的人，先不必說其病狂喪心，他實在是傷心。因見中國亡國的條件俱備而有此言，故語是傷心之語，人是愛國之士。批評其為病狂心理的人，必是賣國賊。此種人不知黑白、是非、善惡，其賣國不是恨或愛自己的國，乃是自圖富貴，此種人真是喪心病狂。如囤積家亦是病狂喪心，只要自己發財，不管別人死活。說「中國不亡是無天理」之話的人，是求愛而不得所愛，此是最大之悲哀。如兩性間之失戀而自殺，亦是此理。由求愛而不得所愛，是由希望而絕望。說「中國不亡是無天理」，是絕望之呼聲，是愛國志士之呼喊。但吾人不必如此，應努力發現我國之可愛處，然後始能真正的愛。（朋友之情亦如此。）

「什麼是中國愛『和平』？是沒出息！」[10] 魯迅此言亦是絕望之呼聲，是恨國人沒出息，希望中國強起來。

敵人使我們保存了舊習慣與舊道德，此易引起我們之反感，因為已失掉我們之自由與意志。一人對於一件事物發生之關係太久，必有戀戀不捨之情。如伺候病人一二年，此病人忽然死去，則覺無

---

8 此當為顧隨之仿句。《禮記・大學》引〈盤銘〉：「苟日新，日日新，又日新。」

9 胡適〈自信與反省〉：「壽生先生引了一句『中國不亡是無天理』的悲歎詞句，他也許不知道這句傷心的話是我十三四年前在中央公園後面柏樹下對孫伏園先生說的，第二天被他記在《晨報》上，就流傳至今。我說出那句話的目的，不是要人消極，是要人反省；不是要人灰心，是要人起信心，發下大弘誓來懺悔；來替祖宗懺悔，替我們自己懺悔；要發願造新因來替代舊日種下的惡因。」此文發表於一九三四年六月三日《獨立評論》第一〇三期。

10 魯迅《華蓋集・補白》：「愛國之士又說，中國人是愛和平的。但我殊不解既愛和平，何以國內連年打仗？或者這話應該修正：中國人對外國人是愛和平的。」

聊。人就如此可憐。

心慈，如耶穌之博愛、釋迦之慈悲、儒家之仁。人之為萬物之靈，皆在「慈」。軟，則是沒勁。「砍去腦袋，碗大疤瘌，二十年後又是這麼高的漢子！」這真叫「窮兇極惡」，然真有勁，是「真命強盜」之語。

美與善無所不在，要在如何去看。如看其「窮兇極惡」，則一方面無美善可言；然在另一方面，則是至死不變，強極！《中庸》所謂「強哉矯」（十章），即至死不變者。

看人、看朋友之真偽，須於處困難（逆境）時見之。中國國民是「球體」，常言「少生氣，多養力」，「臨淵羨魚不如退而結網」（《漢書・董仲舒傳》）；且一個人養尊處優、風平浪靜（此種人有「福」），很難見其好壞。處逆境，始見真人，始見真本事。看朋友在生死關頭，「一死一生，乃見交情」。

第七講　散文漫議

散文含義很廣，凡不叶韻之散行文皆曰散文。然自狹義方面言之，散文並非散行文字，散文很似西洋之essay，極似小品文。（近代小品文頗為人攻擊。）說散文近似現在之小品文，然未能說出散文與小品文究竟是什麼。又說「散文是無韻不駢」[1]，然此仍未能說明散文之定義。（駢文之美發展到最後，成為四六。外國之散文詩，在形式上、音節上，都無中國之駢文美。）在形式上、音節上是散文，在內容上是散文詩（poème en prose，法語），此是中國之散文。小品文亦如此。

散文既是詩，必以寫景、抒情為主。景者，耳之所聞、目之所見……眼、耳、鼻、舌、身、意六根，寫景離不開眼、耳、鼻、舌、身五根；意則為抒情，由己心而想而生。中國詩大部份是寫景、抒情，故有人說詩中不能雜議論，雜議論則成詩論，只有詩之形式而已。杜詩有「詩史」之稱，因其紀事詩特多之故。既然寫成文，不論散、韻，紀事、議論、寫景、抒情四者，必具其一，或兼而有之，或具有一二項；詩則以寫

1 郁達夫《中國新文學大系・散文二集・導言》：「散文既經由我們決定是與韻文對立的文體，那麼第一個消極的條件，當然是沒有韻的文章。」「散文的第一消極條件，既是無韻不駢的文字排列，那麼自然散文小說，對白戲劇（除詩劇以外的劇本）以及無韻的散文詩之類，都是散文了啦；所以英國文學論裡有 Prose Fiction、Prose Poem 等名目。可是我們一般在現代中國平常所用的散文兩字，卻又不是這麼廣義的，似乎是專指那一種既不是小說，又不是戲劇的散文而言。」

景、抒情為主。狹義之散文、小品文、散文、散文詩般的散文，亦以寫景、抒情為主，抑或有議論或紀事，然不佔主要，與詩之不以議論、紀事為主同也。簡單地說，散文除無韻、不駢之外，須以寫景、抒情為主，自然，亦可雜用議論及紀事。（余之散文所走之路子是寫景、抒情，紀事文次之，而議論之文則少。）

以上是給散文下一謹嚴之定義——狹義的，即將其範圍縮小。

文章內容：

議論——思想

紀事

抒情

寫景

議論：

周秦諸子之文好極了。直到現在，除了翻譯之文（一為外國文章之翻譯，二為佛經之翻譯）無能與之對抗者，而說到行文，翻譯之作尚不及周秦諸子。周秦諸子實前無古人後無來者，然周秦諸子其目的在發表思想，即議論也。

所謂議論即判斷。議論、判斷是人類的特殊本領，人所以為萬物之靈，其一即人類有判斷力。議論、判斷應從思想而出，不應從傳統上面來。「傳統」一詞，極為熟悉。所謂傳統就是習慣，包括縱——歷史的、橫——社會的兩方面。（所謂「三綱」，自古如此，如此傳下來，便以為不可更改，故「君令臣死，不敢不死」，亦是數千年如此傳下來的。）一切的傳統的判斷，是未經過思想的判斷。思想最怕盲從、武斷。（人云亦云，隨意加評斷。）沒有一個盲從之人不是武斷的，反之亦然。武斷由己，盲從由人。盲從之人，由於自己無思想，無思考力，故無判斷力；武斷之人亦如是。故武斷之人喜盲從，盲從之人亦喜武斷。

秦始皇「焚書坑儒」，該死。前人文章皆如此罵他，我們作文亦是如此，此是傳統。曹操、曹丕是奸臣，曹操「挾天子以令諸侯」，曹丕篡漢，前人戲曲、小說都如此罵他們，我們也罵，此亦是傳統。應想秦始皇當時之環境，為之設身處地而想，若己身為始皇，是否「焚書坑儒」？說出理由來。如捉住小賊，打罵之後送往法庭論罪，此固然是對的，但這是傳統的。對底下人不嚴，不使用，是獎其懶惰。在我是仁慈，然底下人並不瞭解，而認為是應該，甚至支使也支使不動了。此太寬。處世對人真難，脾氣暴躁難處；而脾氣好也應小心，易為人所欺。那麼，人怎麼辦？做好人呢還是做壞人？所謂「寧得罪君子，不得罪小人」，真使人恨不能變為毒蛇猛獸咬人，使人不敢欺己。對底下人固不必太和氣，然也不必做一暴君。對小偷而不責罰是獎勵偷盜，責罰是懲罰。然若己身為盜，在三九寒天，身上無衣，腹中無食，且非只一朝一夕，不偷怎辦？若己身在此境亦不偷，說出理由來。對小偷若責罰之，是傳統的；不責罰應有理由，此即所謂思想

——議論，由思想而生之議論。

中國最好的議論文章是諸子，因其對物理、人情下過一番思考，故既不盲從，亦不武斷。諸子文章當然有好的，而其意義並不在文，乃為了表現其思想。凡思想清楚之人，其文章必佳，雖然也許不深刻、不偉大。（當然也有深刻、偉大的。）

紀事：

《史記》、《漢書》，文章亦極佳。所謂「子」、「史」，皆是很好的文章。凡是寫史者皆富於思想，

《史記》文章亦極佳。圖為明朝張宏《史記君臣故事》。

能思考、能判斷；否則，寫出來的僅是史料而非史書。一切文章亦如此，非思想清楚不可。

沒有一部史書不是用極好的文章寫出來的，然其意在寫往古來今之史實。多讀史，史是一面鏡子，不但可見到古人，且可照見了自己。《左傳》、《史記》、《漢書》，為人人信任、崇拜，以為學文言文須讀此三書。然此三書之文章固是好，而作者之意不在作文乃在紀事。因其為「史」，故不能稱之為散文（狹義）。

抒情、寫景：

後來之散文，至魏文帝時，其內容並非無議論、紀事，然佔次要地位，而抒情、寫景佔主要的。此是魏文帝提倡的，甚至可以說是魏文帝之散文運動，因在魏文帝前尚無此種純文藝之散文。

L'art pour la vie.（法語：為人生的藝術。）

L'art pour l'art.（法語：為藝術的藝術。）

子、史是藝術，然其意在人生而不在藝術。議論——諸子，紀事——史漢[2]，是為人生的藝術。史是記錄人生的，子是改進人生的，不論樂天、悲天……總之，是對現世的不滿而希望有一個更合理想的生活。寫社會、寫人群，是因其恨此社會沒出息而希望社會好起來、活潑起來、光明起來。史是記錄人生的，寫在專制時代——

賢良政治、暴君政治、民主政治……下之人民生活情況，此當然亦是為人生的藝術。

2 史漢：《史記》與《漢書》的合稱。

為藝術而藝術，一般人不承認，如幾何學上之點是沒有面積的。（是的，但沒有點，面又安置於何處？）這在道理上是對的，而在事實上又是不可能的。惠施[3]、公孫龍[4]善辯（詭辯派），惠施謂「一尺之捶，日取其半，萬世不竭」（《莊子‧天下》），所說道理很對，而事實上也是不可能。

有人說為藝術的藝術在理由上能存在，而事實上亦不能存在。因為無論怎樣一位為藝術而藝術的作家，其所寫出之文，不能不反映作者自己的生活，既在其作品中反映出其生活，則還是為人生的藝術，而非為藝術的藝術，故為藝術的藝術亦是為人生的藝術。然為人生的藝術，其反映之人生是多數的（史）、一般的、普通的（子）。

為藝術而藝術的散文家，其所反映之人生是個人的，以近代文學上之名詞言之，是「自我中心（self-center）」。觀察其自身周圍與自己有關係的事物，眼光遠大，可看得多；否則，看得少。但不論多少，反正是以自我為中心。魏文帝之散文即如此：

Prose poétique et musique

散文　詩的　和　音樂的

法惡魔派詩人波特來爾（Baudelaire）[5]主張散文——極美的散文，必須是詩的和音樂的。魏文帝之散文即如波特來爾氏所言。

抒情、寫景最易成為詩的、音樂的。在詩中寫議論、紀事甚難，尤以議論為難，但也須視作者之思想、天才。老子、莊子寫思想之散文，幾乎是詩。一般議論老、莊者，看其無為思想，而余則注重其文——散文詩。《論語》亦是極好的散文詩。在學習期間，寫抒情、寫景之文最易，議論、紀事為難。

余之講「詩」，合天地而為詩，講文亦如此。

主語＋述語＝句

；：，標點符號

句子須有主語、述語，如「月落」、「月白」可稱為句，「明月」則非句。

不會使用標點符號者必不會造句，不知怎樣是一句。然符號不會使用可不必勉強，最要緊的是「。」與「，」（句與讀）。

近代白話文之最大毛病是不能讀。

寫白話文寫得好的人，其對舊文學必有修養。對舊文學用功，不但文言文作得好，白話文也可以作得好，故對舊文學必須吸收。

新興作家要去發掘舊文學的寶藏，托洛斯基（Trotsky）[6]與高爾基（Gorky）俱有此語。在舊文學中有

---

3 惠施（公元前三七〇？—前三一〇？）：戰國時哲學家、思想家，名家代表人物。

4 公孫龍（公元前三二〇？—前二五〇？）：戰國時哲學家、思想家、辯論家，名家代表人物。提出「白馬非馬」、「離堅白」等命題。

5 波特來爾（Charles Pierre Baudelaire, 1821-1867）：今譯為波德萊爾，十九世紀法國詩人，現代派鼻祖，象徵派詩歌先驅，代表作有詩集《惡之華》。

6 托洛斯基（Leon Trotsky, 1879-1940）：或譯為托洛茨基，原名列夫・達維多維奇・布隆施泰因，蘇聯政治家、理論家，且具有很高的文學理論造詣，著有《文學與革命》。

許多文學之技術，沒有一種創作（工作）不是需要技術的。

中國舊文學太講技術上用功而忽略了內容，數千年來陳陳相因，一直是在技術（甚至可以說是技巧）上打滾。現代之作家又太重於思想而忽略於文字的技術，以致最低的文字技術都沒有，不能表現其所說的話，甚至連「罵」與「捧」都分不清。故近代文學家應對舊文學之技術加以用功，舊文學之文句都是千錘百鍊而後出的。

胡適在文學上是極膚淺的，對其文章固應當讀，但慎勿用功，用功必為其所誤。至於看何種書物為上，則唯有看魯迅之作品。因為看慣了爛麵條子似的文章，再看魯迅硬性之文字，就會啃不動，看不明白。若看了巴金[7]之文再讀魯迅之文，就會看不懂。

《朝花夕拾》，魯迅之散文集，較好讀。《野草》是散文詩，最難讀。只讀《野草》，易入□[8]角。《吶喊》，小說集，其中有〈鴨的喜劇〉：

> 俄國的盲詩人愛羅先珂君帶了他那六絃琴到北京之後不久，便向我訴苦說：「寂寞呀，寂寞呀，在沙漠上似的寂寞呀！」

文章有花開水流之美，自然，流動。此外則如雕刻一般，亦好極，唯幼童不能讀。

中國文字，方塊、獨體、單音，故最整齊。因整齊便講格律，如平仄、對偶，此整齊之自然結果。整齊是美。美，說起來是一個，分起來則有萬端，其中有一種美即是整齊。中國文字太偏於整齊美，故缺乏彈性。西洋文字不整齊，最富彈性。如 give me liberty or give me death（帕特里克・亨利語[9]），有力量；中國譯成「不自由，毋寧死」，譯得整齊，而無力。

警句。讀書要發現警句，作文章應用警句，一篇中至少有一二句。所謂警句，即是陸機〈文賦〉所言「立片言以居要，乃一篇之警策」，即俗語所云「殺人要在咽喉上下刀」。（片鐵可以殺人，須在咽喉上。）

讀文章不應如吃藥一般，應如同吃點心，本質是藥而吃起來如點心一般，始佳。而人最愛吃點心，愛吃點心便易鬧胃病。有時工夫助病發展。

學作文如學做人一樣，沒有一個人沒有毛病，不過有人之毛病是可憎，有人之毛病則是可愛的。小孩不會掩飾做假，而百分之九十其毛病是可愛的，如說話不清楚愈顯得可愛。（余為理想派——不是不注重現實，魯迅是寫實派。）

---

7 巴金（一九〇四—二〇〇五）：現代文學家，原名李堯棠，字芾甘，四川成都人。代表作有《愛情三部曲》、《激流三部曲》、《隨想錄》等。

8 按：原筆記「入」字下缺一字。

9 帕特里克・亨利（Patrick Henry, 1736-1799）：美國政治家、演說家，被譽為「美國革命之舌」。一七七五年三月二十三日，帕特里克・亨利在弗吉尼亞州議會上發表演說《不自由，毋寧死》，結尾之句即是 give me liberty or give me death。

第八講　與魏文帝箋

正月八日壬寅，領主簿繁欽，死罪死罪。近屢奉牋，不足自宣。頃諸鼓吹，廣求異妓，時都尉薛訪車子，年始十四，能喉囀引聲，與笳同音。白上呈見，果如其言。即日故共觀試，乃知天壤之所生，誠有自然之妙物也。潛氣內轉，哀音外激，大不抗越，細不幽散，聲悲舊笳，曲美常均。及與黃門鼓吹溫胡，迭唱迭和，喉所發音，無不響應，曲折沉浮，尋變入節。自初呈試，中間二旬，胡欲傲其所不知，尚之以一曲，巧竭意匱，既已不能。而此孺子遺聲抑揚，不可勝窮，優遊轉化，餘弄未盡；暨其清激悲吟，雜以怨慕，詠北狄之遐征，奏胡馬之長思，淒入肝脾，哀感頑艷。是時日在西隅，涼風拂衽，背山臨谿，流泉東逝。同坐仰歎，觀者俯聽，莫不泫泣殞涕，悲懷慷慨。自左騏史妠謇爐名倡，能識以來，耳目所見，僉曰詭異，未之聞也。

竊惟聖體，兼愛好奇；是以因牋，先白委曲。伏想御聞，必含餘歡。冀事速訖，旋侍光塵，寓目階庭，與聽斯調，宴喜之樂，蓋亦無量。欽死罪死罪。

《昭明文選》卷第四十「箋」載繁欽[1]〈與魏文帝箋〉。

繁欽，繁，步何切；欽字有二義：歎惜，歎賞。魏文帝曹丕，字子桓。

三國時，以魏之文風最盛，因漢以前中國之文明在黃河流域——即所謂中原。魏居中原而繼承了中原之文化，故文人最多，文風最盛。「文采風流」，魏晉之文學真可謂之「文采風流」。中國詩教——漢以前——溫柔敦厚，此是向內的；文采風流則是向外的。杜工部說曹家是文采風流[2]，的是確論。

魏有「三曹」：魏武帝曹操、魏文帝曹丕、曹植曹子建。（後有魏明帝曹叡[3]。）有人將曹氏父子比六朝之梁氏父子（梁武帝蕭衍[4]、昭明太子蕭統、簡文帝蕭綱[5]、梁元帝蕭繹[6]），不過蕭氏父子不足為曹氏父子之比。何以？蕭氏父子文人氣太重，梁代之文學運動中心為蕭氏，則梁代文學衰矣，因梁氏父子文章太注意文字之修辭。不注意文字修辭不能表現文章美，人誰不喜歡修飾外表？因首喪面而談詩書，不可親近。然若只注重外表，而無內美，只是虛有其表。此種人是繡花枕頭，內是草包；是麒麟楦[7]，內亦草包。固然不能說蕭氏父子之文章是虛有其表，而已有此趨勢。近代文章有所謂頹廢派、頹廢美（法語：décadent），此可以秋天為譬喻——「霜葉紅於二月花」（杜牧〈山行〉）。此種美是頹廢美，再一步便是凋零了。文學到了衰落期，便有一度是頹廢的，有頹廢美。六朝末期及唐末之文學，即是頹廢美。「夕陽無限好，只是近黃昏」（李商隱〈登樂遊原〉），就是頹廢美。此種文學使人愛，不忍釋手。

在曹魏、在中原，以曹氏父子三人為中心而形成為文學運動。此與政治有關。曹氏父子，一個是「挾天子以令諸侯」之操丞相，一個是儼然之天子曹子桓，一個是金枝玉葉之曹子建。此三人，登高一呼，從者雲集，此不但在當代為文學之中心，對於後代之影響亦大，除其本身價值之外，即因其地位高。乾隆皇帝之字不甚高明，然風氣為之一變，書法之壞始於乾隆，因為皇帝故也。一個沒有地位之人，可於文學上造就地位，造成勢力，然須經一極長期之奮鬥。杜甫畢竟還是進士，而在唐並不為人重視，韓退之尚為其辯護：

> 李杜文章在，光焰萬丈長。
> 不知群兒愚，那用故謗傷。
> 蚍蜉撼大樹，可笑不自量。（〈調張籍〉）

曹氏父子三人之文學，有朝氣，作風清新。而武帝偏於霸氣，因其不甘心做一文學家，乃事業家、政治家、軍事家。魏文帝有英氣，不似霸氣之橫，英氣是文秀的。至於曹子建，並沒什麼了不起之處。子建之才後人稱為「才高八斗」[8]，實不怎樣。其文不如曹丕，詩不如孟德，其可取處安在？其詩文有豪氣，甚至於可以說是「客氣」。客氣是假的，豪氣則是濁氣，較客氣猶糟。子建之文，「雷聲大，雨點

---

1 繁欽（？—二一八）：魏晉建安時期文學家，字休伯，潁川（今河南禹州）人。善寫詩賦，長於書牘，代表作為〈定情詩〉。

2 杜甫〈丹青引贈曹將軍霸〉：「將軍魏武之子孫，於今為庶為青門。英雄割據雖已矣，文采風流今尚存。」

3 曹叡（二〇四—二三九）：字元仲，曹丕長子，能詩文，與曹操、曹丕並稱魏之「三祖」。

4 蕭衍（四六四—五四九）：字叔達，南蘭陵（今江蘇常州西北）人，南朝梁政權建立者，諡稱武帝。蕭衍傾力佛學，長於經史，亦工詩文，有《梁武帝御製集》。

5 蕭綱（五〇三—五五一）：南朝梁文學家，字世纘，蕭衍第三子，諡稱簡文帝。有《梁簡文帝集》。

6 蕭繹（五〇八—五五四）：南朝梁文學家，字世誠，自號金樓子，蕭衍第七子，諡稱元帝。著有《金樓子》。

7 馮贄《雲仙雜記》卷九引《朝野僉載》：「唐楊炯每呼朝士為麒麟楦。或問之，曰：『今假弄麒麟者，必修飾其形，覆之驢上，宛然異物。及去其皮，還是驢耳。無德而朱紫，何以異是？』」麒麟楦，喻指虛有其表而無真才之人。

8 《南史・謝靈運傳》謝靈運稱頌曹植：「天下才共一石，曹子建獨得八斗，我得一斗，自古及今共用一斗。」

小」，「說大話，使小錢」，足可形容子建之文。

武帝乃軍事家、政治家，有文學天才，甚至可說其有文學修養，因其有言曰「老而好學者，唯吾與袁伯業耳」（魏文帝《典論・自序》）。武帝固然天才高於其二子，然有事業在，其精神為事業分去不少，不能專心創作，但究竟是一文人。一般人對曹操印象之壞，在戲劇。唐宋文章對曹操稱曹公，宋以降戲曲、小說越發達，曹操之人格愈糟。曹操固奸，然文采可佩服。

魏文帝之為人真「妙」。「妙」，可意會而不可言傳。（有一種「妙人」，好人固然未及，壞人不知是哪一種，中國多此種人。與人無益，而把自己毀掉完事，此亦「妙人」。）曰「妙」，須說到心理。余常讀心理學之書，其因有二：一研讀，二創作。佛羅伊德（Freud）[9]之心理分析學，頗有趣，分析別人寫小說之心理而養成分析心理之習慣。中國小說與外國小說之最大區別，乃在於中國小說只是事實的記載，西洋則注重心理的描寫。《聊齋》好的作品有點兒心理描寫，壞的則只是故事之記載，並非小說。好的小說，必定描寫人物生活、心理之轉變。《水滸》、《紅樓》，不但寫其故事而已，不但表現心理，且將其靈魂裸露出來。好的小說皆是如此。余作小說亦注意此點。科舉時代，「不求文章高天下，只求中入試官眼」。《聊齋》文章不通，《閱微草堂筆記》亦不通。（《聊齋》尚有一二篇、一二句好的。）如看《儒林外史》，不如看《水滸》。（余不喜《紅樓》。）

文帝在政治上、軍事上皆非低能者，固然不如其父之雄才大略；且身為皇帝，地大人多，文才甚盛。而他卻不甘心、不安心做一皇帝，政治、軍事……皆不能滿足其生活的慾望，成功是喜歡，滿足是悲哀。

文帝之慾望在文學，總覺得文人最好。「文章，經國之大業，不朽之盛事」（曹丕《典論・論文》），政治、軍事反不算什麼。文帝天才高，功夫深，地位亦高，故成為漢末魏初文學運動之中心人物。文帝也具體做到了此步，其文章真好。中國在魏文帝曹丕之前無純正之散文。繁欽文字在當時並不怎樣，而此篇甚佳。

「領主簿繁欽」，「領」，署理，代。

「近屢奉牋」，「奉」，古無「捧」字，奉即捧。《禮記・內則》凡捧皆作奉。奉，今有二義：接到謂奉，下呈上亦謂奉。「牋」，與「箋」通，猶書牘也。《文選》中凡以下對上者皆曰牋。公事有平行、下行、上行三種，平行、下行曰書，上行曰牋。「近屢奉牋」謂屢屢呈書於文帝也。

「不足自宣」，「宣」，表白、表現。

「頃諸鼓吹」，「頃」，近來，亦可作比、近、近日。「鼓吹」，善無注，五臣[10]曰：「音樂也。」疑指樂人而言。

「廣求異妓」，「妓」，與伎、技同，今「娼妓」二字已墮落。古之「倡」字、「伎」字固不好，然絕非壞意。倡＝唱、伎＝能，所唱為歌，所能為舞。今之娼妓不見得會歌舞。（會歌舞者，藝妓。）

「時都尉薛訪車子」，「車子」，見《左傳》杜預注：「賤役也。」

「能喉囀引聲」，「囀」、「轉」同。「喉囀」當即轉喉之意。「引」，引而長之。「囀引」寫盡唱之基本條件，無曲折或聲音短，皆不得謂之長。「歌永言」（《尚書・舜典》），永，即引也。永、引，

9 佛羅伊德（Sigmund Freud, 1856-1939）：今譯為弗洛伊德，奧地利精神分析學家、精神分析學派創始人。其精神分析的主要觀點包括心理結構觀點、人格結構觀點、動力觀點、心理性慾發展學說、防禦機制學說等方面。

10 唐玄宗朝五臣奉詔重注《文選》，稱《五臣注文選》。五臣，即由工部侍郎呂延祚所組織的呂延濟、劉良、張銑、呂向、李周翰五人。

雙聲。

「與笳同音」，「笳」，五臣注：「簫也。」胡笳，或曰角，或曰號角。

「白上呈見」，五臣注：「上，主上也。文帝時未受禪也。」（按：上，當指武帝而言也。）

「白上呈見，果如其言」以上諸句，簡潔。敘述中的輕重難易，在此中有所取捨。輕重難易是客觀的，是外面的條件；取捨是主觀的，是自己的心思。

中國文字愈來愈複雜。

未作文時多唸書，作文章時忘掉書。人所難言，我易言之；人所易言，我簡言之。作文如同做人，不能臨陣脫逃，一如《西廂記》中惠明和尚所言：

我從來欺硬怕軟，吃苦不甘。（第二本〈崔鶯鶯夜聽琴‧楔子〉）

作文、做人，俱應如此。

「自然之妙物」，非人為，謂之自然。淵明所謂「絲不如竹，竹不如肉」，是由於漸近自然。[11]「乃知天壤之所生，誠有自然之妙物也」，是「斷語」，又名案語。斷語應在前或後，繁欽此文先下斷語，劈頭一句。此種作法有力，有「逼人力」，感心動人。

余作文習慣先說客觀條件，然後下斷語。斷語（案語）無論在前、在後，皆視使用之技術也，要緊的是在解釋明白。上去就寫斷語（案語），乃「幾何式」之寫法。斷語（案語）在後，是「代數式」之寫法。

但要緊的是層次要清楚。文人需要腦筋清楚，有層次、條理、步驟……與科學家不同。

「潛氣內轉，哀音外激」，「潛」，藏也；「哀」，感人也。魏晉六朝人用「哀」即感動人心之意。

「激」，動也。「潛氣內轉，哀音外激」有因果之關係。若寫景之句「老圃花黃，高天雁過」，則無因果之關係。「大不抗越，細不幽散」，有等級關係。「抗越」，抗，過高；越，過度。

「曲美常均」，「均」、「韻」同。五臣注：「均，曲也。」以五臣注為佳。「聲悲舊笳，曲美常均」，上一句以「笳」代表一切樂器，下一句以「均」代表一切歌者。

「潛氣內轉，哀音外激，大不抗越，細不幽散，聲悲舊笳，曲美常均」六句三聯：

①潛氣內轉　②哀音外激

③大不抗越　④細不幽散

⑤聲悲舊笳　⑥曲美常均

所謂聯，即駢句也。句法相似，平仄相調。六朝之駢體文凡高手所作，兩句絕非一回事情。「關山飛越，誰悲失路之人；萍水相逢，盡是他鄉之客」（王勃〈滕王閣序〉），此兩句是一意思，六朝人不如此作。中國字方塊單音，易趨整齊。漢之辭賦已注重字之整齊。至魏，尤其曹子桓，利用漢朝辭賦之句法，加入散文中，結果成為駢體。「潛氣內轉，哀音外激，大不抗越，細不幽散，聲悲舊笳，曲美常均」是其例。此當然增加散文之文章美。文章之美並不在形式，然須借重於形式。

古典派文學注重於形式。天地間事事物物，不論自然的或人為的，皆越不過形式，除非其非物（物，廣

11 陶淵明〈晉故征西大將軍長史孟府君傳〉記載桓溫問孟嘉之語：「（溫）又問聽妓，絲不如竹，竹不如肉，答曰：『漸近自然。』」

義的）。物有固定形式。上帝造物並無固定形式，然造出後絕對有固定形式。文章無形式如何發表？不過，看其形式如何了，印板文字太重形式。

天下事物只許有一，不許有二，特別是文藝作品。東施效顰，醜不可言。「不可無一，不可有二」，在文學上可受人影響而不可模仿。「削足適履」之作法，使文章一敗塗地。捉襟肘露，納履決踵。

「潛氣內轉，哀音外激，大不抗越，細不幽散，聲悲舊笳，曲美常均」之駢句，精彩妥當，個個字都當工而出，無一不合適之字、勉強之字。「莫之為而為」、「莫之致而致」（《孟子・萬章上》），瓜熟蒂落，水到渠成，自然而然。

觀察事情先於混沌中看出矛盾來。事情並不混沌，而看之人腦子不清楚，故混沌。混沌是黑漆一團，矛盾是彼此不同。長、短是矛盾的，然混合成美，美是調和。文章法如煙海，從何處下手、下口？漸漸於混沌中看出矛盾，得到調和，文章始自然而然而出。

在娛樂上，人類往往以悲哀安慰自己。（本於自己生活之經驗所得之思想，乃真正之思想。便是錯了，也是有價值的，至少是有意義的。）此乃悲哀之音樂、戲曲、小說易感動人之原因。（有人說《石頭記》最夠近代小說之價值。）最偉大的作品必是最能感動人的，故戲劇中以悲劇感人最深。

人生滿意時少，不滿意時多，即悲哀之事多於快樂。人生短短數十年而已，生而復死。「吾力之微，正如帝力之大」（西洋俗諺），此即人類最大之悲哀。人生下來就會哭，而笑尚需轉年之後，此即證明人生是受苦的。有許多事情是人力所不能變的：

> 既不能令，又不受命。（《孟子・離婁上》）

「令」，支配人；「受命」，受人支配。人就是如此，這還不是指整個人生而言，只是指局部之事實。（自殺是自己對自己的懲罰，亦是自己宣佈自己之力微。）其實整個之人就是如此。「人往高處長，水往低處流」，人若安分，就僅止是茹毛飲血。上古之時，巢居穴處，如果人安於目前生活，則如今仍當如是。上古椎輪大輅，今日則汽車、火車、飛機……這都是物質上之進步。精神上之享受亦如此。人之力量不能改變山、海……愈是有感情，有思想、感覺、性情之人，愈是不滿於現狀，此人中之最優秀份子。希望好是前進之思想，而見到處都不好，就不滿。「既不能令，又不受命」，因此悲哀就來了。

《論語》有云：

> 舉一隅不以三隅反，則不復也。（〈述而〉）

人喜悲劇，看到悲哀，彷彿看見自己，對悲劇中主角可憐、表同情，乃是同情了自己的、可憐了自己的。俗語云「窮生奸計，富長良心」，此語對不對尚不論；西諺云「倒是不好的環境不可以少，因為可以造就出一兩個好人來」，這兩種話以哪種為對？都對，也可說都不對。一個人有成為好人之可能性，即使在惡劣之環境之下；一個人亦有成惡性之可能，在富時固不講良心，若窮時則生奸計。鋼梁磨繡針，功到自然成。若是磚，則無論如何也磨不成針。一個人如果不瞭解悲哀之價值，則其為人必極膚淺，但不能不承認其快樂。小孩最膚淺、幼稚，而最快樂。在現實社會中，追求快樂者必是極膚淺之人。若認識悲哀，而意氣頹唐，生活無力，與膚淺之人同樣無聊。而能在瞭解悲哀之後，生出力量去切實地生活，始有價值，此是第一義。看悲劇而生同情心，可憐悲劇主角即可憐自己，此是第二義。

「及與黃門鼓吹溫胡」，「黃門鼓吹」，樂官。

「迭唱迭和」，「迭」，互相。

「曲折沉浮」，「曲折」，以音節之長短論；「沉浮」，以音調之高下論。「氣盛則言之短長與聲之高下者皆宜」（韓退之〈答李翊書〉）。

「尋變入節」，「節」，即拍子、板眼。音節變化還落在原來之拍子、板眼上，即曰「尋變入節」。

青年人不能太謹嚴，因妨害發展。小孩子不加管教，則無法無天；管教太嚴，則在身心兩方面之發展俱有妨害（造成小老頭兒、小大人兒）。學文如學做人。魯迅之文鐵板釘釘，叮叮噹噹，都生了根。非如此作不可（思想深刻當然不必說）。若引其話，非引其原文不可，不如此則無力，如：

> **勇者憤怒，抽刃向更強者；怯者憤怒，卻抽刃向更弱者。（《華蓋集‧雜感》）**

魯迅白話文都到了古典，古典則須謹嚴。古典派並非用上許多典故，對仗工整，而是謹嚴，無閒字、廢話也。自漢至六朝，文字之清楚、謹嚴，魯迅先生即受其影響，特別是魏晉六朝。魯迅有〈魏晉風度及文章與藥及酒之關係〉（《而已集》），「風度」與「藥」及「酒」之關係真清楚。人粗心慣了，就忘掉了粗心；細心細慣了，也是如此。

①**不得不然**
②**當然而然**
③**自然而然**
是「一」

魯迅之文也是如此：愈寫愈謹嚴，故無活潑之氣。所以不希望青年人學其文。

魏晉之文章即謹嚴，特別是以魏文帝為中心之一派。謹嚴之結果是切實，不誇大。誇大寫切實了也不顯誇大，如說牡丹花好，只說非常好，則空洞，也就是誇大。若切實地寫牡丹花如何之好，則不顯誇大。文學上沒有不誇大的，要在寫得好：

增之一分則太長，減之一分則太短。（宋玉〈登徒子好色賦〉）

沒有一定之尺寸，此是何等之誇大，但切實。「乃知天壤之所生，誠有自然之妙物也。潛氣內轉，哀音外激，大不抗越，細不幽散，聲悲舊笳，曲美常均。及與黃門鼓吹溫胡，迭唱迭和，喉所發音，無不響應，曲折沉浮，尋變入節」數句，叮叮噹噹，個個字響亮。此由於謹嚴也。

「自初呈試，中間二旬」，「間」，隔也，距離、經。

「尚之以一曲」，「尚」、「上」古通，加手其上，超過。

「優遊轉化」，「優遊」，毫無勉強。「轉化」，五臣本作「變化」，以五臣本為佳。

「餘弄未盡」，「弄」，五臣注：「曲也。」

「詠北狄之遐征，奏胡馬之長思」，五臣注：「《北狄征》、《胡馬思》皆古歌曲。」未舉出處。（李善注只注典之出處，對於文辭不加解釋，偶加解釋，十之九皆誤，故其在文學上甚是低能。）

「哀感頑艷」，「頑艷」，五臣注：「頑鈍艷美者皆感之。」（頑鈍，愚；艷美，智。）「感均頑艷」一語，由「哀感頑艷」來。「淒入肝脾，哀感頑艷」，「哀」對「淒」，「入」對「感」而言，「肝脾」對「頑艷」。句子有並列的、開合的，「肝」、「脾」並列，「哀感」、「頑艷」是開合的。繁欽之意，艷美者必聰明（艷，聰明之意）。近代出版物「哀感頑艷」講成形容詞，絕不可如此講。

「日在西隅，涼風拂衽」，二句並不佳，然用於此處則美如蔥絲、薑絲之放入魚中，不早不晚，不多不少，剛剛正好，放入則可增鮮美之味。即不聽唱歌，不看跳舞，而處「日在西隅，涼風拂衽」之時，也是百感交集。

「泫泣殞涕」，「泫泣」，流淚。中國字有時因其本身或言語變遷之故，直到現在還使用，如「矢」，用之不覺髒，用「屎」則不成。「殞涕」，涕，用了也不嫌醜。在西洋文中不見此種字。

「悲懷慷慨」，「悲懷」——有感於心，「慷慨」——出之於口。五臣注：「歎息貌。」「泫泣殞涕」——本句對，「悲懷慷慨」——本句對。

科學是訓練人之思想，使之清楚、有條理；而文學的創作與哲學的思想也是訓練人類之頭腦清楚、有條理。

警笛鳴過，街心頓呈紛擾紊亂狀態。商號高插中美國旗，歡呼暢喚，頃刻已萬頭攢動，人山人海。

寫得亂，一點兒也不清楚，太「生」了。——無論寫得多麼熱鬧，作者之心非冷靜不可。

光陰如駛，忽忽已一學年，感韶華之易逝，愧學業之無成，回溯既往，怒然憂之。

太熟了，放入任何文中皆成，幾乎是陳言。（人難得是識羞。）

陳言（作舊題目）

標語（作新題目）

銳敏你的感覺，啟發你的靈感。讀古人文章得到靈感甚難，需有感覺，始有靈感。《莊子・徐無鬼》有言曰：

聞人足音跫然而喜矣。12（跫然，走路之聲。）

這便是感覺。

（《莊子》、《左傳》使用虛字，使得最神氣。魯迅寫文言文，其學魏晉六朝文之痕跡也就露出來了（《中國小說史略》有文字之美，序與跋特別好）。余亦喜魏晉文章，或因受魯迅先生影響。若學魏晉文，能縮短成四字句固好；不能縮短，則須延長成八個字。切記。

「左騏、史妠、謇姐」，善注及五臣注謂皆當時之樂人。竊疑左、史當係人名；若「謇姐」與「名倡」對舉，「名倡」既係公名，則「謇姐」當亦非私稱也。「謇」，口吃也（喫東西之喫，喫、吃今混用）；姐、姐同。言謇姐者，反語也。

「能識以來，耳目所見，僉曰詭異，未之聞也」，「識」：（一）認識、辨識；（二）志，記也，記憶、記錄，如《禮記》「禁之」、「識之」、「援筆志之」。「耳目所見」，目能見，耳如何見？何不云「耳目所及」？「見」，生於感，如聞見、看見、聽見、意見……因為感覺之中，見最切實。身之所覺，耳之所聽……皆無如見之清楚。聞而如見，故曰聞見。見解，見屬於目，解屬於心，因見之結實故曰見解。

「竊惟聖體」以下，一篇總結。「惟」，維，思也。

「兼愛好奇」，聰明人皆兼愛好奇，兼愛必定旁通。五臣注：「兼愛，多所愛也。」李善注不通。

12《莊子・徐無鬼》：「夫逃虛空者，藜藋柱乎鼪鼬之徑，踉位其空，聞人足音跫然而喜矣。」

「先白委曲」，「委曲」，聲情之曲折也，委曲詳盡。
「旋侍光塵」，「光塵」，猶言左右。
「寓目階庭」，「寓目」，參觀。「階庭」指宮庭。
魏文帝有〈答繁欽書〉，《文選》未選，寫歌舞較繁欽之來書更佳：

披書歡笑，不能自勝。奇才妙伎，何其善也。頃守宮士孫世有女曰瑣，年始九歲，夢與神通，寤而悲吟，哀聲急切。涉歷六載，至於十五。近者督將具以狀聞。是日戊午，祖於北園，博延眾賢，遂奏名倡；曲極數彈，歡情未逞。白日西逝，清風赴闈，羅幃徒袪，玄燭方微。乃令從官，引內世女。須臾而至，厥狀甚美。素顏玄髮，皓齒丹唇。詳而問之，云善歌舞。於是振袂徐進，揚蛾微眺，芳聲清激，逸足横集。眾倡騰游，群賓失席。然后修容飾妝，改曲變度，激清角，揚《白雪》，接孤聲，赴危節。於是商風振條，春鷹度吟，飛霧成霜。斯可謂聲協鐘石，氣應風律，網羅《韶》、《濩》，囊括鄭衛者也。今之妙舞，莫巧於絳樹，清歌莫善於宋臘，豈能上亂靈祇，下變庶物，漂悠風雲，横厲無方，若斯也哉！固非車子喉轉長吟所能逮也。吾練色知聲，雅應此選，謹卜良日，納之閒房。

「名者，實之賓也。」（《莊子．逍遙遊》）

當然，我們應記準一物之名字，但有時太注意名字，而望文生義。如古典，其特點在法度上是謹嚴，特別是文字之修辭。而一般人都以為是堆砌難字、怪字。如浪漫，是注重在顏色鮮明、聲音響亮……而一般人竟以為「浪漫」是可以胡寫，此皆注重「名」之病也。

「小品文」三字，為人頭痛者久矣，特別是正統派之文學家。小品文者，散文也。魏晉前之散文，是為議論思想而寫的，非為藝術而藝術。如《史記》、《左傳》、《國策》，亦非散文，因其是為史而寫的。魏文帝〈答繁欽書〉，純是為美而寫的。文人寫史上之事，醜惡之事都美化了。《水滸傳》寫殺人放火，而寫成了美。鬼，並不美，然在大畫家畫出來之鬼，把鬼給美化了。叫花子，在藝術家之筆下也變成美的了。造化者，天地也，造物主也。大藝術家之筆下，巧奪造化。因為藝術家可以巧造許多事物出來。一個文人之筆，不亞於上帝之手。《水滸傳》之作者，在創作言，就是造物主。天地間事物除去了美之外，還有什麼值得我們寫的？不美之事物，尚要寫成美，何況真的美？

所謂美，即真、美、善也。

中國墮落不長進，第一即因為沒有美的觀念。試看古代之文、書、字、畫、建築，無一不美，無一不表現出古人之智慧。然而如今墮落了，即因審美之觀念退化了。現在之一般雅人，俗之入骨。一肚子狼心狗肺、陞官發財，而口中風花雪月、道德仁義，此是什麼雅人？哪號的雅人？真鄙吝惡劣！

養成審美觀念最重要。

《史記》、《漢書》雖不是美文，然是「文」，即科學之書也，是很好的文章——有條理、有思想、清楚。文章之輕重、長短、高下、先後，有條理地說出來就成。這還不是說思想，只是說「話」，寫出來就成了。

文章，並不是對不對的問題，只是好不好的問題。

> 禍患常積於忽微，而智勇多困於所溺。（歐陽修〈五代史伶官傳序〉）

> 有三歲之翁，有百歲之童。（西諺）

額手相慶。

人貧志短，馬瘦毛長。

這些都是成語，若用某一成語，就得是那個意思，不得更換一字，此是沒有辦法的。有人文中寫鄉人說話：

趁人之難，劫人錢財，這是我們化養出來的軍隊幹出來的。

此既非文，亦非白，根本不是鄉人之口吻。新八股，白話八股，怎麼寫出來的？怎麼說的？說「趁火打劫」不得了嗎？沒有見過一個大國國民、文化國之國民，使用其本國文字使用得如此糟的。法人伯希和（Pelliot，漢學家）[13]在法國欲找一中國書記[14]，考試時錄出書來，令其標點，沒有一個是對的，真令伯希和笑倒大牙。

「修辭立其誠。」（《易傳・文言》）誠之為義，大矣哉！其一，須心誠；其二，寫出來的還須誠。如魯迅《阿Q正傳》。

〈答繁欽書〉開卷「披書歡笑，不能自勝」，「勝」，任、堪，平聲（不勝愁、不勝悲）。

「頃守宮士孫世有女曰瑣」，「守宮」，職務也，小吏。

「夢與神通」，「通」、「感」通，交接之意（神附體）。

「涉歷六載」，「涉歷」，經過也。

「近者督將具以狀聞」，「具」，備也，詳細。「聞」有二義：（一）自聞之，（二）使之聞。

「聞」，猶之「飲」（自飲、飲人）、「食」（自食、食人）。

「祖於北園」，「祖」，祭名。古有祖道、祖餞（祖，祖道；餞，餞行）。

「遂奏名倡」，「倡」、「唱」同，猶「技」、「伎」同。

「歡情未逞」，「逞」，盡興。

「羅幃徒祛」，「徒祛」，應作「徒袪」（袪，袖），徒袪，褰去之意。

「玄燭方微」，「玄燭」，燭點時上亮下暗。

「引內世女」，「內」，納，開門納之。（自進曰「入」。）「納」，《南史》皆作內。

「厥狀甚美」，「厥」，其也。厥、其，一聲之轉，見母。

「於是振袂徐進」，「振袂」，舉袖。

「揚蛾微眺」一句，美，如散文詩。

「然后修容飾妝，改曲變度」，「后」、「後」，古通用。《禮記・大學》：「身修而後家齊。」「修容飾妝」，說容；「改曲變度」，說歌。「曲」，歌也；「度」，調子（1、2、3、4、5、6、7）。

「激清角」，宮、商、角、徵、羽，變徵、變宮。角既不太發揚（響亮），亦不沉鬱，故曰清角。（「角」，舌縮腳；「徵」，舌抵齒；「羽」，唇外取。）

中國音樂發達得頗早，至唐朝而極盛——盛唐時非極富且貴之家不能養許多音樂者。盛唐時，日本西

13 伯希和（Paul Pelliot, 1878-1945）：法國語言學家、漢學家，精於漢學研究，主編歐洲漢學雜誌《通報》，著有《伯希和敦煌石窟筆記》、《元朝秘史》、《馬可・波羅遊記注釋》、《金帳汗國史札記》等。

14 書記：指擔任文字抄寫工作者。

昰是　　峕時，二字上下顛倒了，時、是混

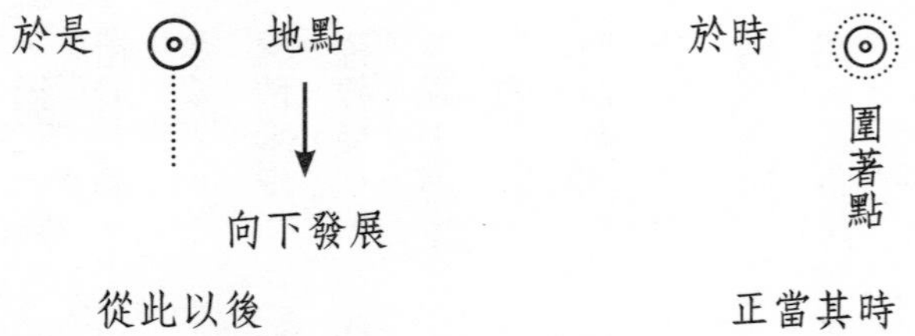

來，將唐之音樂傳入日本，當然也是皇族享受。據日人考察，唐之合奏有四十餘種，傳至日本只有十餘種樂，但聽起來還夠偉大。如今，樂都失傳了。中國如破落戶、敗家子弟，家中有好的物品，既不能保護，更不能發展，讓它爛下去。其他事物可於書本上見到，唯音樂須口傳，經變亂向者伶工絕響，故逐漸失傳。

「揚《白雪》」，《白雪》，古歌。宋玉〈對楚王問〉：「其始曰《下里》、《巴人》，國中屬而和者數千人。……其為《陽春》、《白雪》，國中有屬而和者，不過數十人。」（《下里》、《巴人》，俗曲也。）

「接孤聲」，「孤聲」，或是高音。

「赴危節」，板眼密時唱起來無誤，不亂。

「於是商風振條」，「於是」，「是」，通「時」。《毛詩》「是」、「時」通用。

「商風振條」，「商風」，秋風。「春鷹度吟」，「春鷹」，或應作「春鶯」。「飛霧成霜」，清冷之極。「商風振條，春鷹度吟，飛霧成霜」，象徵之詞，描寫舞、歌儀態。

「氣應風律」，「風律」，猶言音律。

「網羅《韶》、《濩》，囊括鄭衛」，《韶》、《濩》，湯樂（曲子），雅樂。「網羅《韶》、《濩》，包括《韶》、《濩》之美。「鄭衛」，即鄭衛

其他事物可於書本上見到，唯音樂須口傳。圖為清朝改琦《閬苑仙樂》。

之音，俗曲。《論語・衛靈公》：「鄭聲淫。」「囊括」、「網羅」，兼收並包。

音樂太俗則不登大雅之堂，太雅則不為一般人所歡迎，真難！文學便是如此之難。

「豈能上亂靈祇，下變庶物，漂悠風雲，橫厲無方，若斯也哉。」

「亂」，變也，感動也。「無方」，無比。「漂悠風雲」，變化無測。「橫厲」，厲害之意。

「練色知聲」，「練色」，說跳舞；「知聲」，說歌。

「納之閒房」，收入後宮。

魏文帝是魏晉文學運動之中心，其與漢文學之不同——唯美派——為藝術而藝術。唯美派之感覺特別發達，注重感覺。佛家之「六根」——眼、耳、鼻、舌、身、意，感覺包括前五種。凡注意感覺之作家，不論散文、韻文，皆屬唯美派。天地間之現象皆由耳目而入，故人之耳目特別發達，因此注重歌舞。此派文人寫歌舞之文多佳。

白居易往好處說，可以說是唯美派詩人，可惜其集中之詩有簡直不是詩的，其好的詩都是描寫歌舞的。眼之所見好寫，耳之所聞則難。

眼之所見是具體的，聲音比形象更神秘，聲音是實在之物而剎那即空，然聽起來的的確確有一「物」，因為抓不住、摸不著而偏偏要寫出來。聲音與形象之區別，不用物理學上之理由來解答，而用平常之感覺來寫，但聲音都實有而神秘。

文帝之文真美，有層次。

第九講　答東阿王箋

琳死罪死罪。昨加恩辱命，並示龜賦，披覽粲然。君侯體高世之才，秉青萍干將之器，拂鐘無聲，應機立斷。此乃天然異稟，非鑽仰者所庶幾也。音義既遠，清辭妙句，焱絕煥炳，譬猶飛兔流星，超山越海，龍驥所不敢追；況於駑馬，可得齊足？夫聽白雪之音，觀綠水之節，然後東野巴人，蚩鄙益著，載歡載笑，欲罷不能。謹韞櫝玩耽，以為吟頌。琳死罪死罪。

《昭明文選》卷第四十「箋」載陳琳[1]〈答東阿王箋〉。

陳琳原在袁紹部，為紹作〈討曹檄〉，時操正患頭風，出一身冷汗，因此而愈。[2]紹敗，操得琳，不

---

1 陳琳（？—二一七）：東漢末年文學家，字孔璋，廣陵射陽（今江蘇淮安東南）人，「建安七子」之一，以章表書記見稱於時。

2 〈討曹檄〉：即〈為袁紹檄豫州〉，檄文歷數曹操罪狀，詆斥及其父祖，鋪張揚厲，極富煽動性。《三國誌・魏志・陳琳傳》裴松之注引《典略》：「琳作諸書及檄，草成呈太祖。太祖先苦頭風，是日疾發，臥讀琳所作，翕然而起曰：『此愈我病。』說加厚賜。」歷史演義小說《三國演義》第二十二回變其情節：「檄文傳至許都，時曹操方患頭風，臥病在床。左右將此檄傳進，操見之，毛骨悚然，出了一身冷汗，不覺頭風頓愈，從床上一躍而起，顧謂曹洪曰：『此檄何人所作？』洪曰：『聞是陳琳之筆。』」

殺。操對是非利害看得十分清楚，然是非以利害為前提。有許多人無罪狀而殺之，操即如此之「狠」。做大事業之人皆如此。陳琳，留著無害，養著他還可以罵別人。「能諂人者能驕人」（梁啟超語）[3]，知道怎樣使人喜歡，便知道怎樣使人難受。

陳琳此文真結實，美。

開端「昨加恩辱命，並示龜賦」，落於本題，即其答東阿王之意也。「示」，使之見，使之知也。「披覽粲然」，「披」，打開之意，披卷。「粲然」，光華也，形容文章。「君侯體高世之才」，「君侯」，五臣注：「王即諸侯也，故曰君侯。」非是。漢魏時稱呼人曰「君侯」，猶漢時稱「王孫」，《史記·淮陰侯列傳》有「吾哀王孫而進食，豈望報乎」句，此並非專指皇室。「體」，動詞，天賦、具有。

就此說開去，看「具」與「俱」二字：

俱，皆，副詞（adv），俱有，皆有。

具，家具、器具，名詞。

具有，動詞。具=有。

再看「獲」與「穫」、「既」與「即」、「隨」與「遂」、「慚」與「慘」、「殘」：

獲，獲得，動詞。司馬相如〈羽獵賦〉：「獲若雨獸。」

穫，收穫，名詞。「穫稻」。

既：既然，已經。

即：即刻，就，即是。

隨：跟隨，隨意，動詞。

遂：遂即，副詞。聽志未遂，遂，完成。殺人未遂者曰未遂犯。

慚：慚愧、羞慚。

慘：慘不忍睹、悲慘、可慘、慘然（形容詞）。「五卅慘案」，慘殺，殺得很慘。

殘：殘餘、殘疾、殘害（動詞）、殘殺（殺害了）。「殘民以逞」（《左傳・宣公二年》），自相殘殺。

用字不可不謹慎。柳綠時可稱綠柳，柳黃時不可稱黃柳，可說柳葉黃，如「小路淒淒柳葉黃」。為什麼？說不出理由，只是憑感覺而已。即有理由，都是自己編的。

「君侯體高世之才」，實說，言天才高。「體」，具有。

「秉青萍干將之器」，「秉」，執也、持也。「青萍干將」，古之寶劍名。（今寶劍已為劍之通稱。）

「秉青萍干將之器」，象徵，言技術、學力深。

「拂鐘無聲，應機立斷」，「拂鐘無聲」言寶劍之快銳；「應機立斷」，機，機智，一觸即應曰機。二句言寫文章寫得成功。

「此乃天然異稟」，「稟」，稟受也。受，受之於天也，與有生俱來。

3　梁啟超〈中國積弱溯源論〉：「天下唯能諂人者，為能驕人；亦唯能驕人者，為能諂人。」

「非鑽仰者所庶幾也」，「鑽仰」，顏淵贊孔子之語，今仍有鑽研之詞。鑽仰即學也。「庶幾」，近之、比並、及之。

「音義既遠」，「音義」，字之聲音，文之內容。「遠」，深遠，兼音義而言。音遠＝長，義遠＝深，義遠亦長，於義為長，其義較長。陳孔璋之意，音即義，義即音，音義者即義也。

「清辭妙句，焱絕煥炳」，言文章之形。「焱」，火花也。「絕」，形容焱。「煥炳」，光明也，文采彰著之謂也。

讀書，不是說背，當然背過來更好；不是說懂，當然非懂不可。

然主要在「覺」，「記」、「解」尚在其次。（為應付考試而背書等於自殺。）《漢書》：「間關萬里。」「間關」，字音好（《詩經》亦有「間關」），字音都帶出爬山越陵之況。「焱絕煥炳」，字音欲帶出文章之光彩，然「絕」字不調和。

「飛兔流星，超山越海」，句子都起來了，本來是恭維人，而自己之句子也是「飛兔流星，超山越海」，飛起來了。老杜「穿花蛺蝶深深見，點水蜻蜓款款飛」（〈曲江二首〉其二），「深深」，覺得深極了；「款款」，不慌不忙之勁兒都帶出來了。

所謂「美」，在文學之創作上，義居第一，次形，次音；而在文學之欣賞上，則一音、二形、三義。「飛兔」，字形即飛蹦；字音「飛兔流星，超山越海」標準之駢體文，上下對句；「飛兔」又對「流星」，「超山」又對「越海」，本句對。飛兔、流星，皆馬名。（庾子山〈至仁山銘〉「真花暫落，畫樹長春」，只是上句對下句。）若改為「飛兔超山，流星越海」亦可，然氣斷了。「飛兔流星，超山越海」，字面雖

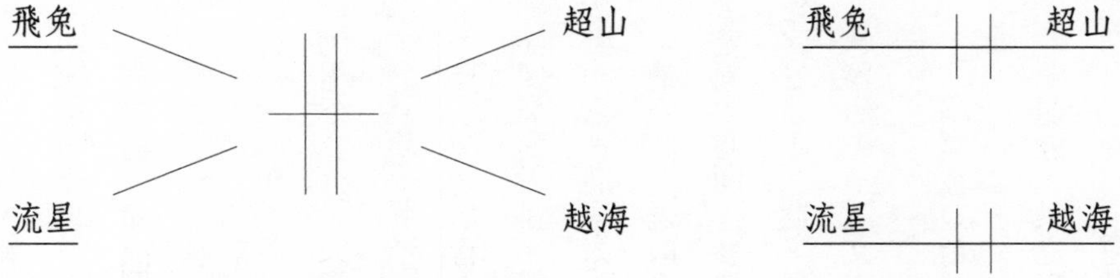

複式，然是單句　　散了

駢，而氣是散行，雖工而不板。

六朝文之句子美麗整齊，然病在拆開以後東一片、西一片，氣就散了。寫得高的則有散行之氣。駢文之美乃中國特有，駢文是中國最美最美之文。大散文家其文中皆有駢句，如韓退之，「文起八代之衰」，然亦有駢。因為中國文字方塊、單音、獨體，最易「對」，且最美。柳子厚〈種樹郭橐駝傳〉：

> 雖曰愛之，其實害之；雖曰憂之，其實仇之。

不但是駢句，且叶韻了。此種駢文是散行，一氣下來了。王安石之〈傷仲永〉：

> 彼其受之天也，如此其賢也，不受之人，且為眾人；今夫不受之天，固眾人，又不受之人，得為眾人而已耶？

「彼其」，《詩經》中「彼」、「其」往往連用。「不受之人」，「人」，指老師，不求學於老師。「且」，尚且，還。（且，可作而且、暫且用。）「固」，壓根兒。「得為眾人而已耶」，天才↓眾人，成眾人就完了嗎？

①天才↓②眾人↓③？

一氣下來，愈追愈緊，如螺絲釘一般，追得愈來愈緊，使人喘不上氣來。此點，斬盡殺絕，駕韓退之而上之；韓之文就是氣沖而已，一槓子把人打死，使人心不服。王安石之文，則使人即使不服還說不出什麼來。此真王荊公之拿手也。

講理論，要找例證，文學史上之公例。

王荊公手下不留情，斬盡殺絕。就〈傷仲永〉一段而論，當看其「玩字」。玩字（play on word）。「天」、「人」、「眾人」，來回玩此三辭，於此可見其平易之中有不平易，拗氣。荊公為人彆扭，時稱「拗相公」[4]。文章中即有此氣，乃其個性也。（對於某一作家之文，需先與其作風發生關係，如此需多讀。）且玩「受」、玩「其」，「受」字、「其」字用得多。

凡一切文章皆：（一）由簡而繁。《老》、《莊》並稱，《老》簡而《莊》繁；《論》、《孟》並稱，《論》簡而《孟》繁。（二）由奇古而平易。不論白話，即今之文言文亦不如以前之古。所謂條例者，是就多數而言，而章太炎、魯迅乃是文學史上之特殊天才。魯迅先生之白話文奇古，章太炎在文言文上是奇古。

荊公此文是散文，一氣轉折，修辭之技術真高。思想倒沒什麼，文真美，與「飛兔流星，超山越海」之美是異中有同，參透了可受用不盡。句子先長後短，先短後長，來回轉折。此在文學上其實還不算什麼。文學之好還不在此。無奈現在人連這點也不會，也不懂。

魯迅先生之文亦拗，頗似荊公，其文之轉折反覆處甚多，如：

> 要被殺的時候我是關龍逢，要殺人的時候他是少正卯。（《華蓋集續編．有趣的消息》）

關龍逢，桀之忠臣，桀殺之，罪不在關而在桀。少正卯，孔夫子所殺。為什麼殺？或謂少正卯罪當死，或謂夫子嫌惡，還是千古疑案。魯迅之文先不說道理，而文章反覆轉折，如說「要殺人的時候我是關龍逢，要殺人的時候他是少正卯」，則是一順邊兒，沒勁了。故須先明瞭意義，然後始能欣賞文章美。

「龍驥所不敢追」，「龍驥」，「龍」，古謂馬八尺以上為龍；「驥」，良馬也，《論語・憲問》：「驥不稱其力，稱其德也。」

「況於駑馬，可得齊足」，「駑」，不才也（奴才應作駑才）。「齊足」，並駕齊驅（驅，驅逐、驅使；趨，趨勢。趨，走也）。

①飛兔　流星　②龍　驥　③駑馬
兩名詞　兩名詞　一名詞

此在作者未必有意如此，然如此講之，也不是穿鑿。其作非如此作不可。「文章本天成，妙手偶得之。」（陸放翁〈文章〉）杜詩亦有不佳者，《史記》亦有生硬處，《左傳》亦有烏煙瘴氣處。然的確有極妙者。

「夫聽白雪之音，觀綠水之節」，信手拈來，但「音」、「節」意義相同，用得不好。

「東野」、「巴人」，不高明之歌也。

「蚩鄙益著」，「蚩」，媸，與「妍」對舉，「蚩鄙」，醜惡也。

「韞櫝玩耽」，「韞」，藏也。「玩」，賞玩也。「耽」，五臣注：「好也。」

空洞但實在，玄妙但科學，乃中國文學之妙處。

此篇亦有此妙。

4　《京本通俗小說》中有〈拗相公〉一篇，記老嫗之言：「官人難道不知王安石即當今之丞相？拗相公是他的渾名。」

第十講　報孫會宗書

惲材朽行穢，文質無所底，幸賴先人餘業，得備宿衛。遭遇時變，以獲爵位，終非其任，卒與禍會。足下哀其愚矇，賜書教督以所不及，慇勤甚厚。然竊恨足下不深惟其終始，而猥隨俗之毀譽也。言鄙陋之愚心，則若逆指而文過，默而自守，恐違孔氏各言爾志之義。故敢略陳其愚，唯君子察焉！

惲家方隆盛時，乘朱輪者十人，位在列卿，爵為通侯，總領從官，與聞政事。曾不能以此時有所建明，以宣德化。又不能與群僚同心併力，陪輔朝庭之遺忘，已負竊位素餐之責久矣。懷祿貪勢，不能自退，遂遭變故，橫被口語，身幽北闕，妻子滿獄。當此之時，自以夷滅不足以塞責，豈得全其首領，復奉先人之丘墓乎？伏惟聖主之恩，不可勝量。君子遊道，樂以忘憂；小人全軀，說以忘罪。竊自念過已大矣，行已虧矣，長為農夫以沒世矣。是故身率妻子，戮力耕桑，灌園治產，以給公上。不意當復用此為譏議也。

夫人情所不能止者，聖人弗禁。故君父至尊親，送其終也，有時而既。臣之得罪，已三年矣。田家作苦，歲時伏臘，烹羊炰羔，斗酒自勞。家本秦也，能為秦聲。婦趙女也，雅善鼓琴，奴婢歌者數人，酒後耳熱，仰天撫缶而呼嗚嗚。其詩曰：「田彼南山，蕪穢不治。種一頃豆，落而為萁。」人生行樂耳，須富貴何時？是日也，拂衣而喜，奮袖低昂，頓足起舞，誠淫荒無度，不知其不可也。

惲幸有餘祿，方糴賤販貴，逐什一之利。此賈豎之事，汙辱之處，惲親行之。下流之人，眾毀所歸，不寒而慄。雖雅知惲者，猶隨風而靡，尚何稱譽之有？董生不云乎：「明明求仁義，常恐不能化民者，卿大夫之意也；明明求財利，常恐困乏者，庶人之事也。」故道不同不相為謀。今子尚安得以卿大夫之制而責僕哉？

夫西河魏土，文侯所興，有段干木、田子方之遺風，稟然皆有節概，知去就之分，頃者足下離舊土，臨安定。安定山谷之間，昆戎舊壤，子弟貪鄙，豈習俗之移人哉！於今乃睹子之志矣。方當盛漢之隆，願勉旃，無多談。

《昭明文選》卷第四十一「書上」載楊惲〈報孫會宗書〉[1]。

讀文章：（一）懂，（二）欣賞。努力須勉強，久之發生愛。一般人請客，必將自己所喜愛者請入。寫文亦如此。

欲欣賞此文，需瞭解相關之本事背景。李善注引《漢書》曰：

楊惲，字子幼，華陰人。以才能稱譽，為常侍騎，與太僕戴長樂相失，坐事免為庶人。惲見已失爵位，遂即歸家閒居，自治產業，起室，以財自娛。歲餘，友人安定太守西河孫會宗與惲書誡諫之。言大臣廢退，當杜門惶懼，為可憐之意，不當治產業，通賓客，有稱舉。惲乃作此書報之。

「與太僕戴長樂相失」，「相失」，不相得也。「得」、「失」對舉，如是非、善惡皆對舉。

「坐事免為庶人」，「坐」，因……而判罪。

「當杜門惶懼」，「杜門」，關門。然有本領人閒不住，不讓做此事必做彼事。

「通賓客，有稱舉」，「稱舉」，讚揚。

五臣注：

惲見廢，內懷不服。其後有日蝕之變，人告惲「驕奢不悔過，日蝕之咎，此人所致」，下廷尉桉驗。又得與會宗書，宣帝惡之，遂腰斬之。

「人告惲」，「告」，告發。

「下廷尉桉驗」，「下」，交給。「廷尉」，法院司法官。「桉」，案、按，即審問。「驗」，驗證。

治亂國用嚴刑。死於法，人無可怨；死於刑，則不成。如藥治病有餘，於健康則不足。（法最重要。文法學、文字學，是文學中頂科學的。）

〈報孫會宗書〉，「報」，答覆。

此篇可朗讀，朗讀可養氣。（《論語》、《墨子》、《韓非子》、《漢書》，默讀；《左傳》、《莊子》、《孟子》、《國策》、《史記》，可朗讀。）

天下之事相反而又相成。痛快好，但魯莽與痛快相去一間耳。

---

1 楊惲（？—公元前五四）：字子幼，華陰（今屬陝西）人。宣帝時曾任左曹，因揭發霍禹謀反，封平通侯，遷中郎將。後被太僕戴長樂告發「以主上為戲，語近悖逆」，免為庶人。其後，楊惲家居治產，以財為欣慰。友人安定太守孫會宗以書相諫戒，楊惲覆以〈報孫會宗書〉。

小心與寡斷亦如此。謙虛得過火與驕傲一樣的討厭。謙是從心中發出來的，覺得自己不足，應當努力，應當探討。宇宙是神秘的，天地是複雜的，雖聖人猶有所不知，我們以一身之力、之小，如何能探討宇宙之秘密？我們怎能感到滿足？有一技之長，不必驕傲。但不驕傲也不成，要自己承認自己的不成。

作文與做人相同。

文章有生發，有結束。「方生方死，方死方生」（《莊子‧齊物論》），文章之生發、結束即如此（文學就是哲學）。

文章首段開端即言：「惲材朽行穢」，「材朽」、「行穢」——一因一果。所謂因果律，乃要那麼結果，先那麼栽種。為文則應前一句為後一句之因，後一句是前一句之果。因果相生。每句如此，每段亦如此。然文學究竟不是數學。如南北宋（北在前、南在後，應說北南宋）、東西晉（西在前、東在後，應說西東晉），然因為平常東西南北說慣了而說「南北宋」「東西晉」。「文質彬彬」應說是「質文彬彬」，然《論語》說「文質彬彬，然後君子」（〈雍也〉），所以也就如此用下去了。

「文質無所厎」，「厎」，音ㄓˇ，動詞，《爾雅》：「厎，致也。」「底」，音ㄉㄧˇ，至也。《毛詩》「伊于胡厎」（即「厎於胡」）、「靡所厎止」之「厎」亦訓為至。「厎」、「底」不同，「致」、「至」不同。「致使」、「至使」之「致」，使之至。「以至」、「以致」，以至是表示時間的、空間的；以致是表示因果的。《孫子》：「善戰者，致人而不致於人。」至，內動詞（vi）；致，外動詞（vt）。至、致，今混用了。「無所厎」，無所成也。

「先人餘業」，五臣注：「謂父敞為丞相也。」

「終非其任」，不勝其任。

「卒與禍會」，「卒」，終也，結果。「禍」，指免官。「會」，遇也。

「足下哀其愚矇」，「愚矇」，猶言愚昧。

「賜書教督以所不及」，「教督」，教訓改正。

「然竊恨足下不深惟其終始」，「竊」，私心以為。「惟」，思也，想也。「終始」，全體、經過。

「而猥隨俗之毀譽」，「猥」，副詞，形容俗。李善注：曲也，不合理謂之曲。（有理說不出曰屈，根本無理曰曲。）「毀」、「譽」對舉。

「不深惟其終始，而猥隨俗之毀譽」，為一篇之主旨，須注意。

「則若逆指而文過」，「指」，意指，「指」與「旨」相近。（旨，有理的、合理的；指，無理由）。

「文過」，文飾遮掩。

「默而自守」，五臣作「默而息乎」，五臣本較佳。

「恐違孔氏各言爾志之義」，《論語‧公冶長》：「子曰：盍各言爾志。」（盍，何不。）

不能懷疑自己，懷疑自己便不能活了；不能懷疑自己的職業或事業，若懷疑則幹不了。所以一個人不但悲觀不得，連懷疑也不成，應該勇往直前地幹去。

人應該有天才；如果沒有，養成一個，以發展自己之聯想。聯想不是亂想。蘇東坡有詩句：

但覺衾裯如潑水，不知庭院已堆鹽。（〈雪後書北台壁〉）

---

2 ㄓˇ：注音符號，對應漢語拼音 zhǐ。

3 ㄉㄧˇ：為注音符號，對應漢語拼音 dǐ。

這就是聯想。

讀書，中西古今或好或壞之書，皆可讀，然不要亂讀。

作文必先識字。據說一土匪做了縣長，召集學者訓話：

> 今天天氣很美麗，大家來得很茂盛，所以兄弟我很感冒。大家會好幾國英文，都是化學的腦筋，兄弟肚裡沒有腦筋。（有一人笑了。）那位諸君怎麼笑了？

用字如用人，須知其性格才會用，它才肯為你所用。用字須用活了。劉彥和《文心雕龍・總術》篇云：

> 是以執術馭篇，似善弈之窮數。

文章猶如下棋，手藝高就輸不了。打牌賭博則不然，全仗蒙。

散文分三種：抒情、哲理、科學。科學散文最不易寫，剛硬的。

回憶是最有詩味的。氣盛者，文多流暢；思深者，文多艱澀。

魏文帝〈答繁欽書〉，因見繁欽書而寫，意謂我也會用此體寫此種文，而且寫得比你還好，感情還很平正。〈報孫會宗書〉亦為覆書，語氣則激昂，不服氣，口口聲聲說自己不成，而口口聲聲是不服氣。

次段自「惲家方隆盛時」以下，先敘上段所言之「終始」。

「總領從官」，「從官」，皇帝親近之官。

「與聞政事」，「與聞」，與，參與。

「曾不能以此時有所建明」，「曾」，過去詞。「建明」之「建」，乃見之事業，此為作；「建明」之

「明」，乃見之議論，此為言。

魯迅先生什麼也不能做，不使其做，但看別人做得又不好，只好言。孔、孟之說道理亦由此故。能做者不必說，用事實做證明，與其發宣言、出佈告闢謠，不如好好做事。寫文章乃不能做事者所為。

寫文章沒有「無所為」的，即使是「無所為」，也是為「無所為」而作，此亦「有所為」了。

「以宣德化」，「宣德化」即講「建明」。宣，使明也。

「橫被口語」，有的、沒有的罪名都加在我身。

「身幽北闕」，五臣注：「惲禁在北闕，不在常禁人之所，謂帝宮內。」

「自以夷滅不足以塞責」，「夷」，平、殺，夷九族，即殺九族。

「豈得全其首領」，五臣本作「豈意得全首領」，五臣本為佳。以李善本，全句為虛擬口氣；以五臣本，前半虛擬，後半實述。

「奉先人之丘墓」，「奉」，古寫「」，奉承、奉敬、守，後寫作「捧」。

「事死如事生」，乃就一人說，指事已亡故之父母；「事亡如事存」（《中庸》十九章），乃就現存之人物說，指事亡者之先人。（父母之父母，吾未見其人。）這是說父母活著，我們應為父母活著；父母死去，也還要為死去的父母和祖先活著。

我們如今此種思想已不清楚，而行為依然存在。八月十五非吃月餅不可，一般人是傳統之觀念。如果一很深之道理，到最後只剩了傳統（行為、程式），則非打倒不可，但須有需替者。如打倒舊道德，新道德安在？破袍子撕了必須有新袍子。如無代替者，需使其復活——意義是舊的，生命是新的。如我們也說八月十五吃月餅，這是象徵團圓的。

以現成之白話文替代古文，猶之以鶉衣百結之破衣替代棉袍子。一時代之人說一時代之話，用當代語言寫文章是所應當的。然須記住：所寫之「物」為本體，餘者為工具、為技術。

「君子遊道」，「遊」，五臣本作「游」。優遊，《論語‧述而》「遊於藝」之「遊」，動詞。「遊」，有享樂之意。學道是用功的；「遊道」是自然而然，是享受的。

「長為農夫以沒世矣」，「沒世」，一輩子。

「以給公上」，「給」，供給；「公上」，官家。

「不意當復用此為譏議也」，「用」，以也。以是之故＝用是之故＝因是之故，「用」、「因」、「以」，以雙聲而兼通。《孟子‧梁惠王上》有「殺人以梃」句，以、用通。然有時亦有不通。

此篇文章之思想並不深刻，每皆先多用四字句，臨結時用一長句，亦修辭之一法。

「夫人情所不能止者……不知其不可也」一段，慷慨、激昂、結實。

〈報孫會宗書〉是抒情的，非常慷慨。慷慨之文章最不易寫。一個人得意時說話要小心，失意時說話更應當小心。得意時，話易有失；失意時，語無倫次，無揀擇。無揀擇，乃為文之忌；無揀擇——作文之道，盡於此矣。為人處世無論得意、失意時，俱要少說話。做人如此，作文亦如此。寫慷慨之文字最難寫，既然憤慨，就是不得志、不如意、煩悶、牢騷，抓著什麼就寫什麼。楊惲之文即不平，慷慨激昂；激昂，不平和也。其文雖不平和，然尚有斟酌，即有倫次、有揀擇也。

我們之思想與感情是創作之源泉，換言之，無思想與感情不能談創作。（余自恨有感情、聯想，而無思想。）然思想與感情如一匹馬，以思想與感情為創作之源泉，猶如騎一匹馬，馬須是有力的、強健的，始可馱你走得很遠。但小心，馬不要成野馬，要駕馭牠，否則就寫亂了。創作時，最怕無思想、無感情，但太盛了而不能駕馭則糟。一個人駕馭自己之感情，不論在做人、作文皆不易。楊惲之文，感情盛過思想。

「夫人情所不能止者，聖人弗禁」，格言、警句。（格言未必然是警句。如中國人門上之對子是格言而非警句，無文學價值。格言只有言中之物，警句則既有言中之物，亦有物外之言。）楊惲在憤慨之情緒下，而有此種富有思想之話。在憤慨之情緒下，最不易有深刻之思想。思想深刻，何謂深刻？首先是真實，是什麼就說什麼，不必求深刻，久之即深刻。深刻「自不妄語始」。現在之青年要敢哭、敢笑、敢說、敢罵……即說真話也。楊惲此語或不能稱深刻之思想，然是真實之思想，尤其是寫於憤慨感情之下。

「送其終也，有時而既」，「送終」，送死。「既」，竟、終。

人是「有生」，故「遂生」；不能「遂生」，便「求生」。（陰處之樹長得既高且直，為求太陽也。）人之親人死了之後，有三辦法：（一）跟他死去。（二）哭，悲傷。不能跟他死去，悲傷亦不是生活之辦法。

悲傷是最傷人的。「若使憂能傷人，此子不得永年矣。」（孔融〈論盛孝章書〉）（三）漸漸淡漠下去。人對其要好的死者，初死時思念深；數年之後，漸漸淡泊。思至此，真覺可怕。人情冰涼，我們如何待人？人如何待我們？這沒有法子的事，不能強人所難。「有時而既」，不會無時而既的，故我們對於人之要求不能過量，你自己要過量可以。《遺教經》內說，和尚都化緣為生，「你去乞討人之時，施主彷彿如牛，要東西彷彿讓牛載物，要思量牛力」。

「臣之得罪，已三年矣……不知其不可也」是一篇中間，且是中堅。

「烹羊炮羔」，「炮」，一作「炰」。

「斗酒自勞」，「勞」，慰也。（給人道辛苦，即稱勞苦。）

「雅善鼓琴」，「雅善」，雅，副詞，很善於。「鼓琴」，五臣本作「鼓瑟」。

聖人是最懂人情的，尤其是中國聖人最瞭解人情。過年過節，吃喝玩樂最有趣、有意義。（四月一日愚人節，可見好玩，說謊亦人所愛好者。）

「田彼南山」，「田」，種也。「蕪穢不治」，「治」，音池。「落而為萁」，「萁」，豆稈。「田彼南山」是象徵，一如陰陽八卦是象徵（可謂代表），☰乾、☷坤。（太極圖亦自有其道理，但太穿鑿附會了就不成。）

「『田彼南山，蕪穢不治。種一頃豆，落而為萁。』人生行樂耳，須富貴何時」數句中，「田彼南山」、「種一頃豆」——希望；「蕪穢不治」、「落而為萁」——現狀，失望的現實；「人生行樂耳，須富貴何時」，此末二句是寫實，是絕望。楊惲做官之時有希望，希望官大，或為官出力。而今罷官在家，由失望而絕望。並非對生活絕望，而是對希望而絕望。但仍要求生，故「人生行樂耳，須富貴何時」。（須，要也，等也。）

一個人要有希望，無希望則無生活之勇氣。但希望既多，失望也多，此也可以減少生活之勇氣。知足常樂，沒有希望故可以活下去。（餓也樂，孔夫子似乎人生有時也要餓死，餓也樂。阿Q之方法。）

《文選》之中，不見得篇篇皆中國最優秀之文。然可以說是水平線上之文章。讀書求一瞭解、二記住、三得啟發——即得到一種靈感。瞭解是把我轉入書中；記住是把書裝入腦中，如此也還是爾為爾、我為我；必須人與書之精神打成一片，得一啟發。心中有生發，即所謂靈感也。得到靈感之後，如迷信所說神靈附體，書上之精神與我們之精神成為一個。

教書不是把先生之思想給學生，而是使學生自己去想。如一瞎子，我們不是把所見所看說給他聽，而是怎樣使瞎子睜開眼來看。

小泉八雲，其母希臘人，新聞記者。在日本住得很久，後於大學教英文，入日籍，娶日本妻子，從妻姓，曰小泉八雲，於日本之功勞甚大，尤其在文學上，如廚川白村[4]等皆其弟子，溝通日本及西洋之文化。小泉八雲之思想陳舊落伍，然無關。小泉八雲說，速寫或者札記（皆指創作，與記事不同。記事彷彿報告，此非文學創作），小事物之速寫中有心理的描寫、幽默的趣味。

英國有詩人寫過一篇速寫，最好。故事寫一詩人看其貴族朋友，敲門時出來一女僕人（maid servant）——如中國所謂之丫頭差不多，並非老媽子——雖並不年輕，但不過三十。她有點兒可愛，但不知什麼地方，不能使人親近，就是詩人一萬年不來，她也不會想他。這篇文章主要寫丫頭之乾淨、整潔。她把詩人讓到客廳，一聲不言就走了。等主人不來，詩人就想寫詩，拿一墨水壺，沒拿住，掉了，掉在極昂貴的地毯上，於是各處按電鈴，慌極了。丫頭進來了，她知道了，扭頭就走了，冷冷靜靜地。她回頭拿來水與海綿，詩人往長椅子上一坐，看她做得非常仔細、有條理。眼看就乾淨了，恢復了原來的樣子，詩人想著給她多少錢。此時丫頭起來了，收拾了東西，笑著說：「先生，要喝一杯茶嗎？」真文雅。詩人覺得自己俗極了。之後不久，主人回來了，主客相見，詩人告訴主人灑墨水之經過，談談就走了，也未給女僕錢。這故事不但幽默，而且諷刺。人有時候覺得某人待我不錯，頭一天覺得好，第二天就覺得差點兒，一天天就淡了。英國一牧師佈道講得好，極感動人，照例講完即募捐。（唐和尚說法後，亦要求佈施。）一富翁在後面坐，極感動，說我捐一千。牧師捐完第一排，富翁想，何必一千，五百可矣。一排排捐下來，至富翁時捐五毛，但心

4 廚川白村（Kuriyagawa Hakuson, 1880-1923）：日本文藝評論家，著有《近代文學十講》、《出了象牙之塔》、《苦悶的象徵》等著作。

想捐一毛就可以了。人就如此膚淺，沒出息。不揭開，人為萬物之靈；揭開，則顯得刻薄。此種諷刺之文章，易使人刻薄。在青年觀察應銳敏，思想感情應豐富，而存心不可不忠厚。牧師募捐之故事是真實的，但太刻薄。小泉八雲所舉之故事與此故事相彷彿，不過寫得好。此幽默與諷刺之不同處，幽默固然是諷刺，但更富於溫情。

此種事每天都有，若寫出來，就是很好之文章，不是堆砌。

記事之文，其中亦含有道理，雖然不見得必含有道理；說理之文中亦有記事。如《史記・項羽本紀》，太史公並未說項羽好、劉邦壞，但文裡行間口口聲聲項羽是英雄，劉邦是無賴。此種說理、批評比明說出來之力量還大。純粹的客觀是不可能的，寫時，是非、善惡、喜怒不寫出來不可以，人不是機器，不是尺量，認識人，是活的，是有靈性的，故純粹之客觀是不可能的。法國詩人之自然派、寫實派主張以科學之方法從事文學之創作，然於文字中仍可看出作者之傾向來。凡是記事中皆帶有說理，說理之文章不必有記事，然好的說理文章必有記事。如《聖經》浪子還家、農人撒種等；如釋迦牟尼《百喻經》百段小故事，其實即故事集。《孟子》最能說理，但善於講故事，如日攘其雞……幽默、諷刺。《莊子》講玄學，書中故事最多。故不要輕視寫小故事——可含哲理之意義，借小故事而使人瞭解，收效更大。寫日記，不必如流水賬，寫下書上之一段，是札記，與書仍是爾為爾、我為我。在日記上，將心之所感、心之所想寫出一段道理來。思想究竟有成熟否，是很大之問題。如釋迦牟尼說教，早年與晚年即不同，故思想是進步的、改變的。記載小事固然瑣碎，然看如何寫。若不會寫，一國之興亡寫出來也毫無意義；若寫得好，寫羊狗打架也可以。寫得好，感動人，但不是說「教訓」。中國之文，「教訓氣」、「說明氣」太重了，如小泉八雲即舉了故事，並未說出道理來，看之而感歎。

行文簡單那就是美。行文簡單，用字斟酌，寫此種材料，寫出來就是永久的人性，讀後受啟發。（由小的描寫而得靈感。）

楊惲〈報孫會宗書〉，「書」是文體，伸縮性極大。因文分抒情、記事、說理。文學上之分類只是講之方便、學之省事，並非一刀兩斷截然為二之事。抒情之文，特別偏於美文，如魏文帝〈答繁欽書〉，然亦有說理之成份。作文可以說理、抒情、記事三種皆有，但只是一種也成。如韓退之之文皆是說理的。〈報孫會宗書〉是三者兼有。「夫人情所不能止者，聖人弗禁。故君父至尊親，送其終也，有時而既」，說理，說得太好，人情即如此。「人生行樂耳，須富貴何時」，抒情。「田家作苦，歲時伏臘」——時；「烹羊炰羔，斗酒自勞」——吃；「家本秦也，能為秦聲」——說自己；「婦趙女也，雅善鼓琴」——說其妻；「奴婢歌者數人，酒後耳熱，仰天撫缶而呼嗚嗚」——說周圍。寫得熱鬧而清楚。

對於記事之文章應注意：寫記事之文，觀察不得不精細，感覺不得不銳敏。如此，可以養成思想之正確。觀察時須精細，粗枝大葉、馬馬虎虎下斷語而欲成功不可能，猶如法官判案，人證、贓證不全，雖據法理條文而下斷語，亦不正確。正確之思想，是自然而然的，瓜熟蒂落，水到渠成，不求而自至。

在說理、敘事、抒情之後，文曰：「誠淫荒無度，不知其不可也。」

「淫」、「荒」，過度（書獃子曰書淫），荒與淫意同。《尚書》：「內作色荒，外作禽荒。」（〈五子之歌〉）

「夫人情所不能止者，聖人弗禁」，提出「人情」二字。既是情，或發洩，或壓抑，在浪漫之詩人、文人主張發洩。魯迅先生亦說青年應當敢說敢笑。——宗教主張壓抑，儒家既不取發洩，亦不取壓抑，在二者之間取以節制，禮之「興」即如此。禮乃所以節情也。（魯迅不滿意儒家之處，「都不可以不革，亦不可以太革」。諷刺語也。）

「此賈豎之事」，「賈豎」，下等人。「賈」，商人；「豎」，下等人。（豎子，奴豎，皆罵人之詞。）

「下流之人」，《紅樓夢》賈環即下流人。人不能力爭上游，只好甘居下流。人往高處長，水往低處流，人力爭上游而不可、而不得，於是甘居下流，自暴自棄矣。

「不寒而慄」，心懷恐懼。五臣注：「不寒而懷戰慄，言懼也。」

「雖雅知惲者」，「雅知」，猶言深知、甚知也。

「猶隨風而靡」，「靡」，披靡，倒也。

「董生不云乎……今子尚安得以卿大夫之制而責僕哉」，教訓氣太重，無感動人之力。此段盛氣，並非氣盛，盛氣凌人。

文章末段——「夫西河魏土，文侯所興。……方當盛漢之隆，願勉旃，無多談。」「西河」，西河即河東、山西，借指孫會宗之故鄉。「文侯」，魏文侯。「稟然」，嚴肅。「節概」，知當為與不當為之別。「安定」，在今甘肅西部。「旃」，「之焉」的合聲。

此結尾，近於謾罵，不好，不可為法，不可為訓。（魯迅先生一寫文章就罵人，他罵人是沒辦法，身有病，脾氣與病互為因果。）楊惲一肚子牢騷不平，一觸即發，故罵起來了。

第十一講　論盛孝章書

歲月不居，時節如流。五十之年，忽焉已至，公為始滿，融又過二。海內知識，零落殆盡，惟有會稽盛孝章尚存。其人困於孫氏，妻孥湮沒，單孑獨立，孤危愁苦。若使憂能傷人，此子不得永年矣！《春秋傳》曰：「諸侯有相滅亡者，桓公不能救，則桓公恥之。」今孝章實丈夫之雄也，天下談士，依以揚聲，而身不免於幽縶，命不期於旦夕。吾祖不當復論損益之友，而朱穆所以絕交也。公誠能馳一介之使，加咫尺之書，則孝章可致，友道可弘矣。

今之少年，喜謗前輩，或能譏評孝章。孝章要為有天下大名，九牧之人，所共稱歎。燕君市駿馬之骨，非欲以騁道里，乃當以招絕足也。唯公匡復漢室，宗社將絕，又能正之。正之之術，實須得賢。珠玉無脛而自至者，以人好之也，況賢者之有足乎？昭王築台以尊郭隗，隗雖小才而逢大遇，竟能發明主之至心，故樂毅自魏往，劇辛自趙往，鄒衍自齊往。嚮使郭隗倒懸而王不解，臨難而王不拯，則士亦將高翔遠引，莫有北首燕路者矣。凡所稱引，自公所知，而復有云者，欲公崇篤斯義也。因表不悉。

《昭明文選》卷第四十一「書上」載孔融〈論盛孝章書〉[1]。

「此子不得永年矣」，「不得」下五臣本有「復」字。

「今孝章實丈夫之雄也……吾祖不當復論損益之友，而朱穆所以絕交也。」此言孝章必當救。「談士」，文人也。五臣注：「孝章好士，故天下談文史之士皆依傍孝章，以發揚美聲。」「吾祖」，孔子。

「朱穆所以絕交」，朱穆作〈絕交論〉。

「今之少年，喜謗前輩，或能譏評孝章。孝章要為有天下大名，九牧之民，所共稱歎」，以駁時論，以堅曹公之志。

「嚮使郭隗倒懸而王不解」，「嚮使」，「嚮」亦作「向」，往昔。向，本義「方向」。

「不知足」，已足而不滿足（壞）；「知不足」，自知不足（好）。

寫人、事、物，最好以一字形容之、區別之，沒有兩個字的意義完全相同。（動物，不但貓與狗有區別，即貓與貓、狗與狗也有區別。）

「其」與「豈」。韓退之〈馬說〉「其真無馬耶」之「其」，表語氣，懷疑，大概是無馬，近於無馬，並非真無馬也。若「豈真無馬耶」之「豈」，非無馬，有馬。

「其知」，所有格，「知」音智。「其人」指示形容詞。

「其」有時做句子主角，然必用於附屬之句子中。「其來也」，無此種話。只用「來矣」便可，實無法便寫其名可矣。「我見其來矣」，可以。

「彼」，瞧不起之詞。如《論語》：「彼哉！彼哉！」（〈憲問〉）學問、事業，沒有不勞而獲的，這是真理。

余讀任何書皆是文學。立志學文，需養成此習慣。天地間無不成文。讀《史記》、《漢書》、《國語》、《國策》、《莊子》、《左傳》，自然好，但能受用否？讀《古文觀止》總覺得很好笑。但，死店須讓活人開，看如何讀法。《水滸》，白話，易講易瞭解，以助同學欣賞。

1 孔融（一五三—二〇八）：東漢末年文學家，字文舉，魯國（今山東曲阜）人，「建安七子」之首。因曾為北海相，世稱孔北海。有《孔北海集》。盛孝章：漢末名士，深為孫策所忌。孔融與盛孝章友善，憂其不能免禍，故修此書於曹操，以求救援。

第十二講　與陳伯之書

遲頓首。陳將軍足下：無恙，幸甚幸甚！將軍勇冠三軍，才為世出，棄燕雀之小志，慕鴻鵠以高翔。昔因機變化，遭遇明主，立功立事，開國稱孤，朱輪華轂，擁旄萬里，何其壯也！

如何一旦為奔亡之虜，聞鳴鏑而股戰，對穹廬以屈膝，又何劣邪！

尋君去就之際，非有他故，直以不能內審諸己，外受流言，沉迷猖獗，以至於此。聖朝赦罪責功，棄瑕錄用，推赤心於天下，安反側於萬物，將軍之所知，不假僕一二談也。朱鮪涉血於友于，張繡剚刃於愛子，漢主不以為疑，魏君待之若舊。況將軍無昔人之罪，而勳重於當世。夫迷塗知反，往哲是與；不遠而復，先典攸高。主上屈法申恩，吞舟是漏；將軍松柏不翦，親戚安居，高台未傾，愛妾尚在。悠悠爾心，亦何可言！

今功臣名將，雁行有序，佩紫懷黃，贊帷幄之謀，乘軺建節，奉疆埸之任，並刑馬作誓，傳之子孫。將軍獨靦顏借命，驅馳氈裘之長，寧不哀哉！夫以慕容超之強，身送東市；姚泓之盛，面縛西都。故知霜露所均，不育異類；姬漢舊邦，無取雜種。北虜僭盜中原，多歷年所，惡積禍盈，理至燋爛。況偽孽昏狡，自相夷戮；部落攜離，酋豪猜貳。方當繫頸蠻邸，懸首藁街。而將軍魚游於沸鼎之中，燕巢于飛幕之上，不亦惑乎！

暮春三月，江南草長，雜花生樹，群鶯亂飛。見故國之旗鼓，感平生於疇日，撫弦登陴，豈不愴悢！所以廉公之思趙將，吳子之泣西河，人之情也。將軍獨無情哉？想早勵良規，自求多福。

當今皇帝盛明，天下安樂。白環西獻，楛矢東來；夜郎滇池，解辮請職；朝鮮昌海，蹶角受化。惟北狄野心，掘強沙塞之間，欲延歲月之命耳。中軍臨川殿下，明德茂親，總兹戎重，弔民洛汭，伐罪秦中。若遂不改，方思僕言。聊布往懷，君其詳之。丘遲頓首。

《昭明文選》卷第四十三「書下」載丘遲[1]〈與陳伯之書〉。

丘遲，蕭梁時人，武帝蕭衍時人也。

蕭氏父子如曹氏父子，皆有文學天才。曹魏時文壇上之中心是曹氏父子，同樣，梁時文學中心是蕭氏父子。武帝有子：（一）昭明太子，（二）簡文帝，（三）元帝。曹植是秀才，作酸文而已，無能幹。

蕭氏父子差不多都成了秀才。昭明早死；簡文帝最可憐，為侯景所逼死；梁元帝雖為父兄報侯景之仇，然北朝兵進來，將其擄去。

北魏至末年，分：
- 東魏→齊（高）
- 西魏→周（宇文）

陳伯之，南朝人，降北魏。梁武帝令丘遲與之書。此篇文章好，然文風一變。

文，上古至兩漢而一變：兩漢之文厚重，渾厚樸實（有人說典雅，不然）；至三國與晉而一變：清剛，三國時偏於剛，晉時偏於清；至六朝而一變：華麗，特別是南朝。究其原因：

（一）用典。此派至庾信而集大成，庾乃六朝最後一大文學家。余最不喜其文，爛熟爛熟。老杜云：「庾信生平最蕭瑟，暮年詩賦動江關。」（〈詠懷古跡〉其一）老杜詩蕭瑟有勁，庾之文實無此勁。老杜又云：「清新庾開府。」（〈春日憶李白〉）庾信或有清新。

（二）抒情。此與南渡有關，南方人情感纏綿。

（三）寫景。此亦因江南山水明秀，故寫出之文秀麗。北方水深土厚，生長在黃沙大風中，固有蒼蒼茫茫之氣。故地理與文學亦有莫大之關係焉。

六朝之文學發展至齊梁，已至成熟之期，由丘遲〈與陳伯之書〉即可見出。然到成熟之期，即到了爛熟、腐敗、滅亡之時了。

莫從高古論風雅，體制何曾有故常。
寂寞心情誰會得，齊梁中晚待平章。（沈尹默〈題兒島氏所作《中國文學史》〉）

沈尹默[2]有《秋明集》，上卷詩，下卷詞。日人兒島氏[3]著有《中國文學史》，輒轉托人為題辭。沈高

1 丘遲（四六四—五〇八）：南朝梁文學家，字希範，吳興烏程（今浙江湖州）人。有《丘司空集》。

2 沈尹默（一八八三—一九七一）：現代學者，原名君默，字中，後更名尹默，齋名秋明。曾執教於北京大學，顧隨之師，有《秋明集》。

3 兒島氏：即兒島獻吉郎。兒島獻吉郎（Kenkichirō Kojima, 1866-1931）：日本漢學家，著有《支那文學史》、《支那文學史綱》、《支那文學考——韻文考》等。

《杏花春雨江南》描繪的景色，正是〈與陳伯之書〉中「暮春三月，江南草長，雜花生樹，群鶯亂飛」。一派雨後春光明媚的江南景致。

興，作詩八首，論詩詞曲，此其一。沈尹默之思想情感與守舊者不同。黃侃在文學方面，主張古雅高遠，故尹默詩首句即駁之。「體制」者，文章之作法也。「寂寞心情」出自元遺山論詩絕句「朱弦一拂遺音在，卻是當年寂寞心」（〈論詩三十首〉其二十），「遺音」者，餘韻也。非是寂寞心不能有遺音，但並非說寂寞心沒有感情（寂寞，不是心如槁木死灰也）。「中晚」，中唐、晚唐也。「待平章」，待重新估價、批評。

有關〈與陳伯之書〉之本事背景，五臣有注：

> **梁平南將軍陳伯之，初仕齊，齊東昏侯遣伯之將兵拒梁武。伯之知勢屈，乃降梁。至是又以眾歸北魏，故（丘）遲與此書以喻之。**

「遲與此書以喻之」，「喻之」，使其明白也。東昏侯，齊最後一帝。陳伯之，《梁書》有傳，此信即見其本傳中。陳小時無賴，目不識丁，以戰爭勇武，官封侯爵。得遲書，率兵八千又歸梁，梁武帝仍用之。其子虎牙未歸，為魏所殺。

首段：

「不世出之才」，世上不常出之才也。「才為世出」，亦是此意。出世與世出不同。文字就是習慣，須與其發生關係，並沒有死法子。如說「無聊」，不說「有聊」；說「左近」，不說「右近」。

「棄燕雀之小志」，背齊；「慕鴻鵠之高翔」，歸梁。

「昔因機變化，遭遇明主」，「因機變化」亦言其背齊歸梁；「明主」，指梁武帝。

「立功立事，開國稱孤」，「事」，五臣注：「事，職也。」「孤」，王侯之稱。

「擁旄萬里」，「旄」，旗之類，旗上有旄故謂之旄。

「一旦為奔亡之虜」，「奔亡」，逃亡也。「虜」，《史記》、《漢書》稱匈奴為虜，後成罵人語。

「聞鳴鏑而股戰，對穹廬以屈膝」，「鳴鏑」，響箭也；「穹廬」，帳篷。

「又何劣也」，對「何其壯也」而言。

「弓開如滿月，箭去似流星」，作文之道。「立功立事，開國稱孤，朱輪華轂，擁旄萬里」，如「弓開如滿月」，而「何其壯也」即「箭去似流星」。

此篇文章雖有名，然沒有什麼，求言中之物沒有什麼。感覺與思想，不必新，真的就行。有許多感覺在中國文章中還沒有說出來。

韓退之之文大帽子砍人，此種文摧殘生機。讀文應讀感覺銳敏之文，此可長生機，可為作文之助。（簡文帝感覺銳敏。）

丘遲對於文字之使用技巧甚為成熟。但成熟易成濫調，如作八股文即說：「天地乃宇宙之乾坤，吾心實中懷之在抱，久矣夫，千百年來，已非一日矣。」[4] 寫文章無調子不可，成濫調亦不可。丘遲之信頗有麻醉性，調子好。

欣賞文章時不必用理智，然而欣賞時失掉了理智是麻醉。瞭解誠然需要理智，然不要成為乾枯的、硬性的穿鑿附會。

第二段：

「尋君去就之際」，「尋」，推求。

「直以不能內審諸己」，「審」，詳、想。

「沉迷猖獗」，瘋子。「沉迷」，糊塗；「猖獗」，胡來。丘遲之文有層次。如首段先言「立功立事，開國稱孤……何其壯也」，而「如何一旦為奔亡之虜……又何劣邪」一轉。「沉迷猖獗」，沉迷者可以不猖獗，而猖獗者無不沉迷，有層次，有因果。

「聖朝赦罪責功」，「責」，與「斥」有不同。責，求。

「安反側於萬物」，「反側」，不安也。

中國文字上、言語上常用之技術，乃俗所言「您早知道了」。凡所稱引皆自知也，故丘遲文中言：「將軍所知，不假僕一二談也……」「假」，借也。

打老虎要打死，但一槓子打死也沒勁，「武松打虎」才有勁：

那個大蟲又飢又渴，把兩隻爪在地下略按一按，和身望上一撲，從半空裡攛將下來。……武松見大蟲撲來，只一閃，閃在大蟲背後。那大蟲背後看人最難，便把前爪搭在地下，把腰胯一掀，掀將起來。武松只一躲，躲在一邊。大蟲見掀他不著，吼一聲，卻似半天裡起個霹靂，振得那山岡也動。把這鐵棒也似虎尾倒豎起來，只一剪，武松卻又閃在一邊。……那大蟲又剪不著，再吼了一聲，一兜兜將回來，武松見那大蟲復翻身回來，雙手輪起梢棒，盡平生氣力，只一棒，從半空劈將下來。……正打在枯樹上，把那條梢棒折做兩截，只拿得一半在手裡。那大蟲咆哮，性發起來，翻身又只一撲，撲

---

4 八股文有「墨派」，此派寫文多用陳詞濫調，空洞無物但平仄抑揚，深合八股腔調。故有人以「墨派」二字為題，使用八股文中二股格式，作文字一段以嘲笑，其文曰：「天地乃宇宙之乾坤，吾心實中懷之在抱，久矣夫，千百年來，已非一日矣。溯往事以追維，曷勿考記載而誦詩書之典籍。元后即帝王之天子，蒼生乃百姓之黎元，庶矣哉，億兆民中，已非一人矣。思入時而用世，曷勿瞻黼座而登廊廟之朝廷。」

將來。武松又只一跳，卻退了十步遠。那大蟲恰好把兩隻前爪搭在武松面前。武松將半截棒丟在一邊，兩隻手就勢把大蟲頂花皮肐瘩地揪住，一按按將下來。那隻大蟲急要掙扎，早沒了氣力。被武松盡氣力納定，那裡肯放半點兒鬆寬。武松把隻腳望大蟲面門上、眼睛裡只顧亂踢。那大蟲咆哮起來，把身底下扒起兩堆黃泥，做了一個土坑。武松把那大蟲嘴直按下黃泥坑裡去。那大蟲吃武松奈何得沒了些氣力。武松把左手緊緊地揪住頂花皮，偷出右手來，提起鐵錘般大小拳頭，盡平生之力，只顧打。打得五七十拳，那大蟲眼裡、口裡、鼻子裡、耳朵裡，都迸出鮮血來。那武松盡平昔神威，仗胸中武藝，半歇兒把大蟲打做一塊，卻似躺著一個錦布袋。（《水滸傳》第二十三回）

「說大人，則藐之，勿視其巍巍然」（《孟子・盡心下》），然後可以說出。有人餵貓，貓一叫，樑上耗子掉下來。作文應如此，應有敲山震虎之力，「為題所縛」不成。貓玩耗子（貓鬥耗子，殘忍），應注意此一類之「小事」，對哲理、文學、做人有助。

「朱鮪涉血於友于，張繡剸刃於愛子，漢主不以為疑，魏君待之若舊」，「涉」、「喋」同。「友于」，「友于兄弟」（《論語・為政》），友于即兄弟。此四句，語法關係如下：

朱鮪涉血於友于
張繡剸刃於愛子
漢主不以為疑
魏君待之若舊

此四句，一、三連，二、四連。此誠然是小手法，然有小手腕即應學。文論班上講文學最高之理想，文選班上咬文嚼字乃起手之功夫。著眼不得不高，在文論；著手不得不低，在文選，「勿以善小而不為」

（《三國志・蜀志・先主傳》裴松之注）。

「朱鮪涉血於友于，張繡剚刃於愛子，漢主不以為疑，魏君待之若舊。」突來之筆，乾脆。〈文賦〉之多用語詞「其」、「也」、「然」、「而」，華麗、結實、漂亮、生動，海立雲垂，千斤之力。而此四句無「然後」、「是故」等句首語詞，好。無句首語詞，亦無句終語詞，此因前面之文太纏綿——「何其壯也……又何劣也……」、「不假僕一二談也」，纏綿，故此凝練。纏綿如水，凝練如山，山水交流，始成好風景。

纏綿之中以伸見長，伸，應有盡有；凝練之處以縮見長，縮，應無盡無。「立功立事……不假僕一二談也」，伸；「朱鮪涉血於友于……而動重於當世」，縮，似乎彷彿應有下文，但沒有，鐵案如此，兩言而絕耳。

「不遠而復」，用《易經》「不遠復，無祗悔」（〈復〉）。復，回歸正路也。「不遠而復」，五臣注：「謂迷者，不遠而能回，是不迷也。」

「先典攸高」，「典」，書也；「攸」，所也。「往哲是與」，就人而言；「先典攸高」，就書而言。「主上屈法申恩，吞舟是漏」，「屈法」，用法不嚴。「吞舟是漏」，「吞舟」，大魚。五臣注：「謂法網之疏，漏於吞舟之魚也。」

（一）「夫迷塗知返……先典攸高」，就前賢古跡而言之；

（二）「主上屈法申恩，吞舟是漏」，就武帝人言之；

（三）「將軍松柏不翦……亦何可言」，就伯之言之。

此三層真結實，從「朱鮪涉血於友于」至「亦何可言」，以「悠悠爾心，亦何可言」縮，兩句話就完了，老虎又打死了，無下文。但還怕不結實，又追下去。

第三段：

「佩紫懷黃，贊帷幄之謀」二句，言文臣（功臣）。「佩紫懷黃」，「紫」，紫綬也；「黃」，黃金印。

「乘軺建節，奉疆埸之任」二句，言武將（名將）。「乘軺建節」，「軺」，使車；「節」，旌旗。

「將軍獨靦顏借命」，「借命」，猶言偷生也、苟活也。

「驅馳氈裘之長」，為外國君主出力。長，ㄓㄤˇ[5]。

本段「今功臣名將」直至「寧不哀哉」，幾乎成了濫調。文從生硬到成熟，簡直到華麗，此種文已是成熟、華麗。

陳伯之，反覆小人也，看理不真，用情不專。此種人非反覆不可，只看利害不看理，利害有變化，理是天經地義，不可變的。

辯護，人總是用語言、文字為自己辯護，但不知用事實來辯護，真可憐。子曰：「始吾於人也，聽其言而信其行。今吾於人也，聽其言而觀其行。」（《論語・公冶長》）事實勝雄辯，在中國永遠是雄辯勝事實。（《世界日報》之副刊尚佳。[6]）

一人唱高調，他所說的話就是盾，以金碧輝煌的話來耀人，金字招牌，其貨物一無可取，說話成了工具而非表現。表現，語言、行為皆可表現，現在人語言、文字成了擋箭牌，是工具，並非表現也。愈是糊塗人，愈狡猾，「今之愚也詐而已矣。」（《論語・陽貨》）有許多人在社會上總想用欺詐手段取得其慾望，久之，人皆知道，也就要失敗了。

夫以慕容超之強，身送東市；姚泓之盛，面縛西都。故知霜露所均，不育異類；姬漢舊邦，無取雜種。北虜僭盜中原，多歷年所，惡積禍盈，理至焦爛。況偽孽昏狡，自相夷戮；部落攜離，酋豪猜貳。方當繫頸蠻邸，懸首藁街。而將軍魚游於沸鼎之中，燕巢于飛幕之上，不亦惑乎！

此段喻身在北朝之害。

「慕容超」，燕人；「姚泓」，秦人。宋高祖劉裕[7]（南北朝）雄才大略，北伐成功，雖南渡幾乎回不來，雖無賴出身，不識字，然是英雄。

「故知霜露所均，不育異類」，「霜露」，天地；「異類」，外國人。

「多歷年所」，多歷年數。

「況偽孽昏狡」，「孽」，嬖。「惡積禍盈，理至焦爛。況偽孽昏狡，自相夷戮」，此語又活起來了，可送給今日戰敗之日本。但不希望日本再活，再活起來，人便活不了。

「方當繫頸蠻邸，懸首藁街」，「蠻邸」、「藁街」，外國人在中國之住處；「懸首」，梟首。

「燕巢于飛幕之上」，「飛幕」，五臣注：謂軍幕也。（不結實，待不久。）

---

5 ㄓㄤˇ：注音符號，對應漢語拼音 zhǎng。

6 此句話疑為評價《世界日報》副刊之文章〈事實勝雄辯〉。

7 劉裕（三六三—四二二）：字德輿，小名寄奴，祖居彭城（今江蘇徐州），廢東晉恭帝司馬德文，自立為帝，建立劉宋王朝，史稱宋武帝。

「不亦惑乎」，「惑」，不明白，渾，糊塗。

前段既曉以在南朝之利，此段復喻以在北朝之害。

第四段：

暮春三月，江南草長，雜花生樹，群鶯亂飛。見故國之旗鼓，感平生於疇日，撫弦登陴，豈不愴悢。所以廉公之思趙將，吳子之泣西河，人之情也。將軍獨無情哉！想早勵良規，自求多福。

「暮春三月，江南草長，雜花生樹，群鶯亂飛。」此段無典，完全是修辭，美如散文詩。（一鄉下婦女欲跳井自殺，盛妝，天有雨，打傘而去。婦女愛美之心理成了習慣。「暮春三月」一段正如此故事。陳伯之連字都不認識，用得著寫此等文章嗎？）

六朝人寫景之文、寫景之詩，有後人不及處，因其有一立腳點——永遠是由近及遠或由遠及近；絕不會忽遠忽近，遠近由作者所站之處說也：

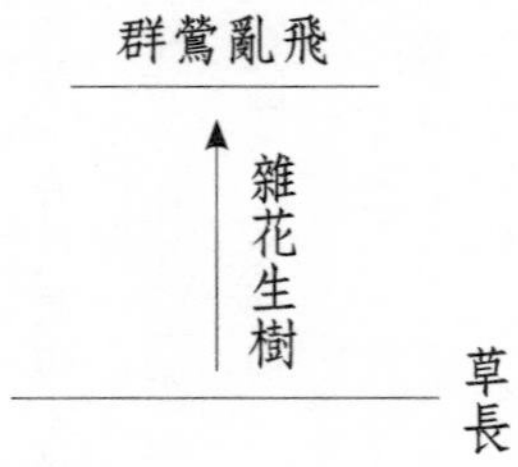

「千里之行，始於足下。」（《老子》）寫文章應注重些小之處。

「慼平生於疇日」，「疇日」，往日、昔日。

「撫弦登陴，豈不愴悢」，「弦」，弓弦；「陴」，女牆（城垛口）；「愴悢」，悲恨之意。

「吳子之泣西河」，「西河」，今山西。

「想早勵良規」，「良規」，善計。

「自求多福」，打算好結果，自然能好。

上文既曉喻之以利害，此段復動之以感情，而辭勝乎情。此乃所以成乎其為齊梁間之作風也。

辭——物外之言，情——言中之物（固然並非思想）。辭情相稱，水乳交融，銖兩悉稱。辭，古今中外之文皆努力於此，然成功者太少。「夫兵，猶火也，弗戢，將自焚也。」（《左傳・隱公四年》）文字在文人手中如兵之在國家，一朝權在手，便把令來行。大將軍八面威風，指揮如意，寫文章亦應如此。

文字，練來練去會生毛病，此真文人之悲哀。在周秦時中國文字光華燦爛，到齊梁中國文字發達成美麗圓潤。勉強地說，晚唐之詩有點似齊梁之文風，然未如齊梁之普遍，但始終使我們感覺到辭勝乎情。文人而受文字之累矣。禪宗大師法演對其弟子圓悟言其病曰：「只是禪太多。」又曰：「只似尋常說話時，多少好！」（《宗門武庫》）[8]現在白話文不是尋常說話的樣子，走的是死路子。

中國文字簡單明瞭，不使人難懂。（似平常說話，不是平常說話。）六朝之文，用典太多，詞藻太多，此不能到達簡單明瞭之地步。

[8] 法演（一〇二四—一一〇四）：北宋臨濟宗禪師。因住蘄州五祖山，人稱五祖法演。《宗門武庫》：「圓悟在五祖時。祖云：『爾也盡好，只是有些病。』悟再三請問不知某有什麼病。祖云：『只是禪忒多。』悟云：『本為參禪，因什麼卻嫌人說禪？』祖云：『只似尋常說話時，多少好！』」

西洋、日本之文學皆無齊梁時之喜用典。用典是辭勝乎情最顯著的現象，也可以說是最大之毛病。莊子、墨子、列子、韓非子，偶亦用典，然皆平常之典，當時最善於說故事；莊子思想、文字皆極佳。以後，說故事之風氣漸消，而用典之風盛行。說故事與用典，二者勢不兩立，善說故事者絕不善用典，善用典之人絕不會造故事。

末段「當今皇帝盛明，天下安樂。白環西獻，楛矢東來；夜郎滇池，解辮請職；朝鮮昌海，蹶角受化」，數句以圖示：

「暮春三月，江南草長，雜花生樹，群鶯亂飛。」時、地、意態皆是詩，是無韻詩。而「當今皇帝盛明」數句，非詩的意境而寫成了詩，平仄雖不調和然音節調和。

「皇帝盛明……蹶角受化」，在修辭上可說是到了家，有層次。但言中之物，誇大而空洞（物外之言是有的）。

文章概念太多，不實在。如「仁」、「義」，彷彿很熟悉，舉事實言之，便不行了。沒有事實，不能成思想；沒有事實，感情是無根之樹、無源之水，是不能發生、茂盛的。觀察事實，描寫事實，乃文人之基本工作，不會此，則更談不到思想。

一個人心裡一個天平，這天平也許是戥利害的，戥是非的，戥苦樂的，戥美醜的……以歷史為鏡子，不是發現古人之好醜，不是給別人算閒賬，乃是看見自己之好醜，其善者從之，其不善者改之。文學史即歷史（不是記日記事，乃瞭解當時社會情形）。

「中軍臨川殿下」，「臨川」，臨川王蕭宏，武帝之弟。

「總茲戎重」，「戎重」，大兵。

「弔民洛汭」，「汭」，洛北曰汭。

「若遂不改」，「遂」，順也。改過，有過改之不再犯。「遂過」，有過不改，依然如此做下去。

末段含有警告之意，前面是以利動之，以情感之，此段是以害怵之。

「暮春三月……群鶯亂飛」，伸，寫得熱鬧，不但眼花繚亂，耳朵也應接不暇。「若遂不改，方思僕言」，縮，有話在其中。

第十三講　重答劉秣陵沼書

劉侯既重有斯難，值余有天倫之戚，竟未之致也。尋而此君長逝，化為異物，緒言餘論，蘊而莫傳。或有自其家得而示余者，余悲其音徽未沬，而其人已亡；青簡尚新，而宿草將列，泫然不知涕之無從也。雖隙駟不留，尺波電謝，而秋菊春蘭，英華靡絕。故存其梗概，更酬其旨。若使墨翟之言無爽，宣室之談有徵，冀東平之樹，望咸陽而西靡；蓋山之泉，聞絃歌而赴節。但懸劍空壠，有恨如何！

《文選》卷第四十三「書下」載劉峻[1]〈重答劉秣陵沼書〉。五臣注曰：

初，孝標以仕不得志，作〈辯命論〉。秣陵令劉沼作書難之，言不由命，由人行之。書答往來非一。其後沼作書未出而死，有人於沼家得書以示孝標，孝標乃作此書答之，故云「重」也。

「劉侯既重有斯難」，「侯」，尊稱也；「難」，辯難也。

1 劉峻（四六二—五二一）：南北朝梁學者，字孝標，以字行，平原（今山東淄博）人。以注釋《世說新語》聞於世。

「竟未之致也」，「致」，致送。

「緒言餘論」，已發而未盡的詳細之言。

「余悲其音徽未沫」，「音徽」，「音」，言論也，文字也；「徽」，美德也。「沫」，晦也。（沫、晦互訓。）

「宿草將列」，「宿草」，陳根之草。

「泫然不知涕之無從也」，「無從」，不自知其所以然，不禁不由。

「隙駟不留」，言時光快。

「尺波電謝」，言人命短。

「秋菊春蘭，英華靡絕」，真美，真結實，是真理。這就是人生，就是人生的真理，是人生的意義。人類是不會滅絕的，然人是不會常在的。明乎此，則不必悲哀，本自己之力量幹去就是了。

「雖隙駟不留，尺波電謝」，生命有限；「而秋菊春蘭，英華靡絕」，精神不死。有徵，可信。

此篇文、辭、情相稱，情真。

第十四講　晉紀總論

史臣曰：昔高祖宣皇帝以雄才碩量，應運而仕，值魏太祖創基之初，籌畫軍國，嘉謀屢中，遂服輿軫，驅馳三世。性深阻有如城府，而能寬綽以容納，行任數以御物，而知人善采拔。故賢愚咸懷，小大畢力，爾乃取鄧艾於農隙，引州泰於行役，委以文武，各善其事。故能西禽孟達，東舉公孫淵，內夷曹爽，外襲王陵，神略獨斷，征伐四克。維御群後，大權在己。屢拒諸葛亮節制之兵，而東支吳人輔車之勢。世宗承基，太祖繼業，軍旅屢動，邊鄙無虧，於是百姓與能，大象始構矣。玄豐亂內，欽誕寇外，潛謀雖密，而在幾必兆。淮浦再擾，而許洛不震，咸黜異圖，用融前烈。然後推轂鍾鄧，長驅庸蜀，三關電掃，劉禪入臣，天符人事，於是信矣。始當非常之禮，終受備物之錫，名器崇於周公，權制嚴於伊尹。至於世祖，遂享皇極。正位居體，重言慎法，仁以厚下，儉以足用；和而不弛，寬而能斷。故民詠惟新，四海悅勸矣。聿修祖宗之志，思輯戰國之苦，腹心不同，公卿異議，而獨納羊祜之策，以從善為眾。故至於咸寧之末，遂排群議而杖王杜之決，汎舟三峽，介馬桂陽，役不二時，江湘來同。夷吳蜀之壘垣，通二方之險塞，掩唐虞之舊域，班正朔於八荒。太康之中，天下書同文，車同軌。牛馬被野，餘糧棲畝，行旅草舍，外閭不閉。民相遇者如親，其匱乏者，取資於道路，故於時有天下無窮人之諺。雖太平未洽，亦足以明吏奉其法，民樂其生，百代之一時也。

武皇既崩，山陵未乾，楊駿被誅，母后廢黜，朝士舊臣，夷滅者數十族。尋以二公楚王之變，宗子無維城之助，而閼伯實沈之郤歲構；師尹無具瞻之貴，而顛墜戮辱之禍日有。至乃易天子以太上之號，而有免官之謠，民不見德，惟亂是聞，朝為伊周，夕為桀跖，善惡陷於成敗，毀譽脅於勢利。於是輕薄干紀之士，役奸智以投之，如夜蟲之赴火。內外混淆，庶官失才，名實反錯，天網解紐。國政迭移於亂人，禁兵外散於四方，方岳無鈞石之鎮，關門無結草之固。李辰石冰，傾之於荊揚，劉淵王彌，撓之於青冀，二十餘年而河洛為墟。戎羯稱制，二帝失尊，山陵無所。何哉？樹立失權，託付非才，四維不張，而苟且之政多也。

夫作法於治，其弊猶亂；作法於亂，誰能救之？故於時天下非暫弱也，軍旅非無素也。彼劉淵者，離石之將兵都尉；王彌者，青州之散吏也。蓋皆弓馬之士，驅走之人，凡庸之才，非有吳先主諸葛孔明之能也。新起之寇，烏合之眾，非吳蜀之敵也。脫耒為兵，裂裳為旗，非戰國之器也。自下逆上，非鄰國之勢也。然而成敗異效，擾天下如驅群羊，舉二都如拾遺。將相侯王連頭受戮，乞為奴僕而猶不獲。后嬪妃主，虜辱於戎卒，豈不哀哉！夫天下，大器也；群生，重畜也。愛惡相攻，利害相奪，其勢常也；若積水於防，燎火於原，未嘗暫靜也。器大者不可以小道治，勢動者不可以爭競擾，古先哲王，知其然也。是以扞其大患而不有其功，御其大災而不尸其利。百姓皆知上德之生己，而不謂浚己以生也。是以感而應之，悅而歸之，如晨風之鬱北林，龍魚之趣淵澤也。順乎天而享其運，應乎人而和其義，然後設禮文以治之，斷刑罰以威之，謹好惡以示之，審禍福以喻之，求明察以官之，篤慈愛以固之，故眾知向方，皆樂其生而哀其死，悅其教而安其俗，君子勤禮，小人盡力，廉恥篤於家閭，邪僻銷於胸懷。

故其民有見危以授命，而不求生以害義，又況可奮臂大呼，聚之以干紀作亂之事乎？基廣則難傾，根深則難拔，理節則不亂，膠結則不遷。是以昔之有天下者，所以長久也。夫豈無僻主，賴道德典刑以維持之也。故延陵季子聽樂以知諸侯存亡之數，短長之期者，蓋民情風教，國家安危之本也。

昔周之興也，后稷生於姜嫄，而天命昭顯，文武之功，起於后稷。故其詩曰：「思文后稷，克配彼天。」又曰：「立我蒸民，莫匪爾極。」又曰：「實穎實粟，即有邰家室。」至於公劉遭狄人之亂，去邰之豳，身服厥勞。故其詩曰：「乃裹餱糧，於橐於囊。」「陟則在巘，復降在原，以處其民。」以至於太王為戎翟所逼，而不忍百姓之命，杖策而去之。故其詩曰：「來朝走馬，帥西水滸，至於岐下。」周民從而思之，曰：「仁人不可失也」，故從之如歸市。居之一年成邑，二年成都，三年五倍其初，每勞來而安集之。故其詩曰：「乃慰乃止，乃左乃右，乃疆乃理，乃宣乃畝。」以至於王季，能貊其德音。故其詩曰：「克明克類，克長克君，載錫之光。」至於文王，備修舊德，而惟新其命。故其詩曰：「惟此文王，小心翼翼，昭事上帝，聿懷多福。」由此觀之，周家世積忠厚，仁及草木，內睦九族，外尊事黃耇，養老乞言，以成其福祿者也。

而其妃后躬行四教，尊敬師傅，服澣濯之衣，修煩辱之事，化天下以婦道。故其詩曰：「刑於寡妻，至於兄弟，以御於家邦。」是以漢濱之女，守絜白之志；中林之士，有純一之德。故曰：「文武自天保以上治內，采薇以下治外，始於憂勤，終於逸樂。」於是天下三分有二，猶以服事殷，諸侯不期而會者八百，猶曰天命未至。以三聖之智，伐獨夫之紂，猶正其名教曰「逆取順守，保大定功，安民和眾」，猶著大武之容曰「未盡善也」。及周公遭變，陳后稷先公風化之所由，致王業之艱難者，則皆農夫女工衣食之事也。故自后稷之始基靜民，十五王而文始平之，十六王而武始居之，十八王而康克安之，故其積基樹本，經緯禮俗，節理人情，恤隱民事，如此之纏綿也。爰及上代，雖文質異時，功業不同，及其安民立政者，其揆一也。

今晉之興也，功烈於百王，事捷於三代，蓋有為以為之矣。

宣景遭多難之時，務伐英雄，誅庶桀以便事，不及修公劉太王之仁也。受遺輔政，屢遇廢置，故齊王不明，不獲思庸於亳；高貴沖人，不得復子明辟；二祖逼禪代之期，不暇待三分八百之會也。是其創基立本，異於先代者也。又加之以朝寡純德之士，鄉乏不二之老。風俗淫僻，恥尚失所。學者以莊老為宗，而黜六經；談者以虛薄為辯，而賤名儉；行身者以放濁為通，而狹節信；進仕者以苟得為貴，而鄙居正；當官者以望空為高，而笑勤恪。

是以目三公以蕭杌之稱，標上議以虛談之名，劉頌屢言治道，傅咸每糾邪正，皆謂之俗吏。其倚杖虛曠，依阿無心者，皆名重海內。若夫文王日昃不暇食，仲山甫夙夜匪懈者，蓋共嗤點以為灰塵，而相詬病矣。由是毀譽亂於善惡之實，情慝奔於貨欲之塗，選者為人擇官，官者為身擇利。而秉鈞當軸之士，身兼官以十數。大極其尊，小錄其要，機事之失，十恆八九。而世族貴戚之子弟，陵邁超越，不拘資次，悠悠風塵，皆奔競之士，列官千百，無讓賢之舉。子真著崇讓而莫之省，子雅制九班而不得用，長虞數直筆而不能糾。其婦女莊櫛織紝，皆取成於婢僕，未嘗知女工絲枲之業，中饋酒食之事也。先時而婚，任情而動，故皆不恥淫逸之過，不拘妒忌之惡。有逆於舅姑，有反易剛柔，有殺戮妾媵，有黷亂上下，父兄弗之罪也，天下莫之非也。又況責之聞四教於古，修貞順於今，以輔佐君子者哉！禮法刑政，於此大壞，如室斯構而去其鑿契，如水斯積而決其堤防，如火斯畜而離其薪燎也。國之將亡，本必先顛，其此之謂乎！

故觀阮籍之行，而覺禮教崩弛之所由；察庾純賈充之事，而見師尹之多僻。考平吳之功，知將帥之不讓；思郭欽之謀，而悟戎狄之有釁。覽傅玄劉毅之言，而得百官之邪；核傅咸之奏，錢神之論，而睹寵賂之彰。民風國勢如此，雖以中庸之才、守文之主治之，辛有必見之於祭祀，季札必得之於聲樂，范燮必為之請死，賈誼必為之痛哭。又況我惠帝以蕩蕩之德臨之哉！故賈后肆虐於六宮，韓午助亂於外內，其所由來者漸矣，豈特繫一婦人之惡乎？懷帝承亂之後得位，羈於彊臣。愍帝奔播之後，徒廁其虛名。天下之政，既已去矣，非命世之雄，不能取之矣。然懷帝初載，嘉禾生於南昌。望氣者又云豫章有天子氣。及國家多難，宗室迭興，以愍懷之正，淮南之壯，成都之功，長沙之權，皆卒於傾覆。而懷帝以豫章王登天位，劉向之讖云，滅亡之後，有少如水名者得之，起事者據秦川，西南乃得其朋。案愍帝，蓋秦王之子也，得位於長安，長安，固秦地也，而西以南陽王為右丞相，東以琅邪王為左丞相。上諱業，故改鄴為臨漳。漳，水名也。由此推之，亦有徵祥，而皇極不建，禍辱及身。豈上帝臨我而貳其心，將由人能弘道，非道弘人者乎？淳耀之烈未渝，故大命重集於中宗元皇帝。

《昭明文選》卷第四十九「史論上」載干寶〈晉紀總論〉[1]。干寶有《搜神記》，屬小說類。〈晉紀總論〉五臣注：此論自宣帝至愍帝，合其善惡而論之，是名總論也。（【二十四史】中有《晉書》，唐太宗御撰。）

1 干寶：東晉史學家、文學家，字令升，新蔡（今屬河南）人。著有《晉紀》二十卷，今全書已佚，僅存〈論諸葛瞻〉、〈論姜維〉、〈論晉武帝革命〉及附於文末的〈晉紀總論〉四篇。

自開頭至「大象始構矣」，述晉高祖（司馬懿）創業之基。「昔高祖宣皇帝以雄才碩量，應運而仕」，「碩」，大也；「碩量」，大略。「運」，氣數也。「嘉謀屢中」，「中」，去聲，準也。「遂服輿軫，驅馳三世」，「服輿軫」，五臣注：「輿軫，車也。」「服」，用也。「三世」，五臣注：「三世謂文帝時為丞相，明帝即位，遷驃騎大將軍，兼武帝文學掾也。」「性深阻有如城府」，「深阻」，別人看不透。「城府」，府庫也。「行任數以御物，而知人善採拔」，「任數」，五臣注：「數，術也。」「御」，使也，用也，駕馭。「採拔」，提拔。

作文莫妙於「知無不言，言無不盡」（蘇洵《衡論・遠慮》），如胡適之說，要說什麼就說什麼，要怎麼說就怎麼說。[2]但人是可憐的，歷來文人有幾個能「知無不言，言無不盡」？就在社會上、家庭中也辦不到。不但中國如此，外國也如此，不能想說什麼就說什麼。

三國時期曹孟德是頭一個人才，其次是諸葛亮、司馬懿。緊、狠、穩、準。狠，曹孟德，緊也夠上了；穩、準是諸葛亮；司馬懿狠而不緊，穩而不準，而曹孟德、諸葛亮都被司馬懿給治了。（緊走趕不上暗不憩。）爭鬥，操之過急則必敗。

大器晚成，積少成多，智慧也是儲蓄的。求知識、做學問，應如守財奴之守財然，並且要一個變倆，要生息。攢錢的人、做學問的人都有，積累智慧者卻沒有。然老成練達，因所見所知者多，歸納出一個東西來，此亦即智慧，此種智慧是真的有價值。物老則成精（狐狸），若以象徵視之，不但物老成精，人老亦能成精。此當然也指好的方面說。特殊天才多失敗，碌碌無能、無聲無臭的卻漸漸成了了不起之人物。司馬懿可以說是大器晚成。

現在的世界，什麼都要「新」，如新民主、新英雄主義。

…………

英雄是可以有的。一個群眾、民族，不能無領袖，猶之人之不能無腦子，故無論是民主或獨裁，都須有領袖。但英雄不是為了表現自己，而是為大眾出力，此始是真英雄。秦始皇吞併六國，不可一世之雄，後來壞在求長生及希為子孫永久之業，故秦二世而亡。英雄不過是一個領袖罷了，做領袖的人不應老表現自己。如果如此，則恐怕將眾叛心離，且其手下必定是奴才而無人才，此便懸得很。最好的英雄是犧牲自己，而是為民族、國家、大眾……新英雄主義應是為多數人之幸福利益而犧牲了自己之幸福利益。

曹孟德是極欲表現其自己，如其〈讓縣自明本志令〉。（有其苦，爬上去，費勁不說。）曹之文人氣很重，後居然掌軍政權，此其苦鬥，然爬上去下不來台了。但還不好意思自受，想做周文王而不願做周武王，「設使國家無有孤，不知當有幾人稱帝，幾人稱王」，此真是英雄表現自己。如諸葛亮之英雄是犧牲，舊傳統下之奴隸，劉備之奴才。此說在現在說起來還可以，若在當時便不能如此說。先不說這些，只說諸葛亮之犧牲，明知蜀不能取東漢，但不敢完得更快。所以說，他與其說是為國、為劉為奴隸，不如說是為朋友（劉備）而盡心、為知己而犧牲。諸葛亮是可取的。

司馬懿穩而不準，狠而不緊。的確，物老則成精，沒什麼了不起，便多年的經驗則了不得。其討諸葛亮之方策：你來則關門，走則作揖。

（原筆記至此，下缺。）

2 胡適〈建設的文學革命論〉：「有甚麼話，說甚麼話；話怎麼說，就怎麼說。」

三國時期曹操是頭一個人才，其次是諸葛亮、司馬懿。圖為明朝戴進《三顧草廬圖》。

第十五講　逸民傳論

《易》稱：「遯之時義大矣哉。」又曰：「不事王侯，高尚其事。」是以堯稱則天，而不屈潁陽之高；武盡美矣，終全孤竹之絜。自茲以降，風流彌繁，長往之軌未殊，而感致之數匪一。或隱居以求其志，或迴避以全其道，或靜己以鎮其躁，或去危以圖其安，或垢俗以動其槩，或疵物以激其清。然觀其甘心畎畝之中，憔悴江海之上，豈必親魚鳥樂林草哉，亦云介性所至而已。故蒙恥之賓，屢黜不去其國；蹈海之節，千乘莫移其情。適使矯易去就，則不能相為矣。彼雖硜硜有類沽名者，然而蟬蛻囂埃之中，自致寰區之外，異夫飾智巧以逐浮利者乎！荀卿有言曰「志意修則驕富貴，道義重則輕王公」也。

漢室中微，王莽篡位，士之蘊藉義憤甚矣。是時裂冠毀冕，相攜持而去之者，蓋不可勝數。揚雄曰：「鴻飛冥冥，弋人何篡焉。」言其違患之遠也。光武側席幽人，求之若不及，旌帛蒲車之所徵賁，相望於巖中矣。若薛方、逢萌聘而不肯至，嚴光、周黨、王霸至而不能屈。群方咸遂，志士懷仁，斯固所謂舉逸人則天下歸心者乎？肅宗亦禮鄭均而徵高鳳，以成其節。自後帝德稍衰，邪孽當朝，處子耿介，與卿相等列，至乃抗憤而不顧，多失其中行焉。蓋錄其絕塵不及，同夫作者，列之此篇。

《文選》卷第五十「史論下」載范曄[1]〈逸民傳論〉。

避世，西洋隱士與中國隱士在此點上相同。既曰避世，當然是個人的。唯西洋之避世是宗教的，故要為人類做一點事；中國的避世是無所為的，且狂妄自傲、自以為高。西洋之隱士是吃苦的；中國之隱士是享福的，林間月下，看花飲酒。而伯夷、叔齊餓死首陽，不食周食，也頗有宗教的精神；[2]清之逸民是「腰纏十萬貫，騎鶴上揚州」，此種遺老誰也願意作。[3]

隱士是避世的，是個人主義，以《易》所稱「遯之時義大矣哉」、「不事王侯，高尚其事」而論。王侯者，一國之主，領袖元首，人民應從其令。「溥天之下，莫非王土，率土之濱，莫非王臣。」（《詩經・小雅・北山》）人民既為其臣，便應侍奉王者。我們有時沒有個人之人格，個人不能成立，國家令我們死戰不敢偷生存。古之國家以王侯、帝為代表，故效死而不去，此愛國也。忠、孝並列，夫孝，天之經、地之義，孝與忠既並列，且忠亦是天之經、地之義也，故古有云「求忠臣於孝子門」，可見忠孝一體，君親一體。上古之人是如此看、如此想、如此說。一個人若不事王侯，往消極上說是「此率民而出於無用者也」（《戰國策・齊策・趙威后問齊使》）。古代聖明之君主往往降禮而推崇隱逸之臣，何故？此王侯之政策。王、帝尊隱者，皆天下太平之時。若在干戈之際，天下擾擾，兵荒馬亂之時不及推崇隱者，因乃用人之際也。「太平本是將軍定，不許將軍見太平。」（元雜劇《賺蒯通》）寧可我負人，勿人負我。太平之時，不要臣下做人才，而須做奴才。一般奴才，在用人之際是奴才。奴才，無本事者也，只會花言巧語以悅人。太平時，人前有幾個奴才很舒服，而有人才在前未必舒服；有事時，人才必定與之辯理反駁，若不聽則拂袖而去。由此可知，古之皇帝都喜歡奴才而殺人才。一般庸主昏君是喜歡奴才的，暈天黑地，什麼也不明白。亡國之君手下皆有幾個奴才，此亡國之由也。然一般大有為之君，也殺了功臣，縱不見得喜奴才，然殺功臣自然是不喜人才了。當國家太平之際，為君者只希望為臣者舞蹈揚塵，山呼萬歲，此亦是望其做奴才也。隱士雖不服從，然絕不反對；雖未為之做事，然亦未壞事，故推重隱士也。清入關後，希望明人為之做事，不然，做遺老去可也。八年淪陷，日人對中國亦如此。有名氣者出來為之做事是一等人，如王克敏、王蔭堂，在日人眼中，王克敏曾為國民政府代表，王蔭堂以前亦是國民政府之人。第二，未替日人做事，然老實待著。第三是殺無赦（地下工作者）。

1 范曄（三九八—四四五）：南北朝宋史學家、文學家，字蔚宗，順陽（今河南南陽淅川）人。范曄刪取各家《後漢書》，著為一家之作，成《後漢書》十紀、八十列傳。

2 《呂氏春秋・誠廉》：「昔周之將興也，有士二人，處於孤竹，曰伯夷、叔齊。二人相謂曰：『吾聞西方有偏伯焉，似將有道者，今吾奚為處乎此哉？』二子西行如周，至於岐陽，則文王已歿矣。武王即位，觀周德，則王使叔旦就膠鬲於次四內，而與之盟曰：『加富三等，就官一列。』為三書，同辭，血之以牲，埋一於四內，皆以一歸。又使保召公就微子開於共頭之下，而與之盟曰：『世為長侯，守殷常祀，相奉桑林，宜私孟諸。』為三書，同辭，血之以牲，埋一於共頭之下，皆以一歸。伯夷、叔齊聞之，相視而笑曰：『嘻！異乎哉！此非吾所謂道也。昔者神農氏之有天下也，時祀盡敬，而不祈福也；其於人也，忠信盡治，而無求焉；樂正與為正，樂治與為治；不以人之壞自成也，不以人之庳自高也。今周見殷之僻亂也，而遽為之正與治，上謀而行貨，阻丘而保威也。割牲而盟以為信，因四內與共頭以明行，揚夢以說眾，殺伐以要利，以此紹殷，是以亂易暴也。吾聞古之士，遭乎治世，不避其任；遭乎亂世，不為苟在。今天下闇，周德衰矣。與其並乎周以漫吾身也，不若避之以潔吾行。』二子北行，至首陽之下而餓焉。」《史記・伯夷列傳》：「武王已平殷亂，天下宗周，而伯夷、叔齊恥之，義不食周粟，隱於首陽山，采薇而食之。及餓且死，作歌，其辭曰：『登彼西山兮，采其薇矣。以暴易暴兮，不知其非矣。神農虞夏忽焉沒兮，我安適歸矣？于嗟徂兮，命之衰矣。』遂餓死於首陽山。」

3 祝穆《事文類聚》引殷芸《小說》：「有客相從，各言所志。或願為揚州刺史，或願多資財，或願騎鶴上升。其一人曰：『腰纏十萬貫，騎鶴上揚州。』欲兼三者。」

首段：

「遯之時義大矣哉」，「遯」、「遁」通，即避世也。「時義」，《易經》上常連用成一名詞，「時義」彷彿夏葛而冬裘。孰對孰不對？孰好孰劣？這很難說。然好壞有客觀條件，有時間性，今之所謂「合時宜」與「時義」意近，義者，時之宜也。天下無一定不變之道理。商鞅之法，統一中國。商鞅之法是第一個改變上古政策的，上古統民講仁義，商鞅講功利。湯武變揖讓為征伐，商鞅變仁義為功利，皆有其「時義」在也。遯，並不好，然在某一時，有其好處在。

「高尚其事」，「尚」，「上」通。

「自茲以降」，「茲」，指上古三代而言。許由指上古，伯夷指三代。

「風流彌繁」，「風流」，猶言流風、風氣，與文采風流之意不同，與風流蘊藉亦不同。文采風流、風流蘊藉，指人之品性。「長往之軌未殊」，「長往」，一去不回。

「而感致之數匪一」，「感致」，有感於中而致如此。「致」，使也。「數」，方式也。五臣注：「自茲以降，謂許由、伯夷以下也。風流，謂隱居之流也。……不殊，言隱逸同也。感致匪一，謂以下事。」

接下文章一連六個「或……」，有層次先後，不僅求字句整齊，音節高亢。不僅文章美，亦有思想：

（一）「或隱居以求其志。」「志」，意志，本意志而做事不易，往往因受環境人事之影響而打折扣，「何意百煉鋼，化為繞指柔」（劉琨〈寄贈別駕盧諶〉）。

兩個朋友在一起，必須此一人為彼一人之奴隸，或自覺或不自覺。人連自由意志都沒有（人沒有完全、沒有自由），兩人需彼此將就，始可過兩人以上之生活。要團結須服從，此豈非為他人之奴隸？

人在黨中如運輪然，沒有個人之意志。有感覺、有思想之人感到人生之艱難，以淵明之沖淡尚說：「人生實難，死如之何！」（陶淵明〈自祭文〉）一個天才或一個有思想、有感覺之人，不願受羈勒，要求有個人自由，求意志完全，如此便不能處世或為人，故「隱居以求其志」，愛求怎樣求怎樣。

中國人不是舒服是麻木，西洋人說話如針刺：

你死，死以後我還詛咒你，我連死都死不起，有這些孩子……

在法律上、道德上，都不允許自殺。人有時死都死不起。

（二）「或迴避以全其道。」「道」，「道」言行；「志」言心，在心為志。「道之將行也與？命也。」（《論語・憲問》）此句「或迴避以全其道」與上句「或隱居以求其志」，無甚大區別。

（三）「或靜己以鎮其躁。」人若無火性便苟安，不求上進，委靡不振。「靜己以鎮其躁」，可真正做一點事，要去火性留血氣。范蔚宗之言，或是消極的，謂如此可以不在社會上奔走也。不論消極地為善或積極地為我，總要「靜己以鎮其躁」。

（四）「或去危以圖其安。」此就利害言。

（五）「或垢俗以動其槩。」李善注：「或垢穢時俗以動其槩，槩，猶操也。」操，節操、操守、操行、操持。五臣注：「垢，穢也。槩，節槩也。」

（六）「或疵物以激其清。」「疵」，罵；「激」，激發。「白眼看他世上人」（王維〈與盧員外象過崔處士興宗林亭〉）、「安能以身之察察受物之汶汶者乎」（楚辭〈漁父〉），即「疵物以激其清」。

「垢俗」即老子所謂之混俗也，外圓而內方。「疵物以激其清」，根本就不改也。傳說一國有狂泉，只有一人未喝而未瘋。然一群瘋子說他是瘋子，無法，此人也喝了。

感致之數：
①求志——內
②全道——外
③鎮躁——為己　內
④圖安——應世　外
⑤動槩——圓
⑥激清——方

看事情最難窺見全圓。「凝視人生，窺見全圓」（廚川白村語）。

如此思想可透徹，思想才不至偏激。

「然觀其甘心畎畝之中」，五臣本無「觀」字。「甘心」，至死不悔。

「憔悴江海之上」，「憔悴」，生活甚艱。

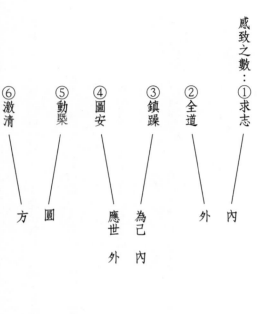

「亦云介性所至而已」，「介性」，五臣注：「耿介之性。」因光明堅固，故不能改變。然或有他義：介，古通「個」，此或誤。（猶如汨與汩，古抄書易錯。）如：一介之使＝一個之使；一介不取、一介不與＝一個不取、一個不與。

前言「長往之軌未殊」，此云「介性所至而已」，「長往之軌」與「介性所至」以圖示：

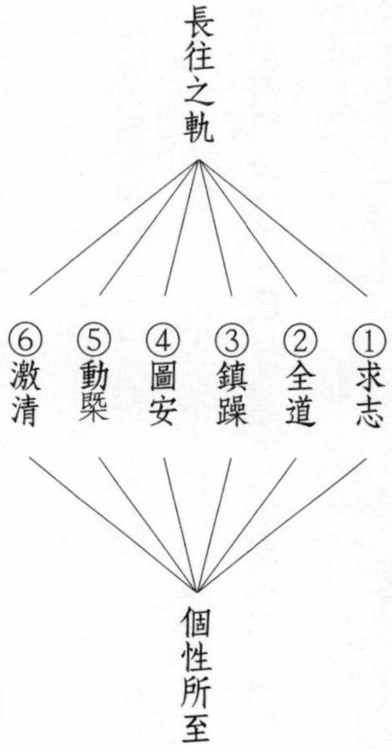

「適使矯易去就」，「適」，五臣注：「向也。」嚮、向通。方向、方嚮，此就空間上言；就時間上說，亦通，皆言過去。嚮者、向者、昔者、古者，古者最長；昔者較古者短；嚮者，三天前亦可謂之嚮，很古則不可。「適」，方才、剛（過去）。「適見之不知何往」，亦是過去式。「矯易」，改變。

「則不能相為矣」，幹不了。

「彼雖硜硜有類沽名者」，「硜硜」，不變通。五臣注：「堅勁貌。」即今俗言「死心眼兒」。阿力士多德[4]對亞歷山大（Alexander）言：「我還不至於無聊得非說你的壞話

4 阿力士多德（Aristotélēs, BC. 384-BC. 322）：今譯為亞里士多德，古希臘哲學家、科學家、教育家。

而沒有話說。」此亦硜硜之言也。

「自致寰區之外」，「致」（vt，及物動詞）；至（vi，不及物動詞），弄到、擺到。「寰區之外」，世外。

「異夫飾智巧以逐浮利者乎」，「異」（v，動詞），不同。「夫」（that），那個。

「志意修則驕富貴」，「志意修」，意志堅強。

學道之人心非狠不可，否則意志不堅便被世俗所誘。作文做事，亦皆如此。若只狠了心，瞧不起人，而己一無所能，那只是狂妄無知。意志修而驕富貴，還需內守充實，真有本事，有仗恃，然後才能瞧不起人。只是瞧不起人或求人憐，皆不可。

次段：

「士之蘊藉義憤甚矣」，「蘊藉」，五臣注：寬和貌。李善注：寬博有餘。二說俱不通。蘊藉，含也。含蓄，懷、抱。「義憤」，恨也，不平也。「蘊藉義憤」，即懷恨、抱不平。

「是時裂冠毀冕」，「裂冠毀冕」，欲避世也。冠冕，象徵，非寫實。

「蓋不可勝數」，「蓋」，推原其故之辭。

「弋人何篡焉」，「弋人」，射人也，「篡」，取也。

巢父、許由[5]，太平時代之隱士。如以心理分析（psychoanalysis），太平時代之隱士，消極的就是藏拙；還有一種積極的，是嫉妒——不合作。此種心理最不好，若不嫉妒而至羡慕，往往成為諂媚。遇到比我們高的人（物質、精神），既不諂媚也不嫉妒，即中庸之道。然談何容易！太平時代之隱士，不見得是真高真潔。亂世之隱士，一為避患，此是消極的，避敵人之患且敵人佔據不能長久；一為義憤，此是積極的。

藏拙與避患是無為，嫉妒與義憤是不平。

「光武側席幽人」，「側」，猶特也。「側席」，特席（特席與聯席相對）。中國上古之時進屋就脫鞋，所以「跪」很平常。「側席幽人」，為幽人特設一席，待之有禮，尊重之也。「側席」，動詞。「光武側席幽人」，五臣注：「光武側席是憂幽人不至矣。」《禮記》云：「有憂者，側席而坐。」（〈曲禮上〉）禮，不看成印版規矩，而看成有生命之藝術。先王之禮，皆合人情。「有憂者，側席而坐」，既不打擾人，人亦不擾我，井水不犯河水。

「旌帛蒲車之所徵賁」，李善注：「言招士或旌以帛也。」五臣注：「招賢之表識（識，ㄓ[6]，記號也）。帛，束帛。蒲車，招隱之車也。徵，求。賁，飾也。」「旌」有二義：（一）旌旗（n），（二）旌表（v）。《詩經・干旄》招賢士也，旄亦旌之類。「帛」，招賢之聘禮。「蒲車」，五臣謂招隱之車也，非，應從李善注。蒲車，蒲輪之車也。「賁」，卦名，賁者文明之象（文，文章，明光彩。其實文章就是光彩。彣、彰互訓）。「徵」，承蒲車，「賁」，承旌帛，此句二主語、二述語，即旌帛之所賁，蒲車之所徵。「所」下之字必為動詞。「誰」、「孰」、「何」，有時亦用於動詞之前。如「誰欺」、「孰與」、

5 巢父：傳說中堯時之高士，因築巢而居，故稱巢父。許由：傳說中堯時之高士，隱於箕山。《莊子・逍遙遊》：「堯讓天下於許由。……許由曰：『子治天下，天下既已治也。而我猶代子，吾將為名乎？名者，實之賓也。吾將為賓乎？鷦鷯巢於深林，不過一枝；偃鼠飲河，不過滿腹。歸休乎君，予無所用天下為！』」皇甫謐《高士傳》：「堯讓天下於許由。……由於是遁耕於中岳，潁水之陽，箕山之下，終身無經天下色。堯又召為九州長，由不欲聞之，洗耳於潁水濱。時其友巢父牽犢欲飲之，見由洗耳。問其故，對曰：『堯欲召我為九州長，惡聞其聲，是故洗耳。』巢父曰：『子若處高岸深谷，人道不通，誰能見子？子故浮游，欲聞求其名譽。汙吾犢口！』牽犢上流飲之。」

6 ㄓ：注音符號，對應漢語拼音 zhi。

「何知」，《論語・顏淵》：「君孰與足？」「所見者何？」

「相望於巖中矣」，「相望」，不斷也。

「……至而不能屈」，「不能屈」，不能曲以臣節。

「群方咸遂」，「方」：（一）方向，（二）類。「群方」，各處也。或從二講，群方，各類。

「遂」，順也，安生。

「斯固所謂舉逸人則天下歸心者乎」，「逸人」，五臣本作「逸民」，是。

孔子所謂「舉逸民」是積極的。（「遺民」，遺，剩下之意，前朝遺民，改朝換帝而後之民曰遺民。「逸民」，逸，逃掉之意，漏網之魚曰逸。唯逸民是好的意思。）皇帝用人，「溥天之下，莫非王土，率土之濱，莫非王臣」，每一個人都要為君主國家負責，但結果成了君令臣死，不敢不死，暴戾之君亦稱之為聖明之君。若不為君為國效勞，而隱於遠山之中，此頗似一逃債者。殺人者償命，欠債者還錢，無所逃於天地之間。而隱士亦逃債，此之謂逸民。孔子之所謂「逸民」，言其有本事有能耐而不肯做事，此時皇帝「舉逸民則天下歸心」。何故？逸民想逃脫，而皇帝以禮徵之，非令其一露本事，但不是命令，不是強迫，而是請求。天下人見此情況，則覺其君真乃聖明之君，人只要有本事，不愁無官可做。逸民想逃尚逃不了，可見皇帝之聖明。

在舊日專制時代，皇帝最怕人造反，消滅之方有數種，如秦始皇之愚民、漢高祖殺戮功臣，乃消極之辦法、糊塗之辦法。故一個暴君摧殘其臣民，不思其幸福。等其臣民被摧殘至最後程度，就是他從皇座上倒顛下來之時，不及其身，便在子孫。故秦二世而亡，乃天理使然，亦是罪有應得。漢高祖殺功臣，晚年「大風起兮雲飛揚」、「安得猛士兮守四方」（《大風歌》）[7]——都殺了，哪有猛士？故漢歷代受外（族）之壓迫也。

沒本事之人，樂得無事，大事化小，小事化無；有本事之人，一是不能安然無事，二是不平，唯恐天下一日無事，閒不住，待不起，此時最好給以很好之報酬、十足之面子，使其做一件合適之事。（大臣篡位，不也是給其事做了？參活句，不參死句。）在上者用人，需有用人之本事；在下者為人所用，此亦需有能耐。用人需能支配人。曹操如生於漢之高祖時，就是韓信、蕭何之流；漢高祖能用人、漢獻帝本身衰弱，而國勢微弱，欲振亦不可。總之，大有為之君，舉逸民而天下歸心。

《史記・留侯世家》記，漢高祖為帝後，其手下大將沙中偶語。[8]（非良好現象，出力叩頭是我們的，而享福者是他。）漢高祖見之，問張良，良曰給以官位，又曰先封雍齒為侯。雍齒，高祖最不喜者，封之，別人云，安心了。此亦心理學。本文中所言「斯固所謂舉逸人則天下歸心者乎」，方法很近似此。

「志士懷仁」，志士懷念皇帝之仁，不可造反。

皇帝與逸民相互利用，皇帝利用逸民使天下歸心，逸民利用皇帝裝門面。競爭、互助，古人不講此二點，只講利用、互相利用。（有錢者與做官者彼此利用。）在上位者，利用隱士而使人覺其仁心；在下位之隱士，利用皇帝以表其高節。

7《大風歌》全詩：「大風起兮雲飛揚，威加海內兮歸故鄉，安得猛士兮守四方。」

8《史記・留侯世家》：「（漢）六年，上已封大功臣二十餘人，其餘日夜爭功不決，未得行封。上在雒陽南宮，從複道望見諸將，往往相與坐沙中偶語。上曰：『此何語？』留侯曰：『陛下不知乎？此謀反耳。』上曰：『天下屬安定，何故反乎？』留侯曰：『陛下起布衣，以此屬取天下。今陛下已為天子，而所封皆蕭、曹故人所親愛；而所誅者，皆生平所仇怨。今軍吏計功，以天下不足以遍封。此屬畏陛下不能盡封，恐又見疑平生過失及誅故，即相聚謀反耳。』」

意識，有時自怪自己之思想會突如其來。其實此意識是早已有了，不過以前不清楚，如種子經過日光、雨露而生枝長葉，經過了此因緣，而種子發生——長葉、開花、結果。

自己求知，自己愛好。此二點，互為因果。

余近來常談《阿Q正傳》，二十餘歲時即看到魯迅欲揭示中國民族之傳統上的毛病：麻木、不認真、糊塗……《阿Q正傳》但挑這些，如大夫之割瘡，實是大夫之慈悲。否則，雖有皮包著，裡面就爛了，甚至於傳佈全身。

中國究竟什麼是好的？什麼是壞的？中國有國粹否？第一，應分清國粹與非國粹（國渣），不論從歷史上看來（看事情）、哲學上看來（看道理）或文學上看來，覺得中國多少年來之……[9]余自謂有感覺而無思想。近來，思想似乎有進步，尤其三十四年[10]起，要發掘中國的舊東西，要看看什麼是國粹、國渣，應留的或應拋的……講〈逸民傳論〉，覺得有話可說，然究非搞思想之人，而苦於腦子沒有條理。思想與語言，由思想變成語言，中間需經過一番周折。（余作散文及翻譯皆學魯迅，翻譯用直譯，保存原來之音節。no go，即不行、搞不通之意。余譯此句非常高興。余欲將莎士比亞之戲劇翻成曲子。〈大笑〉陽曆年後發表於《益世報》「君子一言」。）把思想翻譯成語言，真不容易。對講功課，余自謂：（一）預備不充份，（二）思想不成熟，現正在用功期間，心中萬馬奔騰，不是想人生、人世，就是想自己，觀察、欣賞、分析……總覺得以前不成，一年講得比一年好些。有一分心盡一分心，有一分力盡一分力，然只盡於此，沒法子。今年便覺得去年所講的不成，蓋思想不成熟，永遠由此一點往前轉，而不能固定於一點，故也不能安生。

傳統、遺傳真可怕，好的、壞的都承襲了。沒有一個祖先不希望其子孫強業勝祖，子孫應發揮祖上之美點，而拋其毛病。天下之法律，沒有推之四海而皆準——不變的。孔子是聖人，孟子推為「聖人之時者也」（《孟子・萬章下》）。（或罵孔子投機主義，搖身而變。）

《易》稱「遯之時義大矣哉」，「時義」，在這兒是合適，如夏葛而冬裘。

發現什麼是國粹、非國粹，是以「時」為標準。吾人生於大時代，已非閉關自守，人為夷狄、我為上種之時……現在，五大強國之一……這些金字招牌，不必提了，看外國人如何對我們！把我們還看成人嗎？如果不想把國家送給別人，唯有自強。

所謂國粹者，適合於此大時代之生存條件者即國粹。此豈非武斷？是的，雖武斷，然非如此不可。

善惡、道德、仁義、是非……現在談不到。反正餓了得吃飯，無飯吃得想法找飯吃；不找，就得餓死。我們不是不講是非、道德……但現在非講道德、仁義之時，餓了找飯吃要緊。如日本來侵略，或抗戰，或投降、叩頭、滅亡，用不到講是非、善惡。《禮記・禮運・大同》篇所言：「貨，惡其棄於地也，不必藏於己；力，惡其不出於身也，不必為己。」是詩之道理、境界……真的過那種生活是詩的生活，但成嗎？不可不高處著眼、低處著手，先承認了事實，然後一步步走近理想，但必須有理想。

祖先為我們留下道理，是要其子孫本此哲學而生活，不是使其本此而滅亡。所以，改革哲理是我們之責任……（今人坐汽車、住大樓、吃西餐……這些吃、住、行都改了，而哲理不肯改。）

逸民，唯中國有之，中國隱士清高，清高的是什麼？隱士，如繡花枕頭、象牙飯桶，裝樣子。

本篇結尾曰：

9 原筆記此處即為省略號，當是漏記當時的講述。

10 三十四年：指民國三十四年，即一九四五年。

肅宗亦禮鄭均而徵高鳳，以成其節。自後帝德稍衰，邪孽當朝，處子耿介，與卿相等列，至乃抗憤不顧，多失其中行焉。蓋錄其絕塵不反，同夫作者，列之此篇。

此段非常好。范蔚宗有史學、史識。

「處子」，「處」，不出之意。「與卿相等列」，「與」字上，五臣本有「羞」字。肅宗以後，卿相＝邪孽。「抗」，高抗。「憤」，憤慨。「中行」，中道之行，中庸之道。

此段指東漢黨錮之禍，此時隱士有反抗精神。漢之隱士，在王莽時代，消極的不合作；在光武時代，積極的合作；肅宗以後，積極的不合作，故結果成了黨錮之禍，都被殺了，慘極了。漢之黨錮、唐之清流、宋之太學上書、明之東林、民國之五四運動……實非好現象——此就利害言之，非就事實而言之。

結句「蓋錄其絕塵不及，同夫作者，列之此篇」。「及」，五臣本作「反」，好。

第十六講　恩倖傳論

夫君子小人，類物之通稱。蹈道則為君子，違之則為小人。

屠釣，卑事也；版築，賤役也。太公起為周師，傅說去為殷相。

非論公侯之世，鼎食之資，明敭幽仄，唯才是與。

逮於二漢，茲道未革，胡廣累世農夫，伯始致位公相；黃憲牛醫之子，叔度名重京師。且士子居朝，咸有職業，雖七葉珥貂，見崇西漢，而侍中身奉奏事，又分掌御服，東方朔為黃門侍郎，執戟殿下。郡縣掾史，並出豪家，負戈宿衛，皆由勢族，非若晚代分為二塗者也。

漢末喪亂，魏武始基，軍中倉卒，權立九品，蓋以論人才優劣，非為世族高卑。因此相沿，遂為成法。自魏至晉，莫之能改，州都郡正，以才品人，而舉世人才，升降蓋寡。徒以憑藉世資，用相陵駕，都正俗士，斟酌時宜，品目少多，隨事俯仰，劉毅所云「下品無高門，上品無賤族」者也。歲月遷訛，斯風漸篤，凡厥衣冠，莫非二品，自此以還，遂成卑庶。周漢之道，以智役愚，台隸參差，用成等級。魏晉以來，以貴役賤，士庶之科，較然有辨。

夫人君南面，九重奧絕，陪奉朝夕，義隔卿士，階闥之任，宜有司存。既而恩以狎生，信由恩固，無可憚之姿，有易親之色。孝建泰始，主威獨運，空置百司，權不外假，而刑政糾雜，理難遍

> 通，耳目所寄，事歸近習。賞罰之要，是謂國權，出內王命，由其掌握，於是方塗結軌，輻湊同奔。人主謂其身卑位薄，以為權不得重。曾不知鼠憑社貴，狐藉虎威，外無逼主之嫌，內有專用之功，勢傾天下，未之或悟，挾朋樹黨，政以賄成，鈇鉞瘡痏，構於床笫之曲，服冕乘軒，出於言笑之下。南金北毳，來悉方艚，素縑丹魄，至皆兼兩，西京許史，蓋不足云，晉朝王石，未或能比。及太宗晚運，慮經盛衰，權倖之徒，慴憚宗戚，欲使幼主孤立，永竊國權，構造同異，興樹禍隙，帝弟宗王，相繼屠勦。民忘宋德，雖非一塗，寶祚夙傾，實由於此。嗚呼！《漢書》有〈恩澤侯表〉，又有〈佞幸傳〉。今採其名，列以為〈恩倖篇〉云。

《昭明文選》卷第五十「史論下」載沈約[1]〈恩倖傳論〉。

【四史】[2]之作者司馬遷、班固、范曄、陳壽[3]有史才，文才亦好（史才——史法；文才——文法），故為人所推崇。【四史】之外，當推沈約之《宋書》。如云《史記》、《漢書》為北派，則《宋書》當是南派。以血統而論，南方之血統較北方純正，因為北方常為外族所侵，其血統較雜，南方之發達由於北方之紛亂。（客家乃得道之中原人，漢族。）余讀《漢書》覺其沉悶，讀《宋書》而覺其屑碎，唯讀《史記》則沉著、痛快。（只沉著而不痛快，則沉悶；只痛快而不沉著，則淺薄。）沈約，梁武帝時人，仕至侍中。中國字有平上去入，沈約開其端。著有《宋書》、《略語》。清人郝懿行有《宋瑣語》、《晉宋書故》。史論，談古說今。若無思想、無意義，窮極無補，只是無聊之消遣而已。評書說《三國》、《列國》沒勁，以為文學之欣賞還可以。（留聲機、無線電，無靈魂、無感覺。）聽故事尚且需要欣賞、有意義，況讀史？

為秦始皇作文論是為崇拜英雄。秦始皇，有人說其「焚書坑儒」，說他好的則是說書早應焚，捧之則上天，貶之則入地。這些我們都可以不管，應以整個社會、整個國家、整個世界為重心而讀之。《漢書》有〈志〉，《史記》有〈書〉，是綜合的，可看到整個之社會、國家。柴德賡[4]說：「《漢書・地理志》有那地方之風土人情，讀歷史應如鏡子，照出現在的情形來。」

〈恩倖傳論〉亦是整個的東西，是綜合的，說恩倖之由來及其結果。

本篇開端曰：「夫君子小人，類物之通稱。蹈道則為君子，違之則為小人。」「類」，分析；「物」，人物。「蹈」，行。五臣注：「蹈，履也。」（履，行也。）人之貴賤善惡，善者，君子；惡者，小人。（後之人則雖惡小人亦可貴。）

「屠釣，卑事也；版築，賤役也。太公起為周師，傅說去為殷相」數句，以拗易順。圖示如下：

1	屠釣，卑事也	a
2	太公起為周師	c
3	版築，賤役也	b
4	傅說去為殷相	d

1 沈約（四四一—五一三）：南朝史學家、文學家，字休文，吳興武康（今屬浙江德清）人。著有《晉書》、《宋書》等。

2 【四史】：《史記》、《漢書》、《後漢書》和《三國志》。

3 陳壽（二三三—二九七）：西晉史學家，字承祚，巴西安漢（今四川南充）人。陳壽集合三國時期官私史書，著成《三國志》。

4 柴德賡（一九〇八—一九七〇）：現代歷史學家、教育家，字青峰，浙江諸暨人。時為輔仁大學中文系教師，長於書法與詩詞，顧隨曾與之有詩歌唱和。

語句之順序是a、b、c、d，意義順序是1、2、3、4。文人有才氣者露才氣，有功夫者露習氣，都是討厭之事。此處亦沈約之習氣也。

「非論公侯之世，鼎食之資」，「世」，世代流傳。「鼎食之資」，「資」，憑借也。五臣注：「鼎食謂三公之家。資，猶後也。」

「明敭幽仄，唯才是與」，「敭」，與「揚」字音義俱同。揚，舉也；舉，在上位。「幽仄」，貧也。

高爾基（Gorky）在與友人書中勸青年注意書法、文法（中國而今文章多不含此二種）。法國作家法郎斯（François）[5]說他在中學時讀拉丁文、讀很古的法文，讀時自然困難，且挨罰，但他一點也不後悔，直至老年還以為學古文是一件應當之事，因為在學古文時，可以養成人的美的品格——崇高、明淨之品格。（余認為一切學問可養成技術，而此技術需與品格成一，否則只是技術、知識而已，不是學問。）沒有一種古典文學不明淨而又崇高的。明淨是崇高的原因，崇高是明淨的結果。

凡學問皆有兩面，同時是平民的而又是貴族的。因是平民的，故能廣；因是貴族的，故能提高。合此二種為一，始是學問。如此，使人看了、聽了、懂了（平民的）之後，無形中人之精神提高（貴族的）。只是平民的則是通俗的、流行的，只是貴族的則是孤立的、絕緣的、自取滅亡的——故現在之學問需將二者調和起來。

魯迅先生對舊文學有很深之修養，故寫出之文明淨、崇高，如《阿Q正傳》。他希望青年自由地發展，不要如他似的改造。人人可成為一作家，但不能人人皆成為天才的作家。（天才作家是無法解釋的，用肉眼去看，突然而來，亟然而去，來無影去無蹤，如屈原，〈離騷〉以前、以後皆無比者，屈原是天才。）魯迅先生不是天才作家，的確他是中國近代之大作家，列於世界文學家中也無愧色。他的成功完全是用功得到的，如其《中國小說史略》，考證文章，思想皆平日積累而成。其文稿都是自己抄寫的；寫信，郵票非自己貼不可。（這太瑣碎。要知道，嚴肅認真與瑣碎很近似，世俗之人，多有瑣碎而不嚴肅認真。）由此可見魯迅先生之處處用心、用功。

魯迅先生為什麼不滿意於自己之作品，而主張青年自由發展？

此魯迅先生偉大之處。凡多多少少、大大小小有一點才氣在身，不見得即天才，而如肯用功的話，在事業上會有所成就。不過，成功之後，滿意於自己之成功，停頓在一點上，那些人之死期至矣——精神死了。偉大之人不會如此，他的確是用過一番心力，但不滿意停頓於此，還要向上、向前。魯迅即如此。他在創作上、學術上皆有其成功，然並不滿意，勸人不要學己。但魯迅並不承認「才」是從天上掉下來的，或地下鑽出來的。他勸人不要讀線裝書，多讀外國書（北歐），他並不是宣傳主義，那只是在品格上一種修養。北歐之作是向前的，且堅苦卓絕之精神真了不得。「堅苦卓絕」四字，正是北歐之偉大，如一大樹。中國之文學則如盆景、假山，故乾淨、明潔，然不偉大。北歐之堅苦卓絕的精神是宗教之精神，如耶穌、釋迦。魯迅也許看出中國民族及文學之弱點，故勸中國青年不要讀線裝書。

「現實了理想，理想了現實。」魯迅先生確實將其理想現實了，故其作品骨子裡之精神是西洋的、近代的道德觀念，而非中國的、古代的道德觀念（文學家、哲學家皆是尋覓、追求、發現真理，此真理即道德觀念），而他的文章絕對是中國的，故魯迅先生絕對是中國的土產，不是外國之移植。如《阿Q正傳》中他揭穿中國社會之弱點，全用西洋之攻擊法；而行文之美如《左傳》，真美。故魯迅之思想受了西洋影響，而在

5 法郎斯（Anatole France, 1844-1924）：今譯為法郎士。法郎士是筆名，原名：Jacques Anatole François Thibault，法國作家、文學評論家，一九二一年諾貝爾文學獎獲得者。著有詩集《金色詩篇》，小說《波納爾之罪》、《諸神渴了》等。

作風上仍然是中國的傳統。如France之文章即表現法文之美；高爾基亦能表現俄文之美；魯迅最能表現中國方塊單音組成的中國文字之美，《阿Q正傳》之英文譯本無其文字美。

文章之意義好懂，而其文章美最難懂。余讀《莊子》，先瞭解其意義，而懂其文章美是近三四年間之事而已。如何使文字美不落於文字障中就成了，這點功夫是一輩子的功夫，不亦重乎？不亦遠乎？

為文學而文學、為藝術而藝術，不易，然此種精神應有。文學應為人生而藝術，古來一切文學皆與人生有關，歷史是記錄人生，哲學是批評人生、改善人生，文學是表現人生。

〈恩倖傳論〉之章節：

第一段：從開端至「唯才是與」以上，論上古之用人。

第二段：自「逮於二漢」至「非若晚代分為二塗者也」以上，論兩漢之際古風未革。

第三段：「漢末喪亂」至「較然有辨」，論魏晉漸改古道，始重門第。「茲道未革」，「茲道」指前一段而言。「道」，猶言風氣也。

「胡廣累世農夫，伯始致位公相；黃憲牛醫之子，叔度名重京師。」胡廣即伯始，黃憲即叔度，句子彆扭。可改成「胡廣累世農夫，黃憲牛醫之子，伯始致位公相，叔度名重京師」，或「胡廣累世農夫，致位公相；黃憲牛醫之子，名重京師」。前段「屠釣，卑事也；版築，賤役也。太公起為周師，傳說去為殷相」，以拗易順，合適；此段「胡廣累世農夫，伯始致位公相；黃憲牛醫之子，叔度名重京師」，以順易拗，較好。江淹[6]〈恨賦〉「孤臣危涕，孽子墜心」，彆扭，不通，應說「孤臣危心，孽子墜涕」。有人美其名曰此種寫法是「互文」——交互成文。而「胡廣累世農夫，伯始致位公相；黃憲牛醫之子，叔度名重京師」，重文。

沈約之文落於文字障中。（只見而不思、只信而不知，謂之理障。）凡經學、哲學在作時皆極樸素之文章，使人一看即了然。現在讀之則覺其很古，此時代久遠，語言、文字有變遷故也。沈約在當時號稱能文之士，今讀其文，亦有文字障——自己用文字將其意義遮住了。

「七葉珥貂」，「七葉」，七輩。「珥貂」，五臣注：「珥，插也。貂，侍中之服。」（侍中，天子近臣。）

「用相陵駕」，「陵駕」，超過。

「都正俗士，斟酌時宜，品目少多，隨事俯仰」，五臣注：「言州都郡正皆俗士，不能甄別好惡，但斟酌門族時宜，品錄聲望多少，隨聲望之事而高下也。」

「歲月遷訛」，「遷訛」，變化。

「凡厥衣冠」，「衣冠」，貴族。

「莫非二品」，「二品」，李善注：「言衣冠之族皆居二品之中。」五臣注：「二品謂豪客勢家。」應從善注。

「台隸參差」，「台隸」，階級。「參差」，不齊也。

「士庶之科」，「科」，分也。

所謂「下品無高門，上品無賤族」，「士庶之科，較然有辨」，正如下圖所示：

6 江淹（四四四—五〇五）：南朝詩賦家，字文通，濟陽考城（今河南民權）人，著作有〈恨賦〉、〈別賦〉等。

族　家

勢　豪↕卑　庶

凡一國初興之時，用人只取才能，不以門第論。及而封建制度產生，當權者多為貴族，如此久之，國家必將滅亡。中外國家皆有此現象。貴族專政如耗子在屋中打洞，以為如此可以安全，可繁殖子孫，傳之萬世，結果牆倒下來，把國家斷送了，自己也賠上了。凡不為國家命運打算而為自己之命運打算，幸時人亡國存，不幸則人與國俱亡。晉初「八王之亂」[7]，可以看得很清，「八王」本是貴族專政，皆皇帝本家，以為不至於生亂。

權利，權，地位；利，財利，權利即富貴利益。賭博場中無父子，皆為錢，故說到權利是最大之自私，有自己無人；說到賭博場中無父子，則是為錢。

有父子二人考場歸來，聽報單來，三聲炮響，父子二人齊往外跑，其父一見不是自己中了，轉頭就走，向屋中睡覺去了。親戚問之，曰：「我這不喜，廂房裡才喜呢！」親戚曰：「你自己中舉是老爺，兒子中舉是老太爺。」此人一聽也高興了，既而又說：「老哥，不行，還是自己中了好。」——權利如此厲害。

秦始皇是孤立的，一人也不用。此也只有秦始皇成，然二世而亡。漢有外戚，也玩兒完了。晉用本家，狗咬狗，依然不成。故說到權利是最大的自私，兩人都幹就不成，或者你走了我幹，或者咱倆都不幹，國家完了都不管。故說到權利，親父子、親兄弟皆不成。宋「燭影案」[8]乃親兄弟殘殺，隋煬帝將其父害死，南北朝宋文帝亦為其子劭所害，《左傳》載「父疑其子」[9]——凡此種種，設身處地為之想想，真是驚心動魄。唐明皇自蜀歸來，尊為太上皇，居南內，「耿耿星河欲曙天」，「孤燈挑盡未成眠」（白居易〈長恨歌〉），淒涼之極。宋高宗（為人厲害），只想為帝未想報父兄仇或復其國，只想做一偏安之帝，利用岳飛、韓世忠諸大將拒匪，打完土匪，用不著對外，就將岳飛殺了，秦檜背罵名。高宗明知秦檜專權，而利用他殺大臣，辦外交，既將秦檜捧上，也覺他可怕。及秦檜死，曰：「朕今日始免靴中置刀矣。」[10] 秦檜曾曰：「南人歸南，北人歸北。」宋高宗曰：「朕北人，將安歸？」[11] 可見其人明白。宋高宗後做太上皇（清高宗亦為太上皇，自曰「十全老人」），其子宋孝宗（高宗養子）孝順至極。及孝宗子光宗即位，孝宗為太上皇，其子光宗即不孝（光宗懼內）。八月節，孝宗上樓，只有一二太監，想其子必當來看。牆外小孩喊：

---

7 「八王之亂」：西晉年間司馬氏同姓王間為爭奪中央政權而爆發的動亂，歷時十幾年。戰亂參與者主要有汝南王司馬亮、楚王司馬瑋、趙王司馬倫、齊王司馬冏、長沙王司馬乂、成都王司馬穎、河間王司馬顒、東海王司馬越，故名「八王之亂」。

8 「燭影案」：即燭影斧聲。文瑩《續湘山野錄》記載：「（宋太祖）急傳宮鑰開端門，召開封王，即太宗也。延入大寢，酌酒對飲。宦官、宮妾悉屏之，但遙見燭影下，太宗時或避席，有不可勝之狀。飲訖，禁漏三鼓，殿雪已數寸，帝引柱斧戳雪，顧太宗曰：『好做，好做！』遂解帶就寢，鼻息如雷霆。是夕，太宗留宿禁內，將五鼓，伺廬者寂無所聞，帝已崩矣。太宗受遺詔於柩前即位。」此段記載隱約其辭，於是有「燭影斧聲」千古之謎。

9 「父疑其子」：晉獻公殺世子申生即為一例。《左傳．僖公四年》載晉獻公以驪姬為夫人，生奚齊。「及將立奚齊，既與中大夫成謀。姬謂大子曰：『君夢齊姜，必速祭之。』大子祭於曲沃，歸胙於公。公田，姬置諸宮六日。公至，毒而獻之。公祭之地，地墳；與犬，犬斃；與小臣，小臣亦斃。姬泣曰：『賊由大子。』大子奔新城。……十二月戊申，縊於新城。姬遂譖二公子曰：『皆知之。』重耳奔蒲，夷吾奔屈。」

10 陳邦瞻《宋史紀事本末》卷十七：「檜既死，帝謂楊存中曰：『朕今日始免靴中置刀矣！』其畏之如此。」

11 李心傳《建炎以來繫年要錄》卷五十七：「上謂崇禮曰：『檜言南人歸南，北人歸北。朕北人，將安歸？』」

「趙官家，趙官家。」孝宗落淚，曰：「我喊他都喊不來，何況你們！」[12]真淒涼。故說到權利，即親父子也不親。

說到權利，個人最親，其次是團體（階級），仍是爭權，不是為國家。所謂世族，家家也不過是一集團（階級），此集團並無什麼思想，只想發財、陞官而已。

歐亞之先進國家，其先皆是雄才大略之君主治國，以後便是貴族專政，只為本階級爭權而已。

政治發展之途徑：才能→貴族→宦官。（明朝之政治最糟，宦官專權至最高點。）

〈恩倖傳論〉分兩截：以上所講是第一截；自「夫人君南面」以下，為第二截，乃專論宦官內侍，似與上文之勢豪又有別也。

自「夫人君南面」以下至結尾，為一大段，內分五層：

第一層：自「夫人君南面」至「宜有司存」，建宦之來源。

第二層：自「既而恩以狎生」至「輻湊同奔」，述閹宦得勢之由。

第三層：自「人主謂其身卑位薄」至「出於言笑之下」，言閹宦近習，人主信之而不疑，而若輩乃益乘機而大煽威福也。

「義隔卿士」，「卿士」，知識階級。

「既而恩以狎生」，「既而」，久而久之。「狎」，習也，親近也。「恩以狎生，信由恩固」，狎→恩→信。

「孝建泰始，主威獨運」，說君權。

「空置百司，權不外假」，「外假」，借。五臣注：「宋武帝、明帝事每獨用，權柄不外假藉於卿士也。」

「而刑政糾雜」，「糾雜」，繁淆也。

「事歸近習」，「近習」，宦官。漢之十常侍，唐之監軍，皆宦官。

為領袖者無耳目顯著孤單，有耳目則必為其所蒙蔽。

「賞罰之要」，「要」，機樞。（要，名詞，即腰。）

「出內王命」，「出內」，即出。

「於是方塗結軌，輻湊同奔」，「方塗」，「方」，比並。（比，方，比鄰即方鄰。）（方舟，兩舟相並；方人，把自己與別人比較。）「方塗結軌」，並駕齊驅也。「輻湊」，今作「輻輳」，聚集也。輳字實誤。（猶縉紳之縉亦誤。縉當作搢。搢，插也，插笏之意。）

「曾不知鼠憑社貴」，「曾」，與「乃」通。

「外無逼主之嫌」，「逼主之嫌」，功高震主。

唐郭子儀之子曖尚公主，曖與公主吵架，曖曰：「我父薄天子而不為。」郭子儀聞之，捆子上殿以請罪。帝曰：「不癡不聾，不做阿家阿翁。」[13]

---

12 田汝成《西湖遊覽志餘》：「光宗逾年不朝重華，壽皇居常怏怏。一日登望潮露台，聞委巷小兒爭鬧呼趙官家者，壽皇曰：『朕呼之尚不至，枉自叫耳。』淒然不樂，自此不豫。」

13 趙璘《因話錄》卷一：「郭曖嘗與昇平公主琴瑟不調，曖罵公主：『倚乃父為天子耶？我父嫌天子不作。』公主恚啼，奔車奏之。上曰：『汝不知，他父實嫌天子不作。使不嫌，社稷豈汝家有也！』因泣下，但命公主還。尚父拘曖，自詣朝堂待罪。上召而慰之曰：『諺云：不癡不聾，不作阿家阿翁。小兒女子閨幃之言，大臣安用聽？』錫賚以遣之。尚父杖曖數十而已。」

大禹三過家門而不入，此種精神絕非「家天下」。圖為清朝任伯年《大禹臨流圖》。

黃梨洲宗羲[14]（為人、思想極好）〈原君〉之文字好，內容更好，那樣之文始是論文。其文說「家天下」。一人欲為國家做事，非忘掉了權利不可，但無權你不能做事，最好是有權後把權忘了，不要有「家天下」之思想。事業與自己打成一片，始可。

後世皇帝不是為國、為人而是為自己做皇帝。「自我得之，自我失之，亦復何恨」（《梁書・邵陵王論傳》中梁武帝語），亦「家天下」之思想。古來所謂聖君堯、舜、禹、湯、文、武，心心意意在國家、人民、百姓。禹三過家門而不入，此種精神絕非「家天下」。「彼可取而代也」（《史記・項羽本紀》中項王語）、「大丈夫當如此也」（《史記・高祖本紀》中劉邦語），此種思想是只為了舒服享受。「莫樂為人君，唯其言而莫之違。」（《韓非子》）在高位、擁大權之人，應負大責任、盡大義務也，不是取（享受）而是與（服務），此國家始可以上軌道。天下亂、將亡國之際，官吏都是棺材裡伸手——死要錢。

「鈇鉞瘡痏，搆於床笫之曲」，「搆」，構也。五臣注：「鈇，砧。鉞，斧也。瘡痏喻讒譖成瑕疵也，言倖臣構瑕於宮曲床簣（簣＝笫）之間，使公卿伏鈇鉞於外也。」

第四層：自「南金北毳」至「實由於此」，言宦官之禍。

自「南金北毳」至「未或能比」，言財物之盛。

國之將亡，國窮民窮，唯做官者富，舉國之財富成〇（雞蛋形），故「危若累卵」之話是有道理的。

「素縑丹魄」，「丹魄」，「魄」，琥珀，琥珀色紅故曰丹魄。「西京許史，蓋不足云」，說貴。

「晉朝王石，未或能比」，說富。若說「或未能比」，語氣輕；「未或能比」，語氣重。范蔚宗〈宦者傳論〉寫宦官：

> 舉動迴山海，呼吸變霜露。阿旨曲求，則寵光三族；直情忤意，則參夷五宗。漢之綱紀大亂矣！若夫高冠長劍，紆朱懷金者，佈滿宮闈；苴茅分虎，南面臣民者，蓋以十數。府署第館，棋列於都

14 黃宗羲（一六一〇—一六九五）：明末清初思想家、史學家，字太沖，號南雷，又號梨洲，世稱「南雷先生」或「梨洲先生」，浙江餘姚人。

鄙；子弟支附，過半於州國。南金、和寶、冰紈、霧穀之積，盈牣珍臧；嬙媛、侍兒、歌童、舞女之玩，充備綺室。狗馬飾彫文，土木被緹繡。

沈約之文不狠不凶，不如范文。

自「及太宗晚運」至「實由於此」，言宦官專權之烈。

「及太宗晚運」，「晚運」，猶言晚年。「及其老也，血氣既衰，戒之在得。」（《論語・季氏》）。老是可怕的，人愈到老年愈想不開，不放手，也越貪得、貪財，正因生命不久，活一天便要把持一天，此之謂「倒行逆施」。「日暮途遠，倒行逆施」（《史記・伍子胥列傳》），人是愈老愈背晦。

「慮經盛衰」，宋太宗之世可謂之盛，而懼其子年幼不能治國、駕馭群臣，故慮其國之將由盛而衰也。如此便不相信大臣貴戚，懼其篡位也，乃盡用「權倖之徒」。

「慴憚宗戚」，「宗」，諸王。「戚」，貴戚。此句是說貴戚懼權倖，抑權倖懼貴戚，文章寫得不明白。五臣注：「言諸王親屬皆畏懼佞幸之臣。」

勝敗，兩字之意義正相反，而「勝之」、「敗之」講法相同，此中國文法不清之故。茅盾[15]將「銘感五內」寫成「銘感了我們」，不通；說「苦笑尤勝於哭不得、笑不得」，不通（尤、猶分不清。尤猶、遂隨、即既，當分清）。茅盾文中用「下一轉語」（「轉語」是禪宗語），用得不妥。寫文章，把事實擺在那兒，無批評、論斷，如蘇聯班台萊耶夫（Panteleev）《表》[16]（魯迅譯，是其最大之成功作品）之類作品，乃新客觀之寫法，幾乎連感情也不表現。另一種寫法，是敢哭、敢笑、敢打、敢罵……什麼都說，當然自有其理由。茅盾之「下一轉語」，可想說又不想說，此在說話之技術上已是低能，何況在文中，更不能算高明。作者有時被讀者給慣壞了，猶之皮簧[17]，今不如昔，因聽眾之今不如昔也，觀點不同。

魯迅說，看冰心[18]之作如聽八十歲的老祖母說教訓。老舍之《趙子曰》、《二馬》[19]真使人搖頭，但竟有人捧他，最近之老舍卻頗有長進，〈寫與讀〉[20]可見其用功之功夫。魯迅《鴨的喜劇》寫：「入芝蘭之室，久而不聞其香」——諷刺；「然而我之所謂嚷嚷，或者也就是他之所謂寂寞罷」——此是真費功夫；「俄國的盲詩人愛羅先珂君帶了他那六絃琴到北京之後不久，便向我訴苦說『寂寞呀，寂寞呀，在沙漠上似的寂寞呀！』」——如詩。魯迅之文《阿Q正傳》，古典得如《史記》、《左傳》，然讀之如見其人，如聞其聲，如視其事。

讀文學作品，不是吃糖，然也不是吃藥。有時作品讀了比吃藥還苦。魯迅之文古典，乾淨之極，近來卻覺得不然。如《表》、《鴨的喜劇》，雖古典，還有真正的平民、人民、民眾。

15 茅盾（一八九六—一九八一）：現代作家、文學理論家，原名沈德鴻，字雁冰，浙江桐鄉人。曾主持《小說月報》，代表作有《幻滅》、《子夜》等。

16 班台萊耶夫（Leonid Panteleev, 1908-1987）：蘇聯兒童文學作家，著有《表》、《文件》、《我們的瑪莎》等。其代表作之一《表》，講述了有偷竊行為的流浪兒彼蒂加在教養院裡轉變為好孩子的故事。

17 皮簧：又稱皮黃，西皮與二黃的簡稱。因皮黃是京劇兩大主要聲腔，故京劇亦稱「皮黃」或「皮簧」。

18 冰心（一九〇〇—一九九九）：現代作家、翻譯家，原名謝婉瑩，福建長樂人。代表作有詩集《繁星》、《春水》，小說《超人》等。

19 老舍（一八九九—一九六六）：現代作家，原名舒慶春，字舍予，筆名老舍，北京人。代表作有《趙子曰》、《二馬》等。《趙子曰》描述以趙子曰為代表的北京學生的故事，《二馬》則講述以老馬和小馬為代表的中國人在海外生活的經歷。

20 〈寫與讀〉：老舍所作散文，涉及閱讀與創作，發表於《文哨》月刊一卷二期。

「搆造同異，興樹禍隙，帝弟宗王，相繼屠勦。」勦，五臣本作「剿」。五臣注：「言佞倖之臣搆造同異，起立禍隙，讒譖宗王，使相繼被戮，而至絕矣。剿，絕也。」

一般權臣皆願立幼主，使其孤立，與外界絕緣，結果此領袖成為昏聵，此時距滅亡之期近矣。

「搆造同異」，黨同伐異。「興樹」，動詞，挑撥也。「興樹禍隙」，挑撥是非。嫌隙、釁隙之結果成為怨仇。

「寶祚夙傾」，「寶祚」，五臣注：「寶祚，國命也。」「夙傾」，早亡也。

第五層：「嗚呼」以下，述恩倖一名之由來及作傳之意，乃作〈恩倖傳論〉之總意。

「嗚呼」、「烏乎」，古作「於戲」、「烏虖」，自韓退之〈祭十二郎文〉用為悲歎之詞，後人多仿用之，實則即歎詞。

「漢書有〈恩澤侯表〉，又有〈佞幸傳〉」，「恩澤」，皇親國戚之屬；「佞幸」，愛臣得皇帝之歡。

卷三

唐宋詩[1]

第十七講　老杜與義山

文學，有力的文學，有韻的文學。老杜可為力文學的代表，義山可為韻文學的代表。今日即以力的文學與韻的文學說杜工部與玉谿生之詩。

老杜七絕，可為其力文學的代表。老杜七絕以〈江南逢李龜年〉流傳最廣，時人多舉之。其實，這真是不知老杜。此首若非老杜有意為之，便是偶爾懈弛，偶爾失足，墜塹落坑，掉入了時人濫調的泥淖，陷入了傳統的窠臼。〈江南逢李龜年〉一首，不能代表老杜的絕句。

現在先說一段題外文章。生活中，我們看盆景、看園林、看山水。盆景，看起來是精緻，但是太小（並非惡劣，並非凡俗）；園林較盆景大，其中太湖石、石筍佈置極好，但又總嫌匠氣。只有在大自然的山水中，我們才能真覺其「大」，且能發現其「高尚的情趣」與「偉大的力量」。平常人用「雅」打倒惡劣與凡俗，但「雅」終覺太弱，我們要用「力量」來打倒惡劣與凡俗。

老杜「兩個黃鸝鳴翠柳」一首，有蒼蒼莽莽之氣，就如大自然的山水脫出於塵埃之外，一塵不染，有高尚的情趣，偉大的力量：

---

1 卷三「唐宋詩」所講內容，與〈中國古典詩詞感發〉有部份近同之處，但它自成體系，自有特點，正可與〈中國古典詩詞感發〉相關部份相參看，故成此卷，以饗讀者。

兩個黃鸝鳴翠柳，一行白鷺上青天。
窗含西嶺千秋雪，門泊東吳萬里船。（〈絕句四首〉其三）

平常只知杜詩有力量，而未曾注意到其高尚的情趣。從全首看，「兩個黃鸝鳴翠柳，一行白鷺上青天」二句，有高尚的情趣；「窗含西嶺千秋雪，門泊東吳萬里船」二句，既有高尚的情趣，又有偉大的力量。詩中一、二句無人，三、四句看似仍無人而實已有人，「窗含西嶺千秋雪」，象徵人心胸之闊大，是高尚的情趣；「門泊東吳萬里船」，是偉大的力量。常人看船不過蠢然呆死之一物，無靈性；老杜看它是有生命，能自西蜀到東吳，自東吳到西蜀，不限於現在眼前之一物，不局限於現在眼前的小天地。詩人的心扉（heart's door）是打開的，詩人從大自然得到了高尚的情趣與偉大的力量。這一小首詩，真是老杜偉大人格的表現。

再看老杜「二月已破」一首：

二月已破三月來，漸老逢春能幾回。
莫思身外無窮事，且盡生前有限杯。（〈漫興九首〉其四）

「二月已破三月來」，是「破」，不是「去」。若說「二月已去」，真沒力量；「二月已破三月來」，念念多有力量。「莫思身外無窮事，且盡生前有限杯」之「杯」，是苦酒之杯。這兩句真是有力量。耶穌死前說：「你們的意思若要我喝這杯苦酒，我就喝下去。」此即因為有受苦的力量。老杜對苦有擔荷。

晚唐韓偓詩中有幾句值得一提：「菊露淒羅幕，梨霜惻錦衾。此生終獨宿，到死誓相尋。」（〈別緒〉）韓偓，字致堯，有《香奩集》。李義山為其老世伯，其詩當受義山影響。人評致堯《香奩集》，其一：曰輕薄；其二：曰含蓄（如「佯佯脈脈是深機」：〈不見〉）。韓偓詩之輕薄是很難為諱的，但看〈別緒〉中這四句（不必看其是戀愛，看其是理想），他不輕薄。可惜太少，若皆如此，敢不頂禮？《義山集》中尚無此等詩。為情感所壓倒、所炸裂不成，要有情操。而只有情操是作繭自縛，還要有理想、有力量，打破這小天地，就是化蛾破壁飛去。詩，心之聲。韓偓「菊露淒羅幕，梨霜惻錦衾。此生終獨宿，到死誓相尋」，就是打破了小天地，就是化而破壁飛去。還有〈惜花〉中的「臨軒一盞悲春酒，明日池塘是綠蔭」，念一念，多有力量！這是向上的，他非輕薄。

老杜「莫思身外無窮事，且盡生前有限杯」與韓偓〈別緒〉與〈惜花〉詩句雖看似迥異，精神實在一樣。切莫把韓偓詩看作戀愛，切莫把老杜詩看成耽酒。文學上我們根本不承認寫實。科學的眼光看，花是紅的，柳是綠的，這是傳統的。文學上不能如此看，要看出花與柳內在的生命力來，這樣也就可以懂得老杜的詩了。

老杜又有〈戲為六絕句〉論詩：

> 王楊盧駱當時體，輕薄為文哂未休。
> 爾曹身與名俱滅，不廢江河萬古流。（其二）
>
> 才力應難跨數公，凡今誰是出群雄。
> 或看翡翠蘭苕上，未掣鯨魚碧海中。（其四）

次首作得真好，有力量。「翡翠」，小鳥羽色，金碧輝煌，鳴聲清越；「蘭苕」，雅淨；「翡翠蘭苕」，此景真是乾淨、美麗、精神，但無力量。唯至下句「掣鯨魚碧海中」，是真有力量。

老杜是側重力的方面的，其力是生之力，不是橫（去聲）的，不是散漫的，不是盲目的，不是浪費的。（老杜詩有時是橫力，那是失敗之作。）他有生之力，寫的是「生之色彩」。色彩是外表，但這外表是與內容為一的。柳之綠、花之紅，是從裡面透出來的，是生之力的表現，是活色。若以色染紙，其色彩是自外塗上的，是死色。老杜的詩便如柳之綠、花之紅，是活色。

由此數首，可窺老杜創作之路徑，亦可得見老杜批評之標準。曾國藩[2]編纂《十八家詩鈔》，選唐詩多而好，見其心胸闊大。早其一百餘年的沈德潛[3]之《唐詩別裁》，太偏重於「韻」的方面，不及曾氣象大。吾人學詩，可從《十八家詩鈔》中老杜絕句入手，先得些印象；再本此讀其七律、五律，七古、五古自然迎刃而解。即便不能達此迎刃而解之境，也總有些路徑，不至於丈二和尚摸不著頭腦。

讀杜詩，需要注意以下四方面。

其一，感覺。

或曰：杜詩粗。莫看「他粗」，實在是感覺銳敏之極——敏、細。

如其：

> 繁枝容易紛紛落，嫩蕊商量細細開。（〈江畔獨步尋花七絕句〉其七）

「細細開」，還罷了；「商量」，二字真妙！人與花「商量」，花與花「商量」，其感覺之銳敏、之纖細真了不得，何嘗粗？別人或能這樣細，但一定落於小氣；老杜則寫小事亦絕不小氣，這或許是人格的緣故吧。

再看老杜的〈三絕句〉：

楸樹馨香倚釣磯，斬新花蕊未應飛。
不如醉裡風吹盡，可忍醒時雨打稀。
門外鸕鷀去不來，沙頭忽見眼相猜。
自今已後知人意，一日須來一百回。
無數春筍滿林生，柴門密掩斷人行。
會須上番看成竹，客至從嗔不出迎。

老杜詩有時沒講兒，他堆上這些字，讓你自己生出一個感覺來。

其二，情緒。

老杜情緒熱誠。「或看翡翠蘭苕上，未掣鯨魚碧海中」即如此，情緒熱烈、真誠。金聖歎批《水滸》形容魯達「郁勃」，即以此二字贈老杜詩也，其熱烈、真誠之郁勃，為他人所不及。此可以「兩個黃鸝」一首看出，「鯨魚碧海」亦然。

其三，新鮮。

凡一時代之大作家，皆是一時代之革新者，老杜取材、造句以及識見，皆是新鮮的。

---

2 曾國藩（一八一一—一八七二）：晚清重臣，字伯涵，號滌生，湖南湘鄉（今湖南雙峰）人。文學上繼承桐城派而自立風格，創立晚清古文的「湘鄉派」，編著有《求闕齋文集》、《經史百家雜鈔》、《十八家詩鈔》等。

3 沈德潛（一六七三—一七六九）：清朝詩人，字確士，號歸愚，長洲（今江蘇蘇州）人。論詩主「格調」，提倡溫柔敦厚之詩教，著有《說詩晬語》、《古詩源》等。

老杜自來愛用險，其七絕尤易見出每每避熟就生，「險中弄險顯奇能」（《空城計》）[4]。未知其有意抑無意。韓退之亦說「唯陳言之務去」（〈答李翊書〉），但退之「陳言務去」是僅限於文字的，若觀其取材、內容、思想（意象）並不新，只是修辭、字句上的改進，取材既不好，思想亦不高。老杜則不然，連題目都是新鮮的，如〈覓果栽〉、〈覓松樹子栽〉、〈乞大邑瓷碗〉。且看其〈乞大邑瓷碗〉一首：

> 大邑燒瓷輕且堅，扣如哀玉錦城傳。
> 君家白碗勝霜雪，急送茅齋也可憐。

老杜寫大邑瓷碗，「扣如哀玉」，音脆而長；「扣如哀玉錦城傳」（錦城，成都），粗中有細。他人未必不能以此題寫詩，但寫來必不如此。老杜此詩，就寫實而說，不是找古人中對於此物的意象，而是從物的本身上找出來，再用合宜的字句表達出來。唯「大邑瓷碗」方可「扣如哀玉」，唯「扣如哀玉」方可「錦城傳」。（余從前覺得古人生我輩於先，有優先權寫出好詩來，後人再有此等好詩便成抄襲。其實，吾人看法總與古人有不同處，總能見出古人見不到處。）再者，讀他人詩，音調是纖細的，不是宏大的；唯老杜詩成功作品是宏大的，一個瓷碗，「扣」其之音聲亦能如「哀玉錦城傳」。其七古當然更能如此，即是七絕亦然，如前舉三絕句之「楸樹馨香倚釣磯」一首。老杜未必沒有夢般的幻想、銳敏的感覺——優美的，如詩中之「花蕊」「斬新」「馨香」且「未飛」；而〈大邑瓷碗〉一首可算是壯美的。

在溫室中開的花叫「唐花」，老杜的詩非花之美，更非唐花之美，而是松柏之美，禁得起霜雪雨露、苦寒炎熱。他開醒眼要寫事物的真相，不似李義山之偏於夢的朦朧美（義山之夢的朦朧美，容後再敘），但其所寫真相絕非機械的、呆板的科學描寫。即如〈乞大邑瓷碗〉一首，是平凡的寫實，但未失去他自己的理想。「哀玉」之「哀」與魏文帝「哀箏順耳」（〈與吳質書〉）之「哀」意同——非通常所言之哀婉，乃悠長和婉，這豈非他的理想？

老杜用醒眼看到事物的真相，得到真實的感覺；他願讀者也得到真實的感覺、事物的真相，這是作者良心上負責。再說，老杜的詩本就是新鮮的。詩人多半是夢遊者，老杜變而反之。但不似義山之朦朧美，因為義山是 day-dreamer，老杜是睜了醒眼去看事物的真相。李義山「滄海月明珠有淚，藍田日暖玉生煙」（〈錦瑟〉），以「珠玉」象徵生活，更加之「滄海月明」、「藍田日暖」、「珠有淚」、「玉生煙」，有多少彩繪，真是觀之不盡。老杜的詩如茅屋，雖非無詩意，但有時不免嫌其一覽無遺，大嚼無餘味——真實了反而無餘味；義山詩則如雕樑畫棟，其詩未必真，卻有美在。（要在矛盾中得調和。）總而言之：真實——事物本相，無病亦無餘韻；新鮮——文字表現，雖不免幼稚、孩子氣，但總之是新鮮。

老杜於遣詞造句，亦好避熟就生，表現之一便是倒平仄——使用拗句。如：

聞道殺人漢水上，婦女多在官軍中。（〈三絕句〉其三）

前所舉「楸樹」三首尚未倒平仄，此二句則平仄不合：—||—|||，||—|———，後一句使用「三平落腳」（指七言句末三字皆平聲）。三平落腳的句子特別穩，如磐石之安、泰山之重。（老杜七古每用此法，如〈茅屋為秋風所破歌〉中「卷我屋上三重茅，高者掛罥長林梢，下者飄轉沉塘坳」之「三重茅」、「長林梢」、「沉塘坳」。）

4 京劇《空城計》諸葛亮唱詞：「人言司馬用兵能，依我看來是虛名。他道我平生不設險，險中弄險顯奇能。」

常人的詩所以見不出其創造力者，蓋不知此訣竅，避生就熟，只用人家說過的字詞句拼湊起來。老杜則避熟就生，新鮮且有力。

老杜寫詩又常利用方言，用適之先生的話說即是口語寫詩。老杜何以如此？蓋老杜不願使詩與讀者之間產生文字的障礙。吾人讀古詩而難解、不親切，或是時代的關係，作者本不能負責。千百年前的作品與千百年後的讀者之間發生了文字的障礙，這是歷史造成的，彼此都不負責，不過靠著讀得多了，可以減輕這種障礙。老杜不願有此障礙，故好用方言俗語，如前文提及〈三絕句〉中的「斬新」、「會須」、「上番」、「從嗔」，使人讀後覺得親切、真實。「無數春筍滿林生，柴門密掩斷人行。會須上番看成竹，客至從嗔不出迎。」「柴門密掩」，想是為春筍所遮，非閉門也。（「會須」，唐時方言，將來之意 [future perfect]。詩會□[5]歸矣。）「會須」、「從嗔」，讀後覺得親切、真實，無障礙。

再看老杜〈春水生二絕〉：

二月六夜春水生，門前小灘渾欲平。
鸕鷀鸂鶒莫漫喜，吾與汝曹俱眼明。（其一）

一夜水高二尺強，數日不可更禁當。
南市津頭有船賣，無錢即買繫籬旁。（其二）

此二首好處是新鮮，不好的是一覽無遺，雖非劣作，亦算不得老杜好詩。此種詩是幼稚的，其壞處在於不深、不厚；其好處在於新鮮，為前所未有。此種詩寫時是抱了兒童的心情去想，用兒童的眼光去看。「鸕鷟鸂鶒莫漫喜，吾與汝曹俱眼明」，「南市津頭有船賣，無錢即買繫籬旁」，真是兒童的眼光，兒童的心情，所以能如此新鮮。成人為傳統的思想、習慣所沾染，早已泯沒了兒童的心情、眼光，所以是陳腐的。然此種詩，亦並非老杜最好的詩，好詩還是「兩個黃鸝鳴翠柳，一行白鷺上青天」一首，因為那詩有理想在。老杜之理想乃是沒有意識到的，不似西洋人每每是意識的，是抱三W主義的：what、how、why（什麼、怎樣、為什麼）。吾國人則常是出於自然的，此詩中老杜理想的流露是自然的、無意的。

其四，氣象。

老杜的詩之好，還須注意其氣象——偉大。

〈春水生二絕〉看不出其氣象的偉大來，這要看他的詠武侯祠堂一首：

> 武侯祠堂不可忘，中有松柏參天長。
> 干戈滿地客愁破，雲日如火炎天涼。（〈夔州歌十首〉其九）

此首較〈春水生二絕〉便好，「春水生」二首只是新鮮，此首除了新鮮還偉大。以武侯偉大的人格、武侯祠堂莊嚴的建築，若有一個字弱了、癟了，便不成。余此時說這話是意識了的，而老杜作時是沒有意識了的，是直覺的，但既說武侯、既說武侯祠堂，便非如此不可。

「武侯祠堂不可忘」，「不可忘」，三個字平常得很，可若改為「繫人思」就糟了，音太細；「不可忘」三個字音壯，「祠堂不可忘」、「松柏參天長」，偉大、壯麗，襯得住。此詩平仄亦不調（亦用三平落腳）：

5 按：原筆記「會」字下缺一字。

—｜｜———｜，｜—｜—｜｜—。

｜｜———｜—，｜—｜—｜｜—。

哪個作七絕敢用這般格式？然而也有用得好的，老杜敢用，故不可太迷信格律，打破格律，也可以有意外收穫。如老杜之七古亦然：「自斷此生休問天，杜曲幸有桑麻田，故將移住南山邊。短衣匹馬隨李廣，看射猛虎終殘年。」（〈曲江三章章五句〉其三）「桑麻田」、「南山邊」、「終殘年」，多用三平落腳，板雖板，可真沉重有力。

近世文藝描寫簡直是上賬式的，愈描寫愈不明白。文章最要緊的是要經濟的描寫，要以一當十，以一當千，以一當萬。看老杜寫武侯祠堂，不寫其建築如何壯麗、武侯的人格如何偉大，只一句「松柏參天長」便都托出。「干戈滿地客愁破」，「破」字用得絕。好詩是複雜的統一、矛盾的調和，如烹調五味一般，香止於香，鹹止於鹹，便不好。喝香油、嚼鹽粒，有什麼意思？「干戈滿地客愁」與「破」，「雲日如火炎天」與「涼」，是矛盾的調和。面對武侯祠堂，客愁自破，松柏參天，炎天自涼，真是矛盾的調和。

人在世間，又逢亂世，奔波流離，困苦艱難，只剩得煩惱悲哀。

怎樣能解脫這輾轉流離、困苦艱難和剩下的這煩惱悲哀呢？便好好承受那煩惱悲哀嗎？承受是不得已，消極；最好是消滅了它，不成便脫離。雖仍有煩惱困苦，但是我脫離了。若不成，便承受吧！——受不了，怎麼辦？——忘記。人，真是可憐蟲！既不能消滅，又不能脫離；既不能歡迎，又不能忍受，只好是忘記——就是麻醉。老杜便不如此。他不要忘記，他清醒地看著苦惱。他雖無消滅那苦惱的神力，也絕不臨陣脫逃，也不會忘記，他只是忍受、擔荷——是戰士。進一步說，他也消滅、也脫離、也忘記、也擔荷。如此，才是老杜；如此看，才能讀杜詩。

老杜的詩真是氣象萬千，不但偉大而且崇高。如好戲，不是單一的歡喜、淒涼、安慰，歡喜中有淒涼，淒涼中有安慰，這才是好戲，而特複雜不易表演，故杜詩亦不好講。

余先講老杜，再講義山，蓋以老杜為「力」的代表，以義山為「韻」的代表。從〈二月二日〉說到〈錦瑟〉，再說到「韻」，今天便是這個關目。並非節外生枝，另起爐灶。

李義山的詩，最早到余之心上、入余之眼中的是〈二月二日〉與〈錦瑟〉兩首。當然，〈二月二日〉不能與〈錦瑟〉比，〈錦瑟〉乃絕唱，但即使沒人注意的〈二月二日〉也甚好，很平凡的題目，但是寫得好：

> 二月二日江上行，東風日暖聞吹笙。
> 花須柳眼各無賴，紫蝶黃蜂俱有情。
> 萬里憶歸元亮井，三年從事亞夫營。
> 新灘莫悟遊人意，更作風簷夜雨聲。

「二月二日江上行，東風日暖聞吹笙」，讀了便覺得暖，並非為其說「暖」就暖，而是為詩人的「吹笙鼓簧」（《詩經・小雅・鹿鳴》）的格物本領。吹笙鼓簧，比吹笛子好，笛子是空的，笙中有簧，簧是顫動的。冬日吹笙，簧會凍住，是澀的，吹不響。周清真[6]詞中有句「夜深簧暖笙清」（〈慶宮春〉），竟是寫冬夜吹笙——「笙清」是寫夜，「簧暖」是吹笙。吹笙即是暖的象徵，故義山「東風日暖聞吹笙」，初次讀之即有暖氣撲面，暖意上了心頭。此是義山格物。杜牧之[7]亦有詩云：

6 周邦彥（一〇五六—一一二一）：字美成，號清真，錢塘（今浙江杭州）人。北宋婉約詞集大成者，南宋婉約詞開山者，著作有《清真詞》。

7 杜牧（八〇三—八五三）：唐朝詩人，字牧之，號樊川，京兆萬年（今陝西西安）人。曾任司勳員外郎，故又稱杜司勳。

深秋簾幕千家雨，落日樓台一笛風。（〈題宣州開元寺水閣，閣下宛溪夾溪居人〉）

「簾」與「雨」自上而下，「一笛風」橫著過來。「一笛風」，必是笛。牧之的「一笛風」恰與義山的「吹笙」形成對比，一寫冷，一寫暖。「落日樓台」必是「一笛風」，有笙也不許說，此是詩中無情無理，也是詩中至情至理。再看一詩：

回樂峰前沙似雪，受降城外月如霜。
不知何處吹蘆管，一夜征人盡望鄉。（李益〈夜上受降城聞笛〉）

既是「沙似雪」，既是「月如霜」，必須是塞外，必須是蘆管（蘆管即胡笳），絕不是笛、是笙。塞外胡笳，聽了如何能不望鄉？

客家俗諺云：「二月清明初開罷，三月清明未見花。」〈二月二日〉後兩句寫：「花須柳眼各無賴，紫蝶黃蜂俱有情。」「有情」二字不可輕輕放過。義山寫出「有情」二字，未辜負大自然；我們輕輕放過，是辜負義山。看「紫」、看「黃」、看「俱」，數字寫來，絕不輕薄，是沉著的，真是「有情」。「花須柳眼各無賴」，這「無賴」也是「有情」，可愛！慈父慈母的愛兒嬌女，常常在父母面前淘氣、撒無賴，這不是可氣，而是 charming（日本譯為愛嬌，正好）。這樣的詩句含義豐富，即是日常生活、日常事物寫出來的美的事物、美的作品。

嚴格地說，余不承認文學有寫實的，且文學中必有夢的色彩。（寫實與切實不同，如果「寫實」二字另有說法，且不論。）將日常生活加上夢的朦朧美，是詩人的天職。（既曰天職，便不能推諉，不能卸責。）如果是在浪漫或者傳奇的作品中，容易加上夢的色彩，但在日常生活上則不容易，因為浪漫、傳奇中本有新鮮的趣味，故容易有朦朧美。新鮮是富於刺激性最要緊的條件。辣的富於刺激性，但如果天天吃、頓頓吃，再吃也就不新鮮了，也就失了刺激性。傳奇是新鮮的，故易加上夢的色彩，此種傳奇性叫做演義。故羅貫中《三國演義》較陳壽《三國志》新鮮，關公的大刀八十二斤，劉備的雙手過膝，當然是演義，傳奇中自然不乏此種性質。夢的朦朧美加在事物上，即是演義，即是附會。但日常生活是平凡的，與夢的朦朧美雖非水火不相容，卻也是南轅北轍，背道而馳。明明是矛盾，但如李義山，一流的大詩人，能將日常生活、平凡事物加以夢化（當然非噩夢、非幻夢），產生夢的朦朧美。

一個詩人多是能白日做夢的，是 day-dreamer，與夢遊人不同：夢遊是下意識的、半意識的，day-dreamer 是非半意識的、是意識的；非夢遊，是切實；非噩夢，是美的；非縹緲的幻夢，幻夢有時是美的，但不切實，是空虛；詩人之夢非空虛、縹緲，是現實。

義山能將日常生活加上夢的朦朧美。其〈錦瑟〉詩真是不得了，不但是義山的代表作，簡直可以稱為絕唱，義山之後沒有見過這樣好的詩：

> 錦瑟無端五十弦，一弦一柱思華年。
> 莊生曉夢迷蝴蝶，望帝春心托杜鵑。
> 滄海月明珠有淚，藍田日暖玉生煙。
> 此情可待成追憶，只是當時已惘然。

若有西人問余中國詩有何特色，試舉一小詩為代表，則余毫無異議地舉出〈錦瑟〉詩來。不知此詩之好處，則上不會瞭解〈離騷〉、「詩三百」，下也不會瞭解以後的詩。

或說〈錦瑟〉是悼亡詩，文字自明，無須細說。

詩中前四句憶往傷悼，五六兩句寫得最好。「滄海月明珠有淚」，淚是當年快樂之淚，非悲哀之淚。「珠淚」是中國的 idiom，珠是本體，淚作譬喻，珠淚、淚珠，珠的淚即珠之光。為什麼「滄海月明」？因滄海而月益明，月明而珠之淚益美，非悲的淚，是美的淚。「滄海月明珠有淚，藍田日暖玉生煙」，如煙、如霧、如雲，真是夢，真是美。

然而，雖如煙、如霧、如雲，結果卻是幻滅，最終消滅無蹤——不但其後有幻滅的悲哀，即在當時，已有把握不住的苦痛。而詩人的詩則不然，雖其美如煙、如霧、如雲，但是能保留下來，是切實的，是不滅的。寫下來了，保留下來了。結二句義山寫道：「此情可待成追憶，只是當時已惘然。」「惘然」——真好，是夢的朦朧美。這種感情不是興奮、不是刺激、不是悲哀、不是歡喜，只是「惘然」，真能沉入詩的美、真能享受、真能欣賞，把握得住。

古人言「相視而笑，莫逆於心」（《莊子•大宗師》），余尚嫌他多此「相視之笑」，須是「妙哉，我心受之」（蒲松齡《聊齋誌異•司文郎》）方好。舉一例，春天到公園裡去，花明柳暗，小孩子歡呼雀躍，中年人或老年人經了許多事故，坐於水邊石上，對了夕陽，水色山光中，默默無語，落在了「惘然」之中。這兩種，哪個比較有味？哪個是詩？恐怕還是後者。詩與生活合二為一，不但外表有詩的色彩，簡直本身就是詩。幼子自外歸家，母親見了眼光一掃，即此便是好詩。

義山悼亡，不痛哭，不流涕，不失眠，不吐血，只是「惘然」。詩人落在「惘然」中，猶如小兒歸來落在慈母的眼光中。（在小孩子，正是「妙哉，我心受之」；在慈母，則是「惘然」。）

日常生活加以夢的朦朧美，就是將平凡的美化了，將日常生活昇華了。因此方說義山這位大詩人極似西洋的「唯美派」。不必說更深的含義，深話淺說，「唯美派」即是要創造出美的事物來。以「唯美派」奉贈與晚唐李義山並無不當，他作詩不為表現他的思想，不為給讀者一個教訓，雖然未必沒有，但其天職、良心非出於此，而是「為藝術而藝術」（L'art pour l'art），只是為了美、要創造美而已。此是義山與西方「唯美派」之共同點。但中西之「唯美派」有不同者，即西洋「唯美派」是不滿於日常的、平凡的而別生枝葉，另起爐灶，要自創出美；而我們的李義山則是將日常生活美化昇華（喬妝）了。「滄海月明珠有淚，藍田日暖玉生煙」，是寫男女兩性生活。高樓大廈、錦衣玉食固然美滿，然而即使是蓬屋茅簷、粗茶淡飯也仍是美滿，只要二人生活是統一的、調和的。義山是寒士，假定所悼為其妻，當然過的是粗茶淡飯的生活。寫的是日常的、平凡的，然而卻能如此美。西洋「唯美派」不要日常的、平凡的事物，而另創造其他新奇的事物。

法國詩人波特來爾有詩集《惡之花》（*Flowers of Evils*），人稱之惡魔派詩人（這當然是惡意的），然不如說他是唯美派詩人，他不滿意於日常的，故自己創造些新奇的、古古怪怪的事物，創造些世俗外的美。義山不然。義山更富於人情味，即用平凡的事物予以美化。他把平常變為美，我們可以用化學的方法將其還原，不要為其美所眩，便能見出本來。

李義山可說是中國唯美派詩人中最能將日常生活加以夢的色彩者。他不但會享受生活，而且會欣賞生活。小孩兒吃糖揀大塊兒，咯吱咯吱嚼著吃，不但不會欣賞，也不會享受。知此，讀義山詩方覺真已沉入夢中，詩化了。

自義山詩集中看來，義山很受李賀（字長吉，有《李賀歌詩集》、《昌谷集》）的影響，如其〈燕台詩〉謎一般之難解即受長吉影響。此種詩，非起義山於九泉之下無人能解。此處義山失敗了，因為長吉根本即未成功，抑或是中國文字不適於寫此種詩？

義山詩真是韻的文學。錢起[8]「曲終人不見，江上數峰青」（〈湘靈鼓瑟〉）、孟浩然「微雲淡河漢，疏雨滴梧桐」，亦是韻文學，與義山〈錦瑟〉相較，其為韻文學則一，其所以為韻文學則不一：錢、孟詩歌詠大自然，只是對大自然的表現；而義山詩中雖也借重大自然，但是人生色彩濃厚，如「滄海月明」一聯，日常生活加上夢的朦朧美，真是美——韻的美。

義山用了怎樣的技法寫出這樣的詩來？

中國詩人含感傷氣氛者甚多。乾隆時代黃仲則[9]的詩句「寒甚更無修竹倚，愁多思買白楊栽」（〈都門秋思〉）、「結束鉛華歸少作，屏除絲竹入中年」（〈綺懷十六首〉其十六），其人生味比義山更厚，但以韻文學論，卻遠不及義山。這並非一眼看高一眼看低、重古輕今的話，舉黃氏詩是為的更易明白，其詩傷感重而韻薄。陸放翁「萬事從初聊復爾，百年強半欲何之」（〈感秋〉），純是傷感，反而減去了韻的美，還不如黃仲則的成功，雖然仲則詩與此同出一途也。

此外又有憤慨牢騷、生氣發脾氣的詩人，這即是自暴自棄。吾國此種人甚多。自暴、自棄似非一事，但實即一事，猶之武斷、盲從似是牴牾，其實未有武斷而不盲從，亦未有盲從而不武斷者，總之是頭腦簡單、不清楚。放翁有時亦如此，如其「阨窮蘇武餐氈久，憂憤張巡嚼齒空」（〈書憤二首〉其一）。蘇武餐氈恐是附會之辭，餓是餓，氈怎麼吞下去是問題，能否消化得了又是問題，除非是鐵人，還要是活鐵人。但「餐氈」、「嚼齒」二詞音形俱佳，「久」、「空」最糟，「阨窮」、「憂憤」也不好。放翁這兩句筆畫多[10]，寫出來，表現得極不平和。「曲終人不見，江上數峰青」，十個字寫出來，多疏朗，蓋表現心氣之平和也。

傷感、憤慨，自暴、自棄，寫不出韻的詩來。雖然義山也未嘗無傷感的事，但有他了不起的地方，即是能在日常生活、日常事物中加入夢的朦朧美。再看義山的悼亡詩：

更無人處簾垂地，欲拂塵時簟竟床。

（〈王十二兄與畏之員外相訪見招小飲，時予以悼亡日近不去，因寄〉）

這真比仲則、放翁高得遠了。這雖然也是傷感，但不僅有對於逝者的懷念，而且更有他自己的悲哀。一切的事沒人做要自己做，「簟竟床」三字連衰老的悲哀都寫出來了，「欲拂塵時簟竟床」，字面中何嘗有「聊復爾」、「欲何之」，更何嘗有「阨窮」、「憂憤」，然而味道深厚得多了，更有韻，更富於詩的美。因為雖則原質或者同樣，而這是昇華了的。（硫磺的結晶比未昇華的當然美。）可以說，仲則的詩是從情緒中冒出來的，故出而不入；義山的詩是沉澱出來的，既出又落下去，是昇華了的，用廚川白村的話即是觀照或即欣賞。一個詩人過著觀照的生活，他是歡喜是煩惱，他自己要看看，把他自己分為二者：一個在喜歡、煩惱，一個在那裡觀、在那裡欣賞，所以他專以自持。並非無喜怒，但不為喜怒所壓倒，不為自己的感情所炸裂。像放翁那樣的詩，豈不是炸裂了？以此論之，是不成其為詩的。義山絕句有云：「客散酒醒深夜後，更持紅燭賞殘花。」（〈花下醉〉）真是淒涼、空虛，歡喜從哪裡來？紅燭殘花還有幾時？這何嘗不是傷感，但是醞藉（蘊藉）——溫厚和平。這是情操、是自持，詩人總要有此套功夫。

---

8 錢起（七二二？—七八五？）：唐朝詩人，字仲文，吳興（今浙江湖州）人。與李端、盧綸、韓翃等號稱「大曆十才子」。

9 黃仲則（一七四九—一七八三）：清朝詩人，黃景仁，字仲則，號鹿菲子，武進（今江蘇常州）人。〈綺懷十六首〉為其代表作。

10 按：此就繁體字而言。

觀照、欣賞的生活得到了情操自持的結果，而成為韻的文學，此余所以舉義山。雖然古今中外的詩人都要有此套功夫，但卻非即此已足；若以此自足，便是作繭自縛，是沒出息，不會有發展。所以晚唐到了李義山、韋端己[11]，要革新。西昆體要滅亡，亦是如此。自足、自縛，沒有發展，詩人萬萬不可陷在這小天地裡。世上之詩人沾沾自喜，拿糖作醋，亦是此途。

舊俄朵思退夫斯基[12]說：「一個人受許多苦，就因為他有堪受這許多苦的力量。」看老杜詩中所寫的苦，就因為他受得了。義山就不成，不但體力上受不了，就是神經上也受不了。（如用刀刮玻璃的聲音、木匠挫鋸的聲音，不好聽，受不了。）所以這般詩人不能寫醜惡，只能寫美的東西。但老杜有此膽量，並非殘忍，乃是能夠擔荷、分擔別人的痛苦。法國腓力普在壁上寫著朵思退夫斯基那兩句話，又說：「這句話其實不確，不過拿來騙騙自己是很不錯的。」

法國人真聰明，聰明得如透明的空氣、玲瓏的水晶一般。他不信什麼宗教，但卻有宗教的精神。人總要抓住些東西才能活下去，就如落水的人，便是草根、樹皮也抓住一點好，所以雖知做不了什麼，騙騙自己也好。

義山這樣的詩人，當然高於黃仲則那樣被感情炸裂的傷感詩人。他能成為詩人，能作出美的詩，唯其具有觀照、反省——情操，但嫌他太滿足於自己的小天地，太過於沾沾自喜，缺乏理想和力量。

西班牙作家阿佐林（Azorin）[13]說：「工作——沒有它，沒有生活；理想——沒有它，生活就沒有意義。」理想，是向前向上的根源；有力量，才能擔荷現實的苦惱。義山是「錦瑟無端五十弦，一弦一柱思華年」，在《義山集》中尋不出向前向上、能擔荷苦惱的詩來。所以說老杜在唐朝確乎是特殊人物，有其理想與力量。（大人物每每是特殊，前無古人，後無來者，且不為當世所瞭解。）

以上所言乃是老杜與義山——力的文學與韻的文學。若以文藝作品從根本「為人生的藝術」來看，無論「力」與「韻」，其對人生的態度可總結為三類——欣賞、記錄、理想，仍主要以老杜與義山為例。

一　欣賞

如果一個詩人完全拋棄了欣賞的態度和心情，則大可懷疑其是否能成為一個詩人，雖然只欣賞是不能夠成為一個好詩人的。不管是「楊柳依依」、「雨雪霏霏」（《詩經・小雅・采薇》），抑或是「嫋嫋兮秋風，洞庭波兮木葉下」（屈原〈九歌・湘夫人〉），中國的文藝對於大自然的欣賞皆是很重要的部份。

一個詩人如果專欣賞他自己的生活，便難以打出自我的範圍，總在自己的小天地中，並且自滿於自己的小天地，即老夫子所說「今女畫」（《論語・雍也》）[14]。這樣的詩人可以成一「唯美派」的詩人，可以寫出很精緻的詩來。如李義山的〈錦瑟〉，其技法真是前無古人後無來者，吾人嚴格地說，不滿意於他者即是他太滿足於他的小天地，無論其小天地為悲哀、為困苦、為煩惱，他都能欣賞，他都能因以得到滿足。即如

11 韋莊（八三六—九一〇）：唐朝詩人，字端己，京兆杜陵（今陝西西安）人，花間詞派重要作家，詞風清麗。有《浣花詞》。

12 朵思退夫斯基（Fyodor Mikhailovich Dostoyevsky, 1821-1881）：今譯為陀思妥耶夫斯基，俄國作家。代表作為長篇小說《罪與罰》、《卡拉馬佐夫兄弟》等。

13 阿左林（Azorín,1873-1967）原名：José Martínez Ruiz, Azorín 為其筆名）：今譯為阿索林，西班牙散文家、文學評論家，西班牙九八運動代表人物，開西班牙現代文學的先河。

14 《論語・雍也》：「冉求曰：『非不說子之道，力不足也。』子曰：『力不足者，中道而廢。今女畫。』」

〈二月二日〉一首，何嘗是快樂，那是思鄉、是悲哀、是痛苦，所以末二句是「新灘莫悟遊人意，更作風簷夜雨聲」。（「萬里憶歸元亮井，三年從事亞夫營」，這五六兩句不見得是寫實。）由末兩句，可見出其在何種心情下寫的詩。灘水，流得急，不平和，此「遊人」自道。觀此，心情之悲苦可知。「風簷夜雨聲」，似是「警告」，覺悟之故也。心境不平和，在此心情下能寫出「二月二日江上行，東風日暖聞吹笙。花須柳眼各無賴，紫蝶黃蜂俱有情」這般美麗的詩來，真是觀照、欣賞得到的「情操」的功夫。於詩人有此般修養功夫，實當予以重視，表示敬意，誠非常人所能及者；唯病在「今女畫」，不能向前，不能向上，即寫人生只限於他自己，推不開，故可說是沒有發展——亦即俗所說「沒出息」。

二　記錄

「記錄」二字太機械，但一時尋不到合適字眼。

詩人所寫的人生不是其小天地中的個人生活，而應是社會上形形色色的人生，範圍是擴大的。如老杜詩中所寫上而至於帝王將相，下而至於田父村夫，範圍相當廣大，雖曰「記錄」，卻並非是機械的記錄，而是詩人抱了「同情」的記錄。更彎曲點說，是詩人重新感覺了別人生活的感覺，重新度過了別人度過的生活。例如老杜的五古〈無家別〉，此詩真悲慘！老杜此詩主人公是一老翁，寫前是「觀察」，寫時是「描寫」，但其觀察、其描寫不是客觀的、冷靜的、照相似的，乃是將自己的靈魂鑽入主人公的軀殼中去，親切地體味他的人生，所以是熱烈的、同情的、詩的觀與寫。

老杜〈無家別〉寫實，與世所謂寫實派不同。世所謂寫實派，用科學的方法、冷靜的頭腦去寫；但老杜之寫詩非如此也，也可以說是〈無家別〉的主人公的靈魂鑽入老杜的軀殼，自己寫自己的痛苦，所以感受親切，能感動人，因為寫的是切膚之痛。故余深恨黃山谷「看人秧稻午風涼」（〈新喻道中寄元明〉）之毫無心肝，這也是寫實，也是描寫自己以外的人生。老杜不然，所以偉大、有力量，雖然有時失於粗糙（粗）。西洋寫實之客觀態度描寫人生，猶攝影技師；而老杜是演員，唱誰就是誰，所以讀之感到切膚之痛。如若責備賢者，則是缺少理想。

三　理想

理想即合理之想，非夢想、幻想。夢想、幻想也許是美的、新鮮的，但最終是空虛；理想在今日縱非現實的，但合理之想將來總能成為人們的實際生活。

「記錄」詩人是偉大的人生記錄者，已算是盡了其最大責任，惜乎缺乏理想。人能夠即止於此嗎？沒有好一點的將來嗎？西諺謂：

「詩人是最好的預言家。」若然，當然應該有理想。

「欣賞」者說到自己的生活為止，「記錄」者雖範圍擴大，說到形形色色的生活為止，但仍然不能向前、向上。中國向來偏於此，故易保守。屈原有理想，但不清楚他究竟追求的是什麼。老杜詩中有理想者，雖少，尚有：

兩個黃鸝鳴翠柳，一行白鷺上青天。
窗含西嶺千秋雪，門泊東吳萬里船。

詩人能靜、能動：「兩個黃鸝」是靜，「一行白鷺」是動；「窗含西嶺」、「門泊東吳」是靜，而「千秋」之雪、「萬里」之船就是動了。前二句靜是點，動是線；後二句靜是一片，動是無限。前有言，老杜此詩是表現了他的理想。若不知此，未免辜負老杜詩心。孤零零二十八個字，他並非在說夢話。

講到這裡，想到《人間世》有一篇文章〈人物與批評〉（一九三三年出版），作者為英國散文家列頓・斯特雷奇[15]。其中有一段對於中國詩的批評，亦多談及老杜與義山，索性於此述說一番。

西洋人對東方並不甚瞭解，總以為東方神秘，尤其以為中國思想及中國語言文字神秘。而S氏雖並不曾將中國詩與希臘詩置於同等地位，而確曾以所見之中國詩與希臘詩相比較（其實S氏所見亦不過僅為翟理斯（Herbert A. Giles）[16]所譯之一部份），可見其對中國詩之重視，且其見解甚好，值得參考。

S氏先說希臘抒情詩都是些警句。他所言之警句，非好句之意，乃是說出後讀者須想想，不可滑口讀過。魯迅先生有一時期頗喜翻匈牙利愛國詩人裴多菲（Petofi Sándor）[17]之詩，中有句曰：「希望如同娼妓，在毀滅了你的青春之後，就棄你而去。」人在青年時多有美的希望，而老年時所得多是幻滅，如此之句即是警句。警句中有作者的智慧、哲學，雖亦有感情、感覺，而皆經理智之洗禮，然後寫出。希臘詩中多有此種需要讀後好好想一想的警句，如「你生存時，且去思量那死」，這樣的句子，讀了真如兜頭一瓢涼水。人不可沒有希望，希望是黑夜中一點光明，生於暗夜，若無此光明，人將失去前行的勇氣。魯迅先生所譯裴多菲的詩真是「涼天」，而如雪萊（Shelley）[18]之《西風頌》是給人以希望。他說「……冬天來了，春天還會遠嗎」，這兩句真好。（依雪萊詩句，余曾譜成兩句詞：「耐它風雪耐它寒，縱寒已是春寒了。」至今未足成闋。）裴多菲與雪萊，一個消極，一個積極；一個詛咒希望，一個讚美希望，而皆是用警句的寫法。說此一大段，尚非今日堂上本題。

S氏批評中國詩，說中國詩是與警句相反的，他以為中國詩乃在於引起印象。S氏此言是對的。前所舉老杜詠武侯祠之「干戈滿地客愁破，雲日如火炎天涼」，似警句而非警句，即S氏所言只給人一種印象。老杜詩有的病在和盤托出，令人發生「夠」的感覺。老杜是打破中國詩之傳統者，老杜詩尚非中國傳統詩。最好還是舉義山，看其詠蟬詩：

五更疏欲斷，一樹碧無情。（〈蟬〉）

蟬日中叫，夜中亦叫，尤其月明時，而至五更其音為露所濕，則聲不響矣。「五更」一句是蟬，「一樹」一句似不是蟬而是蟬，且是「禪」。「一樹碧無情」，無蟬實有蟬，尤其「碧」，必是無情的碧（「寒山一帶傷心碧」，出自於相傳為李白所作〈菩薩蠻〉），才是蟬的熱烈且欲斷的叫聲。再看義山之：

15 列頓・斯特雷奇（Lytton Strachey, 1880-1932）：英國傳記作家、文學評論家。
16 翟理斯（Herbert Allen Giles, 1845-1935）：英國漢學家，劍橋大學中文教授。一八八四年出版《古文珍選》（*Gems of Chinese Literature*），一八九八年出版《古今詩選》（*Chinese Poetry in English Verse*），一九〇一年出版《中國文學史》（*History of Chinese Literature*）。
17 裴多菲（Petöfi Sándor, 1823-1949）：匈牙利詩人，匈牙利民族文學奠基者。
18 雪萊（Percy Bysshe Shelley, 1792-1822）：英國詩人，代表作品有《致雲雀》、《西風頌》、《解放了的普羅米修斯》等。「If Winter Comes, Can Spring be far behind.」就是他的長詩《西風頌》中的結束句。

荷葉生時春恨生，荷葉枯時秋恨成。（〈暮秋獨遊曲江〉）

並未言「恨」如何「生」，如何「成」，「葉生」、「葉枯」與「恨」何干？而吾人自可由詩句得一印象。荷葉生時尚有生氣，枯時真是憔悴可憐，中主詞「菡萏香銷翠葉殘，西風愁起綠波間」（〈山花子〉），可為「秋恨成」之注解。（相信余之所說，不是信余之話語，而是信義山的詩、中主的詞。）再如「采菊東籬下，悠然見南山」，無意義，而能給人一種印象。若讀了之後找不到印象，便是不懂中國詩。中國詩尚非止得一印象便完了，還要進一步。這即是S氏又言及者：「此印象又非和盤托出，而只做一開端，引起讀者情思。」

這說法真好。

平常說詩，皆舉漁洋之「神韻」、滄浪之「興趣」、靜安之「境界」，余之說詩又好用「禪」，這都太靠不住。雖然對，可是太玄，太神秘。人若能瞭解，則不用說；若不瞭解，則說也不懂。所以S氏的話說得好，只需記住中國詩是「引起印象」，「又非和盤托出，而只做一開端」。如義山曰「春恨生」、「秋恨成」，不言如何生、如何成，只是開端，雖神秘而非謎語。後之詩人淺薄者淺薄，艱深晦澀者即成謎語，都不是詩。又如義山〈錦瑟〉之「藍田日暖玉生煙」，亦是「引起印象」。若人們奉為名句的「身無綵鳳雙飛翼，心有靈犀一點通」（〈無題〉），此二句即所謂「和盤托出」，實在不好，實即《詩經》「愛而不見」（〈邶風‧靜女〉）四字而已。參義山詩，若參「身無綵鳳」兩句，參到驢年、貓年也不「會」。還是「一樹碧無情」，真好，這可是一觸即來的。錢起「曲終人不見，江上數峰青」（〈湘靈鼓瑟〉）比白居易「大珠小珠落玉盤」（〈琵琶行〉）如何？〈琵琶行〉雖好，而有點像外國的。（翻譯〈琵琶行〉較「一樹碧無情」好譯。「一樹碧無情」，你怎麼譯？）

中國詩是簡單而又神秘。如「一」字，「一」之後數目無限，而「一」字甚簡單。S氏只讀過少數中國詩，而有此批評（見解），其感覺真銳敏，豈外人理智之發達？

《人間世》又有一段「補白」舉楊萬里[19]詩：

小寺深門一徑斜，繞身縈面總煙霞。
低低簷入低低樹，小小盆盛小小花。
經藏中間看佛畫，竹林外面是人家。
山僧笑道知儂渴，其實客來例瀹茶。（〈題水月寺寒秀軒〉）

補白者舉此詩，蓋以為非常活潑，其所謂活潑，蓋指「低低簷入低低樹，小小盆盛小小花」二句。補白者又謂末二句「山僧笑道知儂渴，其實客來例瀹茶」尤好，實則與前二句皆為和盤托出，多麼淺薄，給我們留得什麼印象？唐人寫廟者有曰「古木無人徑，深山何處鐘」（王維〈過香積寺〉）、有曰「竹徑通幽處，禪房花木深」（常建〈題破山寺後禪院〉），則是給我們以印象。

剛才說，參李義山「身無綵鳳」二句，愈參愈鈍，參到驢年、貓年也不「會」，結果「木」而已；然若參誠齋「低低」二句，不但不能成佛，簡直入魔，比「木」還不如。誠齋此詩，絕不可參。若要「參」，還得是「一樹碧無情」。

19 楊萬里（一一二七—一二〇六）：宋朝詩人，字廷秀，號誠齋，吉州吉水（今江西吉水）人。與尤袤、范成大、陸游合稱南宋「中興四大家」。

錢起「曲終人不見，江上數峰青」比白居易「大珠小珠落玉盤」如何？〈琵琶行〉雖好，而有點像外國的。圖為明朝仇英《潯陽送別圖》（局部）。

上次說到中國詩不是給予我們一個印象，而是引起一個印象，它只是個開端。上次特別說到義山之「五更疏欲斷，一樹碧無情」（〈蟬〉）。中國詩都是這樣。

引起與給予不同。「楊柳依依」、「雨雪霏霏」（《詩經・小雅・采薇》）、「桃之夭夭，灼灼其華」（《詩經・周南・桃夭》），「依依」，楊柳之貌；「霏霏」，雨雪之貌；「夭夭」，少好之貌；「灼灼」，盛貌，皆是引起印象。「昔我往矣，楊柳依依。今我來思，雨雪霏霏」，即清人詩所謂「馬後桃花馬前雪，出關爭得不回頭」（徐蘭〈出居庸關〉）。不但抒情如此，寫景亦然。曹子建「明月照高樓」（〈七哀〉）、大謝[20]「池塘生春草」（〈登池上樓〉），好。怎麼好？傳統的寫法，引起印象。江淹〈別賦〉寫道：「春草碧色，春水淥波，送君南浦，傷如之何？」六朝以後文人寫送別每用「春草」、「南浦」，可見其影響之大。其實，「春草」、「春水」，與「送」何干？又「傷」什麼？無理由。然「春草碧色，春水淥波」下面一定是「送君南浦，傷如之何」。若是想，是哲學的事；文學是用感覺，感——生。讀了他十六字，自然生出送別；覺得感傷，蓋是引起來的事。

中國詩不是和盤托出，而要你從感覺中生出東西來。這裡再說說「縮」字訣。「縮」字訣是書法上的事，古人說，寫字用筆要「無垂不縮」。垂者向外，縮者向內；垂者表現，縮者含蓄。太白的詩，讀了痛快，但嫌其大嚼無餘味，便是少「縮」字訣。

中國藝術得「縮」字訣，是含蓄，非發洩。一日余獨登北海白塔，眺見東西兩側故宮與西什庫教堂，二

20 謝靈運（三八五—四三三），南北朝詩人，祖籍陳郡陽夏（今河南太康），生於會稽始寧（今浙江上虞）。與謝朓合稱「大小謝」、「二謝」。

建築截然不同：故宮平和充實，教堂西洋建築新俏好玩。王維[21]有詩寫帝城：「雲裡帝城雙鳳闕，雨中春樹萬人家。」（〈奉和聖製從蓬萊向興慶閣道中留春雨中春望之作應制〉）中國建築都是平平的，當然亦是靜穆的、偉大的，但更好的是蘊藉——觀之不盡，視之無窮。（好像有好多東西要告訴你，但又不說出來，即蘊藉。王維此句亦蘊藉。）

由初唐、盛唐、晚唐都是走的「縮」，李杜「垂而不縮」，太白飛揚跋扈，老杜痛快淋漓，都有點發洩過甚。說老杜「垂而不縮」，是比較說法，他也有「縮」在。如其「蕩胸生層雲」（〈望岳〉），他沒說什麼，但能引起我們一個印象。「蕩」「生」兩個動詞，活潑潑地出來，寫出了他的浩氣。誠齋「繞身」、「縈面」，死在那兒了。正如糖好吃，不只為它甜，還有別的味。糖止於甜，鹽止於鹹，我們不能滿足，雖然我們並不反對，而要求甜、鹹之外的味。誠齋「小小盆盛小小花」，花「盛」在盆裡，花與盆是兩回事；說「栽」還好點，一「栽」，花與盆便合而為一。補白者認為誠齋詩中「尤好」的末兩句「山僧笑道知儂渴，其實客來例瀹茶」，這只是機智。機智可能有點趣，但不可入文學。機智無有「縮」只有「垂」。

下面說說，余之近作一首〈雨晴出遊口占長句四韻〉[22]：

夜來一雨淨朝暉，此際先生忍掩扉。
臨水綠楊還濯濯，掠風紫燕正飛飛。
滿川芳草交加綠，幾處夭桃取次稀。
一任余寒砭肌骨，緼袍準擬換春衣。

這詩「此際」一句，寫得不好，「忍」、「掩」兩上聲。作詩最好用音色表現出來，不看字義已先得之。如「臨水」二句，讀之便有新鮮活潑意，音色好。「濯濯」，非《孟子》「牛山濯濯」之「濯濯」，乃用《世說新語》「濯濯如春月柳」之「濯濯」，新鮮之意。「紫燕正飛飛」，燕來不過三月三，燕去不過九月九。「紫燕」比「雙燕」好。「臨水綠楊還濯濯，掠風紫燕正飛飛」，鮮明活潑。唯「綠楊」與「交加綠」重「綠」字，「綠」字不好改，「垂楊」、「嫩楊」俱不好。

這一首並非成功作品，尤其末一句使不上勁。余學作詩到三十幾歲，只是「作」而已；到四十，有點長進；自四十到現在，用點功又有點長進。不敢作五絕，七律最怕首尾四句。此首末四句原作：

甲兵未洗天漢遠，兕虎真嗟吾道非。
對此茫茫成苦住，杜鵑莫道不如歸。

「甲兵」句平仄：—｜——｜——，第六字「漢」字拗。「甲兵」、「兕虎」，皆用典，杜詩對《史記》。「苦住」，即住山苦修。禪師參禪學道：行腳→住山苦修→結死關（所謂結死關，生死關頭，生活程度最低），得道後開堂說法，通曰出世。「對此茫茫」句之「茫茫」二字無著落，雖則較後改者好。「茫茫」、「杜鵑」，皆是古人的字句，「茫茫」，用《世說新語》及元遺山「市聲浩浩如欲沸，世路茫茫殊未涯」（〈出東平〉）。歸結是再現。這還好，尚有用典用成猜謎的詩。

21 王維（七〇一—七六一）：唐朝詩人，字摩詰，祖籍太原祁（今山西祁縣），後徙居蒲州（今山西永濟）。官至尚書右丞，世稱「王右丞」。

22 〈雨晴出遊口占長句四韻〉（一九四四）：原作見《顧隨全集》卷一，石家莊：河北教育出版社二〇一三年，第四五六頁。

余又有〈共仰〉23一首：

莫信蛟寒已可罾，飛飛斥鷃笑鯤鵬。
花開燕市仍三月，人在蓬山第幾層。
共仰揮戈回落日，愁聞放膽履春冰。
龍沙百戰動名烈，醉尉憑教喝灞陵。

結構似較上一首整齊。此首詩以黃山谷法「參」義山。

23〈共仰〉（一九四四）：原作見《顧隨全集》卷一，石家莊：河北教育出版社二〇一三年，第四五四頁。

第十八講　怪傑李賀

中唐有兩「怪傑」，要算退之與長吉。

李賀，字長吉，有《李賀歌詩集》，又曰《昌谷詩集》（因其久居昌谷）。李賀與退之同時。退之有〈諱辯〉，即為長吉而作，以其父諱「晉」字不能舉進士而為之辯。

李賀，詩中之既怪且傑者。退之比起李賀來似傑而不怪，其詩字法、句法還有承受，學老杜。盧仝[1]好作怪詩，怪而不傑；皇甫湜（持正）[2]好作怪文。是否中唐好怪？或是天性如此，或時有此風氣。時勢如此，個性亦有關。

杜牧之為《李賀歌詩集》作序，末尾有兩句：

> 蓋〈騷〉之苗裔，理雖不及，辭或過之。〈騷〉有感怨刺懟，言及君臣理亂，時有以激發人意，乃賀所為，無得有是？……使賀且未死，少加以理，奴僕命〈騷〉可也。

小杜之序，文法特別。從所引數句，可知杜牧之真懂詩。「理雖不及」之「理」，總言其內容：感情、

---

1 盧仝（七九五？—八三五）：唐朝詩人，號玉川子，范陽（今河北涿州）人。風格險怪。

2 皇甫湜（七七七—八三五）：唐朝散文家，字持正，睦州新安（今浙江淳安）人。師從韓愈，得其奇崛。

思想、智慧（智慧與思想異）……；「辭或過之」，乃言〈離騷〉有幻想，故怪奇，然亦有「理」。李賀之「理」不及〈騷〉，而幻想、怪奇方面表現於文字者過之。言〈騷〉「有以激發人意」，激發人意非刺激，乃引起人印象。〈離騷〉是引起人一種印象，李賀是給予刺激。舉其〈神弦曲〉為例：

西山日沒東山昏，旋風吹馬馬踏雲。
畫弦素管聲淺繁，花裙綷縩步秋塵。
桂葉刷風桂墜子，青狸哭血寒狐死。
古壁彩虬金帖尾，雨工騎入秋潭水。
百年老鴞成木魅，笑聲碧火巢中起。

中國字單音、單體，故易凝重而難跳脫。詩既怪奇，便當能跳脫、生動，故李賀詩五言又不及七言。（老杜寫激昂慷慨時多用七言，「字向紙上皆軒昂」——韓愈〈盧郎中雲夫寄示送盤谷子詩兩章，歌以和之〉。）

〈神弦曲〉乃祭神之詩，與屈子〈九歌〉同。然〈九歌〉所給予人的是美的印象，而李賀祭神詩給人的印象只是怪——字法、句法、章法皆怪，連音聲都怪；且其一句多可分為二短句，顯得特別結實、緊。怪，給人刺激，刺激結果是緊張，章法無結尾。（鬼怪故事沒結果，好。）〈九歌〉「嫋嫋兮秋風，洞庭波兮木葉下」（〈湘夫人〉），此二句有高遠之致，所寫者大也；而若「秋蘭兮青青，綠葉兮紫莖」（〈九歌·少司命〉），所寫雖小，而亦高遠。李賀〈神弦曲〉即無此高遠之致，只是一種刺激而已。神奇、刺激、驚嚇之感情最不易持久，長吉寫神成鬼了，便固無高遠之致。〈神弦曲〉寫音樂，說「畫弦素管」，不說「朱弦玉管」，便怪；樂聲之「淺繁」者，不高而緊張。「花裙」句，蓋說舞女，非說神。舞女者，蓋以形樂神。寫環境，景，「桂葉」二句，不是淒涼，也是刺激，有點恐怖。「古壁」二句，說壁畫，也是刺激；「雨工」，即鬼工。此種詩雖名祭神，而只是給人一種刺激，無意義。〈九歌〉有始有終，〈神弦曲〉章法則不完滿。

一人若思想瘋狂、病態心理，則其人精神不健全。李長吉所走之路為別人所不走，故尚值得一研究。

詩人寫詩的條件有三：一知（智慧），二覺（感覺），三情。三者中：知，冷靜；覺，纖細；情，或溫馨或熱烈。

知，不能獨立成詩，必須有覺的幫助。如義山「歷覽前賢國與家，成由勤儉敗由奢」（〈詠史〉），只是知，不是好詩；而如東坡「風裡楊花雖未定，雨中荷葉終不濕」（〈別子由兼別遲〉），雖不好，還是發自理智，但有點感，像詩了。再看其另一首詩：

> 荷盡已無擎雨蓋，菊殘猶有傲霜枝。
> 一年好景君須記，最是橙黃橘綠時。（〈贈劉景文〉）

東坡此詩比義山的高，他有感覺。四句中末二句較前二句更好，前二句有知、有覺，後二句只有覺沒了知，反而更好。此首與「風裡楊花雖未定，雨中荷葉終不濕」二句都是詩，雖處落英，但不為外物所搖。（要參他的「雨中荷葉終不濕」。）至於韓偓〈幽窗〉二句「手香江橘嫩，齒軟越梅酸」，沒有知，純是感，卻是道地的好詩。

古人作詩有感情、有思想，要緊的還是感覺。（眼耳鼻舌身——色聲香味觸。）有感覺，自然生感情，自然帶出了思想來，假使你的感覺是真實的話。春風吹面覺得很好，這即是你的感情、思想。若無感覺，雖寫感情與思想，不能成為很好的詩。借了感情把這思想表現出來，非要銳敏的感覺不成。「春草碧色，春水淥波，送君南浦，傷如之何？」（江淹〈別賦〉）何以那麼感人？感覺銳敏而真美。

知固不易，行亦真難。古人作詩當然是真實的感覺，那感覺是要從腦子裡泛出來的，猶水邊小立忽見魚兒自水草中一閃，寫詩也當如此。要抓住那個，不要去找。幸而我們是讀書人，所以能寫詩；吃虧也在於我們是讀書人，所以寫不好詩，一寫時，字來了，古人的詩、古人的思想都來了。江文通寫「別」，「春草碧色，春水淥波，送君南浦，傷如之何」，是他的感覺，是從他心裡泛出來的；我們心裡泛出的則是江文通的〈別賦〉，並非我們的感覺。如果說江文通是表現（expression），我們便是再現（re-expression）。弄好了是仿造假冒，把古人的字句重列（re-arrange）一下；弄壞了是生吞活剝，不成東西，不像古人是本號自造，貨真價實。所以宋而後的詩奄奄無生氣也即此故。詩到宋，只有詩學而無詩。「天似穹廬，籠蓋四野。天蒼蒼，野茫茫，風吹草低見牛羊」（北朝樂府〈敕勒歌〉），「浮雲連陣沒，秋草遍山長」（杜甫〈秦州雜詩二十首〉其五），有感覺，真好。

覺的結果常易流於欣賞。「置身物外」，才能欣賞；而還要「與物為緣」，始能把矛盾變成調和即是詩。老杜詩中寫馬而與馬為緣，非馬而為馬；若完全置身物外，便落入浮而不實，出而不入，即魯迅所謂「飄飄然」[3]。摩詰的詩有時很清高，能置身事外，能欣賞，但總嫌不親切，即因缺少「與物為緣」。而若老杜「重露成涓滴，稀星乍有無。暗飛螢自照，水宿鳥相呼」（〈倦夜〉）則不然。老杜異於人者是他的情熱烈。「聞說真龍種，仍殘老驌驦。哀鳴思戰鬥，迥立向蒼蒼」，其情如江河之澎湃、烈火之燃燒、火山之爆發。後人無能及者，是否沒有老杜的熱情而理智又太發達了呢？「迴腸蕩氣」，前人講成了豪氣。老杜的四句才真是迴腸蕩氣，不是豪氣，是真情。這首詩不能說無「知」，因這是他的人生觀——人只要有口氣在，便該努力活著，有一分力使一分力，有一分聰明使一分聰明。老杜人生態度嚴肅，不能驕縱自己，此其人生哲學、人生觀。此種思想態度在哲學家中也不多得，能說不是「知」嗎？長吉「洞庭明月一千里，涼風雁啼天在水」（〈帝子歌〉），只有覺無有情；「露壓煙啼千萬枝」（〈昌谷北園新筍四首〉其二），只有知、覺，有姿態，但無有情。

說情，莫如自己親切，而一大詩人最能說別人的情，故偉大。如老杜「哀鳴思戰鬥，迴立向蒼蒼」，寫出馬的情；而如東坡「惆悵東風一株雪，人生看得幾清明」（〈東欄梨花〉）這種詩太多了，有人說這是東坡好詩，較「風裡楊花雖不定」成熟，但這樣成熟便不如生硬的。

長吉有詩才，雖死得早，但以其無情，能否作好詩很難說，一怪便不近人情。一詩人不但要寫小我的情，還要寫他人的情、事物的情，於是乃有同情。此乃後之詩人缺乏的。詩人要天才，也要同情。我們雖不敢輕視長吉詩才（他走的路別人不大走），但絕不敢恭維其詩情。義山較之詩情濃。

南泉說[4]，道「不屬知，不屬不知」（《景德傳燈錄》卷十）。此七字可用在詩上。小孩子是詩，花是詩，但不能寫詩，因他是「不知」。詩人的寫詩是另一回事：寫詩之條件——知、覺、情，詩成之內

3 魯迅《且介亭雜文二集．題未定草六》：「除論客所佩服的『悠然見南山』之外，也還有『精衛銜微木，將以填滄海。刑天舞干戚，猛志固常在』之類的金剛怒目式，在證明著他並非整天整夜的飄飄然。」

4 南泉（七四八—八三四）：唐朝禪師，法號普願，與百丈懷海、西堂智藏並稱為馬祖門下「三大士」。因卓錫池州南泉山，故稱南泉普願或南泉禪師。《景德傳燈錄》卷十：「（趙州叢諗）異日問南泉：『如何是道？』南泉曰：『平常心是道。』師曰：『還可趣向否？』南泉曰：『擬向即乖。』師曰：『不擬時如何知是道？』南泉曰：『道不屬知不知。知是妄覺，不知是無記。若是真達不疑之道，猶如太虛廓然虛豁，豈可強是非耶？』」

容——覺、情、思。

或曰：披閱文章應注意言中之物與物外之言。這話是對的。然而言中之物，人多不能得其真；物外之言，又正如禪宗大師所說，十個之中倒有五雙不知。[5] 若此，中國詩如何會有進步？

所謂言中之物，質言之，即作品的內容：一覺、二情、三思，非是非善惡之謂。既「言」，當然就有「物」，淺，可以；無聊，可以；無，不可以。物外之言，文也。詩、散文，胡說（nonsense）、沒意義不成，但還要有「文」。言中之物，魚；物外之言，熊掌，要取熊掌。

舉一例：「錦瑟無端五十弦，一弦一柱思華年。」（李商隱〈錦瑟〉）錦瑟，中國琴。中國琴與西洋琴（piano），piano全仗變化；中國七弦、五弦，有弦外之音，但變化少。「錦瑟無端五十弦」，有弦外之音；「思華年」三字響，「一弦一柱思華年」無所謂是非善惡。僅此一句，覺、情、思都有了；而要求那物外之言，於此亦盡之矣。真好！要「參」。

「一弦一柱思華年」一唱三歎，簡言之是韻。孟子曰：「勿忘，勿助長。」（《孟子・公孫丑上》）不求，不得；求之，不見得必得。黃山谷一輩子沒找到一句一唱三歎的句子，後山、誠齋也不成，蘇東坡有時倒碰上。有些人只重字面的美（以為此即物外之言），沒注意詩的音樂美——此實乃物外之言的大障。老杜的好詩便是他抓住了詩的音樂美，如其〈哀江頭〉。詩開篇曰「少陵野老吞聲哭」，「吞聲哭」，下淚，詩味，一哭便完了。「哭」，既難看又難聽，雖然還不像cry那樣刺耳。次句「春日潛行曲江曲」，散文而已，也不高。接下來「江頭宮殿鎖千門」，漸起，雖有氣象，詩味還不夠。至第四句「細柳新蒲為誰綠」，真好，傷感，言中之物、物外之言，都有了。老杜費了半天事擠出這麼一句來。可是有時他也擠不出，後面又不成了。直至「清渭東流劍閣深，去住彼此無消息。人生有情淚霑臆，江水江花豈終極」，真有力。「清渭東流劍閣深」，言楊妃死馬嵬，明皇西去。「江水江花豈終極」，擠出來的這句真好，「江水」日夜長流，「江花」年年常開，而人死不復生。義山溫柔，老杜這真當不起，他是沉重。「一弦一柱思華年」與「江水江花豈終極」，言中之物——覺、情、思，物外之言——一唱三歎，兼備之矣。

長吉當然是天才，可惜沒有物外之言。如其「洞庭明月一千里，涼風雁啼天在水」（〈帝子歌〉），老杜給我們的是「空白支票」，要多少是多少，而長吉這樣句子是開著數目的，止此而已。細細推敲，「洞庭」怎麼接「明月」不說「湖水」，為什麼說「涼風」不說「風涼」（二者一峭一寒）。再如其「露壓煙啼千萬枝」（〈昌谷北園新筍四首〉其二）說竹子，不說物外之言，文法邏輯就講不通。「煙啼」是什麼，多生硬；改成「煙壓露啼」，看多好。老鴉落在電線上是該打，燕子落在電線上是應該。「露壓煙啼」，念起來就不好；「煙壓露啼」，還是這四個字，聽起來就美。總之，長吉詩內容還可以，若說物外之言則不成。

李長吉「覺」有點遲鈍，「情」有點晦澀，「思」只是幻想。

長吉年齡有限，經驗功夫不到。牧之以為若年壽能長，或當更有好詩。然而讀其詩尚不白費，即以其尚有幻想。幻想之路自《莊子》、楚辭後幾茅塞，至唐而有長吉。其怪僻可不論，然不能出人情之外。故事中凡有人情味者，淡而彌永；鬼怪故事，刺激，毛骨悚然（the hairs stand on the head），鬼怪故事不如人情故事之淡而彌永，刺激性最不可靠。

新鮮亦是一種刺激。余有近作「雜詩」數首，讀二首：

---

5 《大慧語錄》卷一六：「禪和子尋常於經論上收拾得底，問著無有不知者。士大夫向九經十七史上學得底，問著亦無有不知者。卻離文字絕卻思維，問他自家屋裡事，十個有五雙不知，他人家事卻知得如此分曉。如是則空來世上打一遭，將來隨業受報，畢竟不知自家本命元辰落著處，可不悲哉！」

榆莢自飄還自落，楊花飛去又飛回。

三千里外音書斷，細雨江南正熟梅。（〈春夏之交得長句數章統名雜詩云爾〉其九）[6]

春去誰言歲已除，牆頭屋角綠扶疏。

楸花經雨凋零盡，梨樹飄香是夏初。（〈春夏之交得長句數章統名雜詩云爾〉其十）[7]

余作此二詩時頗費一點心思，但是並不能算好。余弟六吉說余詩「肥不了」，余以為此二首是如此，詩不大。老杜水渾真有大魚。水清無大魚，小蝦米折騰也熱鬧，然總是不大。一切的事都當高處著眼，低處著手。看前一首，「榆莢自飄還自落，楊花飛去又飛回」，榆莢落是直的，楊花飛是横的，賀鑄有「一川煙草，滿城風絮，梅子黄時雨」（〈青玉案〉）。後一首，「春去誰言歲已除」，小杜有「春半年已除，其餘強為有」（〈惜春〉）。「梨樹飄香是夏初」，蓋前四五年就有此句。榆莢、梨樹、洋槐，平常之物，但用得新鮮。然有時材料不在新鮮，「梨樹飄香是夏初」，新鮮卻不耐咀嚼，不如「明月照高樓」（曹植〈七哀〉）、「池塘生春草」（謝靈運〈登池上樓〉）雖常用，不新鮮，但仍覺得好，耐咀嚼，味永。安特列夫（Andreev）寫〈紅笑〉是刺激，契柯夫（Chekhov）有俄國莫泊桑（Maupassant）[8]之稱，寫日常生活比莫泊桑還好，而有人說安特列夫讓人怕而不怕，契柯夫不讓人怕真可怕。李長吉的詩就是讓人怕而不怕了，老杜才真讓人怕。

長吉有幻想，而他的幻想與人生不能一致，不能成一個。若能一致，則真了不起。老杜是抓住人生而無空際幻想，長吉是有幻想而無實際人生。幻想中若無實際人生，則沒意義，不必要，故鬼怪故事在故事中價值最低。《聊齋》之所以好，因其有人情味，如〈小謝〉、〈恆娘〉、〈長亭〉、〈呂無病〉，那些鬼狐皆人化了。《聊齋》文章不高，思想也不深，而其有人情味可取，此即《聊齋》之不可泯滅處。

幻想是向上的觀照，人生是向下的觀照。既曰觀照，則不可只在表面上滑來滑去。而向下發展，亦需以幻想為背景；向上發展，亦需以觀照為後盾。觀照是實際人生，實者虛之，虛者實之，如用兵然。幻想——說嚴肅一點兒——便是理想。人生總是有缺陷的，而理想是完美的。詩人不滿於現實，故要求理想之完美。青年最富此幻想精神，尤其愛好文學者，然其幻想若不與實際人生打成一片，則是空的，我們絕不能感覺親切、有味。

幻想要與經驗（或智慧）成為一個。（較之於經驗，智慧更好。）人說老杜入蜀以後的詩好，余以為不然：在字句上或可，而意境不成，雖有豐富經驗，卻不成智慧。如：

> 我已無家尋弟妹，君今何處訪庭闈。（〈送韓十四江東覲省〉）

言中有物不得不謂之沉痛，但不能算好詩，即因此二句雖有經驗但無智慧，是「珷玞」[9]。（微之[10]謂老杜排律最好。元好問〈論詩三十首〉其十則評之：「少陵自有連城璧，爭奈微之識珷玞。」）而如〈秦州

---

6 〈春夏之交得長句數章統名雜詩云爾〉其九（一九四四）：原作見《顧隨全集》卷一，石家莊：河北教育出版社二〇一三年，第四五五頁。

7 〈春夏之交得長句數章統名雜詩云爾〉其十（一九四四）：原作見《顧隨全集》卷一，石家莊：河北教育出版社二〇一三年，第四五五頁。

8 莫泊桑（Henry-René-Albert-Guy de Maupassant, 1850-1893）：法國批判現實主義作家，被譽為「短篇小說之王」，其師福樓拜。代表作品有《漂亮朋友》、《羊脂球》等。

雜詩二十首〉其五：

> 南使宜天馬，由來萬匹強。
> 浮雲連陣沒，秋草遍山長。
> 聞說真龍種，仍殘老驌驦。
> 哀鳴思戰鬥，迥立向蒼蒼。（〈秦州雜詩二十首〉其五）

真好！「浮雲連陣沒，秋草遍山長」，這是老杜拿手的物外之言。但只從此面看老杜也不成，這也是老杜的「珷玞」。如沈歸愚、王漁洋皆只看到此處。下四句才是真好，是真老杜，其詩中無論寫艱苦、寫悲哀，總跌不倒，有聲有色，雖非真的智慧，卻也不只經驗，他的人生觀是如此，也可說這就是他的智慧。

淵明詩雖不及老杜豐富，但耐看。淵明爐火純青，經驗煉成了智慧，看似無力而攻打不入、顛撲不破。陶詩百分之七八十皆如此，如其〈飲酒二十首〉：

> 衰榮無定在，彼此更共之。
> 邵生瓜田中，寧似東陵時。（其一）

陶詩不像老杜那般用力，嗡嗡地響。（陶詩落韻落得真穩。）英詩人沃爾特・佩特（W. Pater）說喜歡碧玉般燃燒著的火焰[11]。火雖是熱的，碧玉燃燒是清靜的，不似大塊煤炭。碧玉的火焰是智慧，老杜真是煤炭燃燒。W. Pater有點作態、拿捏。老杜不是這，淵明也不是這，像一點，但毫不作態。淵明很嚴肅、很深刻，但很自然。

長吉除思想不成熟外，技術亦不成熟。如前所講「露壓煙啼千萬枝」（〈昌谷北園新筍四首〉其二）中「露壓煙啼」，或曰是互文也，但實在不合邏輯，不合修辭，一如江淹〈恨賦〉中「孤臣危涕，孽子墜心」（或曰危、墜互文也）；而如老杜「香稻啄余鸚鵡粒，碧梧棲老鳳凰枝」（〈秋興八首〉其一）二句，亦動名詞倒裝，可並非不可解，且更有力，是說此粒只鸚鵡吃，此枝僅鳳凰棲，故曰「鸚鵡粒」、「鳳凰枝」。在技術上，義山最成功，能取各家之長，絕不只學杜。如〈韓碑〉之學退之，然中尚有個性，雖硬亦與韓不同。學問有時可遮蓋天性，而有時不能遮蓋。義山七古亦曾受長吉影響，而比長吉高，即因其思想高，幻想有實際人生做後盾。至其技術，寫詩最富音樂性，完全勝過長吉。如其「月浪沖天天宇濕，涼蟾落盡疏星入」（〈燕台詩四首·秋〉），似長吉而比長吉好，長吉之「博羅老仙持出洞，千歲石床啼鬼工」（〈羅浮山人與葛篇〉）太生硬。義山稱「月」曰「浪」、曰「天宇濕」，確有此感。

長吉只是功夫未到，卻是一條路子，而後沒人走此路了。

余近作〈夜禪曲〉[12]，即效李長吉體：

9 珷玞：似玉的石頭，以此喻指杜甫詩歌中不能稱之為好的詩作。

10 元稹（七七九—八三一）：唐朝詩人，字微之，洛陽（今屬河南）人。與白居易並稱「元白」，同為新樂府運動倡導者。

11 沃爾特·佩特（Walter Horatio Pater, 1839-1894）：英國唯美主義代表作家，倡導「為藝術而藝術」，著有哲理小說《享樂主義者馬利烏斯》、文藝批評論文集《文藝復興：藝術與詩的研究》。在作為唯美主義宣言的〈文藝復興：藝術與詩的研究〉結論部份，佩特寫道：「我們生命中真實的東西，經過精煉，成為閃閃發光的磷火……這種強烈的、寶石般的火焰一直燃燒著，能保持這種心醉神迷的狀態，這是人生的成功。」

12 〈夜禪曲〉（一九四四）：原作見《顧隨全集》卷一，石家莊：河北教育出版社二〇一三年，第四五五頁。

銀河西轉逗疏星，璧月東昇帶露螢。
如來妙相三十二，琉璃紺碧佛火青。
潭深毒龍時出水，夜靜老猿來聽經。
衲子掩關四禪定，掛壁剩有缽與瓶。

前次講一首[13]有文字障。宋人詩文字障重，如包子小餡厚皮。無論思想、感覺、情感，必從實在事物上得來才是真的，才是你的，才真能受用。不然，從書本上得來，則是紙上談兵。余之〈夜禪曲〉（八句換韻，三十二韻）只是一點幻想，沒有實際經驗，學宋詩，只用書本上的字眼，此已落第二著。余昨日得二句：「病來七載身好在，貧到今年錐也無。」（〈夜坐偶成長句四韻〉）此言精神無著落，有實際經驗。

人不能只有軀殼肢幹，要有神氣——風。沒有神氣，便沒有靈魂。靈是看不見的，神是表現於外的。一人詩必有一人作風，而有時打破了平常作風，寫出一特別境界來，杜詩當注意。如工部贈太白詩便飄逸，太白贈工部詩則沉著，皆與平常作風不同。江西派陳簡齋[14]五言詩有好的，如「疏疏一簾雨，淡淡滿枝花」（〈試院書懷〉），頗可代表簡齋作風，近於晚唐。李賀詩有的不怪，有意思，而且好，如其〈塞下曲〉末二句「帳北天應盡，河聲出塞流」，真有盛唐味，不怪而好。此種現象當注意。而如「博羅老仙持出洞，千歲石床啼鬼工」（〈羅浮山人與葛篇〉），怪而不好。

李賀詩有時怪，讀時可不必管。

《人間詞話》引昭明太子稱陶詩語「抑揚爽朗，莫之與京」，引王無功[15]稱薛收[16]〈白牛溪賦〉語「嵯峨蕭瑟，真不可言」。文學要有此兩種氣象。老杜有時是嵯峨蕭瑟，李白是抑揚爽朗；白樂天若是抑揚爽朗，韓退之就是嵯峨蕭瑟；蘇東坡若是抑揚爽朗，黃山谷就是嵯峨蕭瑟。他們不過有時如此，真夠得上抑揚爽朗的只有陶淵明。

「抑揚爽朗」這四個字，要自己去感覺。

若以所舉「抑揚爽朗」、「嵯峨蕭瑟」二語評李賀，當然他並非抑揚爽朗，嵯峨蕭瑟近之矣。

13 指李賀〈神弦曲〉。
14 陳與義（一〇九〇—一一三八），宋朝詩人，字去非，號簡齋，洛陽（今屬河南）人，著有《簡齋詩集》。
15 王績（五八五—六四四）：唐朝詩人，字無功，號東皋子，絳州龍門（今山西河津）人。性簡傲，嗜酒，能飲五斗，自作〈五斗先生傳〉，撰《酒經》、《酒譜》。
16 薛收（五九一—六二四）：唐朝文人，字伯褒，薛道衡之子，河東汾陰（今山西萬榮）人。

第十九講　小杜與義山

晚唐兩詩人：杜牧之、李義山。杜牧，字牧之，有《樊川文集》；李商隱，字義山，有《玉谿生詩集》。

余謂義山優於牧之，余重義山而輕牧之。原因乃在於：玉谿生之五七言、古近體皆有好詩；杜樊川則不成，只有七律、七絕最高，五律極不成，此其不及義山處，故生輕重之別了。義山可謂「全才」，小杜可謂「半邊俏」。（小杜雖不能謂為大詩人，但確為一詩人。）

盛唐有「李杜」，晚唐又有小李、小杜，此乃巧合。大小李杜之間又有相似與有趣之處：小李近於工部，小杜近於太白。義山情深，牧之才高；工部、太白情形同此，工部情深，太白才高：有趣情形一也。工部、太白為逆友，小李、小杜亦契友，彼此各有詩相贈。工部贈太白詩多於太白贈工部詩，可見工部之情深；小李小杜彼此亦有詩往還，情形與太白、老杜相同：有趣情形二也。李義山有二詩贈牧之，推崇之極；而杜牧之集中不見贈義山者，亦見義山情深，似覺牧之寡情。不過，詩人之情，絕非如世俗禮尚往來，半斤八兩，故其厚誼固不限於此也。

義山對七言絕句真下功夫。好！

看義山贈牧之之二詩，其一云：

高樓風雨感斯文，短翼差池不及群。
刻意傷春復傷別，人間唯有杜司勳。（〈杜司勳〉）

「高樓風雨感斯文」，在文學表現技術上，足以敵得過老杜「花近高樓傷客心，萬方多難此登臨」（〈登樓〉）。所謂「敵得過」，乃指藝術而言，非就意義而言。此七字，足敵老杜十四字，學得老杜之力、之厚。此句謂象徵，可；謂寫實，亦可：寫實乃指晚唐文壇凋零，登高樓而感慨斯文之墮落。此一句，象徵、寫實兩方面俱為好的表現，非描寫。「短翼差池不及群」一句，不可解。余謂變《詩經》「燕燕于飛，頡之頏之」（〈邶風・燕燕〉）而來。因感凋零，故想起牧之與自己，欲振興詩壇，在我二人。「短翼」，喻指自己，乃是客氣，謂己之力短不及牧之也。「刻意傷春復傷別」，小杜確乎如此，觀《樊川文集》可知。末句「人間唯有杜司勳」，推崇小杜至極矣。此詩頗似老杜贈太白「自是君身有仙骨，世人那得知其故」（〈送孔巢父謝病歸遊江東兼呈李白〉）。義山第二首贈牧之詩，句云：

杜牧司勳字牧之，清秋一首杜秋詩。
前身應是梁江總，名總還曾字總持。
心鐵已從干鏌利，鬢絲休歎雪霜垂。
漢江遠吊西江水，羊祜韋丹盡有碑。（〈贈司勳杜十三員外郎〉）

「心鐵已從干鏌利，鬢絲休歎雪霜垂。」「心」，謂詩心、文心。此心如鐵，而非凡鐵，乃鋼鐵，如同寶劍之干將鏌琊切金斷玉之鋒利。「鬢絲休歎雪霜垂」，大約小杜常自歎老衰，故義山作此語勸之。此二句，謂牧之之詩心已鍛鍊成，詩已成功，則衰老無關也。

義山七絕學老杜，真學到了家，力厚、嚴密。（學詩當由七言絕句作起。七絕，非五絕，五絕裝不進東西去。）

小杜七絕，普通多選〈遣懷〉「十年一覺揚州夢，贏得青樓薄倖名」，不好！此詩過於豪華，變成輕薄，情形近太白，不好；又〈贈別二首〉「娉娉嫋嫋十三餘，豆蔻梢頭二月初」（其一）、「蠟燭有心還惜別，替人垂淚到天明」（其二），小巧；又〈泊秦淮〉「商女不知亡國恨，隔江猶唱後庭花」，他人皆以為沉痛，余仍謂為輕薄。以後所講，不選小杜此種詩。

今講杜牧詩，先講〈登樂遊原〉：

長空澹澹孤鳥沒，萬古銷沉向此中。
看取漢家何事業，五陵無樹起秋風。

首二句乃前所述之「引起印象」，給你起個頭。如引不起印象，不怨大詩人，唯怨你自己無感。小杜感覺特別銳敏而又豐富，故看見孤鳥沒於澹澹長空之中，而不禁想起人又何嘗不是如此？一種徹深之悲哀生矣！「萬古銷沉向此中」，「此中」即「澹澹長空」也，萬古人事銷沉亦如此。登樂遊原本玩樂事，然詩人忽感到人生、人類共有之悲哀，而為全人類說話。第三句「看取漢家何事業」，好，好在太富詩味！別人亦能寫，但無小杜此深遠之詩味。第四句感慨：多少事業，多少皇家貴胄，到如今墳上連樹亦無，只有空蕩蕩之秋風迴旋不已，「五陵無樹起秋風」，內中悲情油然生矣。此即人生。

上為杜牧〈登樂遊原〉。義山有一首〈夕陽樓〉，與牧之〈登樂遊原〉相似：

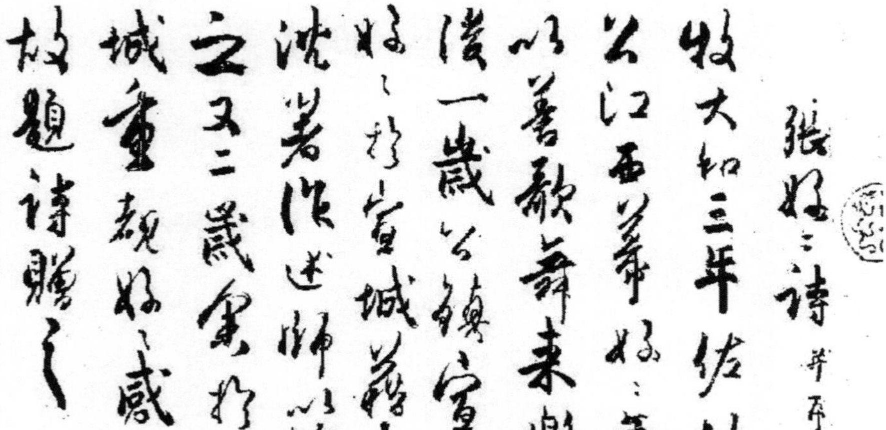

杜牧他是寫自己，但是他寫了全人類，雖然連自己也在內。圖為唐朝杜牧書法《張好好詩》。

花明柳暗繞天愁，上盡重城更上樓。
欲問孤鴻向何處，不知身世自悠悠。

「欲問孤鴻向何處」與「長空澹澹孤鳥沒」，「不知身世自悠悠」與「萬古銷沉向此中」，相似。

以此二首絕句論，小杜居上。

「長空澹澹孤鳥沒，萬古銷沉向此中」二句之平仄：——｜｜—｜｜，｜｜——｜｜—。第一句第六字平拗仄。（余有一首七律，中有：「不到城西已三月，城中草樹又春風。祭鶉誰信彼蒼醉，歎鳳豈真吾道窮。」[1]）小杜「萬古銷沉向此中」，予人無窮之意；義山「不知身世自悠悠」，說盡了。小杜此二句雖非嚴肅的人生哲學，但卻是為了解決人生問題的。義山詩前二句好，「花明柳暗繞天愁，上盡重城更上樓」，好！此情此景上到此處，人覺不佳，豈非是「繞天愁」？就空間、時間而言：「繞天愁」，無處而非愁，小杜的「長空澹澹」也頂不住；但莫只看「繞天」與「澹澹」，一個「愁」字反而小了，「澹澹」鋪得大，此空間也。「萬古」，時間，是無限的；義山「欲問孤鴻」，又想我憑何問孤鴻，我自己一生也是如此，一生幾十年而已，「不知身世自悠悠」（「悠悠」，無關緊要也），此時間也。由此而言，「長空澹澹孤鳥沒」，是宇宙，空間也；「萬古銷沉向此中」，是無限，時間也。此二句真是上天下地，往古來今，是普遍的、共同的。小杜他是寫自己，但是他寫了全人類，雖然連自己也在內；義山則是自我的、小我的，雖然寫自己也是全人類。然以表現的而論，則不能不說小杜是比義山更富普遍性、共同性，義山那是特殊的、個別

1〈中夜夢醒不復成眠，枕上口占〉（一九四二）：原作見《顧隨全集》卷一，石家莊：河北教育出版社二〇一三年，第四〇三頁。

的，還是自我、小我。以此論，義山誠不及小杜。

杜牧更有一首〈汴河阻凍〉，可說是自道其人生哲學、人生觀、人生態度之詩。其詩云：

千里長河初凍時，玉珂環珮響參差。
浮生恰似冰底水，日夜東流人不知。

小杜此詩，較前一首尤不見賞於人。選者多不選此種詩。余初讀《樊川文集》，即覺此詩有份量——沉重。看詩：「玉珂環珮」，古人身戴佩飾也。「千里長河初凍時，玉珂環珮響參差」，《老殘遊記》細寫黃河打凍情形[2]，可以之證此句。但此非記錄、寫實，乃是出之以詩之情趣。三四句「浮生恰似冰底水，日夜東流人不知」，道出人之內在細微變化外表不顯，恰如冰底水，人不知者，我獨知也。西洋寫作品乃有意識的，想好步驟再寫。中國詩乃無意識，不是意識了的，不是自覺的，乃行乎其所不得不行，止乎其所不得不止，瓜熟蒂落，水到渠成，自然而然地寫出。小杜此詩即如此。小杜詩非盡如此之寫人生哲學，不過一二首而已。

此等詩他人不選，真乃不瞭解小杜。

小杜只七言近體最高，而義山五七律絕都成。以大體論，義山高於小杜。故小李杜二人，人多重義山，少注意小杜。

余謂義山是唯美派的詩人，今天也把小杜列於唯美派一族。中國的唯美派，就是要寫出美的作品來（完美作品），特別是音節，力求和諧——形、音、義的和諧。

詩以形、音、義的和諧而論，老杜便不見得更好於小李、小杜，然如此並非說義山、牧之比老杜更偉大或老杜不及他們。老杜之「莫自使眼枯，收汝淚縱橫。眼枯即見骨，天地終無情」（〈新安吏〉），厲害、有勁，中國詩中很難找出這種作品來（無論感情、思想），其形、音、義，真是嶔崎磊落。小李、小杜即使激昂、沉痛，卻仍諧和。如義山之〈錦瑟〉，不能說不沉痛，但是真美，看他的文字得到了和諧。

形、音、義的和諧，在西洋字形中不易表現。如verdant，春日裡草初生之青色，其完美非在字形，是音好，鮮亮；gloomy，陰沉的，字太不美，音亦可憎。形、音、義的和諧只在中國文字中。某友人是詩人，說中國字中「秋」字最好看。余雖不完全贊成，也有同感。左思[3]〈詠史〉云：「鬱鬱澗底松，離離山上苗。以彼徑寸莖，蔭此百尺條。」憤慨、牢騷，不愧為山東兒。左太沖此詩，先不說其義，且看其音、其形：「鬱鬱」，有力且大；「離離」，則弱而小，只看其形，便可代表出「松」與「苗」。此種詩不能說不好，但非唯美派。小杜之「長空澹澹孤鳥沒，萬古銷沉向此中」、「浮生恰似冰底水，日夜東流人不知」，真悲哀，然寫來多諧和，是柔美的。左思的詩是蒼茫的，但非杈枒。

義山、牧之雖皆是唯美一派，但細分二人仍有不同。

小杜寫景、寫大自然的詩（七絕）特佳。此蓋與其個人私生活有關係，非純粹寫大自然。此關係大自然

---

2 劉鶚《老殘遊記》第十二回：「若以此刻河水而論，也不過百把丈寬的光景，只是面前的冰，插的重重疊疊的，高出水面有七八寸厚。再望上游走了一二百步，只見那上流的冰，還一塊一塊的漫漫價來，到此地，被前頭的攔住，走不動就站住了。那後來的冰趕上他，只擠得『嗤嗤』價響。後冰被這溜水逼的緊了，就竄到前冰上頭去；前冰被壓，就漸漸低下去了。看那河身不過百十丈寬，當中大溜約莫不過二三十丈，兩邊俱是平水。這平水之上早已有冰結滿，冰面卻是平的，被吹來的塵土蓋住，卻像沙灘一般。中間的一道大溜，卻仍然奔騰澎湃，有聲有勢，將那走不過去的冰擠的兩邊亂竄。」「問了堤旁的人，知道昨兒打了半夜，往前打去，後面凍上；往後打去，前面凍上。」

3 左思（約二五二—？）：西晉文學家，字太沖，臨淄（今屬山東）人。〈三都賦〉、〈詠史〉為其代表作。

與私生活，二者非常之調和、諧和。如其〈江南春〉：

千里鶯啼綠映紅，水村山郭酒旗風。
南朝四百八十寺，多少樓台煙雨中。

真是豪華，此抑許係江南佳勝之環境所造成。然若吾人寫，總不免貧氣。

義山也往往寫大自然。如其：

虹收青嶂雨，鳥沒夕陽天。（〈河清與趙氏昆季宴集得擬杜工部〉）
客去波平檻，蟬休露滿枝。（〈涼思〉）

前兩句真是大紅大綠。花明柳暗的春天，都是大紅大綠，如此才能色彩鮮明。然詩人必須有把握支配大紅大綠的本領，若不然，用上去定是糟——俗。（所以，冬日不寫花卉果木。）吳昌碩[4]畫植物好，大紅大綠，細看他表現生之力真是火熾，生命力充足，活潑潑的。（只是有點兒海派。）國人皆服膺之。他真是天才，絕非俗，就因為他能把握、能支配、能安排。義山「虹收青嶂雨，鳥沒夕陽天」，大紅大綠，弄成了極美、極調和的。義山雖會此法，但不常寫，因他太注重了情——非止兒女之情，乃一切的人間感情。像西洋那樣的客觀寫法，義山之詩極少見，即若「客去波平檻，蟬休露滿枝」、「高閣客竟去，小園花亂飛」（〈落花〉），皆是有情的。

最不藝術的莫過於人生。張嘴吃飯，脫衣睡覺，還俗得過這個嗎？然而再沒有人生這麼有意義的。拋棄了世俗的眼光，擴大了狹隘的心胸，乞丐路邊眠，人生再藝術沒有！再沒有人生那麼神秘了，便是人生不及大自然的美，至少是像大自然一樣的神秘。然寫詩時，往往因了人生的色彩破壞了大自然之美。義山「虹收青嶂雨，鳥沒夕陽天」，沒有人生，所以真美。孟浩然「微雲淡河漢，疏雨滴梧桐」，亦然。

義山極能調和人生的色彩與大自然的美，但仍時時讓人生的色彩把大自然的美破壞了。如其〈落花〉：

高閣客竟去，小園花亂飛。
參差連曲陌，迢遞送斜暉。
腸斷未忍掃，眼穿仍欲稀。
芳心向春盡，所得是沾衣。

頭兩句「高閣客竟去，小園花亂飛」，好，調和了人生與自然，是真美。後來便不成了，自然之美少了，而人情反愈加濃厚。到「芳心向春盡，所得是沾衣」，壞了，人生色彩濃厚，簡直不是好詩。真是一句糟似一句，無弦外之音，言外之意。

義山極富感情，寫情小杜不如義山，此處義山高。如小杜非寡情，則至少是輕薄。但不可以此抹殺小杜。小杜寫自然，有時比義山還要美，即以其感情較薄，反而佔便宜。如其〈江南春〉「南朝四百八十寺，多少樓台煙雨中」，朦朧中有調和。此方面牧之特別成功。

義山寫大自然之詩中亦皆有抒情之成份。此「情」字乃廣義的，非專指男女也。常人多以義山詩為艷體詩（Lovepoetry）。艷體詩若是愛情詩，倒不必反對；而後來學之者多趨於下流，故余反對後學所謂之艷

4 吳昌碩（一八四四—一九二七））：近代書畫家，初名俊，又名俊卿，字昌碩，浙江安吉人。與虛谷、蒲華、任伯年並稱「海派四傑」。

體。今所謂抒情乃是廣大的，即佛所說「一切有情」，凡天地間有生之物皆有情。「花須柳眼各無賴，紫蝶黃蜂俱有情」（義山〈二月二日〉），「無賴」亦是有情。花，開花結子，有生命，有生命便有力，生與力合而有情。如此看，則能真瞭解義山，而不單賞其艷體也。「身無綵鳳雙飛翼，心有靈犀一點通」（〈無題二首〉其一），沉痛有力，儘管有意思說不出來，絕不會說話沒意思。詩是好詩，而後人學壞了。若有「心」亦有「翼」，好；今一「有」一「無」相對，悲哀，有力量。後人學之，失於浮淺。

小杜與義山不同。小杜輕薄，此方面不及義山深刻、廣大。即以寫私生活而論，抒情的詩人多寫私生活、個人生活，因抒情詩人所寫是自我、主觀、小我，而義山寫來有的廣大，有普遍性。小杜所寫則只是他自己，唯完成得美。但「長空澹澹」一首確是小杜大，又如「浮生恰似冰底水」，此在小杜詩中畢竟是例外，是少數。〈江南春〉「千里鶯啼」一首，寫大自然多，寫自己少，純客觀。然此類詩在小杜詩中亦不多。他有時既不能寫出超自我之純客觀詩，又不能寫出像義山那樣深刻的詩。其〈登樂遊原〉及〈江南春〉乃是例外。

小杜詩之好處只是完成美，得到和諧，無論形式、音節及內外表現皆和諧。此點或妨害其成為偉大的詩人，而不害其成為真詩人。再看小杜〈念昔遊〉二首：

十載飄然繩檢外，樽前自獻自為酬。
秋山春雨閒吟處，倚遍江南寺寺樓。（其一）

李白題詩水西寺，古木回巖樓閣風。
半醒半醉遊三日，紅白花開山雨中。（其三）

兩首詩五十六個字，所寫是私生活、小我，絕不偉大，但真美、真和諧。有人譏此種詩為有閒階級之語，若餓八天不但連這樣詩寫不出，什麼詩也寫不出。雖在此大時代中，而此等詩亦有存在價值。若詭辯言之，則不但承認此種詩，且勸同學讀此種詩，欣賞此種詩，瞭解此種詩。

「十載飄然繩檢外」一首，較「十年一覺揚州夢」好。「繩檢」，傳統道德束縛、規矩。「飄然繩檢外」，如此不易得到同志，故「自獻自為酬」。然只此二句尚不成詩，後面二句好。「秋山春雨閒吟處」，即「江南寺寺樓」也。儘管譏其小資產階級、有閒，而不得不承認其為詩。

涅克拉索夫（Nekrasov）[5]有言：「Muse of vengeance and hatred.」（「報復與憎恨的詩人。」）N氏詩即富於報復精神及憎恨心情，而他又說生活之扎掙使我不能成為一詩人，又時刻使我不能成為一戰士。此蓋其由衷之言，是很大的悲哀。寫此種詩，雖非小資產階級，然亦須有閒。講到這裡，不由想到老杜。老杜詩中有許多不能成詩，或即因生活扎掙使其不能成為詩人。而陶淵明真是了不得，他亦有生活扎掙，而是詩人，且美而和諧，其詩的修養比老杜高，真是有功夫。陶的確也是戰士，一切有情、有生、有力，無一時不在扎掙奮鬥，如其長詩〈詠荊軻〉。淵明之生豐富，力堅強，而仍是詩，真可譬之為「詩中之聖」。

小杜此兩首七絕真是沉靜。沉靜是好，而只是基礎，不可以此自足。若無此功夫，如沙上建築，是失敗的；縱使成功，亦暫時的，其倒必速，而且一敗塗地。

小杜此等詩可使人得到詩的修養。余作詩在字句錘鍊上受江西派的影響，在心情修養上受晚唐影響，尤其是義山、牧之。同學亦可以此試驗之，大概不會完全失敗。工部、太白沒法學，一天生神力，一天生天

5 涅克拉索夫（Nikolay Alexeyevich Nekrasov, 1821-1878）：俄國革命民主主義詩人，「公民詩歌」代表詩人。代表作有長詩《誰在俄羅斯能過好日子》、《貨郎》等。

才，非人力可致。然吾人尚可學詩，即走晚唐一條路，以涵養詩心——或者淺、不偉大，而是真的詩心。寫有閒之生活，可抱此心情寫；即寫奮鬥扎掙之生活，亦可仍抱此心情寫（陶之詩即如此）。詩中任何心情皆可寫，而詩心不可破壞。寫熱烈時亦必須冷靜，只熱烈是詩情不是詩心，能使人寫詩而不見得寫出好詩。

古來的詩人究竟能讀多少書很成問題。如屈原，他當然認識字，但他讀了多少書？一者他那時沒那麼多書可讀，再者他的詩不需要模襲。後來書多了，人才注意多讀。老杜說：「讀書破萬卷。」（〈奉贈韋左丞丈二十二韻〉）又說：「熟精文選理。」（〈宗武生日〉）我們生在千百年後，不是生來的天才，當然要用功——像山谷、後山等人機械的、死板的修辭的功夫；我們也要用一點性靈的功夫（袁才子說的「性靈」有點討厭），不是技術的、機械的，而是性靈的修養。所以從義山與小杜開端，不只是字句間的技術，而是培養你的詩情。

我們作詩不但是不要像木匠似的用規矩做器具，反要像花匠培養花木一樣。當然，大自然的野生植物是更好的，雖然枒枒杈杈不整齊，而生命力更為飽滿、豐富。若自己培養的，雖不及自然生得豐富、飽滿、偉大，而非不美、非無生機，也是活潑潑的。如此，我們雖不能成偉大的詩人，而不害其為真的詩人。

怎樣培養詩情、充滿生機？所以要講小杜的詩，讀小杜的詩。

前所講小杜〈念昔遊〉二詩，其三較其一更好（雖第二句「古木回巖樓閣風」不大好）。義山詩真是忠厚，無怪其深情，詩中「狂」字甚少。太白有時狂；老杜亦有時狂，如其「竊比稷與契」（〈自京赴奉先縣詠懷五百字〉）。狂，義山沒有；小杜有，李白題詩，今我亦題詩，不含糊，對得起。「半醒半醉遊三日，紅白花開山雨中」，這是自我的欣賞。欣賞的心情是詩人所不可缺少的，無論是古典派、傳奇派、神秘派、未來派。最早詩人們欣賞的都是自身以外的——物、人、事，到唐之初盛中晚，特別到了晚唐，詩人所欣賞的不是自己以外的，而是他自己。「秋山春雨閒吟處，倚遍江南寺寺樓」，誰「吟」、誰「倚」？便是「紅白花開山雨中」，仍是說的「半醒半醉遊三日」，「花」與「雨」毫不牴觸，非常自然，非常調和。說的是「紅白花開」、「遊三日」，不是寫實，是象徵，雖寫物，仍是自我欣賞。

這種「自我欣賞」與自我意識有關否？自我意識，即處處意識到有我，與「自覺」有關。曾子「吾日三省吾身」（《論語‧學而》），這是自覺。有人根本無自覺，不知自己吃幾碗乾飯；曾子是自覺而非欣賞的。小杜之「自我欣賞」與曾子之「自省」，前者如說是感情的，後者可說是理智的；前者如說是總合的，後者可說是分析的。自我欣賞很像自覺、自我意識，然而不是。

狄卡爾（Descartes）[6]說：「I think, therefore I am.」沒有思想，生活是空空洞洞的，可以說沒有存在。小杜的自我欣賞與 Descartes 的思想很相似，都不過是「充實」，不空洞。人為什麼要有知識、要有感情、要有思想？就是求生活之充實。什麼是無聊？無聊就是空虛。人就怕空空虛虛、搖搖擺擺，那是一個零。充實是好的，空虛是可怕的，故無聊時候要消遣。有人反對消遣，但抓住一件事，當時可得到充實；便有壞的，如打牌，還是比沒有好。小杜「半醒半醉遊三日，紅白花開山雨中」、「秋山春雨閒吟處，倚遍江南寺寺樓」，是充實、是飽滿，無缺陷。（我們在慈母懷中或與好友談心，最愜意了，因為在此時最充實。）小杜寫詩以前、寫詩之時、寫詩以後，都覺得最充實。高興、歡喜是膚淺的，要說充實。如D氏，我生活了，思想了，不是一張白紙，不是空洞。像我們什麼都沒有，真可憐！Descartes 是哲人，所以要思想；小杜是詩人，只要作詩，完成他的詩情即得，其為充實也一。D氏是思想，小杜是一派詩情。

---

6 狄卡爾（René Descartes, 1596—1650）：今譯為笛卡爾，法國哲學家，歐洲近代資產階級哲學奠基人之一，黑格爾譽之為「現代哲學之父」。

小杜是自我欣賞，不限於欣賞身外的事物。「半醒半醉遊三日，紅白花開山雨中」，自己「參」去，得些活法，受用不盡。

我們沒有天才的人，對於詩情的培養、性靈的修養要用功，使有生機，要活潑潑的。當然，此說不能不說不是有閒，而且是精神的有閒。然而，寫奔波勞碌、扎掙奮鬥也要是無事做的有閒階級嗎？當然，小杜是有閒的，雖然他不滿他的生活，然而看他「閒吟」、「倚遍」、「遊三日」，他當然有閒，這裡老杜便似乎不及小杜之有福。我們今天既不能似他那樣有閒，則我們憑什麼看花飲酒、閒吟閒遊，那還不及吃飯要緊。然而，余是說的精神的有閒，可以寫奮鬥、寫激昂、寫壓迫，但是要有小杜這樣的精神。不然，只是壓迫下的呼號。不是在精神的有閒狀態，寫出來是不能成為好詩。如老杜之「朱門酒肉臭，路有凍死骨」（〈自京赴奉先縣詠懷五百字〉），酒怎麼「臭」？骨怎麼「死」？這是他寫時精神太痛苦、太緊張，精神非有閒的狀態，這是壓迫下的呼號。當然，這並非不真實，也並非不能寫成詩。再如韋莊的〈秦婦吟〉寫「黃巢之亂」，家庭崩潰，殺人放火，悲慘的事，而始終保有有閒的心情。即使非最好的詩，也是好的詩，總比老杜兩句好。詩人應有此態度，危難困苦、扎掙憤慨，不妨「忘我」。顏回在陋巷[7]是忘我。有人垂死，瞥見人舉白靈床過高，腳掛門框，彼曰：「支士蓋將馬掛角，降，只有支士一□□□[8]。」此時尚有詩情，真算能「忘我」。如繪畫之畫戰爭，亦然。若無詩情，便將藝術品毀了。人無論在任何環境中，皆可保有自我的欣賞，幾乎不是自覺而是「忘我」。

精神的有閒、欣賞，是人格的修養。江西派作詩只是工具上、文字上的功夫，只注重「詩筆」，不注重「詩情」。無論激昂、慷慨、憤怒，然要保持精神的有閒、欣賞的態度方能成詩。萊蒙托夫（Lermontov）[9]有一首長詩《童僧》：

Only a snake

…………

Was rustling, for the grass was dry

And in the loose sand cautiously

It slid out, and then began to spring

And rolled himself into a ring

Then as though struck by sudden fear

Made haste to keep dark and disapper

此首長詩寫一小孩子到山中尋找自由，傍晚時飢餓疲乏，仰臥於地，聽泉看山，忽見一蛇。對蛇（snake）有什麼欣賞？當此境地，尚能寫此詩，所以能成詩人。（外國文學之好即在其音樂性，此段可譯為散文，但無法譯為詩。）

破壞了詩心的調和，便不能寫好詩。最怕急躁，一急躁便不能欣賞。一個詩人、文人什麼都能寫，只是要保持欣賞的態度、有閒的精神。

7《論語・雍也》：「子曰：『一簞食，一瓢飲，在陋巷，人不堪其憂，回也不改其樂。』」

8 按：原抄稿「一」字下缺三字。

9 萊蒙托夫（Mikhail Yuryevich Lermontov, 1814-1841）：俄國詩人、小說家。代表作有詩歌《帆》、《浮雲》、《祖國》、《惡魔》，以及小說《當代英雄》等。

小杜兩首〈念昔遊〉（其一、其三），觀之似是心境很調和，其實不然。此一點從〈念昔遊〉（其二）即看得出：

雲門寺外逢猛雨，林黑山高雨腳長。
曾奉郊宮為近侍，分明摐摐羽林槍。

首二句像老杜。（「猛」，拗第六字，摐[s□ng]，槍挑起貌。）〈念昔遊〉（其一、其三）「和諧婉妙」，那是他的修養。不要以為他的動機也是和諧婉妙，他的詩情也許是和諧婉妙，但其動機絕不然，小杜是「熱中」的人（做官心切）。小杜為人不但熱中，而且眼熱。彼有堂弟杜悰，才能、見識、學問俱不及小杜，而出將入相多年，小杜甚為不平，憤慨、牴觸、矛盾，他的心情並不和諧婉妙。「誰知我亦輕生者，不得君王丈二殳」（〈聞慶州趙縱使君與黨項戰中箭身死輒書長句〉），此其一例。（「殳」，《詩》：「伯也執殳」（〈衛風・伯兮〉），《毛傳》：「殳，兵器，丈二長。」）詩乃追悼戰死者，實歎自身功業無成。看了杜悰出將入相，甚為眼熱。小杜此種詩甚多。小杜飲酒看花，過頹廢的生活，是不得志的牢騷。「半醒半醉遊三日，紅白花開山雨中」、「秋山春雨閒吟處，倚遍江南寺寺樓」，其實小杜並不甘心閒遊、倚樓。

小杜又有〈齊安郡中偶題二首〉。其一曰：「兩竿落日溪橋上，半縷輕煙柳影中。多少綠荷相倚恨，一時回首背西風」（其一），象徵一年過去得無聊，神情妙。其二云：

秋聲無不攪離心，夢澤蒹葭楚雨深。
自滴階前大梧葉，干君何事動哀吟。

作此詩時，小杜為齊安太守，月二千石，仍甚不滿，彼不願在外省而願去京師（所謂外官富而不貴，京官貴而不富）。登樂遊原時寫出「欲把一麾江海去，樂遊原上望昭陵」（〈將赴吳興登樂遊原一絕〉），亦是此意。「一麾」，太守的儀仗；「昭陵」，唐太宗的陵墓。唐太宗是雄才大略、知人善任的明主。或曰：此是小杜憂國。非也。小杜是說若是太宗在的話，我必能出將入相也。小杜雖做外官，但仍捨不得京師。因其要做官不是為金錢、勢力，是為了事業功名的建樹成就，而要事業功名，就得做大官、做京官。雖是如此心情，而小杜寫出詩來仍是和諧婉妙。以上「齊安郡中」二首，雖非極好，亦是好詩。「自滴階前大梧葉」，「滴」、「大」，有音樂美。此句或非小杜本意而真好，「大」，粗枝大葉，風流可喜，是自賞。

余不是把來兩首抒情詩，硬說人家熱中要做官。且再舉兩首來看，詩云：

蕭蕭山路窮秋雨，淅淅溪風一岸蒲。
為問寒沙新到雁，來時還下杜陵無？（〈秋浦途中〉）

鏡中絲髮悲來慣，衣上塵痕拂漸難。
惆悵江湖釣竿手，卻遮西日向長安。（〈途中一絕〉）

小杜想做官，這是詩嗎？怎麼寫法？但牧之有此能力，想做官而寫得不顯。「山路」、「秋雨」，夾著一肚子心事；「來時還下杜陵無」（杜陵在長安），「下」字好，雁還能到京城看看，我不能到，可憐。「寒沙雁」，好，字句上很有功夫。字句的修養不能不講究，否則也寫不出好詩。「卻遮西日向長安」，真好，到京城去罷，去也沒官做！潦倒江湖，進京幹麼？感慨牢騷，然而永遠是和諧婉妙地表現出來。小杜熱心事業功名，不甘只做個詩人、文人。其七律〈長安雜題長句六首〉其二末聯有兩句「自笑苦無樓護智，可憐鉛槧竟何功」，「樓護」，奔走於公侯之門，頗得人歡迎，小杜自笑不如，由此可證小杜之熱中。此詩其三有句曰「江碧柳深人盡醉，一瓢顏巷日空高」，這兩句表現熱中的心情而又最有詩味，實則此種功利心很難說得有詩味。又「誰人得似張公子，千首詩輕萬戶侯。」（〈登池州九峰樓寄張祜〉），此似小杜供狀，是說我雖有詩千首，仍不能像您「輕萬戶侯」。（張祜，〈何滿子〉之作者。）小杜寫詩後來總流露此情，如其〈奉陵宮人〉：

> 相如死後無詞客，延壽亡來絕畫工。
> 玉顏不是黃金少，淚滴秋山入壽宮。

「奉陵宮人」，「奉」，供奉。《資治通鑑・唐紀》注云：唐制，帝崩葬後，宮女得幸而無子者，「悉遣詣山陵，供奉朝夕，具盥櫛，治衾枕，事死如事生。」奉陵還不如殉葬。元曲《李逵負荊》中李逵說：「打一下是一下疼，那殺的只是一刀，倒不疼哩。」砍頭幹麼，打板子好了，死不了活受，殘忍！此詩用典。古人作詩用典有含義，而對於後人讀時有點隔閡、有點障礙。小杜此詩，以司馬相如作〈長門賦〉與毛延壽為宮人畫像呈元帝之典，說自己雖有「玉顏」（才貌），而無相如、延壽之屬告諸帝王，只能「淚滴秋山入壽宮」，淹沒以亡，「雖生之日，猶死之年」（魯迅《朝花夕拾》小引）。小杜雖為奉陵宮人作而自我意識在活動，是自憐，不是同情，以奉陵宮人自比己之遭際。

此首〈奉陵宮人〉虧小杜寫，老杜一定能寫得更沉痛。如果小杜的自我意識不強，至少是潛意識在作祟，故其詩並非完全出於同情而有自憐之意思，故沉痛較差。小杜另有〈出宮人〉絕句二首，其詩云：「閒吹玉殿昭華管，醉折梨園縹蒂花。十年一夢歸人世，絳縷猶封繫臂紗。」「平陽拊背穿馳道，銅雀分香下壁門。幾向綴珠深殿裡，妒拋羞態臥黃昏。」宮人雖被出，尚能自謀新出路。寫得不及上一首沉痛，亦因「出宮」較之「奉陵」原不那麼沉痛。

小杜雖是熱中，但且莫要看輕他。一個人對什麼都沒趣味，便表示對於任何事物都感到失去了意義，便沒有力量，真的淡泊，像無血肉的幽靈。我們要做一個有血有肉的活人，是要熱中的。人總要抓住一些東西，才能活下去。孟浩然「微雲淡河漢，疏雨滴梧桐」，雖好，但不希望同學從此入手，也不能從此入手。

小杜詩一是寫人生，如「長空澹澹孤鳥沒」與「浮生恰似冰底水」，二首最偉大、最普通；繼之以和諧婉妙之詩；再者是熱中的詩。不止七絕，小杜任何一詩皆可歸入此三類。如都不是，即是無聊的，不必看。

小杜還有詠史詩，義山亦有詠史詩，接下來略說幾句。

義山所長原不在此，故其敘事、議論雖有可取，亦不甚高，如寫〈詠史〉：「歷覽前賢國與家，成由勤儉敗由奢。」真不像詩，無怪人罵他！（其有名的七古〈韓碑〉，唯錘鍊功力耳，即修辭。）小杜詠史，在見解上並不甚高，在閒情上亦不甚厚，而頂討厭的還是輕薄、不厚重。孔子云：「如有周公之才之美，使驕且吝，其餘不足觀也已。」（《論語・泰伯》）於小杜而言，雖有周公之才之美，使輕且薄，其餘不足觀也已。小杜犯此病，即義山亦有此病。詩人感受甚銳敏，能夠和諧婉妙，但有時說起話來刻薄，何故？或是人當亂世，人情便薄。

義山詠東晉元帝詩曰：

> 休誇此地分天下，只得徐妃半面妝。（〈南朝〉）

「徐妃」，晉元帝妃。元帝一目，故云只得半面妝。說得太刻薄，看了難受。魯迅先生諷刺的是人性普遍的弱點，並非對一人而發，故不覺其刻薄。義山、小杜不然。小杜詠楊貴妃之詩，亦然：

霓裳一曲千峰上，舞破中原始下來。（〈過華清宮〉三絕句其二）

一切樂曲皆是先緩、簡，後緊張、繁複，到「入破」便緊張了。小杜「破」字下得狠，刻薄。雖比不了義山，也夠刻薄。

第二十講　宋詩簡說

宋初有「西昆體」，因《西昆酬唱集》而得名。晏殊[1]、楊億[2]、錢惟演[3]、宋祁[4]、宋庠[5]，皆宋初詩壇著名人物。

彼等所繼承晚唐的是什麼？

晚唐詩人特點是感官發達，感覺銳敏，易生疲倦的情調。就生理說易感受刺激，結果是疲倦；就社會背景說，國家衰亂，生活困難，前途無望，亦使人疲倦。

晚唐詩帶了疲倦的情調，可以說是唯美派，近似西洋的頹廢派（decadent）。詩有「覺」、「情」、

---

1 晏殊（九九一—一〇五五）：宋朝文學家，字同叔，撫州臨川（今屬江西）人，尤長於詞，被譽為「北宋倚聲家初祖」，有《珠玉詞》。

2 楊億（九七四—一〇二〇）：宋朝詩人，字大年，建寧浦城（今福建浦城）人。

3 錢惟演（九七七—一〇三四）：宋朝詩人，字希聖，錢塘（今浙江杭州）人。

4 宋祁（九九八—一〇六一）：宋朝詩人，字子京，宋庠之弟，安州安陸（今屬湖北）人，後徙居開封雍丘（今河南杞縣），人稱「小宋」。

5 宋庠（九九六—一〇六六）：宋朝詩人，字公序，宋祁之兄，安州安陸（今屬湖北）人，後徙居開封雍丘（今河南杞縣），人稱「大宋」。

「思」，晚唐「覺」特別發達。「覺」應是個人的，同時又得是共同的，不能太特別，又不能太通俗。西昆體，他們的感覺不像是他們自己的，而像是晚唐的，這就失掉了詩人創作的資格。一個作家要有他自己的「思」、「覺」、「情」，傳統的勢力極大，但大詩人能打破傳統的束縛範圍。唐之詩人一人有一人的面目，韓退之學老杜，而仍是退之不是老杜；義山學長吉，致堯學義山，亦然。

西昆體落在傳統的範圍裡未能跳出，但卻又作成一範圍——即修辭上的功夫。北宋而後，幾無人能跳出這一範圍。西昆體的思想感情無非傳統，而其未始不像詩。看看篇篇像詩，估一估筆法有詩，就在其修辭上的功夫。西昆文字修辭上最顯著的是使事用典。晚唐雖用典，用的是譬喻，以故實作譬喻，而所寫詩是他自己的感覺。西昆體則不然，他們用典只可說是一種巧合（勉強也可以說是譬喻，但絕非象徵），也可以說是玩字，沒有意義。（現身說法，余自己作詩也不能不用典，仍跳不出傳統的圈子，其故是才短、偷懶。）除了修辭功夫，西昆體並沒有什麼新建設，不讀西昆詩無損。

宋詩建設，始自何時？

經太祖、太宗、真宗三朝，至仁宗初年，宋詩才萌芽。時有二作家：蘇舜欽子美、梅堯臣聖俞。歐陽修甚推崇之，雖歐與二人識也只因感情，彼蓋感覺到西昆體的腐爛，蘇、梅等至少不欲再作西昆那樣的詩，而作出「生」的詩——惜非生氣（朝氣），而是生硬。生硬究竟也是病，如同西昆之使事成了風氣，生硬也成了宋詩的特色，沒人能跳出去，這恐怕還是矯枉過正之故。蘇、梅二人確是宋詩開路的先驅，在文學史上不可忽視（然其作品亦可不讀）。此北宋詩萌芽時期。

其後宋詩發育期，有歐陽修——宋文學史上之重鎮。歐陽修是古文家（復古的革新）。宋初文還是承晚唐之風，好四六駢文，歐氏要改駢為散。其寫文學退之，但絕非退之，桐城派[6]說退之是陽剛，永叔是陰柔[7]，是也。他是成功的，其古文以及《五代史》，甚而至於《歸田錄》等小筆記也有其作風。歐氏影響後世較退之在唐朝更大，蓋其政治地位高也。

永叔寫文學退之，不像但成功了；寫詩倒有些像，但沒寫出他自己來，失敗了，壞在「以文為詩」。（宋人的律詩、絕句還有好的，古詩沒有好的。）西洋有散文詩，中國乃有韻的散文，而這也成為了風氣。歐氏曾作〈廬山高〉，且說自己之〈廬山高〉非太白不能為也，這樣自負。自負還好，自負才能有生活的勇氣，但也要有自己的反省。歐陽修的詩雖不好，但其詞則真高。

此後是王安石。蘇東坡看了他的詞，說其為「野狐精」。[8]余以為王荊公無論政治、哲學、文學……無一非此，皆寫出他自己了，但缺乏共同性。

元遺山論詩絕句云：

> 奇外無奇更出奇，一波才動萬波隨。

---

6 桐城派：清朝散文流派，其主要代表人物方苞、劉大櫆、姚鼐均為安徽桐城人，故名。桐城派講究義法，提倡義理，要求語言雅潔，反對俚俗。

7 姚鼐〈復魯絜非書〉：「文者，天地之精英，而陰陽剛柔之發也。」「宋朝歐陽、曾公之文，其才皆偏於柔之美者也。」曾國藩〈聖哲畫像記〉：「西漢文章，如子雲、相如之雄偉，此天地遒勁之氣，得於陽與剛之美者也，此天地之義氣也。劉向、匡衡之淵懿，此天地溫厚之氣，得於陰與柔之美者也，此天地之仁氣也。東漢以還，淹雅無慚於古，而風骨少隤矣。韓、柳有作，盡取揚、馬之雄奇萬變，而內之於薄物小篇之中，豈不詭哉。歐陽氏、曾氏皆法韓公，而體質於匡劉為近。文章之變，莫可窮詰，要之不出此二途，雖百世可知也。」

8 《歷代詩餘》引《古今詞話》語：「金陵懷古，諸公寄調於【桂枝香】者，凡三十餘家，惟介甫為絕唱。東坡見之，歎曰：『此老乃野狐精也！』」所謂「野狐精」，蓋指其人之言行做派雖非正宗，但十分精靈。

蘇東坡看了王安石的詩，説其為「野狐精」。圖為明仇英《東坡寒夜賦詩圖》（局部）。

只知詩到蘇黃盡，滄海橫流卻是誰。（〈論詩三十首〉其廿二）

若說唐詩到晚唐是成熟，宋詩到蘇、黃則只是完成了，並未成熟。在文學史上看來，凡革新創始者，是功之首亦罪之魁。人總是人，難免有缺陷，自己盡有長處、優點可遮蓋其短處。蘇、黃想在唐詩之外闢一通路，而後生弊。後來人只學了他的短處，長處是學不來的。古語云：「法久弊生。」故「滄海橫流」，蘇、黃可不負責。

東坡書畫，人評之：「每事俱不十分用力。」（周濟《介存齋論詞雜著》）東坡亦有云：「問君無乃求之歟，答我不然聊爾耳。」（〈送顏復兼寄王鞏〉）人的發展沒有止境，但人之才力終有限制，文學的創作最是如此。想東坡未必不用功，只是才力止於此，終不能過。

東坡有〈郭祥正家醉畫竹石壁上，郭作詩為謝且遺古銅劍〉：

空腸得酒芒角出，肝肺槎牙生竹石。
森然欲作不可回，吐向君家雪色壁。
平生好詩仍好畫，書牆涴壁長遭罵。
不嗔不罵喜有餘，世間誰復如君者。
一雙銅劍秋水光，兩首新詩爭劍鋩。
劍在床頭詩在手，不知誰作蛟龍吼。

東坡詩裡所表現之思想，絕非判斷是非、善惡之語。東坡雖是才人，但其思想並未能觸到人生的核心。

他只是機趣，碰巧勁。宋詩好新務奇，此其特點亦其所短。東坡此詩亦如此。陶淵明寫飲酒是「悠悠迷所留，酒中有深味」（〈飲酒二十首〉其十六），十個字調和，音節好；看其感覺，酒與其腸胃並無牴觸，與其精神融合為一。蘇詩飲酒「空腸得酒」，不舒服，「芒角出」，牴觸，作怪。（記起一首打油詩：「年時愛吃燒羊肉，□□□□[9]半生熟。新來病胃患不消，飽後腸滿胃反覆。」）東坡前四句所說和次四句感情、思想俱浮淺，只是奇；而奇不可靠，此類奇尤無味。但東坡還可以承認其為詩人者，乃因彼在宋人中其詩還算最有感覺的。

東坡詩有覺而無情，何故？歐陽修詞極好，有覺有情，但詩則不成；大晏寫西昆體的詩也不成。蘇、歐、晏之詞，如詩之於盛唐，而詩何以不成？

蘇東坡有〈別子由三首兼別遲〉，其一云：

> 知君念我欲別難，我今此別非他日。
> 風裡楊花雖未定，雨中荷葉終不濕。
> 三年磨我費百書，一見何止得雙璧。
> 願君亦莫歎留滯，六十小劫風雨疾。

「子由」，東坡弟轍；「遲」，子由之子。「風裡楊花雖未定，雨中荷葉終不濕」，老杜即對兄弟骨肉之外的人感情也極深切，而東坡兄弟之別竟如此淡然、寡情。其第二首云：

9 按：原筆記「半」字上缺四字。

先君昔愛洛城居，我今亦過嵩山麓。
水南卜築吾豈敢，試向伊川買修竹。
又聞緱山好泉眼，傍市穿林瀉冰玉。
遙想茅軒照水開，兩翁相對清如鵠。

沒感覺，沒味。其第三首云：

兩翁歸隱非難事，惟要傳家好兒子。
憶昔汝翁如汝長，筆頭一落三千字。
世人聞此皆大笑，慎勿生兒兩翁似。
不知樗櫟薦明堂，何以鹽車壓千里。

這是批評的、教訓的、說明的、傳統的說理，不深不厚，淺薄。這在詩裡是破壞。單學他這，以為便是「滄海橫流」，就壞了。這正是東坡失敗處。

詩不妨說理，要看怎麼說法。

理，哲學（人生），基本於經驗、感覺，這種理可以說。若是傳統的、教訓的、批評的，便損害了詩的美；要緊的還是要表現，不要是說明。如老杜詩：

浮雲連陣沒，秋草遍山長。
聞說真龍種，仍殘老驌驦。

哀鳴思戰鬥，迥立向蒼蒼。（〈秦州雜詩二十首〉其五）

「浮雲連陣沒，秋草遍山長」，此是景；而老杜不為說這些，說的是「哀鳴思戰鬥」，此是情。此乃其人生態度、人生哲學，但卻非說明、教訓、批評，乃是表現，借景表現情。

唐詩說理與宋人不同，宋人說理太重批評、說明，而且有時不深、不真，只是傳統的。

北宋詩人多是木的頭腦，南宋簡齋成就不大，但還有其感情、感覺。

後記

當讀者拿到這一冊新書時，首先看到的筆記者是一個生疏的名字——劉在昭。她與葉嘉瑩先生是同窗好友、知己之交，葉嘉瑩在二〇一二年的一篇短文中稱：「六十多年前與在昭學姐一同聽（顧隨）老師講課」，「在昭學姐才華過人」，「中英文俱佳，而且工於小楷」。當年，劉在昭用她那秀美而流利的鋼筆字記下了顧隨老師所講的課程。畢業之後，她在中學任課之餘，繼續回校聽老師授課。這些筆記，她從二十剛過的華年，一直保存到生命的終結。在昭先生一生盡瘁於中學教育，二〇〇八年在久病之後告別人寰。此後兩年，她的愛女吳曉楓在整理母親的遺物時，發現了這批珍存了半個多世紀的「寶藏」，將其送到了我的手邊。當時嘉瑩先生的聽課筆記已經整理竣事，又獲這批至寶，真是幾同天賜，是連想都不曾想過的大幸事！

更令人大喜過望的是：我們逐字逐句細讀了在昭先生聽《詩經》與《文選》的兩種筆記，與嘉瑩先生的聽課筆記相比照，竟然是所選的篇目不同，所傳授的內容不同，即使同一篇目，講授的側重之處也有所不同，可以說是兩種完全不同的講授版本！

兩種講授版本的同時並在，其實沒什麼可詫異的，它有著客觀的必然性：一是聽曉楓說，她的母親讀大學時曾因病休學，復學後要到其他班次補修缺漏的課程，所聽所記與好友嘉瑩自然有所不同；二是一對好友畢業後在不同的中學教書，沒課時返回母校聽顧師講授，更不可能同時走進同一間課堂。若從執教者的主觀意圖來看，恰恰顯現出一位育人者在學術造詣上、在講授藝術上作為大師的驕人風範：不同的班次，同一門課程，不重複的講授稿本，同樣的精彩紛呈。但做到這樣的境界，不僅基於講授者淵宏的學識、廣博的視野、求新的個性；更緣於講授者是一個真正的詩人，他以詩人從事創作的激情來進行課堂講授，而絕不允許自己如「磨道驢兒來往繞」[1]；也緣於他是以精進不息的人生態度，承擔著傳承祖國傳統文化的責任。至於「唐宋詩」一課，一對好友升入大學二年級，同時走進顧師的講堂，因而在昭先生留下的筆記與嘉瑩先生的筆記有些近同。當堂手寫的筆記畢竟不會等同於一台記錄儀，在昭先生的筆記自成體系、自有特點，因而兩種不盡相同的版本共存並在，正可互為比照，相映生輝。

父親生前與女棣在昭過從不疏。劉在昭與葉嘉瑩同是輔大國文系一九四一級的高才生，父親給在昭首次的律詩習作以肯定的評語：「工穩熨帖，居然成章，不易不易。」這可能是弟子給老師的第一印象，也是此後師生交流的起點。在昭棣勤奮用功，加上她一手漂亮的小字，常常為老師抄寫文稿，因而她往往成為老師作品的第一讀者，這也使她有可能為老師保存下一些作品的抄稿甚至手稿。畢業之後，她有時自己、有時與嘉瑩一起去看望老師。老師在自己的書房裡為她們講詩，講魯迅，講在課堂上怎樣講課，談怎樣與同事相處；當老師知道在昭棣對所任職務沒興趣時，也曾用禪學進行開解（這些劉在昭留有訪師日記數篇）。一九五三年父親出京赴津任教前，特地寫信邀弟子來寓晤談，這可能是師生最後一次相聚。

整理在昭先生的聽課筆記，是很愉快的工作，我們既感受著傳承中華傳統文化的責任，又享受著工作過程帶來的愉悅，也得到了獲取真知的滿足。

願父親與弟子在昭九泉有知，為《中國經典原境界》一書的出版感到欣慰。

顧之京　二〇一六年元日　謹記

1 父親一九二八年〈青玉案〉詞中自喻、自嘲之語。